世界史论丛
World History Research
· 第四辑 ·

HEBREW
SCRIPTURES

希伯来经典

语言、文本、历史

Languages, Texts & History

李思琪 主编

中西书局

| 序言 |

　　《希伯来圣经》作为古老的传世文献，在漫长的创作与传抄过程中，难免掺杂着创作者的意识形态或传抄者的误读错抄等元素，在复原史实方面有其自身的局限性，但仍是关于古代以色列历史最丰富的文字记载，不仅有助于揭示古代以色列民族的精神思想，还在展现希伯来文明与古埃及、亚述、新巴比伦、古波斯等西亚文明之间的互动联系方面具有一定的历史价值。此外，古代希伯来语言文字最主要的载体为《希伯来圣经》，其中一些古老的诗歌，如"底波拉之歌"（《士师记》第5章）、"雅各对十二支派之祝福"（《创世记》第49章）、"巴兰预言"（《民数记》第23—24章）、"摩西的临终遗言"（《申命记》第32—33章）等，在语法风格上展现古风圣经希伯来文（Archaic Biblical Hebrew）的特点，与一些早已消亡的迦南文字颇有相似之处，是理解人类文字文明发展不可或缺的史料。而且，《希伯来圣经》的影响力不仅触及西方世界，亦深入亚非拉等地。在历史长河中，《希伯来圣经》被多次翻译成各种文字，其中包括希腊文、叙利亚文、拉丁文、格厄兹文、德文、英文等，而敦煌藏经洞的希伯来文祷文（公元8世纪左右）、河南开封的《以斯帖记》希伯来文卷轴（公元19世纪左右）以及中文《圣经·和合本》（公元20世纪初）等文献更是证明《希伯来圣经》有助于重构与理解中外文明交流史。

　　在此背景之下，培养能在上述领域和国际前沿学术研究对话的中国本土学者是为要务。2020至2023年间，本人于复旦大学历史学系开设了"希腊化时期的犹太文明""古希伯来经典导论""初级古希伯来语（上）（下）""世界古代宗教文化研究"等课程，不时邀请来自中国、奥地利、比利时、以色列等地的海内外专家以及学成归国的青年学者为复旦师生进行课程拓展讲座，亦在各个课程结束之际收获若干篇学生的优秀论文。本辑《世界史论丛》将以上讲座内容、优秀论文以及一篇复旦大学哲学学院教授所著之特稿集结成册，全册分成三大部分，共计十四篇论文。

第一部分聚焦于《希伯来圣经》相关的"语言"。《希伯来圣经》主要由古典希伯来文写就，亦含较少的阿拉米文，而这两种文字同属亚非语系闪米特语族，与叙利亚文、格厄兹文关系密切。唐朝时期传入中土的《圣经》便为叙利亚文版本，景教徒更是以之为底本译为中文。陈湛助理教授指出，叙利亚文传统在近代欧洲人文学科教育当中常被边缘化，其学科地位远不及希伯来文、拉丁文、希腊文等经典语文，但若追本溯源，从更早的历史说起，叙利亚文传统在《希伯来圣经》研究的许多方面，如重构希伯来文底本，起到至关重要的作用，而叙利亚注经者对《圣经》的阐释更是有别于希伯来与希腊传统，使《圣经》的接受史更为异彩纷呈。张泓玮助理研究员则针对存在于非洲之角的闪米特语——格厄兹语展开论述，从历史比较语言学的视角梳理其文字、语音、词法、句法等方面的代表性特征。此外，由该篇论文可知，格厄兹语在非洲之角承载着埃塞尔比亚、厄立特里亚的传统文化，而且以格厄兹语书就的《圣经》译本和以《以诺书》为代表的非正典经卷更是使得格厄兹语成为对犹太教、早期基督教研究具有重要意义的文献语言。

第二部分围绕《希伯来圣经》相关的"文本"展开讨论。《希伯来圣经》的成书时间较长，最初的叙事或以口述方式传承，再以文字形式记录，各个文本单元（诗歌韵文、历史叙事、律法条文）不断叠加、互动，最终形成今天的样貌。西格尔（Michael Segal）教授透过死海地区库姆兰洞穴出土的希伯来文古卷，举例说明希腊化—罗马时期（公元前3—公元1世纪）"圣经类"文本的多样性，这些文本之中不乏与现有《希伯来圣经》抄本相异的元素，而这些异文或为有意识的改动，或为无意识的抄误，而另一类古卷针对"圣经类"文本进行大胆的改写创作，进一步展现《希伯来圣经》文本的历史动态发展。文本流传的动态性不只存于希伯来文原文经卷之中，还现于其后发展的各类译本之中。德·特洛耶（Kristin De Troyer）教授介绍其中一类译本，即希腊文《七十士译本》的历史由来与传抄过程，这部作品涵盖《希伯来圣经》的希腊文翻译（或曰"古早希腊文翻译"），还包括希腊化时期以通俗希腊文书就的犹太文献。译文在公元2世纪左右被不同犹太修订者改动，映射出不同书写风格。有意思的是，部分希腊文修订内容与死海古卷中的希伯来衍文遥相呼应，因此公元2世纪及之后的希腊文修订版本有时可以追溯至更早的文本或修订传统。刘平教授则介绍另一类翻译，即《希伯来圣经》（或曰《塔纳赫》）的汉译，依据三大亚伯拉罕宗教（犹太教、基督教、伊斯兰教）在华的宗派、教派（其中在华的基督教又分景教、天主教、俄罗斯东正教、新教），将《希伯来圣经》的汉译使用兼出版情况进行分纳归类与细致解说，有助于深化未来的中外文化交流史研究。

　　上述三篇论文以宏观视角透视《希伯来圣经》相关的文本在历史上的抄写、翻译、传播等情况，而后三篇论文则运用微观视角，针对《希伯来圣经》中的特定书卷（即《列王纪》《历代志》《以斯帖记》），进行深入的专题研究，揭示文本中的主题旨趣。李辛榆同学指出，希伯来传统的历史文学《列王纪》与《历代志》在描绘北国以色列与南国犹大分裂之初（公元前10世纪末）时，内容多有重合，甚至是逐字对应，但亦有迥异之处。透过语言层面与内容层面的对读，可以推测两者叙事差异实际反映了两派作者（"申典学派"和"历代志作者"）处于不同时代背景之下的意识形态。相较早期的"申典学派"，后流放时期（公元前6世纪末及后）的"历代志作者"从犹太人回归故土的现实角度出发，在撰写南北国分裂的历史时，有意识地提升南国犹大的地位，以便重塑"以色列"的民族身份。

胡雅婷同学聚焦希伯来历史小说《以斯帖记》3:9中反派角色哈曼称银入库的行为，探讨哈曼的动机、国王的反应、金钱的性质、叙事安排的作用以及与此相关的文化传统。该篇论文从"一万他连得白银"作为诱因和作为补偿两个角度出发，总结部分释经学者的主要观点，进而将哈曼的行为放入古代西亚的"巴克希什"（bakshish）传统中进行考察，并通过与4:7和7:4中末底改和以斯帖的串联揭示3:9中金钱的叙事伏笔作用。王怡心同学在细读《以斯帖记》4:1—3的基础上，观察到该段落所刻画的哀悼与其他经卷之间的互文关系，在参考并分析相关学者针对哀悼所提出的代表性理论后，指出文中哀悼主题蕴含抵抗与忏悔双重内涵。

第三部分引入更多的经外文献史料，将之与《希伯来圣经》进行比对，以探究《希伯来圣经》背后的"历史"世界。早期历史研究者多视传世文献《希伯来圣经》及其译本为唯一或主要的史料，以此重构古代以色列文明的历史发展。19至20世纪出土的西亚考古发现，如石碑铭文、文字陶片、死海古卷等促使史料革命，带动学术研究的蓬勃发展，部分学者开始加入出土资料来理解古代以色列历史，但这也引起了一系列新问题。里歇尔（Matthieu Richelle）教授在探讨传世文献与物质遗存之间的具体关系时，并不否认考古学相比传世文献的研究在特定情况，尤其是在了解古代以色列的日常生活方面，更具历史价值，但也指出物质遗存具有其自身的局限性，并非不证自明，而是有待进一步阐释，最终的阐释推测亦非绝对真理。况且，物质遗存与传世文献所能解答的历史问题很多时候迥然相异，两者所提供的答案的相交部分相当有限。综上，需要以一种更平衡、开放与理性的态度来看待《希伯来圣经》与以色列考古遗存之间的关系。

余下五篇论文的顺序是根据其主题内容所呈现的时间年代来排列，它们透过具体例子，阐释《希伯来圣经》与其他经外史料之间的互动与关联。王昶欢同学指出，《希伯来圣经》中的创世神话，如《创世记》1—9章、后先知书、赞美诗等，与两河流域《埃努玛·埃利什》(Enūma Eliš)等创世神话在关于原初世界形态、创造过程等方面，展现出惊人的相似性，而其中皆存在创世时的"杀蛇战斗"。《希伯来圣经》不同章节的作者既继承、亦改造西亚创世神话中的"杀蛇战斗"这一母题。受到不同写作目的与时代背景的影响，这一创世神话母题的语境不断转化，可被归纳为创世、出埃及时分开红海、击打广义的外敌、末世审判等，由此展现以色列民族对此神话母题极为多样的历史记忆。张鑫宇同学注意到希伯来传世文献《列王纪》中的玛拿西王（Manasseh，约公元前697—前643年）被描绘为无恶不作的暴君，但却维持了五十五年和平统治，最终寿终正寝。该文将传世文本的矛盾点与考古发现结合，试图还原玛拿西王在历史上的政治与经济贡献，继而推测《列王纪》中的玛拿西王叙事经历了大流亡时期的扭曲与"污名化"，再借助跨学科的思维路径来探究这"污名化"的具体原因。季小妍同学深入分析公元9世纪的敦煌希伯来语赎罪祷文，即目前唯一一件出土于丝绸之路东段的希伯来语文书。该祷文以YYY代指耶和华神，这一圣名替代形式或源于巴比伦魔法咒语传统。祷文借助暗指不断回溯《希伯来圣经》传统，并使用犯罪、流散、赎罪、回归、奖赏的叙述模式，反映了犹太文明的延续性。对此祷文的释读研究，可深化学界对中亚犹太族群及中古时期犹太商路的认知。阿慧同学着眼于希腊化时期犹太历史传奇《犹滴传》的后世影响，以书中女英雄犹滴的形象发展为切入点，重点分析该形象从文艺复兴时期至象征主义时期（公元14世纪末至20世纪初）在欧洲绘画作品中的演变方式，并发掘这一系列演变背后的历史语境与时代风潮。最后一篇论文来自黄薇讲师。她指出，在现代学术语境下，虽然学者往往更关注《希伯来圣经》文本写作背后的历史文化背景，但是《希伯来圣经》作为一部文学作品，其批判史或诠释史也值得深究。当代学者不仅认识到任何诠释都是处境化的，而且还有意识地将处境化诠释带入学界，从而使《希伯来圣经》研究更为丰富。比如，中国学者李炽昌提倡带着中华文明的传统底色去理解《创世记》《诗篇》等经卷。又如，女性主义学者布伦纳受到以色列现实社会处境的启发，重新解读《路得记》。该文透过这两位学者的研究，阐明处境化圣经诠释在现当代《希伯来圣经》研究领域的意义。

虽然《希伯来圣经》的汉译最早可追溯至唐朝（公元619—907年），而民国时期的作家，如鲁迅、沈从文、林语堂、冰心、茅盾等，在其文学作品中展现了《汉译·和合本》的影响，但中华人民共和国成立后针对《希伯来圣经》展开历史、科学意义上的研究应该始自1980年代。令人欣喜的是，在短短的半个世纪内，中国学人快速成长，也吸引了海外同行的关注。上述十余篇专论，便是这一成长的见证和缩影。其中内容涉及和《希伯来圣经》相关的语言文字、文本流传、考古发现与后世影响等专深议题。作者既有国内外知名学者，亦含本土新秀学人，充分展现国际视野与中国特色在《希伯来圣经》研究领域的兼容并蓄。

本论文集得以付梓，有赖多方支持。论文的作者们慷慨赠文，论文内容翔实且精彩，值得我们学习与赞美。社会善心人士默默奉献、匿名资助了本论文集的出版费用。复旦大学历史学系世界史教研室主任欧阳晓莉教授热心关注本论文集的出版进展，并协助本人与复旦历史学系沟通，获取国内作者的稿费。浙江大学人文高等研究院在本人访问期间提供幽静的工作环境，使本人得以专注于本论文集最后阶段的编译工作。浙江大学历史学院在本人入职后，给予本人良好的办公空间以及充裕的科研经费，用于论文集刊出前的校样处理与国外作者的稿费。中西书局作为本论文集的出版社，透过李碧妍副总编辑，提供了专业且高效的帮助。在此一并致以衷心感谢。虽然编者全力以赴，但仍惶惶不安，唯恐本论文集存在偏颇谬误之处。倘若发现论文集中的缺陷，诚望诸位读者不吝雅正。

李思琪

2025 年 1 月

于浙江大学历史学院

|目 录|

叁、历史

壹

语言

古典叙利亚文与希伯来圣经

陈 湛

（北京师范大学人文和社会科学高等研究院；北京师范大学—香港浸会大学联合国际学院）

古典叙利亚语（Classical Syriac）是一门在公元后生发于埃德萨（Edessa，今土耳其东南部）的闪米特（Semitic）语言。在出现之初，该语言仅为阿拉米语（Aramaic）东北支的一个方言，大约自公元3至4世纪，叙利亚语开始成为一种仪式性的语言，与东方基督教会一起，传播向世界的角落。本文将粗略谈及叙利亚语作为一门东方语言在近代欧洲大学教学中的地位沉浮，继而详细展现其作为一门学术语言在《希伯来圣经》研究中的实际作用。此中落差或能引起关于语言的实际使用和接受史间差异的反思。

一、三语教育在早期大学的建制化过程

文艺复兴及宗教改革时期，希伯来文及希腊文渐渐渗透进大学课程。在布氏莱登神父（Hieronymus van Busleyden）的遗产支持下，三语学院（Collegium Trilingue）正式于1517年8月设立于天主教鲁汶大学（Katholieke Universiteit Leuven），确保了希伯来文、希腊文以及拉丁文在人文教育中的地位。在此前后，基督新教大学如维滕堡大学（Martin-Luther-Universität Halle-Wittenberg）于1502年建校起、天主教的巴黎皇家学院（Collège royal）于1530年起，以及阿尔卡拉大学（Universidad de Alcalá）于1499年起陆续设立了希腊文和

希伯来文教席，以保证三语教学的完备性。除此之外，散落于欧洲的其他教学机构如海德堡大学（University Heidelberg）和博洛尼亚大学（Università di Bologna），早已零星地提供希腊文和希伯来文课程甚至设立教席。① 鲁汶大学的三语学院之所以能脱颖而出、成为三语建制的榜样，很可能是由于以下原因：其一，学院的历史延续性长：鲁汶三语学院的存在一直延续到18世纪末的法国大革命时期。其二，院名之显白：如三语学院的别称"布氏莱登学院"（Collegium Buslidianum）就不利于被铆钉为业界标杆。其三，主导者伊拉斯谟（Erasmus）的名号显著。②

三语教育系统的建制化并非平地而起，而是学界数个世纪的观念积累的结晶。早在13世纪，"奇才博士"培根（Roger Bacon）不仅撰写了或许是拉丁文世界第一部较为完备的希腊文语法书和另一部或许没有完成的希伯来语法书，③他在《大著作》（*Opus maius*）中对于原文语言学习的呼吁，更在其死后不久召开的维埃纳公会（Council of Vienne）上得到了回响：

> 因此，为了通过适当的教学传授这些语言的技能，我们规定，经神圣大公会议批准，在罗马教区所在地以及巴黎、牛津、博洛尼亚和萨拉曼卡设立以下语言的学校，即，我们下令，在这些地方，每个地方都应有掌握希伯来语、阿拉伯语和卡尔代语（作者按：卡尔代语即今阿拉米语）的公教学者。每个地方、每种语言都要安排两名专家。他们应指导学校将这些语言

---

① T. Van Hal, "The Foundation of Hebrew and Greek Chairs at European Universities in the Early Sixteenth Century," in *Trilingual Learning: The Study of Greek and Hebrew in a Latin World (1000–1700)*, ed. R. Van Rooy, P. Van Hecke, and T. Van Hal, Turnhout: Brepols, 2023, 81–88.

② Van Hal, "The Foundation of Hebrew and Greek Chairs," 97.

③ R. Van Rooy, P. Van Hecke, and T. Van Hal, "Introduction: Trilingual Learning in Context," in *Trilingual Learning: The Study of Greek and Hebrew in a Latin World (1000–1700)*, ed. R. Van Rooy, P. Van Hecke, and T. Van Hal, Turnhout: Brepols, 2023, 15.

的书籍忠实地翻译成拉丁文，并谆谆教导他人学习这些语言，传授娴熟的语言运用技巧，这样，在上帝的启示下，这些人经过这些教导后，就能获得所期望的收获，在异教徒中传播救赎信仰。①

其实，这段会议的决议本身就引起了一些版本上的争议。有学者指出，部分版本的决议中提及了"希腊文"，再加上已经普及、从而未提及的拉丁文，就已是三语的提法；而其他版本，如引文所示，只含有"希伯来语、阿拉伯语和卡尔代语"，即该会议决议更加着眼于东方语言，以此达到传教目的。②然而，维埃纳公会之后的两个世纪，欧洲大学并未广泛建立希腊文与希伯来文的教席，直到16世纪才通过鲁汶大学等建制化的存在而变得更加稳定且重要。

对于13至15世纪的欧洲人而言，希腊文、希伯来文以及叙利亚文都不仅仅是一门古代文字，而是一门活生生的当代语言。例如，意大利南部由于历史原因本就多有希腊文群体，而1453年之后的拜占庭遗民西移更是带来了无穷尽的希腊语言资源。另外，欧洲大陆上本就散居着许多熟悉希伯来文字的犹太群体。与这些母语或准母语的群体合作并取得语言教学的一手材料，是开始上述语言教学和研究的重要途径。③因此，三语建制的最终确立，是各种各样甚至看似相互冲突的因素综合作用的结果：既有阅读圣经原文的渴望，又有阅读教外古典文学的冲动；既有版本研究的需要，又有传教的诉求；既有人文主义思潮和印刷术的推动，又有现实学习条件的掣肘；既与掀起基督教改革的重要人物如马丁·路德（Martin Luther）深度绑定，又在两教（即天主教、基督新教）阵营之中展现出难得相似的发展路径和共时性。被排除在三语之外的叙利亚文，处境就没有

---

① N.P. Tanner, *Decrees of the Ecumenical Councils*, Washington: Georgetown University Press, 1990, 379–380.

② Van Rooy, Van Hecke, and Van Hal, "Introduction," 15.

③ Van Rooy, Van Hecke, and Van Hal, "Introduction," 17–18.

那么幸运了；其既非直接的圣经语言，又无文化—民族—国家的保驾护航（如拜占庭帝国）；在东方诸文字的使用群体中，叙利亚群体因其基督信仰，而未被列于传教的目标清单之首。在其后漫长的500年中，叙利亚文无论是在文字教学、文献编纂和出版，还是在义理研究等科研领域中，都远远落后于其他三门语言。

在此视角下，就容易理解叙利亚文既被欧洲学者忽视，却又难说陌生的缘由。其实，文艺复兴后的欧洲对于叙利亚文的知识并不是空白，甚至对叙利亚教会也并不陌生。[①] 16世纪的西欧甚至见证了针对叙利亚文的学术兴趣的爆发性增长。1550年代，来自叙利亚正教会的使节马丁的摩西（Moses Mardenus，1592年卒）在罗马教授叙利亚文，并与昔日的叙利亚文学生、时任教皇秘书的维斯台登（Johann Albrecht Widmannstetter, 1506—1557年）在威尼斯（Venice）刊印了一千份叙利亚文《新约》。[②] 不久之后，维斯台登本人的叙利亚文入门读本教材出版（*Syriacae linguae prima elementa*），或是拉丁文世界最早的叙文读本教材。[③] 罗马的美第奇出版社（Typographia Medicea）以阿拉伯文出版物见长，但也在创建不久的16世纪末购置了第一套叙利亚文字体。[④] 最后，天主教教皇格雷戈里十三世

---

① 例如，13世纪末，来自元大都的僧侣拉班·扫马（Rabban bar Sauma, 1225—1294年）作为伊尔汗国（Īlkhānān）大汗阿鲁浑（Arghun, 1258—1291年）的使者，游历罗马和巴黎之行中谒见了法王"美男子"腓力四世（Philippe IV, 1268—1314年）、旅居波尔多的英王爱德华一世（Edward I, 1239—1307年），并罗马新进教皇尼各老四世（Nicolaus PP. IV, 1227—1292年）。事见《拉班·扫马和马·雅巴拉哈西行记》。M. Rossabi, "An Embassy to the West," in *From Yuan to Modern China and Mongolia: The Writings of Morris Rossabi*, Leiden: Brill, 2015, 386–402.

② S. Brock, "The Development of Syriac Studies," in *The Edward Hincks Bicentenary Lectures*, ed. K.J. Cathcart, Dublin: University College Dublin, 1994, 96–97.

③ A. Hamilton, "The Study of Tongues: The Semitic Languages and the Bible in the Renaissance," in *The New Cambridge History of the Bible: Volume 3, From 1450 to 1750*, ed. E. Cameron, Cambridge: Cambridge University Press, 2016, 28.

④ Brock, "The Development of Syriac Studies," 96–97; J.F. Coakley, *The Typography of Syriac: A Historical Catalogue of Printing Types, 1537–1958*, New Castle: Oak Knoll, 2006, 33.

（Pope Gregory XIII, 1572—1585年）于1584年创立的马龙尼特学院（Pontificio Collegio Maronita）也为东方传教提供了叙利亚文和阿拉伯文的语言支持。如上种种软硬件的建设，为叙利亚文在欧洲世界的研究和出版开启了可能性。但较之同时期在欧洲大学全面开展的希腊文与希伯来文教育，叙利亚语与同时期也开始被渐渐认识的亚美尼亚语，都是"当时学者们都知道，但都很难出现在大学课堂的语言"[①]。

既然欧洲人文学科学者的日常"工具包"里配备的是这三门标准化的古代语言，当他们遇见具体问题的时候，也率先会去工具包里取用最熟悉的工具：拉丁文、希腊文和希伯来文，而非叙利亚文。这也意味着，《希伯来圣经》的研究者除了使用原文经典（希伯来文、阿拉米文），自然也会从最熟悉的语言译本，即希腊文《七十子译本》（Septuagint）、拉丁文《武加大译本》（Vulgate）出发，来考察《希伯来圣经》的流变和接受历史。他们对拉丁文翻译史上的公案尤其熟稔：例如，公元4世纪的拉丁文《武加大译本》将《出埃及记》第34章中摩西身上的"קָרַן"（qāran，"发光"）错译作拉丁文"cornuta"（"犄角"）；一个小小的错译，足以导致后世欧洲艺术家常在摩西头上附上两角。又例，拉丁文《武加大译本》将《马太福音》第3章中耶稣的命令"μετανοεῖτε"（"悔改！"）译作拉丁文"paenitentiam agite"（"行忏悔 / 苦行"）。虽其语义上的改变不大，却足以启发伊拉斯谟与路德二人针对天主教的事工观念及忏悔礼的攻讦。[②]虽然叙利亚文《别西大译本》（Peshitta）亦拥有众多此类有趣的公案，但其后世影响却不大，且并非人尽皆知。显然，数个世纪以来欧洲学界与大众对于叙利亚文不甚熟悉。

伴随着对叙利亚文的陌生感的是对叙利亚文的理想化。叙利亚

---

① Hamilton, "The Study of Tongues," 35.

② B. Cook, "The Uses of Resipiscere in the Latin of Erasmus: In the Gospels and Beyond," *Canadian Journal of History* 42 (2007): 397-410.

文和犹太阿拉米文同属泛阿拉米语，而犹太阿拉米文正是历史上耶稣（Jesus）的母语，但迄今并未流传由古代犹太阿拉米文写就的基督教文献。最权威的《新约福音》系耶稣再传弟子用希腊文写成，对耶稣的言教流传颇有隔阂。相比之下，传世的《新约》叙利亚文译本对耶稣言行的记载或更贴近历史本真。自18世纪起，学者们便带着这样的想法，开始从叙利亚文版的《新约福音》中寻找更贴近历史耶稣的信息碎片。这里便引出一个问题：既然耶稣的母语是阿拉米文，希腊文《新约福音》的背后会不会藏匿着一个更原始的（类）阿拉米文原本呢（proto-Gospel hypothesis）？

在早期教父优西比乌（Eusebius，约260—339年）的《教会史》（*Historia Ecclesiastica*）中，流传着帕皮亚（Papias of Hierapolis）的记载，记录了关于耶稣的弟子马太（Matthew）的信息（《教会史》，3.39.16）：[1]

> 马太用希伯来语言（Ἑβραΐδι διαλέκτῳ，可指阿拉米文）将圣言（τὰ λόγια）摆放起来（συνετάξατο，即写成了文字）。

文中"用希伯来语言"（Ἑβραΐδι διαλέκτῳ）的含义并不明确：这一表达既可以是"用希伯来语/阿拉米语（书写）"的意思，也可以意指"用希伯来的说话方式（写希腊文）"。"摆放"（συνετάξατο）之意也相当模糊：是将耶稣的言语和生平故事用自己的叙述"（加工式）摆放"起来，写成收录于《新约》的《马太福音》呢；还是如字面意思将耶稣言行"（按顺序）摆放"起来，辑录成一本生平言行录（如学者所构想的、成文先于《马太福音》的Q文件）？ 无论如何，这一信息指向《新约福音》的阿拉米文创作背景，由于流传于世的福音书文献中并无犹太阿拉米文版本，故叙利亚文作为泛阿

---

[1] Eusebius, *Ecclesiastical History, Volume I: Books 1–5*, trans. K. Lake, Cambridge: Harvard University Press, 1926, 296.

拉米文化的一支，就在《福音书》研究中显得极为重要。从阿瑟曼尼（Giuseppe Simone Assemani, 1687—1768年）到拉姆萨（George Mamishisho Lamsa, 1892—1975年），叙利亚语学者常希望从和阿拉米文亲缘性较强的叙利亚文福音书传统中，找到希腊文《福音书》的根源甚至底本。如今，这种理论在学界"几乎不被任何严肃学者承认"[1]。

至此，笔者介绍了叙利亚文传统在近代欧洲人文学科教育当中常常被排除在外的缘由。在以"考镜源流"（ad fontes）为大宗的《希伯来圣经》研究中，叙利亚文的重要性其实远高于拉丁文，甚至犹太阿拉米文，但仍未得推广。此外，叙利亚文传统在另一些时候，仅仅因为其与犹太阿拉米文被视为耶稣的母语，因而十分突兀地被尊奉为离圣言最近的传统。在下文中，笔者将从几个不同维度以及具体例子，来介绍这门既边缘又满载文化幻想的语言，是如何在包括《希伯来圣经》的文献研究中发挥重要作用的。

二、叙利亚文的历史发展及《希伯来圣经》版本学

（一）早期的叙利亚文留存

如同阿拉伯语是随着伊斯兰教的兴起而兴起，叙利亚文也随着基督教的广传而被传播。然正如前伊斯兰阿拉伯语的存在和发展轨迹总有些晦暗不明，前基督教的叙利亚文的足迹也难以完全被追踪。首先，学界对叙利亚语言的起源处尚无定论。究竟是东边的奥斯戎（Osroene），还是西边的艾德萨（Edessa），还是两者之间的尼西比斯（Nisibis）？[2] 抑或是这些城市在相似的文化圈内逐渐发展出同质性

---

[1] S.P. Brock, *The Bible in the Syriac Tradition*, 2nd. rev. ed., Piscataway: Gorgias Press, 2006, 58.

[2] A. Harrak, "Was Edessa or Adiabene the Gateway for the Christianization of Mesopotamia?" in *The Levant, Crossroads of Late Antiquity: History, Religion and Archaeology = Le Levant: Carrefour de l'Antiquité tardive: Histoire, religion et archeologie*, ed. E.B. Aikten and J.M. Fossey, Leiden: Brill, 2014, 165.

较强的一种方言？早期叙利亚文的遗存多为墓碑铭文，内容较为世俗，鲜与宗教有联系。这些墓碑铭文所载之内容较为碎片化，因而为重构叙利亚语言的发展过程设下了巨大的障碍，本文也无心追本溯源。以下只展现一例早期叙利亚墓碑的语言样貌，来管窥这一时期的文字发展情况：

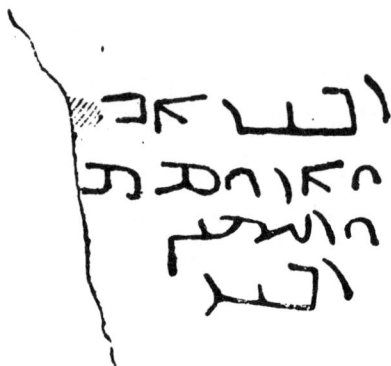

图1　乌尔法（Urfa）出土的墓碑铭文残片，编号As3（D29）[①]

转写如下：

如上图所示，字母"ܢ"在同一时代的碑铭中更像英文字母"N"；而"ܒ"与"ܟ"的左连形态几乎一致——这些字母的书写形态特征，将在未来的两百年内逐渐消失。[②] 然碑文上的大部分字母皆已与叙利亚文中的字体大宗"圆体"字形（Estrangela，来自希腊文"στρογγύλη"，弯曲意）并无大异。

　　从艾德萨和奥斯戎出土的早期叙文碑铭只有上百件，相比基督

① 图源：H.J.W. Drijvers and J.F. Healey, *The Old Syriac Inscriptions of Edessa and Osrhoene. Texts, Translations and Commentary*, Leiden: Brill, 1998, 284。

② Drijvers and Healey, *The Old Syriac Inscriptions of Edessa and Osrhoene*, 5–16。

教时期的传世文献的数量，只是九牛一毛。在叙语文化向基督教游移的过程中，作家巴戴桑（Bardaisan，154—222年）扮演了非常重要的角色。作为早期的叙利亚语基督徒，巴戴桑曾接受瓦伦汀派诺斯替形态（Valentinian Gnosticism）的教义，但日后又反对诺斯替主义（《教会史》4:30）。最重要的是，巴戴桑大概是叙利亚文书写历史上第一位具名的经典作家；其作品虽大多佚失，但其代表作《关于命运的对话》（*The Dialogue of Destiny / The Book of the Laws of the Countries*）经由其弟子辑录、并在19世纪末重见天日之后，成为叙利亚语所撰写的传世文献中存留最早的重要作品。在这部作品中，他重拾曾醉心的巴比伦星象学，并从基督教信仰攻击了星相学中的命定论等种种学说。[①] 这部叙利亚文的早期存世著作所展现出的语言形态与经典时期的叙利亚语行文已无大异，这表明：叙利亚文应在巴戴桑时期就已发展成熟为可用于哲学和科学辩论的语言。尽管由于史料不足，学者无法更精确地描绘出碑铭时期到巴戴桑之前的语言发展轨迹；然而在巴戴桑身后，叙语传世作品曾现井喷态势。尤其是，在他之后的一个世纪里，新旧约圣经被译为叙利亚文；而叙利亚语世界也迎来了另一位经典作家——亚弗拉哈特（Aphrahat，约280—345年）。

（二）叙利亚文《别西大译本》在《希伯来圣经》版本学上的作用

叙利亚群体颇早便开始翻译《圣经》，即包含《旧约》（或称《希伯来圣经》）与《新约》的宗教典籍。虽然无法确定时间的上限，但是仅从存世证据来看，《新约》的翻译最晚在公元2世纪下半叶便已开始。最早的叙利亚文《圣经》翻译是虽残卷和译文保存众多、但初始状态并不明了的《四福音和谐》（Diatessaron，ܕܡܚܠܛܐ ܐܘܢܓܠܝܘܢ）。值得注意的是，《新约》包含了内容重合度较高的三本"对观福音"

---

① U. Possekel, "Bardaisan and Origen on Fate and the Power of the Stars," *Journal of Early Christian Studies* 20 (2012): 515–541.

（Synoptic Gospels，即《马太福音》《马可福音》及《路加福音》）和风貌较为不同的《约翰福音》。然而，四本福音书本质上都是针对耶稣生平的独立叙述；于是亚述人他提安（Tatian，约120—180年）约化取舍了四书的异同，合成一本《四福音和谐》。虽然该译本在早期教会中使用广泛，但是因其文本并非圣典，变文极多，且在不同语言的版本间也多有龃龉，甚至有学者认为《四福音和谐》的最初写作语言是希腊文，而非叙利亚文。[①] 之后出现的两个佚名的福音书版本（Old Syriac），虽不再是像《四福音和谐》那般的缩减版，但流传并不广。

最重要的叙利亚文《圣经》翻译为《别西大译本》（"Peshitta"，词根作"简易版本"意，与拉丁文"武加大"版名类同）。较之其他古代《圣经》译本，此版本的身世十分神秘。不如希腊文《七十子译本》中托勒密二世（Ptolemy II，前285—前247年）邀犹太七十二贤士至亚历山大（Alexandria）行翻译之事，《别西大译本》并无关于其成书背景的传奇故事；不如拉丁文《武大加译本》与杰罗姆（Jerome，约342—420年）的生平绑定，《别西大译本》无作者的煊赫身世，仅流传于世的为译文本身。究竟是谁、何时、以何种方法将其从原文（或者其他中间译本）译出，答案不得而知，只能根据译文中透露出的种种蛛丝马迹推导出关于译本中不同书卷的一些或精确或模糊的背景信息。[②] 在这一发掘过程中，语言和翻译学的判断又夹杂着宗教和社会学视角的钳制。

在此，可对比《别西大译本》中的《创世记》首句与《希伯来圣经》及其阿拉米文译本中的相应句子：

בראשית ברא אלהים את השמים ואת הארץ （希伯来文）

① B.M. Metzger, *The Early Versions of the New Testament: Their Origin, Transmission, and Limitations*, Oxford: Clarendon, 1977, 30–31.
② 对《希伯来圣经》部分最好的归纳见：M. Weitzman, *The Syriac Version of the Old Testament: An Introduction*, Cambridge: Cambridge University Press, 1999, 206–262。

יַת שְׁמַיָא וְיַת אַרְעָא   בקדמין ברא יי（阿拉米文）

יַת שְׁמַיָא יַת אַרְעָא   ברשית ברא יוי（叙利亚文）

以上古文的中译皆为"起初，神创造天与地"。为方便读者比较，上述叙利亚文句子亦用希伯来文 / 阿拉米文字母转写。上文中更为古早的阿拉米译本中的译句及叙利亚文译本中的译句，皆为希伯来原文的直译。仔细考察语法时，可以注意到一个特异的现象：叙利亚译文中的宾语"天"和"地"使用了阿拉米文的宾语标记"יָת"——后者是希伯来文宾语标记（nota-accusativi）"אֵת"的直译。这一在犹太阿拉米文中无处不在的小词，实际上在叙利亚文译本中更少见；叙利亚文译本更多时候是使用小词"ל"来标记宾语。[①] 为何在《创世记》首句的叙利亚文翻译中，出现了这么特异的阿拉米文宾语标记？

当然可以猜测，译者或参考了阿拉米文译本，导致了译文的直接借用。[②] 然译者在借用另个文字的译本时，会借鉴它的理解、意向，却不会借用对方语言的语法习惯。例如，中文译者将英文译入中文时，参考了同文段的日文译本，是绝不会将日文特有的宾语标记"を"以某种形式引入没有十分固定宾语标记的中文的。也有可能的是，在早期叙利亚语言尚未充分从（泛）阿拉米文分化之时，仍会有部分阿拉米文宾语标记的遗迹；再加上《创世记》应当是《希伯来圣经》中最早被翻译的书卷，因此该书卷首句中含有这么古早的语言进化遗迹也就不足为奇。毕竟语言是不断进化的，这也解释了为何后世叙利亚文大家甚至如亚弗拉哈特，也无法正确解读这句翻译中的"יָת"。[③] 然而，此解释的问题在于：为何在上下文附近的1:4（"神看光是好的"），叙利亚文译者却使用了叙语惯用的小词"ל"，

---

① T. Nöldeke, *Compendious Syriac Grammar*, Winona Lake: Eisenbrauns, 2001, 226–227.

② 毕竟，叙利亚文《创世记》翻译对阿拉米文传统的借鉴十分频繁，参考：Weitzman, *The Syriac Version of the Old Testament*, 92–94。

③ Weitzman, *The Syriac Version of the Old Testament*, 253.

而在显然更加晚近才得翻译的《传道书》和《雅歌》中，译者却频繁使用"ית"？所以这里还有另种可能，即更偏向阿拉米文的叙利亚文单词"ית"，可能并非古早，而是因为陌生而与某种特异的语言风格绑定在一起：在诗歌、韵文或是《创世记》开场首行这样重要而隆重的语境中，更容易被使用到。

到此，本文并无意在这些可能性中做出判断取舍，而只希望通过此案例，说明叙利亚文能在《希伯来圣经》研究中张开的向量之大、涉及话题之深。对叙利亚文献的关注，在《希伯来圣经》研究中，不仅事关叙利亚文化研究本身，更直指《希伯来圣经》的文本批判的根本任务之一，即为希伯来原文正本清源。

再来，以《别西大译本》中的《以赛亚书》21:8为例。该句的希伯来原文意思为："一只狮子站在瞭望塔上呼喊"（ויקרא אריה על-מצפה）。按前后文，耶和华委托先知以赛亚在塔楼上安插哨兵，哨兵四下张望，于是呼喊汇报所见所闻。然而在该节中，主语由哨兵切换成狮子（אריה），虽略有突兀，但稍微变通亦能解读为哨兵大声传号，有如城头狮吼。[1] 拉丁文《武加大译本》按希伯来原文，将此处直译为 leo（"狮子"，=Aq=Sym），估计也默认了这一解释。更多古代读者察觉出异样，但莫衷一是：例如，希腊文译本直接将希伯来文音译拼出，以为这是哨兵名字（Ουριαν）；而阿拉米文译本则异想天开地将狮子译作"先知"（נביא），认为先知以赛亚位于塔楼上，向世人大声呼喊神喻；叙利亚文译本则将希伯来文"狮子"译为"守望者"（ܩܐܡ），指向以赛亚安插的哨兵。略微奇怪的是，《以赛亚书》的叙利亚文译者通常严格遵循直译，几乎不会为原文申意。面对古代版本的莫衷一是，18 世纪开始便零星地有学者如洛特（Lowth）建议将希伯来原文重构为"守望者"（הראה = 叙利亚文读法）。但毕竟这是凭空构建的原文，且仅有叙利亚译文支持，孤证难立，故也作罢。

---

[1] J.N. Oswalt, *The Book of Isaiah, Chapters 1–39, New International Commentary on the Old Testament*, Grand Rapids: Eerdmans, 1986, 388.

　　事情的转机发生在20世纪中叶。当死海古卷中最完整的卷轴之一《大以赛亚卷轴》（1QIsaᵃ）重见天日之时，解读者惊讶地发现，此卷轴在相应节点所载的文字内容正是叙利亚文《别西大译本》所体现的、现代学者所建议的"守望者"（הראה）。其他传世本中所载的希伯来文单词"狮子"（אריה）很可能是传抄过程中产生的讹误。有了死海古卷的支持，再考虑到死海古卷的《大以赛亚卷轴》比其他完整的《以赛亚书》抄本的物理年代都古老得多，几乎所有的当代译本都迅速地转向了"守望者"译文。[1] 在此例中，叙利亚文的翻译虽与所有现存的其他古代译本不同，却保留了《大以赛亚卷轴》中既古早且更优越的读法。其实，还有许多类似的案例表明，叙利亚文《别西大译本》比拉丁文《武加大译本》更能有效地重构希伯来原文。尽管《武加大译本》在研究中更能吸引学界的关注，这些关注更多是来自既往的学术建制，而非来自文本流传的路径。

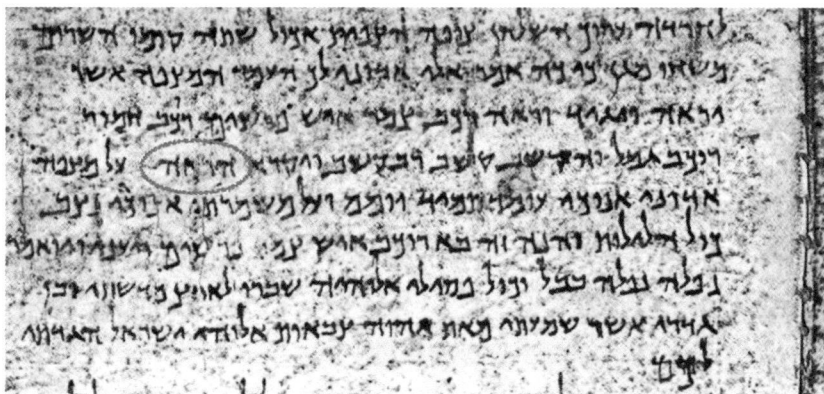

图2 《以赛亚书》相应节点；"守望者"一词在此用圆圈标记。[2]

　　（三）穿梭于希腊和闪米特文明之间的叙利亚文注经者

---

[1] D. Barthélemy, *Critique textuelle de l'Ancien Testament: 2. Isaïe, Jérémie, Lamentations*, Göttingen: Vandenhoeck & Ruprecht, 1986, 154.

[2] 图源：E. Ulrich, P.W. Flint, and M.G. Abegg, eds., *Qumran Cave 1. II: The Isaiah Scrolls*, Oxford: Clarendon Press, 2010, 33。

本节所列举的例子不仅关乎《别西大译本》的经文，还涉及另一个更晚出现的叙利亚文译本，即奥利金（Origen，184—253年）之《六经对参》的叙利亚文译本（Syro-Hexapla）。奥利金在研究《希伯来圣经》版本过程中，将六个版本的经文，即希伯来原文、三个晚近的希腊文修订版本（Aquila / Symmachus / Theodotion）、经过修订的《七十子译本》以及希伯来文的希腊文转写，进行逐字对照、汇编成六栏经文，史称《六经对参》（Hexapla）。公元7世纪，得拉的保罗（Paul of Tella）把奥利金汇编的《六经对参》中的《七十子译本》一栏翻译成了叙利亚文，此译本便是《六经合参》的叙利亚文译本。虽然奥利金的《六经合参》全本只剩残片存世，但是六经中的第五栏，却经过叙利亚文再译本，全本流传于世，甚至包括了文间的、奥利金加注的编辑记号。[①] 总之，经由奥利金改编的希腊文《七十子译本》原稿已佚，却在叙利亚语世界中以译本形式被保存下来。

在叙利亚语世界中希腊传统与希伯来传统总存在竞争关系。[②] 由于希伯来文与叙利亚文有亲缘关系，且是《希伯来圣经》的原生语言，故直接成了叙利亚文《别西大译本》的底本。然而，又因为希腊文《七十子译本》在基督教世界的影响之大，在叙利亚语世界同样不能被忽略，故即便有了版本学意义上更优的前本，叙利亚文学者也不断参照希腊文译本，其中得拉的保罗所产出的《六经对参》叙利亚文译本更是影响非凡。自此，叙利亚语世界就有了来自两个不同传统的《希伯来圣经》版本。此二版本所幸并未和特定教派关联，故没有造成太多的政治裂痕；相反地，两个竞争中的译本时常

[①] A.M. Ceriani, ed., *Codex Syro-Hexaplaris Ambrosianus*, Mediolani: Impensis Bibliothecae Ambrosianae, 1874.

[②] 这种竞争关系不仅存在于《希伯来圣经》的译本中，也存在于《希伯来圣经》的阐释中：究竟该使用西方传统解经方法如寓意解经多一些，还是该使用犹太传统的解经方法多一些？参考：L. van Rompay, "The Christian Syriac Tradition of Interpretation," in *Hebrew Bible/Old Testament. The History of Its Interpretation, I. From the Beginnings to the Middle Ages (Until 1300), I. Antiquity*, ed. M. Sæbø, Göttingen: Vandenhoeck & Ruprecht, 1996, 612–641。

被同一注经家运用；因两者多有出入，反而生出许多精妙阐释来。囿于语言隔阂，在此仅转载公元13世纪"叙利亚文艺复兴"时期的巴格达作者巴萨礼毕（Bar Salibi，1171年卒）的《以赛亚书评注》（*Literal Commentary on Isaiah*）1:19-20，以此展现叙利亚语世界如何运用以希伯来传统为基础的《别西大译本》与以希腊传统为基础的《六经对参》叙利亚文译本，来对经文进行精妙的阐释：

> 经文：若你同意（神的旨意）（别西大叙利亚文：ܐܢ ܬܨܒܘܢ）；评注：以赛亚这里许诺说，若你回转（心意）（别西大叙利亚文：ܐ ܬܦܢܐ）。若你不同意：匕首（《六经对参》叙利亚文：ܣܦܣܪܐ），也就是刀剑（别西大叙利亚文：ܚܪܒܐ），就会降临他们身上。

笔者在别文已经阐明，巴萨礼毕在评注中交错引用两个不同版本的经文时，通常就有义理须待阐发。[①] 此处，巴萨礼毕不仅征引了《别西大译本》中的词句，还突然引用了《六经对参》叙利亚文译本中的一个生僻词"匕首"（ܣܦܣܪܐ），十分蹊跷。仔细观察文字，可以发现巴萨礼毕在上下文中（连同这一节的评注）一直在强调信仰上"回转心意"的重要性。然而"回转"一词的词根（ܦܢܐ），正如中文，也有物理上转向的意思。根据这一线索，"匕首"（ܣܦܣܪ）的倒序字正是"同意"（ܨܒܐ）。不言而喻，作者在进行一个非常具有"闪米特"风味的解经：听经人的心意回转，与字母顺序的回转（metathesis）有某种奇妙的共振。听者转意，万事大吉；若不愿意，神便将此抗拒（的字母）反转为"匕首"，复报人间。

这段阐释出自巴萨礼毕评注的"灵义解经"段落。亚历山大世界的"灵义""字面意思"二分的解经风格，经过菲洛（Philo，约

---

① Z. Chen, "Double Citations of the Peshitta and the Syro-Hexapla in Bar Salibi's Spiritual Commentary on Isaiah 1–12," forthcoming.

前20—公元50年）、奥利金等思想家传承，进入了基督教世界，[①] 并在中世纪被叙利亚语注经者所继承。然而，这一处叙利亚风的"灵义解经"，与希腊化"灵义解经"中神秘解释（ἀναγωγή）或寓意解释（ἀλληγορία）有所不同：有别于后者对意向的经义改造和操作，前者包含了闪语解经中特有的对词形的物理改造（换序、谐音、首字母缩略等），以此从中揣度深意，十分类似于犹太教拉比的解经手法。[②] 倘若传统的"灵义解经"是基于情节或者符号在意涵上的相似，这种闪语独特的、被巴萨礼毕归为"灵义解经"的技法则是基于字形或单词在物理上的相似。通过这个例子，可以看见处在希腊—罗马传统和闪米特传统之间的叙利亚解经者，是怎样先从来自两个传统的圣经文本（《别西大译本》与《六经对参译本》）寻找解经的契机，又是怎样在希腊化世界创造的灵义解经—字面解经的二分框架下，将闪米特传统特有的解经方法，融入灵义解经的范畴之中。这样的例子，虽不能在本文中多与展现，但在叙利亚文艺复兴的

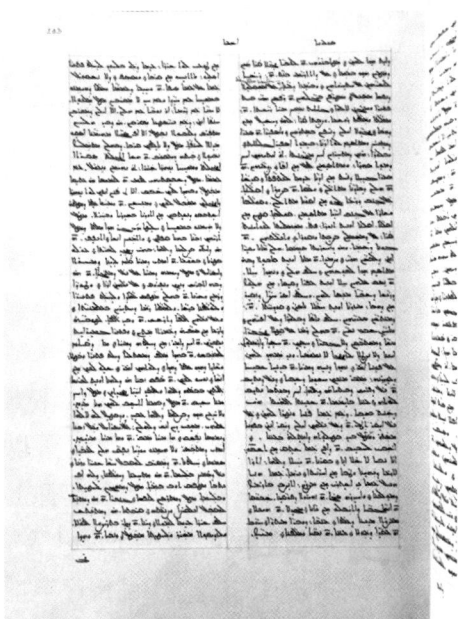

图3　19世纪巴萨礼毕圣经集注手稿（MS Syriac 130），现藏于哈佛大学霍顿图书馆（Houghton Library, Harvard University）。抄本内侧为灵义评注，外侧为字义评注。笔者摄。

---

① F. Siegert, "Early Jewish Interpretation in a Hellenistic Style," in *Hebrew Bible / Old Testament: The History of Its Interpretation: I/1: From the Beginnings to the Middle Ages (Until 1300)*, ed. Magne Sæbø, Göttingen: Vandenhoeck & Ruprecht, 1996, 182–189.

② D.A. Teeter, *Scribal Laws: Exegetical Variation in the Textual Transmission of Biblical Law in the Late Second Temple Period*, Tübingen: Mohr Siebeck, 2014, 181–183.

解经文字中比比皆是。而这一切眼花缭乱的嬗变，皆来自叙利亚文明与周边若干文明的深度融合与竞争关系。

三、总　结

本文在开头部分简述了欧洲在"三语学院"建制初成时，是如何让除了希伯来文（及阿拉米文）之外的东方文字渐渐淡出人文学科学者的学制，尽管叙利亚文对于《希伯来圣经》研究的许多方面，如在文本批判的正本清源、寻找原始希伯来文本的功用上，并不亚于希腊文、拉丁文。这种将三种特定语言经典化的倾向，一直到今天余温犹存，无论是在东西方学界，还是在大众传播的视野里。

文章的第二部分，从叙利亚文的前基督教起源开始，简单地展现了字体使用之初的大概形态，并着重介绍了在巴戴桑与亚弗拉哈特这些早期叙利亚教父涌现的几百年间，背景中进行着的虽然无名无典，但却十分系统的译介工程——《圣经》的翻译。这些翻译既有旨在精简的缩写本如他提安的《四福音和谐》，又有相当严谨地译自希伯来文和希腊文的《别西大译本》。

在下一小节中，通过对《别西大译本》中《创世记》首句经文和《以赛亚书》21:8的分析，阐明叙利亚文《别西大译本》有时能严谨地保留其底本的正确读法，尽管历史上底本在后来的传抄过程中时常发生讹误，而这样的讹误也可能被"传染"给其他译本。同时，本文也尽量公允地展现了叙利亚文译本作为原始文本的"见证者"的效用边界：其行文、风格或者翻译技法，也会受到除底本之外各种可能因素的影响。因此，叙利亚文《别西大译本》即便能作为行之有效的文本重构工具，其在实践过程中也具备一定的局限性。

本文的最后部分将视野投向叙利亚传统的《圣经》阐释，并以"叙利亚文艺复兴"时期最重要的注经者巴萨礼毕的《以赛亚书评注》为例，来展现希腊与希伯来经卷文化如何对叙利亚注经者的世界观产生神奇的影响。巴萨礼毕拥有两本时常字句冲突的叙利亚文《圣经》，一本源自希腊文《七十子译本》，而另一本源自《希伯来圣经》。两者同样神圣而重要，这让时人以为此二译本间的差异，或有隐微大义，并加以阐发。这种在今人看来不可思议的做法，其实又根植于闪米特解经者的惯常操作之中，但最后却被叙利亚注经者添加于源于亚历山大的"灵义解经"传统之中。这一切的左右腾挪都发生在叙利亚文字搭建的文化空间之中，也因通融左右，而异彩纷呈。

格 厄 兹 语

—— 非洲之角的古典闪语[*]

格 厄 兹 语

—— 非洲之角的古典闪语[*]

张泓玮

（上海外国语大学全球文明史研究所）

一、导　言

　　非洲东部的大半岛"非洲之角"，其名是外文 Horn of Africa、
القرن الأفريقي 的直译，由于索马里地区自古至今以盛产香料闻名，在罗
马传统中被称为 Regio aromatica[①]、Aromatica regio[②]。阿拉伯地理学家
称之为 Barbar 之地（بلاد البربر），[③] 对应《厄立特里亚海周航录》25:2 中
出现的 Βαρβαρικῆς χώρας。[④] 这个与北非"柏柏尔"（berbère、البربر）
重名的称谓，亦为犹太拉比文献中地名 ברבריה 的所指之一，[⑤] 并以
"拨拨力国""弼琶啰国"的形式分别见于唐代的《酉阳杂俎》卷四

---

* 基金项目：2022 年度上海外国语大学校级规划科研项目"闪语族历史比较语言学视
　　域中的阿拉伯方言研究"（2022114016）。

① G. Waterfield, "Trouble in the Horn of Africa? The British Somali Case," *International Affairs* 32.1 (1956): 52–60.

② G. Révoil, *Voyages au cap des Aromates (Afrique orientale)*, Paris: E. Dentu, 1880, 145–150, 255.

③ J.D. Fage and R. Oliver, eds. *The Cambridge History of Africa: Volume 3: From c. 1050 to c. 1600*, Cambridge: Cambridge University Press, 1977, 190.

④ L. Casson, *The Periplus Maris Erythraei: Text with Introduction, Translation, and Commentary*, Princeton: Princeton University Press, 1989, 64.

⑤ D.M. Goldenberg, "Geographia Rabbinica: The Toponym Barbaria," *Journal of Jewish Studies* 50.1 (1999): 53–73.

和宋代的《诸蕃志》中，[1] 也被保留在今天索马里港口城市"柏培拉"（Barbara）的名字里。

"非洲之角"被红海与印度洋环绕，半岛陆地向海洋如角状突出。狭义上的"非洲之角"包括吉布提、厄立特里亚、埃塞俄比亚和索马里，而广义上的"非洲之角"则还可包括肯尼亚、苏丹、南苏丹、乌干达的全部或部分地区。[2] 在现当代政治意义上，"非洲之角"地区与IGAD"政府间发展组织"（Intergovernmental Authority on Development）成员国所覆盖的区域大致重合，该组织于1996年脱胎于1986年通过联合国建立的IGADD"政府间干旱与发展组织"（Intergovernmental Authority on Drought and Development）。[3]

在地理和文化意义上，"非洲之角"属于红海区域，与阿拉伯半岛隔红海相望，自古以来与阿拉伯半岛间有着丰富的经贸文化往来，"非洲之角"重要的古典语文格厄兹语（Gəʿəz）的音节文字即基于古代南阿拉比亚（Ancient South Arabian）辅音文字的创制修订而成，

图1 展示区域范围的IGAD标志[4]

详见后文。这片地区也是伊斯兰教和基督教交织的地带，来自阿拉伯半岛的伊斯兰教传入"非洲之角"后，与早已扎根当地的基督教发生了密切的接触与交流，历史上乃至今天也不乏冲突。早期伊斯兰教信众遭受半岛政治迫害时被迫迁徙至埃塞俄比亚，因宗教教义接近，受到了以基督教为国教的埃塞俄比亚的庇护，成为阿拉伯

---

① 段成式：《酉阳杂俎校笺（全四册）》，许逸民校笺，北京：中华书局，2015年，第445页；赵汝适：《诸蕃志校释》，杨博文校释，北京：中华书局，1996年，第102页。

② The Editors of Encyclopedia Britannica, "Horn of Africa," *Encyclopedia Britannica*, October 19, 2023. https://www.britannica.com/place/Horn-of-Africa.

③ https://igad.int/about/

④ 图源：https://voiceofdjibouti.com/wp-content/uploads/2016/08/IGAD_region_1.png。

伊斯兰史上一段佳话。[①]

　　一旦我们摆脱近现代政治版图的局限，就会发现"非洲之角"是一个族群高度复杂的区域。这一区域有讲亚非语系（Afroasiatic phylum）三大语族——闪语族（Semitic languages）、库施语族（Cushitic languages）、奥莫语族（Omotic languages）——的族群，还有操尼罗-撒哈拉语诸语（Nilo-Saharan languages）的族群，在南部地区还有使用班图语的族群。从以下两幅语言分布图可见一斑。

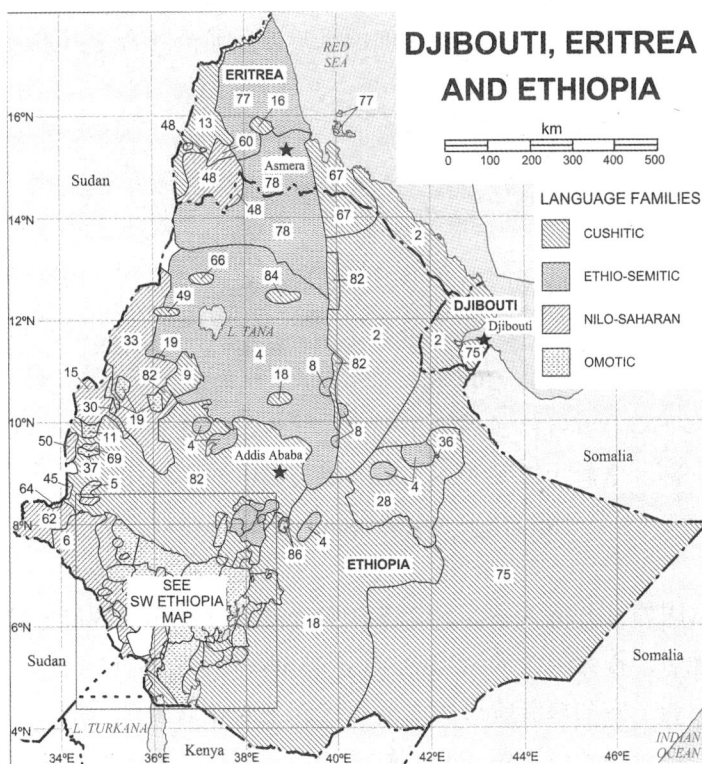

图2　语言分布图"吉布提、埃塞俄比亚与厄立特里亚"[②]

---

① 希提：《阿拉伯通史（上册）》，马坚译，北京：商务印书馆，1990年，第131—132页；纳忠：《阿拉伯通史（上卷）》，北京：商务印书馆，1997年，第133—134页。

② 图源：R.G. Gordon and B.F. Grimes, eds. *Ethnologue: Languages of the World*, 15th ed., Dallas: SIL International, 2005, 698。

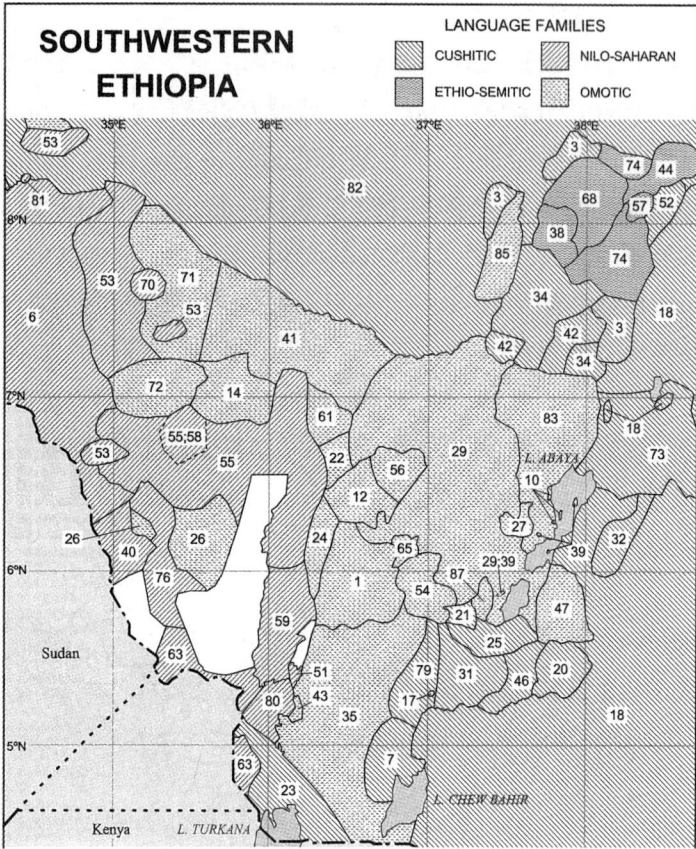

图3 语言分布图 "西南埃塞俄比亚" [1]

从图2、图3还可见，闪语集中分布在埃塞俄比亚和厄立特里亚北部地区。作为闪语的阿姆哈拉语（Amharic አማርኛ [ʔamarɨɲɲa]）自约13世纪成为王室和精英阶层的语言，在20世纪诸政府推行的"阿姆哈拉化"政策中地位大幅提升，截至1974年革命，阿姆哈拉语是唯一用于国家教育和官方媒体的现代埃塞语言；[2] 虽然今天阿姆哈拉语是

---

[1] 图源：R.G. Gordon and B.F. Grimes, eds. *Ethnologue: Languages of the World*, 15th ed., Dallas: SIL International, 2005, 699。

[2] D.L. Appleyard, "Amharic," in *Encyclopaedia Aethiopica, Volume 1: A-C*, ed. S. Uhlig, Wiesbaden: Harrassowitz Verlag, 2003, 232–234.

埃塞俄比亚的官方语言，但无论从母语人口还是族群的角度都不是绝对多数。[①] 埃塞俄比亚1955年宪法规定了以阿姆哈拉语作为帝国的语言；[②] 1987年宪法中将阿姆哈拉语设为共和国工作语言，强调了民族语言的平等；[③] 1995年宪法则在确立阿姆哈拉语的联邦政府工作语言地位的同时，允许各邦立法决定各自的工作语言。[④] 而厄立特里亚则不设官方语言，宪法强调保障各种语言的平等，[⑤] 尽管提格里尼亚语（Tigrinya[ቋንቋ]ትግርኛ）、英语和阿拉伯语是事实上的国家语言，用于中等高等教育。[⑥]

二、从闪语族到格厄兹语

从语言谱系分类的角度，闪语族属于人类语言主要语系之一的亚非语系。"亚非"的旧称"闪含"（Hamito-Semitic, Semito-Hamitic）源自德语的Hamito-semitische Sprachen。[⑦]20世纪50年代，格林伯

---

① 据2007年普查的母语人口和族群认同数据，阿姆哈拉语母语者有21 634 396人，占比29.3%，而奥罗莫语母语者则达24 930 424人，占比33.8%；阿姆哈拉族19 878 199人，奥罗莫族则有25 363 756人。

② Chapter 8 Article 125: "The official language of the Empire is Amharic."

③ Chapter 1 Article 2.5: "The People's Democratic Republic of Ethiopia shall ensure the equality, development and respectability of the languages of the nationalities." Chapter 16 Article 116: "Without prejudice to Article 2 sub-article 5, of this Constitution, in the People's Democratic Republic of Ethiopia the working language of the state shall be Amharic."

④ Chapter 1 Article 5: "፩. ማናቸውም የኢትዮጵያ ቋንቋዎች በእኩልነት የመንግሥት አውቅና ይኖራቸዋል። (All Ethiopian languages shall enjoy equal state recognition.) ፪. አማርኛ የፌዴራሉ መንግሥት የሥራ ቋንቋ ይሆናል። (Amharic shall be the working language of the Federal Government.) ፫. የፌዴራሽኑ አባሎች የየራሳቸውን የሥራ ቋንቋ በሕግ ይወስናሉ። (Members of the Federation may by law determine their respective working languages.)"

⑤ ቅዋም ኤርትራ: ምዕራፍ ፪ ዓንቀጽ ፬ ሀገራዊ ትእምርትታትን ቋንቋታትን 3. ኣብ ኤርትራ: ማዕርነት ኩሉ ኤርትራዊ ቋንቋታት እተሓለወ እዩ። (The equality of all Eritrean languages is guaranteed.)

⑥ H. Erlich, "Eritrea," in *Encyclopaedia Aethiopica, Volume 2: D-Ha*, ed. S. Uhlig, Wiesbaden: Harrassowitz Verlag, 2005, 355–359.

⑦ F. Müller, *Grundriss der Sprachwissenschaft, I. Band, I. Abteilung. Einleitung in die Sprachwissenschaft*. Wien: Alfred Hölder, 1876, 76.

格（J.H. Greenberg）论证了豪萨语及其所在的乍得语族属于亚非语系，并否定了所谓诸"含语"（Hamitic）的统一语族地位，进而倡议废用具有二元对立指向的称谓"闪含"。[①] 时至今日，该旧称已基本从英语文献中销声匿迹，仅偶见于少数其他语言。[②] 值得一提的是，命名为 Afroasiatic 抑或是俄国学者季亚科诺夫（I. M. Diakonoff）创制的 Afrasian，[③] 是因为亚非语系跨亚非大陆分布，但此名称常被英语学者误用为 Afro-Asiatic（可见于图4）。后者实质上同样违背了格林伯格回避二元对立的初衷——亚非语系同样不存在亚洲分支和非洲分支的对立。而尽管"亚非"称谓以带连字符的形式 afro-asiatique 诞生于法语文献，[④] 今天的法国学者却大多遵从格林伯格的倡议使用 afroasiatique 的形式。

早在"含"语族（chamitiques）被用于指称一系列与闪语族（sémitiques）具有相似性的非洲语言之前，[⑤] 即近一个世纪以前，冯·施勒策（A. von Schlözer）就已沿袭莱布尼茨（G.W. Leibniz）用《圣经》中诺亚三子之名指称语言的方式，[⑥] 以派生自诺亚长子"闪"（שם）的"闪米特"（Semitisch）指称"叙利亚人、巴比伦人、

---

① J.H. Greenberg, "Studies in African Linguistic Classification: IV. Hamito-Semitic," *Southwestern Journal of Anthropology* 6.1 (1950): 47–63; J.H. Greenberg, *The Languages of Africa*, Bloomington: Indiana University, 1963.

② 主要为德语 Semito-hamitisch 和 Hamito-semitisch，尽管越来越多的学者也已开始采用"亚非"（Afroasiatisch）。此外即汉语文献中直译自 Hamito-Semitic 与 Semito-Hamitic 的"闪含""含闪"。德语学者保留旧称的惯例还可见于"印欧"（Indo-European）语系旧称"印度–日耳曼"（Indogermanisch）。

③ I. M. Diakonoff, *Afrasian Languages*, trans. A. A. Korolev and V. Y. Porkhomovsky, Moscow: Nauka, Central Department of Oriental Literature, 1988.

④ M. Delafosse, *Esquisse générale des langues de l'Afrique, et plus particulièrement de l'Afrique française*, Paris: Masson & Cie, 1914, 22.

⑤ E. Renan, *Histoire générale et système comparé des langues sémitiques*, Paris: Imprimerie impériale, 1855, 189.

⑥ G.W. Leibniz, *Brevis designatio meditationum de originibus gentium, ductis potissimum ex indicio linguarum*, Berlin: Berlin-Brandenburgische Akademie der Wissenschaften, 1710, 4.

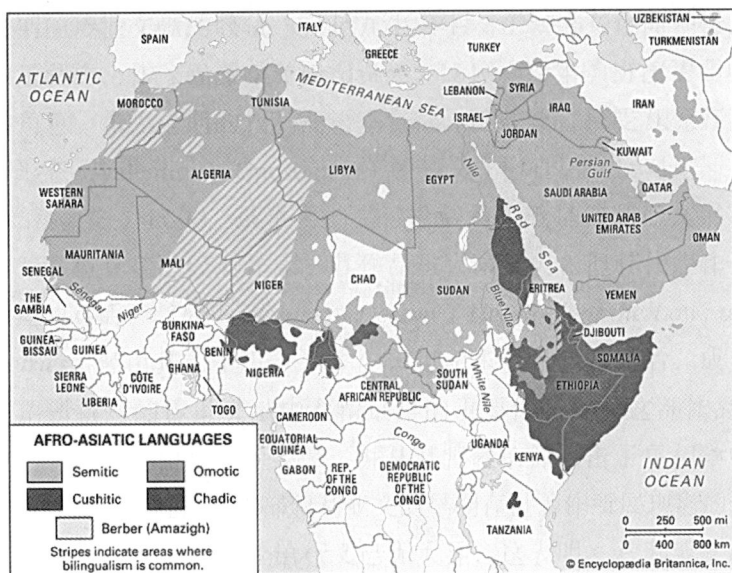

图4 《不列颠百科全书》中的亚非语系分布示意图[①]

希伯来人、阿拉伯人"的语言。[②] 自此至今,"闪语族"的称谓一直被学界沿用。格厄兹语(Gəʻəz)即为闪语族重要的古典语言之一,[③]是闪语族西支"埃塞闪语"(Ethiopian Semitic)最古老的语言。[④] 埃塞闪语分支在闪语族中的谱系位置可见图5,该图展示的是经历一个

---

① 图源:https://www.britannica.com/topic/Afro-Asiatic-languages。

② A.L. von Schlözer, "Von den Chaldäern," *Repertorium für biblische und morgenländische Litteratur* 8 (1781): 113–176.

③ 汉语中该语言文字专名存在很遗憾的误译——"吉兹",笔者正在撰文专门讨论。在此仅需指出,英语中的拼写 Ge'ez(/ˈɡiːɛz/)是 ግዕዝ(/ˈɡiʔiz/ 或 /ɡiʕz/)的转写形式 Gəʻəz 的变通写法,指代语言时约等于"古典埃塞俄比亚语"(Classical Ethiopic)。合适的汉译"格厄兹"事实上早已见于我国的语言学文献(刘丹青:《语序类型学与介词理论》,北京:商务印书馆,2004年,第89页)。

④ 英语文献中亦可见 Ethiosemitic 或 Ethio-Semitic 的同义术语,笔者选用 Ethiopian Semitic 的理据详见 H.-W. Zhang, "When They Change the Way They Speak: Contact-Induced Word Order Shifts in Semitic." Ph.D. dissertation, The University of Chicago, 2021, 48–49。在此仅需指出,该术语中的"埃塞"既非"埃塞俄比亚",亦非"埃塞俄比亚联邦民主共和国",而是意指约等同于"非洲之角"的 Orbis Aethiopicus。

多世纪的学术讨论、代表目前闪语族历史比较语言学多数学者共识、遵循历史比较语言学原则、基于共同创新（shared innovation）的闪语族谱系树。[①]

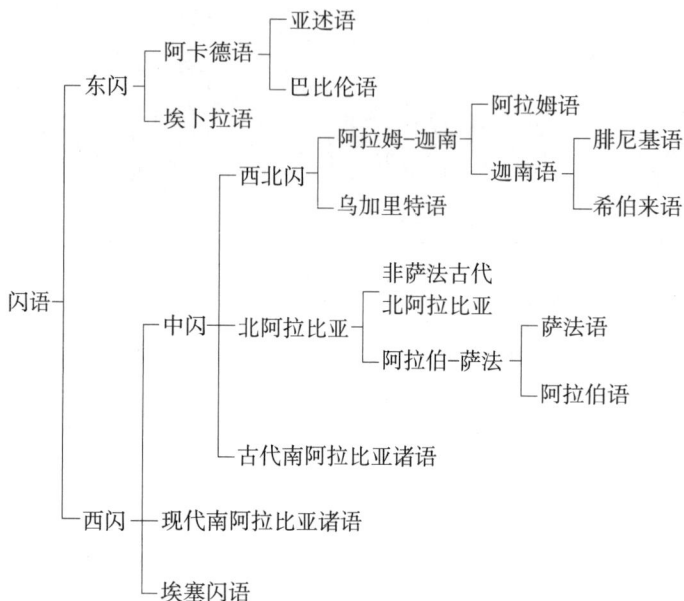

图5　更新后的闪语族内部谱系划分[②]

虽然格厄兹语承载着埃塞俄比亚、厄立特里亚的传统文化，格厄兹语与埃塞闪语诸语言的关系也和拉丁语与罗曼语族现代语言的关系颇有一丝相近，但格厄兹语并非埃塞闪语诸语言的祖语，尤其

[①] 应当指出的是，该谱系树的"北阿拉比亚"节点尤其是"阿拉伯-萨法"节点尚存较大争议，见 A. Al-Jallad, "The Classification of the Languages of North Arabia: Remarks on the Semitic Language Family Tree of the 2nd Edition of Routledge's The Semitic Languages," *International Journal of Arabic Linguistics* 5.2 (2019): 86–99。

[②] 制图参照 J. Huehnergard and N. Pat-El, "Introduction to the Semitic Languages and Their History," in *The Semitic Languages*, ed. J. Huehnergard and N. Pat-El, 2nd ed., London: Routledge, 2019, 1–21。

值得注意的是格厄兹语与阿姆哈拉语的谱系关系并不近：[1]

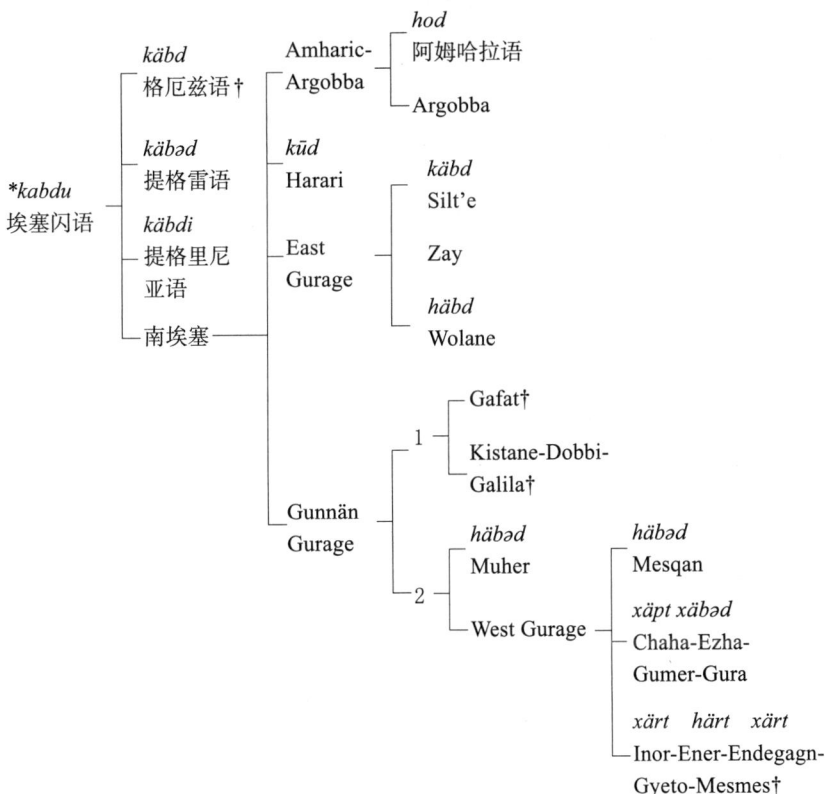

*kabdu 埃塞闪语
- käbd 格厄兹语†
- käbəd 提格雷语
- käbdi 提格里尼亚语
- 南埃塞
  - Amharic-Argobba
    - hod 阿姆哈拉语
    - Argobba
  - kūd Harari
  - East Gurage
    - käbd Silt'e
    - Zay
    - häbd Wolane
  - Gunnän Gurage
    - 1
      - Gafat†
      - Kistane-Dobbi-Galila†
    - 2
      - häbəd Muher
      - West Gurage
        - häbəd Mesqan
        - xäpt xäbəd Chaha-Ezha-Gumer-Gura
        - xärt härt xärt Inor-Ener-Endegagn-Gyeto-Mesmes†

图6 埃塞闪语支内部谱系划分及同源词示意[2]

---

① 埃塞闪语支的内部谱系划分由赫茨龙（R. Hetzron）于20世纪70年代奠基，至今未有根本性变化。详见R. Hetzron, *Ethiopian Semitic: Studies in Classification*, Manchester: Manchester University Press, 1972; R. Meyer, "Gurage (Muher)," in *The Semitic Languages*, ed. J. Huehnergard and N. Pat-El, 2nd ed., London: Routledge, 2019, 227–256。图6中笔者坚持采用"提格里尼亚语"作为Tigrinya［ጽግሯ］ትግርኛ /tigriɲːa/ 的音译，以区别于厄立特里亚的"提格雷语"Tigré［ህግይ］ትግሬ /tigre/；笔者亦曾建议在与前者相关的族群名和地名（Tigray ትግራይ ትግራይ /tigraj/）的汉译中弃用"雷"字（张泓玮，沈玉宁：《面向文献考古的语言学共时/历时分析——以提格里（雷）尼亚语和古典埃塞俄比亚语的分析为例》，"全球通史视野中的红海地区"学术会议，上海，2018年）。

② 制图参照 R. Meyer, "Gurage (Muher)," in *The Semitic Languages*, ed. J. Huehnergard and N. Pat-El, 2nd ed., London: Routledge, 2019, 227–256；同源词由笔者添加。

三、格厄兹语的一些重要特征

（一）文字与语音

格厄兹语使用的文字格厄兹文（ፊደል）是非洲历史最悠久的文字之一。传统格厄兹文以日语五十音图的模式排列成一个26×7的表格，另有4×5的唇化音表格。纵列被称为"序列"（Ordnung; ordre; order），第二至第七序列的名称即为格厄兹语序数词。[1] 除第六序列可以同时表示辅音及辅音+/i/的开音节外，每个字符记录一个开音节，横行字符的音节首辅音相同。第六序列的双重功能及正字法不记录辅音重叠的特性，是格厄兹文对非母语者而言最困难的部分：如 የገበረ（yə-gä-bə-rə）表达 yəgäbbər /jigɐbːir/，[2] ይገብር（yə-gə-bä-rə）表达 yəgbär。现代埃塞闪语大多在传统格厄兹文的基础上进行修订，以适应各自的音系，如ሰ /sɐ/ → ሸ /ʃɐ/、ነ /nɐ/ → ኘ /ɲɐ/、ተ /tɐ/ → ቸ /t͡ʃɐ/。

表1　格厄兹文及其国际音标和转写示例

"序列"	1ˢᵗ	2ⁿᵈ	3ʳᵈ	4ᵗʰ	5ᵗʰ	6ᵗʰ	7ᵗʰ
对字转写	ለ *lä*	ሉ *lu*	ሊ *li*	ላ *la*	ሌ *le*	ል *l(ə)*	ሎ *lo*
国际音标	/lɐ/	/lu/	/li/	/la/	/le/	/l(i)/	/lo/
对字转写	ሀ *hä*	ሁ *hu*	ሂ *hi*	ሃ *ha*	ሄ *he*	ህ *h(ə)*	ሆ *ho*
国际音标	/ha/	/hu/	/hi/	/ha/	/he/	/h(i)/	/ho/

---

[1] 第一序列ግዕዝ "格厄兹"，第二序列ካዕብ "第二"，第三序列ሣልስ "第三"，第四序列ራብዕ "第四"，第五序列ኃምስ "第五"，第六序列ሳድስ "第六"，第七序列ሳብዕ "第七"。

[2] 本文转写体系的辅音字符除ኅ /x/、ቀ /k'/、ጠ /t'/，遵循 T.O. Lambdin, *Introduction to Classical Ethiopic (Geʿez)*, Winona Lake: Eisenbrauns, 1978；元音转写忽略格厄兹语喉音后的第一第四序列合流，进行严谨的对字转写，参见表1、表2及 M. Krzyżanowska, "A Part-of-Speech Tagset for Morphosyntactic Tagging of Amharic," *Aethiopica* 20 (2017): 210–235。另见 H. Zhang, "When They Change the Way They Speak: Contact-Induced Word Order Shifts in Semitic." Ph.D. dissertation, The University of Chicago, 2021, 82–83。

　　格厄兹文的转写有很多不同的系统，存在学术转写和非学术转写的差异，不同的转写体系在元音方面存在较大差异，极易造成误读，甚至导致错误的音译，如著名的埃塞君主（1930—1974年称帝）*Ḥaylä Śəllase*（ቀዳማዊ ኃይለ ሥላሴ）因最初的音译者错误揣测了非学术转写 Haile Selassie 的发音，成了"海尔·塞拉西一世"，与阿姆哈拉语发音 /hajlɐ sil:ase/ 相去甚远。因此我国学者在使用非原文文献的时候尤其需要注意。

表2　格厄兹文的学术和非学术转写系统中元音字符的差异对照

	ä	*u*	*i*	*a*	*e*	*ə*	*o*
学术转写	*a*	*u*	*i*	*ā*	*ē*	*e*	*o*
	a	*u*	*i*	*ā*	*e*	*ə*	*o*
非学术转写	*ə~ŏ~e*	*u*	*i*	*a*	*e~ie*	*i~e*	*o*

　　格厄兹文第一序列的基本形态充分展示了红海区域的文化交流：表3对比了古代南阿拉比亚辅音文字与格厄兹音节文字的第一序列，两者同源关系清晰可见。

表3　古代南阿拉比亚文与格厄兹文第一序列对照表

　　格厄兹文前四行和古代南阿拉比亚文前四个字母记录的辅音字母排列顺序 *h-l-ḥ-m* 通常被称为"南闪"字母表排序，而闪语字母表最著名的腓尼基字母表 *'-b-g-d*〔ℸ ℷ ℶ ℵ〕排序则是希腊拉丁字母 *ABΓΔ*、*ABCD* 排序的前身。格厄兹文体现的字母排列顺序也是乌加里特语字母表三种排序之一，见于泥板 RS 88.2215，该排列顺序的古老程度也体现于埃及新王朝早期陶片 TT99 no. 99.95.0297。

图7　RS 88.2215（左）[①]**与 TT99 no. 99.95.0297（右）**[②]

　　格厄兹文字符体现了格厄兹语在文字创制／借用之初的三十个辅音音位及七个元音音位。格厄兹语二十四个辅音为原始闪语辅音音位的继承和合流，四个唇化辅音（k^w $ḫ^w$ $k̇^w$ g^w）及两个双唇清塞音（p $ṗ$）为创新音位。包括格厄兹语在内的埃塞闪语中，强势（emphatic）辅音以声门化（glottalization）的形式实现，由于阿拉伯语、希伯来语、叙利亚语等早期为学者所知的古典闪语中强势辅音均实现为咽化（pharyngealization），[③] 埃塞闪语的情形曾被视为所谓

---

① 图源：S. Ferrara, "A 'Top-Down' Re-Invention of an Old Form: Cuneiform Alphabets in Context," in *Understanding Relations Between Scripts II: Early Alphabets*, ed. P.M. Steele and P.J. Boyes, Oxbow; Philadelphia: Oxbow Books, 2020, 25, 版权归 D. Pardee 所有。

② 图源：B. Haring, "*Halaḥam* on an Ostracon of the Early New Kingdom?" *Journal of Near Eastern Studies* 74.2 (2015): 190。

③ 此处仅以"咽化"区别于系统性的"声门化"实现方式。阿拉伯语强势辅音的具体语音学属性在学界存在争论，文献中有"咽化"（M. Embarki, S. Ouni, M. Yeou, C. Guilleminot, and S. Al Maqtari, "Acoustic and Electromagnetic Articulographic Study of Pharyngealisation: Coarticulatory Effects as an Index of Stylistic and Regional Variation in Arabic," in *Instrumental Studies in Arabic Phonetics*, ed. Z.M. Hassan and B. Heselwood, Amsterdam; Philadelphia: John Benjamins Publishing Company, 2011, 193–215）、"软腭化（velarization）"（S. Ghazeli, "Back Consonants and Backing Coarticulation in Arabic," Ph.D. dissertation, The University of Texas at Austin, 1977）、"小舌化（uvularization）"（B. A. Zawaydeh and K. de Jong, "The Phonetics of Localising Uvularisation in Ammani-Jordanian Arabic," in *Instrumental Studies in Arabic Phonetics*, ed. Z.M. Hassan and B. Heselwood, Amsterdam; Philadelphia: John Benjamins Publishing Company, （转下页）

闪语受到周边库施语族的影响，被误引为接触语言学案例。[①] 但20
世纪90年代末以来，原始闪语强势辅音实现为声门化成为共识；[②]
除埃塞闪语外，声门化实现形式保留在现代南阿拉比亚语（Modern
South Arabian）中，阿卡德语中也有证据佐证声门化实现形式；[③] 现
代南阿拉比亚语声门化辅音存在咽化变体，[④] 很好地佐证了声门化系
统到咽化系统的演变。[⑤] 因此格厄兹语声门化强势辅音的存古性已毋
庸置疑。元音方面，原始闪语的音长系统（quantitative）在格厄兹语
中演变为音质系统（qualitative），原始的二合元音（*ay *aw）演化
为两个中元音，前后两个短高元音（*i *u）合流为央元音ə /ɨ/（并在
部分位置消失）。表4列举了一些原始闪语词汇在格厄兹语和其他古
典闪语中的同源形式。

（接上页）2011, 257–276）和"声门化"（J.C.E. Watson and A. Bellem, "Glottalisation
and Neutralisation in Yemeni Arabic and Mehri: An Acoustic Study," in *Instrumental
Studies in Arabic Phonetics*, ed. Z.M. Hassan and B. Heselwood, Amsterdam; Philadelphia:
John Benjamins Publishing Company, 2011, 235–256）的描写，近年来也可见"舌根
后缩（retracted tongue root）"的描写，如A.H. Alfaifi, M.E. Cavar, and S.M. Lulich,
"Tongue Root Position in Hijazi Arabic Voiceless Emphatic and Non-Emphatic Coronal
Consonants," in *Proceedings of Meetings on Acoustics*, 42: 060004, Acoustical Society of
America, 2021。不同的非标准阿拉伯语变体中情况不尽相同，不宜一概而论。

① S.G. Thomason and T. Kaufman, *Language Contact, Creolization and Genetic Linguistics*,
Berkeley; Los Angeles; Oxford: University of California Press, 1988: 18, 130, 134.

② A. Dolgopolsky, *From Proto-Semitic to Hebrew: Phonology: Etymological Approach in a
Hamito-Semitic Perspectives*, Milano: Centro Studi Camito-Semitic, 1999.

③ J. Aro, "Pronunciation of the 'emphatic' consonants in Semitic languages," *Studia
Orientalia* 47 (1977): 5–18; N.J.C. Kouwenberg, "Evidence for post-glottalized consonants
in Assyrian," *Journal of Cuneiform Studies* 55 (2003): 75–86.

④ J.C.E. Watson and A. Bellem, "A Detective Story: Emphatics in Mehri," *Proceedings of the
Seminar for Arabian Studies* 40 (2010): 345–355.

⑤ A. Bellem and J.C.E. Watson, "Backing and Glottalization in Three SWAP Language
Varieties," in *Arab and Arabic Linguistics: Traditional and New Theoretical Approaches*,
ed. M. Giolfo, Oxford: Oxford University Press, 2014, 169–207.

表4　部分闪语同源词比较

	格厄兹	希伯来	阿拉伯	叙利亚	阿卡德
*ʔ'vrr-	θℭ śärr	צַר ṣar	ضِرّ ḍirrun	ܬܪܢܐ ṭarrānā	ṣurrum
*√ḥ-r-θ	ሐረሰ ḥäräsä	חָרַשׁ ḥāraš	حَرَثَ ḥarata	ܚܪܬ ḥrat	erēšum
*ðikr-	ዝክር zəkr	זֵכֶר zēker	ذِكْر dikrun	ܕܘܟܪܢܐ duḵrānā	zikrum
*lalāθ-	ሠላስ śälas	שָׁלֹשׁ šālōš	ثَلاثٌ ṯalāṯun	ܬܠܬ tlāt	šalāš
*kull-	ኲል kʷəll	כֹּל kōl	كُلّ kullun	ܟܠ kull	kullatum

（二）词法

作为典型的闪语，格厄兹语同样具备著名的非毗邻（non-concatenative）词法，[1] 通过附着基本语义的辅音字母组合——我国阿拉伯语教学研究中称之为"根母"、阿拉伯语及希伯来语本族语法学家的研究中该术语亦为"根"（جذر；שרש）一词——与带有元音的语义模板共同完成派生。如表示"统治"的 √ngś（动词 ነገሠ nägśä – ይነግሥ yənäggəś ~ ይንግሥ yəngəś）同根词 ነጋሢ nägaśi "统治者"，ንጉሥ nəguś "国王"，ንግሥት nəgəśt "女王、王后"，ንግሥ nəgś "统治"，ንጉሣዊ nəguśawi "王室的"，መንግሥ mängəś "贡物"，መንግሥት mängəśt "王国、政府"。又如形容词元音模板 $C_1 \vartheta C_2 u C_3$：ከብር kəbur "伟大的、荣耀的"，ኅሩይ ḫəruy "被选中的"，ብሉይ bəluy "旧的"，እኩይ ʾəkuy "坏的、恶的"，ከብድ kəbud "重的"，ሞውት məwut ~ ሞወት məwət "死的"，ቅዱስ qəddus "神圣的"。

格厄兹语非毗邻词法中与阿拉伯语非常相似的是，大多数名词通过模板替换实现复数化，[2] 该现象的阿拉伯语语法术语"破碎

---

① J.J. McCarthy, "A Prosodic Theory of Nonconcatenative Morphology," *Linguistic Inquiry* 12.3 (1981): 373–418.

② M. Villa, "Observations on Some 'broken' Plurals of Gəʾəz," *Rassegna di Studi Etiopici* 4 (2012): 171–203.

复数"（جمع التكسير）的直译 broken plural 也常见于形态学文献。[1]
单数与复数之间的模板对应没有固定规则，可参见以下复数化
示例。

ሀገር *hägär*	→	አህጉር *'ähgur*	城市
ደብር *däbr*	→	አድባር *'ädbar*	山
ሐመር *ḥämär*	→	አሕማር *'äḥmar*	船
ሕዝብ *ḥəzb*	→	አሕዛብ *'äḥzab*	人们
ገብር *gäbr*	→	አግብርት *'ägbərt*	仆人
ንጉሥ *nəguś*	→	ነገሥት *nägäst*	国王
መልአክ *mäl'äk*	→	መላእክት *mäla'əkt*	信使
እኍ *'əḫ*w	→	አኈው *'äḫäw*	兄弟

与此同时，通过后缀派生的规则复数同样存在：ንግሥት *nəgəst* →
ንግሥታት *nəgəst-at* "女王、王后"，ኅሩይ *ḫəruy* → ኅሩያን *ḫəruy-an* "被选
中的"。单复数范畴之外，前文提到的历时音变导致原始闪语的主格
（*-u）和属格（*-i）合流，形成了格厄兹语颇为独特的宾格–非宾格
对立的格范畴。

前文举例"统治"时引用的三种形式，即格厄兹语变位动词的三
种基本变位：ነገሠ *nägś-ä* – ይነግሥ *yə-näggəś* – ይንግሥ *yə-ngəś*。后缀变
位 $C_1äC_2(ä)C_3$- 覆盖完整体语义，长（$-C_1äC_2C_2əC_3$-）短（$-C_1C_2vC_3$-）
两个前缀变位是格厄兹语动词词法的特色，在非完整体的基础上，
长形表达直陈，短形表达祈愿、用于否定命令、劝励、目的从属小
句。三种动词变位的对立可见例（1）。

---

[1] R.R. Ratcliffe, *The "Broken" Plural Problem in Arabic and Comparative Semitic: Allomorphy and Analogy in Non-Concatenative Morphology*, Amsterdam: John Benjamins Publishing Company, 1998.

(1) ርእየ፡ሰብአ፡ይቀርቡ፡ከመ፡ይስግዱ፡ሎቱ።

rəˀy-ä säbˀä yə-ḳärrəb-u kämä yə-sgəd-u lotu

他见到人们靠近以朝他敬拜。

在闪语族历史比较语言学中，格厄兹语的动词体系非常重要。以阿卡德语为代表的东闪动词形态呈现两个前缀变位的二分体系（非完整体 *i-parras-Ø*、从属形 *i-parras-u*，完整体 *i-prus-Ø* 兼用于祈愿、从属形 *i-prus-u*），而西闪的希伯来语、阿拉伯语、叙利亚语等则呈现一个后缀变位（$C_1aC_2vC_3$-）一个前缀变位（-$C_1C_2vC_3$-）的二分体系，此外中闪语支的前缀变位呈现以词尾元音交替为基本标志的三分体系，如阿拉伯语（第三人称阳性单数）的直陈式 يَفْعَل *ya-fˁal-u*、虚拟式 يَفْعَل *ya-fˁal-a*、祈愿式 يَفْعَل *ya-fˁal-Ø*。因此埃塞闪语的三分体系恰好体现了后缀变位 $C_1aC_2vC_3$- 进入动词系统、被取代旧的完整体 -$C_1C_2vC_3$- 残存从属功能、旧的未完整体 -$C_1aC_2C_2vC_3$- 尚未被新的词尾元音交替体系取代的历时发展阶段。

闪语动词有多重派生模板，阿拉伯语中被称为动词"词式"（أوزان *ˀawzān*）、希伯来语中被称为动词"语干"（בנינים *binyānîm*），不同的模板之间存在一定的派生关系，格厄兹语中部分词式发生词汇化，派生关系减弱，呈现表5中展示的A-B-C的格局，[1] 这也是整个诸埃塞闪语分支的共同特征。语义派生保留在使役和中动被动词式中。

---

[1] 由 M. Cohen 所确立的动词A-B-C大类，被所有从事埃塞闪语研究的学者沿用；参：M. Cohen, *Traité de langue amharique (Abyssinie)*, Paris: Institut d'ethnologie, 1936。A类动词对应比较闪语传统中的无附加派生要素的G类（Grundstamm），B类动词对应第二根母重叠的D类（Doppelungs-Stamm），见于各闪语；C类动词对应第一根母后元音延长（lengthened）的L类，以阿拉伯语 *fāˁala* 类动词为代表，通常希伯来语的 *pôˁēl* 类动词也被视为同类。

表5 格厄兹语动词词式派生示例

			使役	中动被动
√ḳtl	A/G	ቀተለ ḳätälä 他杀了	አግብአ ʾä-gbǝʾä 他带回了 x	ተቀተለ tä-ḳätälä 他被杀了
√gbʾ		ገብአ gäbʾä 他返回了		
√fnw	B/D	ፈነወ fännäwä 他派了	አሠነየ ʾä-śännäyä 他使 x 变美了	ተፈነወ tä-fännäwä 他被派了
√śny		ሠነየ śännäyä 他是美的		
√brk	C/L	ባረከ baräkä 他祝福了	አምሰነ ʾä-masänä 他毁灭了 x	ተባረከ tä-baräkä 他被祝福了
√msn		ማሰነ masänä 他消亡了		

（三）句法

格厄兹语继承了原始闪语的主宾格配列（nominative-accusative alignment）。前文已经提到，历时音变（*u, *i 〉ǝ [〉Ø]）导致格厄兹语形成了宾格-ä–非宾格-Ø 对立，如例（2）所示。此外，格厄兹语的宾格除了标记受事之外，还有如时间、空间、方式等众多副词性功能，基数词限定的名词、存现动词的谓语同样以宾格标记，如例（3）—（7）。多功能宾格同样见于阿卡德语、乌加里特语、阿拉伯语，是继承自原始闪语的特征，可以被解释为原始闪语前时期主格标记（marked-nominative）配列中的无标形式。①

(2) በቀዳሚ፡ገብረ፡እግዚአብሔር፡ሰማየ፡ወምድረ።（圣经·创世纪1:1）
bä-ḳadami gäbrä ʾǝgziʾäbǝḥer-Ø sämay-ä wä-mǝdr-ä
起初，神创造天地。

① R. Hasselbach, *Case in Semitic: Roles, Relations, and Reconstruction*, Oxford: Oxford University Press, 2013.

(3) ምንተ፡ሰማዕከ፡ሌሊተ፨

mənt-ä säma ʿkä lelit-ä

你晚上听到了什么？

(4) ቦአ፡ሀገረ፨

bo ʾä hägär-ä

他进了城。

(5) ኢኮነ፡ወርኅ፡በየአቲ፡ሌሊት፨

ʾi-konä wärḫ-ä bä-yə ʾəti lelit

那夜没有月。

(6) ዘበጠዎ፡ዘብጠተ፡ዕዱበ፨

zäbäṭəwwo zəbṭät-ä ʿəṣub-ä

他狠狠地揍了他。

(7) ከፈለዋ፡ለምድር፡ሰብዐተ፡ከፍለ፨

kəfələw-wa lä-mədr säb ʿät-ä kəfl-ä

将大地分成七个部分！

以上例句中可见格厄兹语的无标语序呈现较强的 V(S)O 特征，使用前置词。格厄兹语中，除指示词短语外，名词性短语呈现核心词前置于修饰语的语序。此外，形容词和短关系小句也存在少量前置于核心词的情况。[①] 值得注意的是，代词主语在主谓句中的无标位置位于谓语之后，与古典希伯来语、阿卡德语相同，与阿拉伯语相异，如例（8）。

---

① A. Caquot, "Recherches de syntaxe sur le texte éthiopien d'Énoch," *Journal Asiatique* 240 (1952): 487–496; R. Schneider, *L'Expression des compléments de verbe et de nom et la place de l'adjectif épithète en Guèze*, Paris: Librairie ancienne Honoré Champion, 1959; A. Gai, "The Place of the Attribute in Ge'ez," *Journal of Semitic Studies* 26.2 (1981): 257–265.

(8) ወትቤ፡ንግሥት፡ማክዳ፡ለንጉሥ፡ሰሎሞን፡ብፁዕ፡አንተ፡እግዚእየ፡ (诸王的荣耀26:1)

wä-təbe nəgəśt makəda lä-nəguś sälomon bəṣu<u>ʿ ʾäntä</u> ʾəgziʾəyä

玛可妲女王对所罗门王说：“我的主人啊，你有福了……”

格厄兹语的特色结构"预复指代词（prolepsis）结构"与叙利亚语非常接近，[①] 例（7）中即动宾结构 V-N 呈现为 V-Pron$_i$ *lä*-N$_i$ 的模式，例（9）中则为属格结构 N-Gen 呈现为 N-Pron$_i$ *lä*-Gen$_i$ 的模式。

(9) በፀአቶሙ፡ለደቂቀ፡እስራኤል፡እምነ፡ግብጽ፡ (禧年书1:1)

bä-ṣäʾät-omu lä-däkiḳä ʾəsraʾel ʾəmənnä gəbṣ

当以色列的子民出埃及的时候

该结构在强调表达中发生的介词短语 *lä*-N 前置，在笔者看来，促成了埃塞闪语中接触诱导语序变动，预复指代词正是该语序历时演变的根本结构基础。[②]

四、格厄兹语文文献与文化

埃塞俄比亚和厄立特里亚地区的本土铭文记录最早可以追溯到

---

① 闪语族中，预复指代词结构尤其常见于叙利亚语和格厄兹语。由于汉语文献中鲜见有关叙利亚语语言结构细节的讨论，更尚未见格厄兹语语言结构相关的研究，此处为笔者自译：西文术语prolepsis来自希腊语πρόληψις，即"提前拿取、预期"，意指先于名词出现的复指代词。参：张泓玮《阿拉姆语施格性的历史来源》，《常熟理工学院学报（哲学社会科学）》37.6 (2023): 24–37，第30页。

② H. Zhang, "When They Change the Way They Speak: Contact-Induced Word Order Shifts in Semitic," Ph.D. dissertation, The University of Chicago, 2021.

D ʿmt[①]王国耶哈[②]（ 𒀀𒄷 ）神庙的献祭铭文，[③] 充分反映了当地和红海对岸古代南阿拉比亚文化圈的文化往来。以格厄兹语书就的铭文出现于阿克苏姆（ አክሱም, አኰስም ）[④] 王国[⑤]时期（公元前1世纪早期—约公元960年），尤以埃扎纳（ ʿzn ዐዝን ）[⑥] 王的长篇格厄兹—萨巴[⑦]—希腊三语石碑RIÉ 189（＝DAE 11）[⑧]最为著名。埃扎纳王约于公元330—

① 由于缺少确凿的记音佐证，通常该王国的名字仅以其古代南阿拉比亚字母拼写的对应辅音转写指称，如Yohannes K. Mekonnen, *Ethiopia: The Land, Its People, History and Culture*, Dar es Salaam: New Africa Press, 2013, 14. *Encyclopaedia Aethiopica*中有依照主动分词模板填入元音的假定形式*Da ʾamat* ደዐማት。

② 我国埃塞俄比亚厄立特里亚语言文化的教学研究方兴未艾，涉及埃塞闪语的音译并未有统一的标准，前文提及的 "格厄兹" 被误译为 "吉兹" 即是一例。笔者音译 𒀀𒄷 /jiha/用字 "耶哈" 参照的是新华通讯社译名室编《世界人名翻译大辞典》（修订版）附录46的《阿姆哈拉汉译音表》（中国对外翻译出版公司，2007年）以及《GB/T 17693.4—2009 外语地名汉字译写导则 俄语》。应指出的是前者将埃塞闪语的七元音音系归并为六个，用字有混同（如 "耶" 同时用于辅音ደ/j/、音节ደ/ji/ 和音节ዖ/jɐ/），并不利于还原原文拼写。

③ E. Bernand, A.J. Drewes, and R. Schneider, *Recueil des inscriptions de l'Éthiopie des périodes pré-axoumite et axoumite: Tome I, Les documents*, Paris: De Boccard, 1991, 109-127.

④ R. Schneider, "Remarques sur le nom «aksum»," *Rassegna di Studi Etiopici* 38 (1994): 183-190.

⑤ S. Munro-Hay, *Aksum: An African Civilization of Late Antiquity*, Edinburgh: Edinburgh University Press, 1991.

⑥ 由于格厄兹文创制之初是仿照古代南阿拉比亚文的模式，以第一序列形态用作辅音字母，因此早期铭文中埃扎纳王的名字ዐዝን并不能体现元音，古代南阿拉比亚语铭文中的拼写自然也无法体现元音，希腊语铭文有分歧：Αειζανᾶς βασιλεὺς Ἀξωμιτῶν καὶ ...（ E. Bernand, A.J. Drewes, and R. Schneider, *Recueil des inscriptions de l'Éthiopie des périodes pré-axoumite et axoumite: Tome I, Les documents*, Paris: De Boccard, 1991, 368 ）ἐγὸ Ἀζανᾶς βασιλεὺς Ἀξωμιτῶν καὶ ...（ Bernand, Étienne, Abraham J. Drewes, and Roger Schneider, *Recueil des inscriptions de l'Éthiopie des périodes pré-axoumite et axoumite: Tome I, Les documents*, Paris: De Boccard, 1991, 371 ）。稍晚的铭文中可见以音节化了的格厄兹文拼写的ዐዝና ʿezana。

⑦ Sabaic，古代南阿拉比亚语之一，Saba亦为古代南阿拉比亚王国之一，汉语文献中的译名主要有阿拉伯伊斯兰研究中依照阿拉伯语السبئية、سبأ音译的 "赛伯邑" 以及因该地名对应《圣经》传统中的שְׁבָא而采用的和合本对应汉译 "示巴"。笔者认为，由于前者体现阿拉伯语语音、后者体现希伯来语语音，不宜在非宗教、非阿拉伯希伯来语语境中作为该专名的汉译，因此采用了相对中立的 "萨巴"。

⑧ E. Bernand, A.J. Drewes, and R. Schneider, *Recueil des inscriptions de l'Éthiopie des périodes pré-axoumite et axoumite: Tome I, Les documents*, Paris: De Boccard, 1991: 109-127.

356年在位，有多块石碑存世，记录了他在位期间的丰功伟绩。他的
王号反映了阿克苏姆王国的势力范围拓展到红海对岸的阿拉伯半岛
南部，如三语石碑开篇：

> አነ | ዔ (2)［ዛ］ና | ወልደ | አሬ | ዐሚዳ | ብእሰየ | ሐለ ˈ ን | ንጉሠ | አክሱም
> | ወዘ | ሐሜ (3)［ር］ወዘ | ረይዳን | ወዘ | ሰበእ | ወዘ | ሰልሐን | ወዘ | ጽያሞ | ወዘ
> | ብጋ | ወ (4)［ዘ｜］ ካሱ | ንጉሠ | ነገሥት |

> 我是埃（2）扎纳，厄雷·阿米达之子，哈雷恩部落，阿克
> 苏姆、希木叶尔、（3）赖伊丹、萨巴、萨勒辛、茨亚摩、贝扎
> 与（4）卡苏之王，王中王。

这里的"希木叶尔、赖伊丹、萨巴"，都是古代南阿拉比亚铭文中
常见的本地地名。三语石碑还记录了埃扎纳王征战努比亚（"诺巴"
ኖባ）的经历。[1] 埃扎纳在位时期是阿克苏姆王国基督教化的起点，同
样记叙征战"诺巴"（NΩBA）的希腊语铭文（RIÉ 271）中明确出现
了"父子灵"和"基督"，[2] 但三语石碑的格厄兹语铭文中却未出现基
督教措辞，铭文中随处可见的是对神采用的"天（之）主"（እግዚአ |
ሰማይ |）的称谓。[3] 这一点曾引发学界关于埃扎纳王皈依基督教是否
仅为政治策略的讨论。[4]

　　早期碑铭之外，格厄兹语文的最重要载体是手稿文本。当地的
手稿传统中羊皮卷、芦竹笔、墨汁的制作工艺，以及手稿的抄写、

---

[1] G. Hatke, *Aksum and Nubia: Warfare, Commerce, and Political Fictions in Ancient Northeast Africa*, New York: New York University Press, 2013.

[2] F. Anfray, A. Caquot, and P. Nautin, "Une nouvelle inscription grecque d'Ezana, roi d'Axoum," *Journal des savants* 4.1 (1970): 260–274: "Dans la foi en Dieu et la puissance du Père, du Fils et du Saint-Esprit, à celui qui m'a conservé le royaume par la foi en Son Fils Jésus-Christ" (Ἐν τῇ πίστι τοῦ θεοῦ καὶ τῇ δυνάμι τοῦ πατρὸς καὶ υἱοῦ καὶ ἁγίου πνεύματος, τῷ σώσαντί μοι τὸ βασίλιον τῇ πίστι τοῦ υἱοῦ αὐτοῦ Ἰησοῦ χριστοῦ).

[3] P. Marrassini, "'Lord of Heaven'," *Rassegna di Studi Etiopici* 4 (2012): 103–117.

[4] S. Kaplan, "Ezana's Conversion Reconsidered," *Journal of Religion in Africa* 13.2 (1982): 101–109.

装订构成了格厄兹手稿文化，^① 被当地工匠传承至今。^②

图8　格厄兹手稿传统工艺组图——制作羊皮卷、芦苇笔、墨汁，装订手稿^③

图9　装帧精美的 ʾÄbba Gärima《福音书》与格厄兹抄本常见的挎包皮袋封装^④

---

① Sergew Hable Selassie, *Bookmaking in Ethiopia*, Leiden: Karstens Drukkers, 1981; S.M. Winslow, "Ethiopian Manuscript Culture: Practices and Contexts," Ph.D. dissertation, University of Toronto, 2015.

② J. Mellors and A. Parsons, *Scribes of South Gondar: Bookmaking in Rural Ethiopia in the Twenty-First Century*, London: New Cross Books, 2002.

③ 照片出自S.M. Winslow, "Ethiopian Manuscript Culture: Practices and Contexts," University of Toronto, 2015；版权均归S.M. Winslow所有。

④ 照片出自S.M. Winslow, "Ethiopian Manuscript Culture: Practices and Contexts," University of Toronto, 2015；版权均归S.M. Winslow所有。

图10　Gärima 2（Abbā Garimā Gospels 2）的《路加福音》插画[1]

　　别具一格的手稿插画也是格厄兹手稿颇为突出的特征，格厄兹《圣经》抄本中常见圣人像。图9、图10是'Äbba Gärima《福音书》之一Gärima 2，是存世可确切断代的最早的插画福音书手稿，碳-14定年为公元330—650年。[2] 这种插画艺术风格的影响也体现在今天埃塞俄比亚合一正教会教堂内的圣像壁画形态中（图11）。

　　格厄兹手稿中还有一类特别的"魔法"手稿。格厄兹"魔法"手稿呈现为卷轴或手册的形态，通常由祈祷文和《新约》经卷构成，被认为可以保护所有者免遭敌对者（人畜）和病魔的侵害。"魔法"手稿中常见天使像（图12），而风格近似的天使像也出现在科普特"魔法"手稿中（图13），体现了科普特正教传统对埃塞正教的影响。格厄兹"魔法"手稿被视为具有疗愈、驱魔功效，图画成了有法力

---

[1] 图源：https://www.vhmml.org/readingRoom/view/132897

[2] J. McKenzie and F. Watson, *The Garima Gospels: Early Illuminated Gospel Books from Ethiopia*, Oxford: Manar al-Athar, 2016, 1. 值得注意的是，'Äbba Gärima《福音书》有两个不同的编号系统，McKenzie & Watson（2016）中的编号异于常见且为Hill博物馆与手稿图书馆的HMML项目采用的编号，书中给出用碳-14定年的"Abba Garima III"就是Gärima 2（Abbā Garimā Gospels 2），HMML项目号AG 00002。

图11　圣三一埃塞俄比亚合一正教会教堂①

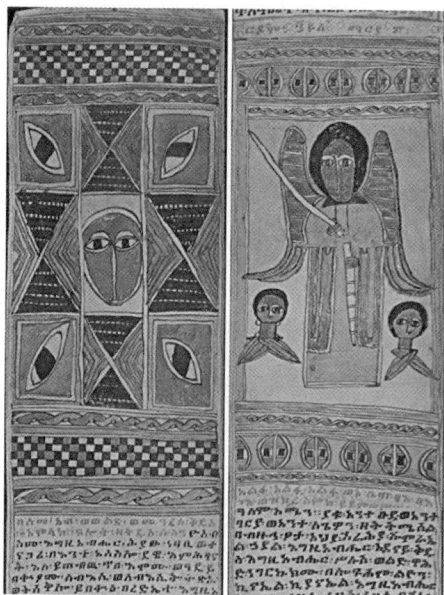

图12　格厄兹语"魔法"卷轴（Garrett Ethiopic Magic Scroll No. 44）
中的眼睛和天使像②

---

① 图源：https://i0.wp.com/2summers.net/wp-content/uploads/2016/07/Ethiopian-Church-6584.jpg。
② 图源：https://static.artmuseum.princeton.edu/mirador3/?manifest=https://data.artmuseum.princeton.edu/iiif/objects/135818&canvas=https://data.artmuseum.princeton.edu/iiif/objects/135818/canvas/135818-canvas-220999。

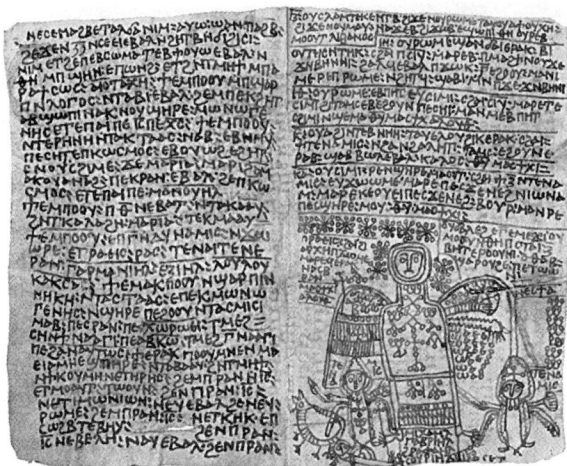

图13　科普特语"魔法"手稿（P.Heid.Kopt. Inv. 686）中的天使像[①]

的媒介，[②] 具有实体性，可以对持有者施加影响，因此眼睛也是常见图画——人体内的魔鬼会因与卷轴上的眼睛对视被驱逐。"魔法"手稿的小卷轴会被封装为可佩戴的护身符（图14）。

以手稿抄本的形态，格厄兹语保存了全本的《以诺（一）书》（መጽሐፈ፡ሄኖክ፡）和《禧年书》（መጽሐፈ፡ኩፋሌ፡）。《以诺（一）书》记载了诺亚的祖父以诺在大洪水之前的所见所闻，包含《堕天使书》《以诺比喻书》《天上光体书》《梦之异象书》《以诺书信》五个相对独立的组成部分。其独特之处也是《以诺（一）书》最为著名的是其中有关堕天使的内容，诸堕天使的名字为许多含有基督教要素的魔幻影视剧和游戏提供了丰富的素材。[③]《禧年书》也被称为"小创世纪"，内容与《创世纪》接近，有细节增补，以第二人称指称摩西，

---

① 图源：http://digi.ub.uni-heidelberg.de/diglit/p_kopt_686/0012。

② J. Mercier, *Art That Heals: The Image as Medicine in Ethiopia*, Munich; New York: Prestel; Museum for African Art, 1997.

③ 2005年上线、播放了15年的美国黑暗奇幻电视剧《超自然档案》（*Supernatural*；全15季）中，涉及天使与魔鬼的角色名几乎全都取自《以诺（一）书》；2011年，Ignition Tokyo甚至以《以诺（一）书》为灵感制作了动作游戏『エルシャダイ』*El Shaddai: Ascension of the Metatron*（http://elshaddai.jp/elshaddai_crim/index.html）。

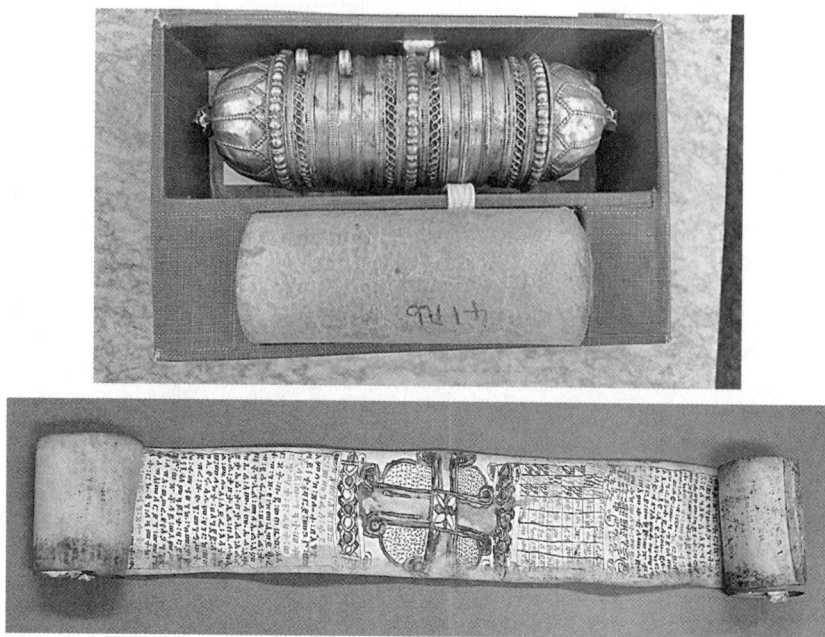

图14 格厄兹语护身符卷轴组图——封装的BL Or.12859[①]（上）和展开的BL Or.13228[②]（下）

还包含了《以诺（一）书》的堕天使等内容。颇为有趣的是其中称希伯来语本是创世的语言，而自堕落后被遗忘，直到天使重新教授亚伯拉罕希伯来语读写才再度为人所知。

　　这两部被视为"伪经"的经卷尽管未见完整的希伯来语版本、未获得主流教会的认可，但显然均为犹太社团及早期基督教会所知：《以诺（一）书》有阿拉姆语残卷（死海古卷4Q）、希腊语残卷和部分段落的拉丁语译本传世，[③]《禧年书》则有死海古卷的希伯来语卷

---

① 图源：https://www.bl.uk/manuscripts/FullDisplay.aspx?ref=Or_12859。

② 图源：https://blogs.bl.uk/asian-and-african/2017/12/a-handbook-of-ethiopian-magic-incantations-and-talisman-art-.html。

③ M.A. Knibb, *The Ethiopic Book of Enoch: A New Edition in the Light of the Aramaic Dead Sea Fragments*, Oxford: Clarendon Press, 1978.

轴、希腊语引文及拉丁语残卷传世。①《以诺（一）书》被埃塞俄比亚合一正教会（የኢትዮጵያ ኦርቶዶክስ ተዋሕዶ ቤተ ክርስቲያን）、厄立特里亚合一正教会（ቤተ ክርስትያን ተዋህዶ ኤርትራ）视为正典，《禧年书》则被埃塞、厄立合一正教会及埃塞犹太人社区"贝塔·以色列"（ቤተ፡እስራኤል፡）视为正典。②

    《圣经》文本之外，衍生自《圣经》所罗门王与示巴女王传说的《诸王的荣耀》③（ክብረ፡ነገሥት፡）追溯圣经历史、诸王血脉及预言，讲述了玛可妲（ማክዳ）女王赴耶路撒冷拜会所罗门王、临别同床进而产子、埃塞王子赴耶路撒冷认父并带回约柜的故事。④ 作为埃塞俄比亚、厄立特里亚文学和传统文化的重要组成部分，《诸王的荣耀》强化了"所罗门王朝"的正统性。⑤ 一如《旧约》之于希伯来

---

① J.C. Vanderkam, *The Book of Jubilees: A Critical Text*, Lovanii: Aedibus E. Peeters, 1989.
② "贝塔·以色列"是"非洲之角"犹太人中最大的社群，也被称为"埃塞犹太人"（የኢትዮጵያ ይሁዳውች, Ethiopian Jews），另有被视为蔑称的"法拉沙"（ፈላሾች, Falashas）。犹太人在当地有悠久的传统，埃扎纳王立基督教为国教的过程中他们拒绝皈依；"贝塔·以色列"也与格厄兹语的"基督教会"（ቤተ፡ክርስትያን፡）形成鲜明对立。20世纪晚期，多数"贝塔·以色列"移居以色列。参：J. Faïtlovitch, *The Falashas*, Philadelphia: The Jewish Publication Society of America, 1920; S. Kaplan, *The Beta Israel (Falasha) in Ethiopia: From the Earliest Times to the Twentieth Century*, New York: New York University Press, 1992。
③ 董小川译《埃塞俄比亚史》（北京：商务印书馆，2009年）第5页的脚注中给出了"皇帝们的光荣""列王传奇""列王圣录"三种译文，由于"皇帝"在埃塞历史传统中有特定所指（详见后文脚注），此处的ነገሥት不宜采用"皇帝"的译法。
④ H. Zhang, "Myth of King Solomon and the Queen of Sheba," in *Religion and World Civilizations: How Faith Shaped Societies from Antiquity to the Present*, ed. A. Holt, New York: Bloomsbury Academic, 2023, 237−238.
⑤ D.A. Hubbard, "The Literary Sources of the Kebra Nagast," Ph.D. dissertation, University of St Andrews, 1956; Чернецов, С. Б. *Эфиопская феодальная монархия в XIII–XVI вв*, Москва: Издательство «Наука» Главная Редакция Восточной Литературы, 1982; P. Piovanelli, "The Apocryphal Legitimation of a 'Solomonic' Dynasty in the Kəbrä Nägäśt – A Reappraisal," *Aethiopica* 16 (2013): 7−44; P. Piovanelli, "'Orthodox' Faith and Political Legitimization of a 'Solomonic' Dynasty of Rulers in the Ethiopic Kebra Nagast," in *The Armenian Apocalyptic Tradition: A Comparative Perspective: Essays Presented in Honor of Professor Robert W. Thomson on the Occasion of His Eightieth Birthday*, ed. K.B. Bardakjian and S. La Porta, Leiden; Boston: Brill, 2014, 688−705.

人、《古兰经》之于阿拉伯人，《诸王的荣耀》的属性超越了简单的文学创作，饱含着埃塞民族宗教情感，[①] 在构建埃塞基督教传统和国家身份认同方面有着举足轻重的意义。[②] 在埃塞合一正教会传统中，约柜至今保存在埃塞俄比亚。[③] 勒伯内·登格勒（ልብነ ድንግል）皇帝[④]（1508—1540年在位）在写给葡萄牙国王的信中宣告自己的名号时，将自己的世系追溯到"在耶路撒冷为王的大卫和所罗门"（ዳዊት፡ወሰሎሞን፡እለ፡ነግሡ፡ኢየሩሳሌም፡）；[⑤] 约翰内斯（ዮሐንስ）皇帝（1871—1889年在位）曾给维多利亚女王和英国外交部写信，要求归还1868年被掠去英国的《诸王的荣耀》手稿，并强调其对埃塞人民非常重要；[⑥] 自玛可姐女王与所罗门王之子默内利克（ምንሊክ）一世以来的王室世袭甚至被1955年宪法提及。[⑦] 承袭早期格厄兹语碑铭，《诸王的荣耀》也深刻影响了重要的史料——"埃塞皇家编年史"（Ethiopian royal chronicles）的传统。[⑧]

---

① E. Ullendorff, *Ethiopia and the Bible*, London: Oxford University Press, 1968, 75.

② Mamman Musa Adamu, "The Legend of Queen Sheba, the Solomonic Dynasty and Ethiopian History: An Analysis," *African Research Review* 3.1 (2009): 468–482.

③ S. Munro-Hay, *The Quest for the Ark of the Covenant: The True History of the Tablets of Moses*, London: I.B. Tauris, 2005.

④ 尽管早已见于埃扎纳王时期（参见前文引用的铭文），历史上埃塞俄比亚君主采用王号"王中王"（ንጉሠ፡ነገሥት፡）是所罗门王朝的传统。欧美文献为将该王号与"王"（ንጉሥ፡）即 king（roi, re）区分开来，采用 emperor（empereur, imperatore）对译"王中王"；汉语对译为"皇帝"应是合适的。日语文献亦以汉字词"皇帝"对译，参：石川博樹《北部エチオピアのキリスト教王国に於ける民族移動とその結果》，《アフリカ研究》，72（2008）：3。

⑤ Sergew Hable-Selassie, "The Ge'ez Letters of Queen Eleni and Libne Dingil to John, King of Portugal," in *IV Congresso internazionale di studi etiopici (Roma, 10–15 aprile 1972), Tomo II (sezione linguistica)*, Roma: Accademia nazionale dei Lincei, 1974, 547–566.

⑥ E. Ullendorff and A. Demoz, "Two Letters from the Emperor Yohannes of Ethiopia to Queen Victoria and Lord Granville," *Bulletin of the School of Oriental and African Studies* 32.1 (1969): 135–142.

⑦ W.H. Lewis, "Ethiopia's Revised Constitution," *Middle East Journal* 10.2 (1956): 194–199.

⑧ R. Pankhurst, *The Ethiopian Royal Chronicles*, Addis Ababa: Oxford University Press, 1967.

五、结　语

　　本文以闪语族历史比较语言学的视角，梳理了格厄兹语相关的术语、谱系，介绍了其文字、语音、词法、句法方面的重要特征。作为埃塞闪语支文献记录最早的语言，格厄兹语具有重要的语言学价值：一方面，格厄兹语有助于推演其他现代埃塞闪语历时演变，另一方面，格厄兹语也深刻反映了"非洲之角"的闪语和非闪语、闪语和闪语间发生的语言接触。作为"非洲之角"的古典语文，格厄兹语也具有重要的文献价值：《以诺（一）书》《禧年书》《诸王的荣耀》等《圣经》相关的文献以及本文未加赘述的埃塞传统《圣人传》（መጽሐፈ:ስንክሳር:）[1]，在宗教学方面意义重大，是犹太教研究、早期教会研究和东方教会研究的关键材料。此外，以格厄兹语书写的碑铭、皇家编年史和外交文书等，都是重要的史料，涉及"魔法"、传统医学的手稿也是独具特色的民俗学文献。格厄兹手稿文化和格厄兹语传统文学是埃塞俄比亚和厄立特里亚传统文化的一部分，是"非洲之角"文化传统的重要代表，充分体现了格厄兹语的文化价值。

---

① E.A.W. Budge, *The Book of the Saints of the Ethiopian Church: A Translation of the Ethiopic Synaxarium* መጽሐፈ:ስንክሳር: *Made from the Manuscripts Oriental 660 and 661 in the British Museum*, Cambridge: Cambridge University Press, 1928.

文本

死海古卷与《希伯来圣经》[*]

Michael Segal

（耶路撒冷希伯来大学）

自出土后的七十余年以来，死海古卷一直都是学界争论的焦点，对于理解《希伯来圣经》的发展与流传尤为重要。本文分为五个部分，对比库姆兰（Qumran）出土的"圣经类"残卷与其他文本佐证，如马索拉文本（the Masoretic Text）、《撒玛利亚五经》（*the Samaritan Pentateuch*）、《七十士译本》（*the Septuagint*），辨析前者与后者之间的异同，以便更好地理解古代经卷样式的多样性。此外，本文分析死海古卷中那些对《希伯来圣经》文本进行改写的创作，如《创世伪经》（*the Genesis Apocryphon*）、《禧年书》（*Jubilees*）、《圣殿卷》（*the Temple Scroll*），借此探讨这些改写的文学特征与其在希腊化—罗马时期的权威性。

一、什么是"死海古卷"？

1947年开始，朱迪亚沙漠（Judean Desert）的多个地点发现了死海古卷。除库姆兰之外，在马萨达（Masada）、纳哈尔·策利姆（Nahal Seelim）、纳哈尔·赫弗（Nahal Hever）、恩戈地（En-Gedi）

---

* 主编按：本文内容最初整理自2022年4月7日由复旦大学历史学系主办的线上讲座"死海古卷"。该讲座纪要的整理与翻译者为2020级历史学系本科生李辛榆。现稿经由主讲人即作者本人扩充、修改以及审定，再由李思琪老师编辑、翻译而成。

等地也发现了死海古卷。

在库姆兰一地就发现了十一个洞穴和约九百五十份古卷，其中所发现的古卷基本都是残片，有些残片甚至只有两行文字，少有保存完好或精美的古卷，因此学者们必须将成百上千的残片拼接在一起。在库姆兰的超过九百份古卷中，其中有大约两百份属于"圣经类"。[1]

从断代的角度而言，古卷的出产有一定的时间跨度，最早的古卷来自公元前3世纪，而由于库姆兰在第二圣殿被毁不久前（即公元68年）被摧毁，故该地发现的最晚的古卷来自公元1世纪。对于库姆兰以外的死海古卷而言，一般认为最晚的古卷出产于公元2世纪的巴柯巴起义这段时间（Bar Kokhba revolt，132—135年），彼时居住于朱迪亚沙漠反抗罗马帝国统治的犹太人出产了这部分古卷。断代更晚的古卷近年来也相继出土，最新的研究表明，恩戈地出土的《利未记》残卷依据放射性碳-14测年法应抄录于公元3—4世纪，抄写者应为在该地持续居住至公元7世纪的社群人员。[2]

二、死海古卷的意义[3]

（一）《希伯来圣经》文本的最早证据

死海古卷对于《希伯来圣经》研究最重要的贡献在于其提供了以原文语言（主要为希伯来文，部分篇章为阿拉米文）书写的最早

---

[1] 此处"圣经类"的范围指犹太正典中的二十四经卷，不包括次经（Apocrypha）、伪经（Pseudepigrapha）或新约。新约作品没有出现于库姆兰，而虽然次经和伪经的作品确实在库姆兰被发现，但是并不计入本文所指的"圣经类"。

[2] 关于《利未记》残卷的发表与断代，参见 M. Segal, E. Tov, W.B. Seales, C.S. Parker, P. Shor, Y. Porath, with an Appendix by A. Yardeni, "An Early Leviticus Scroll from En-Gedi: Preliminary Publication," *Textus* 26 (2016): 29–58, at 30–31, esp. n.4。恩戈地的犹太会堂遗址年代为公元3世纪末 / 4世纪初至公元7世纪初；见 Y. Porath, *The Synagogue at En-Gedi*, Jerusalem: Institute of Archaeology, Hebrew University of Jerusalem。

[3] 关于这一部分内容更为全面的讨论，参：E. Tov, *Textual Criticism of the Hebrew Bible*, 3rd ed. revised and expanded, Minneapolis: Fortress, 2012, 93–111。

的经卷文本，尽管这些文本在大多数情况下是以零碎残卷的形式存留下来的。库姆兰出土的唯一一本完整的圣经类书卷是来自第一洞穴的《以赛亚大卷轴》（the Great Isaiah scroll），涵盖了全书的六十六章。《希伯来圣经》中的其他书卷，其最古老、最完整的原文版本均来自中世纪（即始自公元10世纪）的抄本，包括《阿勒坡抄本》（The Aleppo Codex）、《沙逊抄本》（The Codex Sassoon，近期转赠予以色列特拉维夫犹太人博物馆）以及《列宁格勒（或圣彼得堡）抄本》（Leningrad / St. Petersburg Codex B 19a，公元1009年）。在公元2世纪至9世纪这段时间，《希伯来圣经》的原文遗存相对稀缺。虽然开罗藏经库（Cairo Genizah）拥有一些零碎的圣经残卷，[①] 但是这些从体量来说均非常有限，[②] 而死海古卷的发现将《希伯来圣经》的文本历史推前了大约1 000年。

（二）《希伯来圣经》解读

死海古卷还提供了一些最早解读《希伯来圣经》文本的文献。这些诠释解读现于各类文体当中，其中最引人注目的为一组解释性评论，即所谓的"佩舍尔"（pesher，源自圣经希伯来语和阿拉米语中用于解梦的词根），其认为《希伯来圣经》中的先知书信息乃是指向诠释者所处的年代，即接近末日之时。另一种突出的解释性文体见于"圣经改写创作"（Rewritten Bible，见下文）。这些文本紧扣早期的希伯来经卷文本内容，然作者又或改写者插入了各种多为诠释性质的变动。此外，死海古卷亦佐证了各类后圣经时期（或圣经以外）的文学作品的存在，此前只能从各种语言的译本当中了解诸如此类的作品，而这类作品，如《以诺一书》（*1 Enoch*）与《禧年

---

① A. Lange, "1.2 Ancient Hebrew-Aramaic Texts," in *Textual History of the Bible: The Hebrew Bible*, vol. 1A: *Overview Articles*, ed. A. Lange and E. Tov, Leiden: Brill, 2016, 112–165 (121–122); Segal et al, "An Early Leviticus Scroll," 40–41.

② 这一时间段的圣经文本主要以译本的形式流传于世（其中包括希腊文、拉丁文、叙利亚、阿拉米文译本），还有一些圣经篇章则是被犹太拉比和基督教教父所引用和传抄。

书》，① 本身便包含了大篇幅针对《希伯来圣经》的诠释。最后，古卷保存了一些在任何其他来源、任何语言中都找不到的"新"作品；这些作品，如前述的"佩舍尔"文献，具有明确的诠释性质（如：4Q252，《创世记评论A》）。正是死海古卷中这些诠释性质的文献填补了《希伯来圣经》与早期犹太教、基督教文献之间年代上的巨大鸿沟。另外，这部分诠释性文献（尤其是"圣经改写创作"）有时会与死海古卷中的圣经类文本多有重合（见下文）。

（三）祈祷文

死海古卷中有许多之前不为人知的祈祷文，是后续发展的犹太教和基督教礼仪中许多主题甚至语言的前身。这些祷文对于古代祈祷的历史研究而言具有重要意义，同时由于这些祷文本身经常征引《希伯来圣经》，故它们也对《希伯来圣经》诠释学至关重要。易言之，这些礼仪文本包含丰富的《希伯来圣经》引用，因此它们也可被视为一种诠释性文献。

（四）律令（Halakhah, הלכה）

死海古卷中同样出现了有关早期犹太律令的文献，这些文献早于后世拉比的《密释纳》（Mishna）与《塔木德》（Talmud）。这不仅涉及时间上的优先性，而且在这些作品中发现的隐含法律解释学，即从圣经法律中推导法律实践，也可以看作是那些在拉宾尼克文学中明确出现的先驱。这不仅仅是一个时间先后的问题，但这些作品从《圣经》律法中引申出法律实践，其中隐含的法律诠释学，可被视为拉比文献中所展现的法律诠释学的前身。

（五）希伯来语和阿拉米语

死海古卷为研究希伯来语和阿拉米语的语言本身以及两门语言的历史提供了丰富的材料，学者们可以直接接触到公元前3世纪至公

---

① 同类型的作品包括库姆兰的《阿拉米文利未文献》（Aramaic Levi Document），其与后来的《利未遗训》（Testament of Levi），即《十二族长遗训》（Testament of the Twelve Patriarchs）的组成部分相关。同理可见《拿弗他利遗训》（Testament of Naphtali）。

元1世纪的语言，而非只能接触后世手抄本所展现的语言。另外，公元前3世纪至公元1世纪这段历史时期是希伯来语与阿拉米语互相产生剧烈影响的时代，故死海古卷也展现了语言上的相互影响和变化。

三、库姆兰的圣经类古卷

库姆兰出土了大约200份圣经类古卷，内容涵盖了除《以斯帖记》以外《希伯来圣经》的其他各书，而《以斯帖记》没有出现在库姆兰究竟是偶然还是有一定的历史原因尚存争议。[①] 对于圣经类古卷而言，最重要的一点是这些古卷与后世的马索拉文本之间有数以千计的不同之处。首先需要注意的是，今天我们接触的所有希伯来语圣经文本都基于中世纪的马索拉文本，而非在其一千年之前的死海古卷。因此，自然便产生了这样一个问题：中世纪的马索拉文本与死海古卷中圣经类古卷的内容是否一致？库姆兰出土的部分圣经类古卷与马索拉文本较为相似，但是鲜有每个字母完全对应而文本一模一样的古卷。几乎每份古卷都与马索拉文本有或多或少的区别，而其余地点（如马萨达、纳哈尔·策利姆、纳哈尔·赫弗、恩戈地）出土的圣经类古卷几乎与马索拉文本完全一致，因此一般将这些与后世马索拉文本相似的文本称为"原始马索拉文本"（Proto-Masoretic text）。然而，除"原始马索拉文本"之外，绝大部分圣经类古卷都与马索拉文本有或多或少的区别，并且总体来看，不同之处数以千计。

换言之，死海古卷并不如同后世一般存在一种统一的文本。相

---

① S. Talmon, "Was the Book of Esther Known at Qumran?" *Dead Sea Discoveries* (1995): 249-267; and J. Ben-Dov, "A Presumed Citation of Esther 3:7 in 4QDb," *Dead Sea Discoveries* 6 (1999): 282-284，两位作者主张库姆兰卷轴中含有针对《以斯帖记》的征引，故证明该书曾存在于当地洞穴。相反的论证，可参 B. Brown-deVost, "What Has Esther to Do with Qumran?" *Dead Sea Discoveries* 29 (2022): 183-198；其论证表明这些文字征引实际上是当时广泛流传的文学和语言的一部分，因此不能作为以斯帖存在于库姆兰的证据。不管怎样，没有证据并不能证明其不存在。

反，其圣经类古卷的文本内容极其多样，展现了"文本多样性"（textual pluriformity），比如在库姆兰的圣经类古卷中就存在多种版本类型的《耶利米书》《撒母耳记》和《但以理书》。与此同时，"文本多样性"的特点在于：年代越早，文本就越多样，而年代越晚，文本就越统一。中世纪的圣经文本已经标准化，即使有区别，也非常细微。因此，作为一种相对早期的文本，死海古卷的圣经类文本的特别之处正是在于其文本的多样性。

四、文本多样性

事实上，文本多样性不仅体现在死海古卷中的圣经类文本上，也体现在其他古代文献之中。譬如，《撒玛利亚五经》同样是含有圣经文本的重要古代文献。撒玛利亚人作为以色列人的一个旁支，早在希腊化—罗马时期，已经是一个庞大的群体，并且自视为纯正的以色列人。撒玛利亚人拥有自己的《五经》抄本，即《撒玛利亚五经》，该文本与马索拉文本或是其他版本中的《五经》之间有显著的差异。在库姆兰的圣经类卷轴中，部分卷轴明显与《撒玛利亚五经》的某些特点相近，尤其是在平行文本的基础上进行了大量扩充。不幸的是，这些卷轴（4QpaleoExod^m, 4QNum^b）皆为零碎的残留，因此中世纪的《撒玛利亚五经》对于理解这一版本类型的全貌至关重要。[1]

除此之外，展现文本多样性的还有其他古代译本，尤其是翻译为希腊文的《七十士译本》。了解《七十士译本》文本的历史对理解该希腊文译本极其关键。虽然《七十士译本》是从古典希伯来语文本翻译而来的，但是其多处内容与同样是希伯来语的马索拉文本有一定的区别，而在某些不同之处，《七十士译本》却与马索拉文本

---

[1] M. Segal, "The Text of the Hebrew Bible in Light of the Dead Sea Scrolls," *Materia Giudaica* 12/1-2 (2007), 5-20, esp. 10-17.

以外的其他文本（如死海古卷和《撒玛利亚五经》）在内容上形成一致。其他时候，《七十士译本》甚至包含独一无二，故而非常重要的异文。《七十士译本》还证明了不同版本的书卷的存在——譬如，《耶利米书》的希腊文翻译便比马索拉文本中的版本来得更简短，而《七十士译本》中的《但以理书》与《以斯帖记》却相对更长。

在相对古早的时期，文本的多样性是十分常见的，而各个文本之间，尤其库姆兰的圣经类文本之间，互有联系、互有影响，形成了一种错综复杂的"文本网"。下面将举例说明"文本多样性"是如何在文本中得以体现的、抄写员如何在文本中展示了不同程度的改动与干预，以及这些变动又如何有助于理解圣经文本的历史发展。以下例子按照抄写员干预程度的大小进行排列，即从无意识的改动开始说起，再论及有意识的抄写干预；从局部的改动开始分析，再探讨范围更广泛的编辑活动。

（一）例1——哈拿的祭品（《撒母耳记上》1:24）

在《撒母耳记上》1—2章的故事中，起初哈拿由于自己没有孩子而感到伤心，于是前往示罗耶和华的殿，向耶和华起誓说，如果耶和华赐给她孩子，那么她就将孩子终身归与耶和华。耶和华顾念哈拿，因此她得到了孩子，而孩子正是先知撒母耳。在撒母耳断奶之后，哈拿将撒母耳带到示罗耶和华的殿，将撒母耳归与耶和华。本例的主题"哈拿的祭品"正是撒母耳断奶之后哈拿和撒母耳前往耶和华的殿之时所献上的祭品。

从"文本批判"（textual criticism）这一学术领域来看，此例展现了文本在流传和传抄过程中极易发生的"传抄错误"（scribal error）。在以任何语言传播任何文本的过程中都可能出现这种普遍现象。当然，每种情况都有其独特的一面，这是传抄过程中人为输入的结果。简言之，"传抄错误"是导致不同文本之间内容出现差异（即"文本多样性"）的原因之一。

在马索拉文本中，哈拿的祭品包括"三只公牛"（בפרים שלשה），而在《七十士译本》中，对应的祭品变为"一只三岁的公牛"

（μόσχῳ τριετίζοντι）。若将《七十士译本》中表示"一只三岁的公牛"的希腊文重新译回古典希伯来语，则应为"בפר משלש"（参《创世记》15:9），这基本上可以被认为是《七十士译本》的译者在翻译时所依据的古典希伯来语原文。由于《七十士译本》以希腊文书写，并无文本资料显示翻译时依据的古典希伯来语原文，所以将希腊文译回古希伯来语有一定的猜测成分。但是，在文本批判学中，有专门的方法论以探讨如何进行此种"译回"工作，故此处的"בפר משלש"基本上可以被认为是《七十士译本》的译者翻译时所依据的古典希伯来语原文。

与马索拉文本对比可见，两者的区别并不显著，字母基本上都是一一对应的，仅有的区别如下：

（1）两者的单词划分不同，具体而言，字母"מ"被马索拉文本划分至前一个单词，而《七十士译本》的译者在阅读古典希伯来语原文时将其划分至后一个单词；

（2）根据不同点（1）加以推测，以上单词划分的差异很可能发生于字母"מ"的尾形形式并未被严格贯彻的时期。现今希伯来语字母"מ"存在尾形形式，即马索拉文本中的"ם"，但是在已发现的众多死海古卷中，（五个）希伯来语尾形字母的出现具有随机性。其书写形式直到后来才演变为严格的规定，并且马索拉文士在其"标准化文本"中严格遵守此种规定。

（3）马索拉文本中多出了字母"י"和"ה"；它们在此处被当作"读音之母"（matres lectiones）使用，但是起初字母"ה""ו"和"י"只是普通的辅音字母，后来为了显示元音发音，故赋予这三个字母"读音之母"的属性，并且在漫长的历史时期中"ה""ו"和"י"三个字母被作为"读音之母"而愈发普遍使用，虽然最终马索拉文士运用元音符号标明元音发音，但是"读音之母"的使用早已普遍化并被马索拉文士继承下来，故马索拉文本中随处可见"读音之母"，而此处的"י"和"ה"正是一例。

从以上分析可以看出，马索拉文本和《七十士译本》的译者翻译时所依据的古典希伯来语文本表面上差异较大，但是实质上区别很细微，仅仅是单词划分的不同，而其余区别都是语言本身发展过程中由于单词划分的不同而引起的区别，此即经典的"传抄错误"的一例。

既然这里存在"传抄错误"，那么应该如何判断到底是马索拉文本还是《七十士译本》正确保存了更加原初的含义呢？事实上，在许多"传抄错误"之处，此种判断是较为困难的工作，但是在此处可以通过下一节的文本（即《撒母耳记上》1:25）加以判断。就算是马索拉文本，在下一节的文本中也指出"宰了一只公牛"（וישחטו את־הפר），在数量上是"一只"，与《七十士译本》在《撒母耳记上》1:24中所说的"一只三岁的公牛"保持一致，而并非马索拉文本中所说的"三只公牛"。至此，可以给出如下结论：马索拉文本在此处出现了"传抄错误"，错误地划分了单词，使其内容含义偏离了更加古早的文本，而《七十士译本》在此处展现了更原始的文本内容。

有意思的是，在这个问题上，同样可以在库姆兰古卷中找到相应的证据，其中一份古卷4QSamuel[a]写道：[①] "牧群中一只三岁的公牛和面包"，古卷中对应的原文为"[בן בפר] בקר משלש ולחם"[②]。可见，这份古卷在内容上与马索拉文本和《七十士译本》都有所区别，因此关于"哈拿的祭品"总共已经有三个版本。基于以上论证，若《七十士译本》保留了更原始的文本内容，那么4QSamuel[a]可被视为后期基于《七十士译本》的希伯来文底本、再添加祭司文本中的表

---

① 里昂列维死海古卷数位图书馆（The Leon Levy Dead Sea Scrolls Digital Library）的相关网页拥有该古卷的高清图像：https://www.deadseascrolls.org.il/explore-the-archive/image/B-499057。

② 方括号之处为古卷残缺部分，由学者补上。此处学者的补充与重构相当具有说服力，因为"牧群中的公牛"是相当普遍的希伯来语表述，尤其是在祭司文本当中（《利未记》4:3, 14; 16:3; 23:18;《民数记》8:8; 15:24; 28:11, 19, 27; 29:2, 8, 13, 17；《以西结书》43:19, 23, 25; 45:18; 46:6;《历代志下》13:9）。

述和律令而做出的"道德教义"（nomistic）层面的扩充与修正。[①]

（二）例2——谁将摩西放在尼罗河边？（《出埃及记》2:3）[②]

在《出埃及记》第2章的故事中，摩西的母亲生下摩西之后藏了他三个月，后来不能再藏，就取了一个蒲草箱，抹上石漆和石油，将摩西放在里面，并将蒲草箱放在尼罗河边的芦荻中。值得注意的是，在马索拉文本中，将摩西放在尼罗河边的是摩西的母亲（ותשם בה את־הילד ותשם בסוף על־שפת היאר）；而在库姆兰的一份古卷4QExodus[b]中写道"摩西的母亲对她的女仆说'你前去把蒲草箱放在尼罗河边的芦荻中'"，古卷中对应的原文为"הילד ותואמר לשפחתה לכי [ות] שׂים אֹותֹו בֹּסוֹף עַל שׂפֿת הֹיֹאר"[③]，可见将摩西放在尼罗河边的并非摩西的母亲，而是摩西的母亲指示其女仆所为。

既然两者的内容不尽相同，那么问题就在于为什么会存在这一区别。虽然对此例中文本内容的区别有多种不同的解释，但可以确定的是，文本内容的产生不是偶然，即非传抄时偶然出现的错误。实际上，此处文本内容的不同是由于诠释方面的原因。

相较于马索拉文本，库姆兰的古卷创造了一个"对称文本"，在摩西母亲与法老女儿之间构建一种"对称性"。此例的下文（《出埃及记》2:5）写道："法老的女儿来到河边洗澡，她的使女们在河边行走。她看见箱子在芦荻中，就打发一个婢女拿来（装有摩西的箱子）。"法老的女儿拥有女仆为她服务，这与她的王室身份十分吻合。库姆兰的古卷为摩西的母亲增添了"女仆"，实质上展现了摩西母亲与法老女儿都拥有女仆，以此将摩西母亲置于与法老女

---

① 见以上脚注；关于祭品中的"面包"，参《出埃及记》25:30; 29:2, 23, 32, 34; 35:13; 39:36; 40:23;《利未记》3:11, 16; 7:13; 8:26, 31–32; 21:6, 8, 17, 21–22和其他相关地方。关于"道德教义"层面的修正，参A. Rofé, "The Nomistic Correction in Biblical Manuscripts and its Occurrence in 4QSam[a]," *Revue de Qumrân* 14/2 (1989), 247–254。

② A. Rofé, "Moses' Mother and Her Slave-Girl According to 4QExod[b]," *Dead Sea Discoveries* 9 (2002), 38–43.

③ 方括号之处为古卷残缺部分，其中部分由学者补上；原文图像见：https://www.deadseascrolls.org.il/explore-the-archive/image/B-295887。

儿对称的地位，暗示了尽管以色列在埃及只是奴隶，但是摩西母亲依旧可以与法老女儿在地位上保持对等，同时也抬高了摩西出生时的地位。可见，此处文本内容的有意为之，是出于文学诠释层面的考量。

当然，以上所述只是一种解释，从其他角度又可以得出各种不同的解释，毕竟释经层面的考量多种多样。然而，无论如何，此例揭示了文本在流传的过程中，有时文本内容发生的变化并不如同例1一般是细微的区别或仅仅是由于"传抄错误"，此种内容上的改变也不是偶然的，而是有意为之的。诠释者们拥有自己的意识形态，并且注意到了原先文本在解经层面存在的问题。诠释者们出于自身的意识形态，便会"完善"文本内容和结构、塑造人物形象，使其符合自身意识形态之下的主题。总而言之，此例展现了"文本多样性"不仅会由于例1展现的"传抄错误"而产生，也会出于诠释层面的考量而产生。

（三）例3——神的众子（《申命记》32:8-9）

此例展现了通过库姆兰古卷的文本得以重新构建更加原始的神学观念，而这一神学观念已经不见于马索拉文本。本例来自《申命记》第32章，该章被称为"摩西之歌"，是《申命记》及《五经》末尾的诗歌，也是摩西生命即将结束之时的诗歌。在这首诗歌中，摩西审视了以色列人的历史，而如果通读《五经》则会发现，"摩西之歌"中的此番历史审视与《五经》对以色列人历史的记载之间存在一定的出入，而其中最重要的区别之一是"摩西之歌"中没有出埃及的故事。"摩西之歌"是从政治层面对以色列人历史的审视，而针对"摩西之歌"的主要研究点在于以色列人于何时被拣选以及以色列人为何被拣选。这两个问题不仅是有关"拣选"的基本问题，也是圣经神学讨论的基本问题。

现分析"摩西之歌"其中一部分，即《申命记》32: 8-9。《申命记》32:8解释了世界上存在不同国家的原因，而其解释直接回到了世界的创造。马索拉文本载：

至高者将地业赐给列邦，

将世人分开，

就照以色列人（直译：以色列之子）的数目，

立定万民的疆界。

(בְּהַנְחֵל עֶלְיוֹן גּוֹיִם בְּהַפְרִידוֹ בְּנֵי אָדָם יַצֵּב גְּבֻלֹת עַמִּים לְמִסְפַּר בְּנֵי יִשְׂרָאֵל)

　　这个说法一直困扰着马索拉解经家们，"按照以色列人的数目立定万民的疆界"究竟是何意？"以色列人的数目"指的是何时的数目？以色列人的数目是一个确定的数值，如何按照一个确定的数值立定国家之间的边界？针对这些问题，马索拉解经家们一般将之与《创世记》第10章的列国族谱相联系，通过其中计数可知，在巴别塔故事发生以前的原始时代一共有七十个国家。同样地，根据马索拉文本《创世记》46:27，雅各家来到埃及的共有七十人（כָּל־הַנֶּפֶשׁ לְבֵית־יַעֲקֹב הַבָּאָה מִצְרַיְמָה שִׁבְעִים）。因此，马索拉解经家们认为此处"以色列人的数目"指的就是雅各家来到埃及之时的人数，即七十人，与《创世记》第10章总共七十个国家相对应。若将这两节相联系，《申命记》32:8中的"按照以色列人的数目立定万民的疆界"便可解释为指向七十个国家，即后来的拉比文献中非常突出的主题传统。

　　然而，这个解释遇到了许多挑战。众多学者指出，"雅各家下埃及"和"以色列人出埃及"的事件并没有在《申命记》第32章的"摩西之歌"中被提及，故将以色列之子的数目与列国的数目相提并论过于牵强。另外，较为古怪的是，《申命记》32:9写道："耶和华的分，本是他的百姓；他的产业，本是雅各"（כִּי חֵלֶק יְהוָה עַמּוֹ יַעֲקֹב חֶבֶל נַחֲלָתוֹ），而马索拉文本的这句话开头有连词"כִּי"，一般翻译为"因为"，那么如何理解《申命记》32:8与32:9两节之间的联系便成了一个问题。

　　库姆兰的一份古卷4QDeuteronomyⁿ为这一疑难句提供了不同的解读。该卷经文并没有如同马索拉文本写道"按照以色列人的数目"，而是记载"按照神的众子（בני אלהים）的数目"①，即立定万民的疆界所按照的是神的儿子们的数目。《七十士译本》中也拥有相似的异文，其《申命记》32:8载："按照神的天使的数目"（κατὰ ἀριθμὸν ἀγγέλων θεοῦ），因此在《七十士译本》中，立定万民的疆界所按照的不是以色列人的数目，而是神的天使的数目。此异文反映了与4QDeuteronomyʲ相似的希伯来文底本。

问题也随之显现，"神的众子"（בני אלהים）是什么意思呢？"神的众子"这个词组亦出现在《创世记》6:1-4，从该部分文本讲述的故事可以看出"神的众子"相当于半神，即神与人交合的后代，该故事的风格与希腊神话较为相似。另外，《约伯书》开头记录耶和华与撒但争论约伯是否为正直的人，②而当时处于耶和华面前的除了撒但之外还有"神的儿子们"。在乌加里特（Ugarit）的迦南文献当中也有"神之子"作为天庭的超自然生物的说法。尽管在《创世记》和《约伯记》中都出现了"神的众子"，但是真正能够说明问题的是相对晚期（即公元前2世纪以后）的圣经文本《但以理书》，其中第10、12章讲述了列国（包括波斯、希腊和以色列）都有一个天国的代表。这一信息为正确解释《申命记》32:8-9提供了铺垫。在古早的时期，神将世界分成各个国家之时，列国都各自与一个天国的代表相对应，而天国的代表就是"神的众子"。从这个角度就解释了《申命记》32:8"按照神的众子的数目，立定万民的疆界"在神学上的具体内涵。更进一步，当时至高者（עליון）将其他列国都分配了对应的天国代表，而将以色列作为耶和华神自己的国家。因此从神学上而言，耶和华神与以色列有直接的联系，而其他列国却要通过各自被分配的天国代表才能与至高者建立联系。③这就解释了《申命记》

---

① 原文图像见：https://www.deadseascrolls.org.il/explore-the-archive/image/B-359055。

② 此处《约伯记》中的撒但并不是《新约》中的撒但，而是以"责难者"的形象出现。

③ 值得注意的是，这与《但以理书》10:21、12:1中的观点有些不同，后者认为天使米迦勒（Michael）是以色列在天上的代表，与波斯和希腊的"王子们"平起平坐，其背后折射的是一个普遍共识，即每个国家均有自己的天国代表。

32:9 "耶和华的分，本是他的百姓；他的产业，本是雅各"在神学上的具体内涵。

由此可见，在原文中，确立民族疆界的依据并非以色列人的数量，而是神的儿子或天使的数量。因此，原文并非马索拉文本中的"他就照以色列之子的数目，立定万民的疆界"，而是如库姆兰古卷与《七十士译本》所载的"他按神之子的数目，立定万民的疆界"。

虽然马索拉文本与原文在内容上产生了一定的距离，但是应当注意的是，此处的马索拉文本并不是一个"传抄错误"，文本内容上的差异其实反映了马索拉文士的神学观念，他们不认可其他神灵或者拥有神灵性质的事物的存在，故对原文有所不满，因此移除了原文中关于"神的众子"或"天国的代表"这一表述。然而，由于文本本身就是神圣的，马索拉文士不能简单粗暴地直接删除不符合自己神学观念的文本，于是他们便在细节上进行修改，而这些细节上的修改直接改变了含义。对于马索拉文士而言，他们认为自己在"完善"文本，即对文本进行"神学修正"。然而，针对文本的任何改动都会造成苦难。如上所述，本案也不例外。通过库姆兰古卷和《七十士译本》，学者们不仅得以重新构建更加原始的文本，继而理解其神学观念，亦能理解马索拉文本及其所经历的改动。

综上，此例展现了"文本多样性"不仅会由于例1展现的"传抄错误"而产生，同样不仅会由于例2展现的"文学诠释层面的考量"而产生，也会出于圣经作者、编辑者或传抄者的神学观念而产生。

（四）例4——从《耶利米书》看圣经文学的发展[①]

在死海古卷问世之前，学者们已经发现《耶利米书》有一个较短的版本和一个较长的版本。《七十士译本》的《耶利米书》所依据的底本是短版本，而马索拉文本的《耶利米书》所依据的是长版本。

短版本与长版本之间有些区别是可以忽略不计的，比如人名和框架性内容的重复（如重复"某某之子""某某之王"等），但是有

---

① 参 Tov, *Textual Criticism of the Hebrew Bible*, 286-294，与其中所引文献。

些区别是十分重要的，其中就包括《耶利米书》第27章的预言。[①]
该预言的一部分是关于耶和华殿中的器皿（尤其见《耶利米书》
27:21-22）。在短版本（包括《七十士译本》）中，这些器皿被预言将
被带到巴比伦，随后关于器皿的预言就到此为止了：

> 因为耶和华如此说：就是巴比伦王从耶路撒冷掳掠耶哥尼雅
> 时所没有掠去的器皿，必被带到巴比伦——这是耶和华说的。

而在长版本中，这些器皿被带到巴比伦之后被预言会再次回到耶路
撒冷：

> 论到那在耶和华殿中和犹大王宫内，并耶路撒冷剩下的器
> 皿，万军之耶和华—以色列的神如此说：必被带到巴比伦存在那
> 里，直到我眷顾以色列人的日子。那时，我必将这器皿带回来，
> 交还此地。这是耶和华说的。

而耶和华殿的器皿寄托着犹太民族的精神象征，具有不可替代的非
凡意义。可以看出，短版本中没有关于器皿从巴比伦被带回的内容，
意味着短版本的预言没有"慰藉"，仅仅关乎"毁灭"与"流散"。
与之相反，长版本则包含着"慰藉"与"希望"的成分。从文本书
写的历史背景分析，短版本写于巴比伦大流散时期（公元前6世纪），
当时犹太人和耶和华殿中的器皿一起被带至巴比伦，并且当时没有
回归，故短版本中没有器皿从巴比伦被带回的内容。长版本很可能
写于后流放时期，即回归之后。在这更晚近的版本当中，人们意识
到需要"完善"和"更新"这则预言，以一个更有希望的结尾结束

---

① 关于此段落的文本历史重构，见 E. Tov, "Exegetical Notes on the Hebrew Vorlage of
the LXX of Jeremiah 27 (34)," *Zeitschrift für die alttestamentliche Wissenschaft* 91 (1979),
73–93。

预言。另一个有意思的区别是，《七十士译本》中的短版本只提到尼布甲尼撒王。与此相反，马索拉文本中的长版本还提到了后代君王（《耶利米书》27:7），这与本文所重构的历史时间线相吻合。第7节没有出现在较早且较短的版本中。

此外，两个版本的《耶利米书》还反映出具体章节（尤其是第10章）和全书顺序的不同。在《七十士译本》中，整个针对列国的预言（"prophecies against the nations"；马索拉文本第46—51章）出现在25:13之后，这可能是出于译者对该节后半部分的解释："我也必使我向那地所说的话，就是记在这书上的话，<u>是耶利米向这些国民说的预言</u>，都临到那地。"

值得注意的是，库姆兰四号洞穴发现了五份《耶利米书》的抄本，其中三份（4QJeremiah[a,c,e]）是长版本，与马索拉文本相接近，而另两份（4QJeremiah[b,d]）是短版本，与《七十士译本》相接近。换句话说，同一个洞穴中发现了《耶利米书》的五个抄本，并且分属两个版本。

从此例可以看出，"文本多样性"不仅会由于例1展现的"传抄错误"而产生，同样不仅会由于例2展现的"解经层面的考量"而产生，同样不仅会由于例3展现的"神学观念"而产生，也会由于抄写流传过程中所产生的不同版本而产生。死海古卷中的不同版本展现了人们修改和编辑文本的工作，而且在希腊化时期并没有后世"标准化文本"的概念，各个文本都是神圣的，即使不同版本之间的文本区别较大，也都可以被同一群体视为神圣。

五、库姆兰的圣经改写创作

前面所有的例子其实都取材于死海古卷被发现之前就已经问世的文本，这些例子展现的问题在死海古卷发现之前也已经被学者所讨论。换句话说，在死海古卷发现之前，学者们会使用已知的文本（包括马索拉文本、《撒玛利亚五经》以及《七十士译本》）研究这些问题，探讨其中的"文本多样性"，只是没有运用死海古卷加以讨论。

库姆兰还有一类古卷是针对圣经文本进行改写的文本，展现了文本始终处于动态发展的过程之中（textual dynamics）。由于这些文本在死海古卷问世以前较少获得学者的关注，将之列为"圣经改写创作"（Rewritten Bible texts）亦带来全新的问题。但事实上，"改写"的概念在圣经文本内部已有诸多体现。比如，《历代志》在某种程度上就是对《撒母耳记》和《列王纪》的改写，只是库姆兰的发现打开了一扇窗口，让我们可以看到更多这些以其原文创作的作品。

这些作品的地位，即其是否属于圣经类文献，一直是学者们争论的话题。然而，这样的争辩是不合时宜的，改写文本无论最终是否被纳入圣经正典，其本质都是一样的——都是对原先的版本进行"更新"或"完善"，并且都展现了文本处于动态演变的过程之中。决定将改写文本纳入《希伯来圣经》或是其他正典的确反映了某些团体或教派的观点，但现代学术研究不能简单地根据各个宗教团体后来形成的正典地位观念来判断改写文本是否属于圣经文学的范畴。

不管如何，库姆兰的圣经改写创作提供了诸多释经传统的最早证据，而这些诠释传统又填补了《希伯来圣经》与拉比文学之间的空白。下面以《禧年书》（Jubilees）中"以撒被缚"这一段文本为例，展现文本所经历的一遍又一遍被改写的过程。[①]"以撒被缚"见于《创世记》第22章，在神学上引发了诸多讨论和阐释，主要讲述了上帝命令亚伯拉罕牺牲其子以撒的故事。于是，该故事引发了一系列神学问题：上帝是至善的吗？虽然故事的结局显示上帝根本没有打算让亚伯拉罕牺牲以撒，但是为什么上帝命令亚伯拉罕这样做以至于让他陷入即将杀死以撒的境地呢？这个故事是否展示了上帝也有邪恶的一面？对于一神教而言，这一系列问题甚至是最关键的

---

① 关于这一故事更全面的讨论，见 M. Segal, *The Book of Jubilees: Rewritten Bible, Redaction, Ideology and Theology* (Leiden: Brill, 2007), 189–202。

问题，因为世界上不断有坏事发生，而一神教相信如果上帝不对坏事负责，那么上帝就不是全能的，而如果上帝对坏事负责，那么为什么世界上还会有不可抗力的自然灾害呢？多神教可以将其归为其他神所为，但是对于一神教而言，这就成了至关重要的问题。事实上，这个问题在《希伯来圣经》别处——尤其是在《约伯记》，即圣经智慧文学的典范中，也有相应的讨论。

而《禧年书》（公元前2世纪）[1] 以及第四洞穴的《禧年伪书》（4Qpseudo-Jubilees；4Q225-4Q226）重述了"以撒被缚"的故事，体现了文本经历多次的改写过程。其对《创世记》第22章的改写不仅可以发现《约伯记》的影子，也可以看出文本一遍又一遍的改写实际上是对上述这一关键神学问题一遍又一遍的再阐释。[2]

"以撒被缚"的故事见于《禧年书》第17至18章，若将其与《创世记》第22章"以撒被缚"的故事对读，便可以发现存在以下重要区别：

（1）在《创世记》中，在"以撒被缚"之前，神不知道亚伯拉罕是否虔诚，因此要试验他，试验之后才知道亚伯拉罕是敬畏神的；而在《禧年书》中，在"以撒被缚"之前，神已经多次试验亚伯拉罕并且知道他是虔诚的（具体参见《禧年书》17: 17-18）。

（2）在《创世记》中，让亚伯拉罕牺牲其子以撒的是神，而在《禧年书》17:16中，提出这个主意的是莫斯提马（Mastema, משטמה），其希伯来语字根是"שטם"，与"撒但"（Satan, השטן/שטן）的希伯来语字根"שטן"一致（古典希伯来语中字母"מ（ם）"和"נ（ן）"经常互换，因此实际上"莫斯提马"和"撒但"的希伯来语字根相

---

① 《禧年书》是改写《创世记》与《出埃及记》的作品。该书最初由希伯来文写就，随后翻译成希腊文，再从希腊文译至格厄兹文和拉丁文，而现存完整的《禧年书》只有格厄兹文版本。死海古卷中出土了来自十五卷希伯来文版本的残片。除了后世作品对其的个别引用之外，整个《禧年书》的希腊文版本均已亡佚。

② 更全面的论述，参 M. Segal, "The Dynamics of Composition and Rewriting in Jubilees and Pseudo-Jubilees," *Revue de Qumrân* 26/104 (2014): 555-578。

同）。而且，《禧年书》中"莫斯提马"的形象与《约伯记》中"撒但"的形象同样是一致的，从中可以看出《约伯记》对《禧年书》的影响十分显著。《禧年书》实际上是将《创世记》中的"以撒被缚"改写为"《约伯记》版"的故事，《禧年书》也是最早将"以撒被缚"的故事与《约伯记》相联系的文本之一，这也成了《巴比伦塔木德》对于"以撒被缚"这则故事的标准化解经思路（具体参见Sanhedrin 89b）。

（3）在《创世记》中，"以撒被缚"的故事中只出现了一个天使，并且这个天使似乎就是上帝，因为这个天使对亚伯拉罕说话时采用第一人称"你不可在这童子身上下手，一点不可害他！现在我知道你是敬畏神的了，因为你没有将你的儿子，就是你独生的儿子，留下不给我"（《创世记》22:15-16）；而在《禧年书》中，"以撒被缚"的故事中出现了一善一恶两个天使，其中恶的天使就是莫斯提马。该故事也成了莫斯提马与一位善的天使之间富有神学和宇宙论意义的战场，前者试图让以撒被杀死，而后者试图拯救以撒（具体参见《禧年书》18:8-12）。

除了《禧年书》之外，还有对《禧年书》进行改写创作的文本，即《禧年伪书》（Pseudo-Jubilees），在死海古卷中有其残卷（4Q225-226）。在该文本中，"以撒被缚"的故事中出现了不止一善一恶两个天使，而是出现了多个善的"神圣天使"（angels of holiness），并且莫斯提马也不再仅仅作为一个恶的天使，而是拥有不止一个"恶的天使"（the angels of Mastemah）。通过《创世记》《禧年书》和针对《禧年书》进行改写创作的文本之间的相互对比，可以发现每个文本都在原有文本的基础上增添一部分内容。《禧年书》在《创世记》的基础上结合《约伯记》，将"一个天使"变为"一善一恶两个天使"。另一方面，对《禧年书》进行改写创作的文本将"一善一恶两个天使"变为"多个善的神圣天使"和属于莫斯提马的"多个恶的天使"，即文本经历了一遍又一遍改写的过程。

通过分析上述不同版本的文本在细节之处的不同，其所反映出的关键之处在于：改写是一个持续不断的过程。换言之，文本始终处于动态发展的过程之中，持续发展、变化、被"更新"、被"完善"，而文本中新出现的内容就是发展、变化、被"更新"、被"完善"的产物。今天的我们所熟悉的是中世纪时期的标准化文本（如马索拉文本），而标准化文本其实意味着文本几乎不再有任何变化。然而，死海古卷告诉我们：直到公元前1世纪甚至公元1世纪，《希伯来圣经》也还在不断发展变化。死海古卷就好比一面镜子，映射出在公元前1世纪至公元1世纪的年代或者更加古早的历史时期，文本经历了怎样的发展和变化，而今天我们看到的各个版本的《希伯来圣经》（包括马索拉文本、《七十士译本》等）其实都是过往人们不断进行改写创作的最终成果，有些也是文本动态发展的最终成果。

最后，如果将死海古卷比作一位老师，那么教给我们关于《希伯来圣经》最重要的知识就是：在被"标准化"之前，文本始终处于动态发展的过程之中，一份文本往往既是改写的产物，又是被改写的源头。

《七十士译本》研究概览[*]

Kristin De Troyer

（萨尔茨堡大学）

一、导　言

《七十士译本》（Septuagint）一词指代一组希腊文经卷，既涵盖《希伯来圣经》的希腊文翻译，亦包括希腊化时期撰写而成、后称"次经"（Apocrypha）的犹太文献。希腊文翻译部分既可和其希伯来底本相对照形成对比研究，亦可作为独立文档来分析。此外，既往的犹太和基督教修订者在译本中留下了层累的修正痕迹，揭示了经卷文本的发展历史。在这部希腊文经典中，还可以找到针对《希伯来圣经》文本的再诠释，有助于理解《希伯来圣经》在希腊化时期的西亚北非的接受史。本文将为《七十士译本》的翻译历史、文本流传、后世修订等研究议题提供系统性介绍。

二、《七十士译本》和"古早希腊文翻译"

学界通常用《七十士译本》指代所有希腊文圣经书卷。然而，有必要厘清"古早希腊文翻译"（Old Greek，缩写为OG），即

---

[*] 主编按：本文内容最初整理自2022年4月28日由复旦大学历史学系主办的线上讲座"七十士译本"。该讲座纪要的整理与翻译者为2020级历史学系本科生田喆。现稿经由主讲人即作者本人扩充、修改以及审定，再由李思琪老师编辑、翻译而成。

那些从《希伯来圣经》直接翻译至希腊文的经卷与《七十士译本》
（Septuagint，缩写为LXX）之间的关系。后者所涵盖的文本范围更
为宽泛，既包括"古早希腊文翻译"，亦包括原本就以希腊文写就
的犹太文献。所有这些文献后被装订成册，见于4—5世纪的《梵
蒂冈抄本》（Codex Vaticanus）、《西奈抄本》（Codex Sinaiticus）等。
而在此前，已流传着一些小抄本与卷轴，其上记录着一部或多部
希腊文经书，① 犹大沙漠纳哈儿·赫弗（Nahal Hevel）出土的希腊
文小先知残卷（8HevXII gr，前1世纪至1世纪）便是此类卷轴的
代表。②

其实，《希伯来圣经》的希腊文翻译历史悠久。根据《亚里斯提
亚书信》（*Letter of Aristeas*，前3世纪或前2世纪初）所保存的传说，
《希伯来圣经》的前五卷乃是在托勒密二世（Ptolemy II Philadelphus，
前309—前246年）治下的亚历山大城（Alexandria）外的法罗斯半
岛（Pharos Island）上被翻译成希腊文，并被收录于亚历山大图书馆
（Library of Alexandria）。③ 不过，由于希腊文残卷既现于埃及，又现
于犹地亚（Judea），故最新的研究有时难以确定这些文本最初究竟是
在埃及亚历山大城还是犹地亚地区被翻译的。④

如今，学术界参考的《七十士译本》校勘本主要有二：其一为

---

① K. De Troyer, "Greek Papyri and the Oldest Layer of the Hebrew Bible," in *Editing the Bible — Editorial Problems*, ed. J. Kloppenborg and J. Newman, Atlanta: Society of Biblical Literature, 2012, 81–90.

② K. De Troyer, *Rewriting the Sacred Text. What the Old Greek Texts Tell Us about the Literary Growth of the Bible*, Atlanta: Society of Biblical Literature, 2003; De Troyer, "Greek Papyri," 2012, pp. 81–90; W.A. Ross, "The Past Decade in Septuagint Research (2012–2021)," *Currents in Biblical Research* 21.1 (2022), 1–45.

③ B.G. Wright, *The Letter of Aristeas: "Aristeas to Philocrates" or "On the Translation of the Law of the Jews,"* Berlin: De Gruyter, 2015; E. Matusova, *The Meaning of the Letter of Aristeas: In Light of Biblical Interpretation and Grammatical Tradition, and with Reference to Its Historical Context*, Göttingen: Vandenhoeck & Ruprecht, 2015.

④ E. Tov in collaboration with R.A. Kraft, with a contribution by P.J. Parsons, *The Greek Minor Prophets Scroll from Nahal Hever (8HevXIIgr), The Seiyal Collection I*, Oxford: Clarendon Press, 1990.

英国剑桥大学（Cambridge University）在20世纪初开始修订、但未完成的《基于梵蒂冈抄本的希腊文旧约》（*The Old Testament in Greek According to the Text of Codex Vaticanus*）；[1] 其二为德国哥廷根大学（Universität Göttingen）迄今主导编订的《哥廷根七十士译本》（*Göttingen Septuaginta*）。[2] 在这两部校勘本中，学者试图利用众多充满或细小或巨大歧异的希腊文抄本，再运用文本批判方法，来重构最初的或"原始"希腊文翻译。除了提供重构的原始文本内容，校勘本还在页下脚注中详细地归纳分类和列举记录各个希腊文抄本之间的差异，这些注释有助于探索研究文本的编撰和传抄历史。

若将重构的原始希腊文译本与以《马索拉文本》（Masoretic Text）所代表的希伯来文本进行对比，即可发现两者在内容与表述方面拥有不少（重要的）区别，包括衍文（pluses）、脱文（minuses）、异文（variants）。学者们对这些区别的生成有不同的看法，可将之归纳为两种解释：其一，这些差别是由译者的自由翻译所造成；范·德·米尔（Michael N. van der Meer）和诺特（Ed Noort）等学者便主张这是造成《约书亚记》希腊文译本与希伯来文本间产生重要差异的原因。[3] 其二，这些区别是由于用作翻译的希伯来文底本与《马索拉文本》的希伯来源文本各不相同，学者如托夫（Emanuel

---

[1] A.E. Brooke and N. McLean, *The Old Testament in Greek According to the Text of Codex Vaticanus, Supplemented from Other Uncial Manuscripts, with a Critical Apparatus Containing the Variants of the Chief Ancient Authorities for the Text of the Septuagint*, Cambridge: Cambridge University Press, 1906, 2009.

[2] R.G. Kratz and B. Neuschäfer, eds., *Die Göttinger Septuaginta*, Berlin, Boston: De Gruyter, 2013; F. Albrecht, "Report on the Göttingen Septuagint," *Textus* 29 (2020): 1–20.

[3] M.N. Van der Meer, *Formation and Reformulation: The Redaction of the Book of Joshua in the Light of the Oldest Textual Witnesses*, Leiden: Brill, 2004; E. Noort, *Das Buch Josua: Forschungsgeschichte und Problemfelder*, Darmstadt: Wissenschaftliche Buchgesellschaft, 1998.

Tov）、[1] 罗斐（Alexander Rofé）[2] 以及德·特洛耶（Kristin De Troyer）[3] 持这种观点来解释《约书亚记》希腊文翻译。

《约书亚记》1:7一例可以更直观地说明希伯来文和希腊文两种文本间的区别。此段经节在希伯来文《马索拉文本》中的表述如下：

רק חזק ואמץ מאד לשמר לעשות ככל-התורה אשר צוך משה עבדי אל-תסור
ממנו ימין ושמאול למען תשכיל בכל אשר תלך׃

只要刚强，大大壮胆，谨守遵行我仆人摩西所吩咐你的一切律法，不可偏离左右，使你无论往哪里去，都可以顺利。

然而，在重构的希腊文翻译中该段经节载：

ἴσχυε οὖν καὶ ἀνδρίζου φυλάσσεσθαι καὶ ποιεῖν καθότι ἐνετείλατό σοι Μωυσῆς ὁ παῖς μου, καὶ οὐκ ἐκκλινεῖς ἀπ' αὐτῶν εἰς δεξιὰ οὐδὲ εἰς ἀριστερά, ἵνα συνῇς ἐν πᾶσιν, οἷς ἐὰν πράσσῃς.

只要刚强，并有男子气概，谨守遵行我仆人摩西所吩咐你的，不可偏离左右，使你在所做的事上，都富洞见。

---

① E. Tov, "4QJosh[b]," in *Qumran Cave 4. IX. Deuteronomy, Joshua, Judges, Kings*, ed. E. Ulrich, F.M. Cross, S.W. Crawford, J.A. Duncan, P.W. Skehan, E. Tov, and J. Trebolle Barrera, Oxford: Clarendon Press, 1995, 153–160; E. Tov, *The Greek and Hebrew Bible: Collected Essays on the Septuagint*, Leiden: Brill, 1999; E. Tov, *Hebrew Bible, Greek Bible, and Qumran: Collected Essays*, Tübingen: Mohr Siebeck, 2008; E. Tov, "Literary Development of the Book of Joshua as Reflected in the MT, the LXX and 4QJosh[A]," in *The Book of Joshua*, ed. E. Noort, Louvain: Peeters, 2012, 65–85.

② A. Rofé, "The End of the Book of Joshua According to the Septuagint," *Henoch* 4 (1982): 17–36; A. Rofé, "Joshua 20: Historico-Literary Criticism Illustrated," in *Empirical Models for Biblical Criticism*, ed. J.H. Tigay, Philadelphia: University of Philadelphia Press, 1985, 131–147; A. Rofé, "The Editing of the Book of Joshua in the Light of 4QJosh[a]," in *New Qumran Texts and Studies. Proceedings of the First Meeting of the International Organization for Qumran Studies. Paris 1992*, ed. G.J. Brooke and F. García Martínez, Leiden: Brill, 1994, 73–80.

③ K. De Troyer, *The Penultimate and the Ultimate Text of the Book of Joshua*, Louvain: Peeters, 2018.

对比上述两段经节可以发现，希腊文翻译并未出现对"律法"的强调。考虑到《约书亚记》之开篇非常强调对于律法的遵循，律法显然是该书卷非常重要的一个元素，为什么它在此节译文中却不翼而飞？诺特与范·德·米尔认为，原始希腊文译本的译者删除了希伯来原文中的"律法"；[①] 而托夫与罗斐却认为，原始希腊文翻译可能来自比现存希伯来文本年代更早的文本，而在那些更古早的希伯来文本中，并无"律法"元素。[②]

若要解释此希腊文译本中的异文，则需参考以下三种要素在翻译过程中所起到的作用，以此鉴定文本如何从原始版本扩张变化：

1. 翻译技巧：译者如何进行翻译？他们是持自由创作的态度抑或是以逐字翻译的形式来对待底本？译者的翻译态度和技巧决定了他们针对源文本进行改动的程度。[③]

2. 文字和抄本信息：虽然希腊文翻译最初的文稿早佚，但幸运的是同书副本浩如烟海，副本间重要的异同多被记录于学术校勘本，如《哥廷根七十士译本》。历代学者于校勘本中既展现了重构的原始希腊文翻译，亦抄录了对此重构起到关键性作用的现存各类型希腊文抄本信息（critical apparatus）。再来，早期犹太与基督徒修订者针对"古早希腊文翻译"所做出的修订，对重构译本的历史发展脉络至关重要。[④]

3. 其他古代文献：除了希腊文抄本以及各类修订本，其他语言

---

① Noort, *Das Buch Josua*; Van der Meer, *Formation and Reformulation*, 210–222.

② Tov, "Literary Development of the Book of Joshua," pp. 70–73; Rofé, "The End of the Book of Joshua," pp. 17–36; Rofé, "Joshua 20," pp. 131–47; Rofé, "The Editing of the Book of Joshua," 73–80.

③ J. Barr, *The Typology of Literalism in Ancient Biblical Translations*, Göttingen: Vandenhoeck & Ruprecht, 1979; K. De Troyer, *The End of the Alpha-Text of Esther. Translation Techniques and Narrative Techniques in MT-LXX 8.1–17–AT 7.14–41*, Atlanta: Society of Biblical Literature, 2000; T. Muraoka, *A Syntax of Septuagint Greek*, Louvain: Peeters, 2016; T. Muraoka, *A Greek-English Lexicon of the Septuagint*, Louvain: Peeters, 2009.

④ A. Aejmelaeus and T. Kauhanen, eds., *The Legacy of Barthélemy: 50 Years After Les Devanciers d'Aquila*, Göttingen: Vandenhoeck & Ruprecht, 2017.

写就的经卷文献亦需纳入诠释异文的考量中。这些经卷多从希伯来文经书或其希腊文翻译衍生而来，故有时能保留和其底本有关的、重要的历史信息。

三、"古早希腊文翻译"的修订者

与重构原始的"古早希腊文翻译"同等重要的工作是，研究该翻译的历史流传与发展，尤其是早期针对其展开的修订工作。早期的三位犹太修订者分别是阿奎拉（Aquila，约130年）、西玛库斯（Symmachus，约170年）以及狄奥多田（Theodotion，约190年），他们修订了"古早希腊文翻译"，同时创作了与其相异的翻译版本。根据学界传统，这三位修订者活跃于2世纪，他们意图通过自己的修订工作，使《希伯来圣经》的"古早希腊文翻译"趋同于当时流行的希伯来文本。[①] 事实上，希腊文翻译的修订工作可上溯至公元前，即早于这三位犹太修订者的活跃时期。[②] 狄奥多田的修订版本便是基于名为"Kaige"的公元前翻译修订工作。[③] 如今，学界对于这些修订工作的了解主要来自一些流传至今的中世纪希腊文《圣经》抄本，其边白处可见后世对上述修订版本的摘录。

---

① T.M. Law, "Kaige, Aquila, and Jewish Revision," in *Greek Scripture and the Rabbis*, ed. T.M. Law and A. Salvesen, Louvain: Peeters, 2012, 39–64.

② D. Barthélemy, *Les devanciers d'Aquila*, Leiden: Brill, 1963.

③ J.K. Aitken, "The Origins of ΚΑΙ ΓΕ," in *Biblical Greek in Context: Essays in Honour of John A.L. Lee*, ed. J.K. Aitken and T.V. Evans, Louvain: Peeters, 2015, 21–40; L.J. Greenspoon, *Textual Studies in the Book of Joshua*, Chico: Scholars Press, 1983; L.J. Greenspoon, "The Kaige Recension: The Life, Death, and Postmortem Existence of a Modern—and Ancient—Phenomenon," in *XII Congress of the International Organization for Septuagint and Cognate Studies: Leiden 2004*, ed. M. Peters, Leiden: Brill, 2006, 5–16.

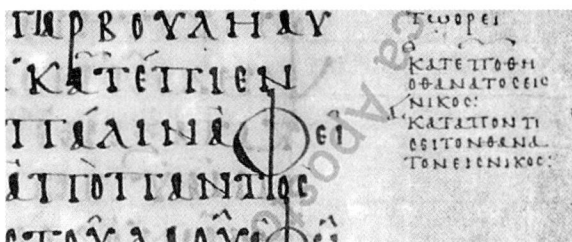

图1 7—8世纪的《七十士译本》抄本（Codex Marchalianus, Vat. Gr. 2125）中《以赛亚书》25:8边白处的修订异文：θ表狄奥多田；α表阿奎拉。[①]

　　早期的修订者中不得不提一位基督教教父奥利金（Origen），他185年出生于亚历山大城，253年去世于今属黎巴嫩（Lebanon）的泰尔（Tyre）。为了能更好地理解希伯来原文和当时流行的不同希腊文译本之间的关系，奥利金将所搜集的希伯来文和希腊文经文，纳入横向对比，并将之编译整理为六栏，即《六经对参》（Hexapla）。其中的第一栏为希伯来原文，第二栏则是由希腊字母书写而成的原文转写，第三、第四以及第六栏参照了上述三位犹太修订者的希腊文翻译。根据这些栏目中的原文和翻译，奥利金编辑和修订通行于其所处时代的希腊文翻译，[②] 最终呈现的版本被记录于《六经对参》第五栏，其中包含特定的批判符号，用以标注译文中的衍文（addition）与脱文（omission）。[③]

　　《六经对参》的原稿早佚，而第五栏中希腊文翻译的批判符号亦

[①] 图源：https://digi.vatlib.it/view/MSS_Vat.gr.2125/0470。

[②] F. Field, *Origenis hexaplorum quae supersunt*, 2 Vols, Oxford: Clarendon Press, 1867–1875; O. Münnich, "Les *Hexaples* d'Origène à la lumière de la tradition manuscrite de la *Bible* grecque," in *Origiana Sexta. Origène et la Bible / Origen and the Bible. Actes du Colloquium Origenianum Sextum Chantilly, 30 août — 3 septembre 1993*, ed. O. Munnich and A. le Boulluec, Louvain: Peeters and Leuven University Press, 1995, 167–185; A. Aejmelaeus, "Hexaplaric Recension and Hexaplaric Readings in 1 Samuel," in *On Hexaplaric and Lucianic Readings and Recensions*, ed. D. Candido, J. Alfaro, and K. De Troyer, Göttingen: Vandenhoeck & Ruprecht, 2020, 13–37.

[③] P.J. Gentry, "Origen's Hexapla," in *The Oxford Handbook of the Septuagint*, ed. A. Salvesen and T.M. Law, Oxford: Oxford University Press, 2021, 553–571.

多在文本传抄过程中流逝，但《六经对参》的影响十分深远。一些稀有的抄本中存有《六经对参》残文。譬如，梅尔卡蒂（Giovanni Mercati，1866—1957年）赫然发现一中世纪抄本，若将之倒转180°，其现有文字之下竟藏有《六经对参》模糊的行列。① 这是令人庆幸之例，因抄写员重复利用了前人的皮纸，致使《六经对参》的内容得以存留于此重写本（palimpsest）之中。《六经对参》残卷目前为重要的研究对象，专门的学术系列出版了和其有关的科研成果。②

将前述犹太修订者的翻译版本与奥利金于第五栏所制的希腊文翻译进行对比，一方面有助于揭示"古早希腊文翻译"的文本发展历史，另一方面有助于重构《希伯来圣经》最初的希腊文翻译。

另一位值得一提的基督教修订者是安条克的卢锡安（Lucian of Antioch，240—312年），其留下的希腊文《卢锡安修订本》（Lucianic Recension）亦试图使希腊文翻译更贴近当时流行的希伯来文本，时而又展现了比《六经对参》更古老的希腊文翻译。③

---

① G. Mercati, *Psalterii hexapli reliquiae*, Rome: Bibliotheca Vaticana, 1958–1965；另参 https://septuaginta.uni-goettingen.de/blog/the-hexapla-of-psalms。

② 比如，收录于学术系列 Origen's Hexapla: A Critical Edition of the Extant Fragments 的研究成果：J.D. Meade, *A Critical Edition of the Hexaplaric Fragments of Jo 22–42*, Louvain: Peeters, 2020。

③ N. Fernández Marcos y J.R. Busto Saiz, *El Texto antioqueno de la Biblia griega*. 3 Vols., Madrid: Instituto de Filología, CSIC, 1989–1996; N. Fernández Marcos, "The Antiochene Edition in the Text History of the Greek Bible," in *Der Antiochenische Text der Septuaginta in seiner Bezeugung und seiner Bedeutung*, Göttingen: Vandenhoeck & Ruprecht, 2013, 57–73; T. Kauhanen, *The Proto-Lucianic Problem in 1 Samuel*, Göttingen: Vandenhoeck & Ruprecht, 2012; T. Kauhanen, "The Proto-Lucianic and Antiochian Text," in *The Oxford Handbook of the Septuagint*, ed. A. Salvesen and T.M. Law, Oxford: Oxford University Press, 2021, 537–551; A. Kharanauli, "Origen and Lucian in the Light of Ancient Editorial Techniques," in *From Scribal Error to Rewriting: How Ancient Texts Could and Could Not Be Changed*, Göttingen: Vandenhoeck & Ruprecht, 2020, 15–32.

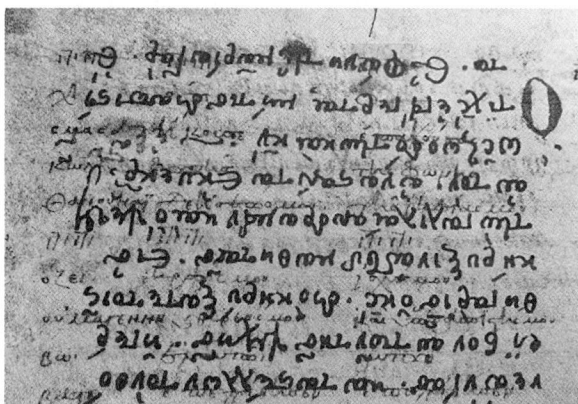

图2　9世纪末的希腊文小写字母重写本（Ambrosiano O 39 sup.）。1894年，梅尔卡蒂发现了此部重写本，将之180°反转后，在首层字迹之下，可依稀辨析后人对《六经对参》的传抄，重写本中的提亮部分为希伯来文四字圣名。[①]

Hebrew language text—Column 1	Transliteration Column 2	Aquila Column 3	Symmachus Column 4	Septuagint Column 5	Theodotion Column 6
יהוה	יהוה	יהוה	יהוה	$\overline{κς}$ יהוה	יהוה
כי	χι	ὅτι	ὁ	ὅτι	ὅτι
שמע	σμας	ἤκουσε	ἐπακούσας	εἰσήκουσέ	εἰσήκουσε
קול	κωλ	φωνῆς	τῆς φωνῆς	τῆς φωνῆς	τῆς φωνῆς
תחנוני	θανουναι	δεήσεώς μου.	τῆς ἱκεσίας μου.	τῆς δεήσεώς μου.	τῆς δεήσεώς μου.
יהוה	יהוה	יהוה	יהוה	$\overline{κς}$ יהוה	יהוה
עזי	οζει	καπάτος μου	ἰσχύς μου	βοηθός μου	βοηθός μου
ומגני	ουμαγεννι	(καὶ) θυρεός μου	καὶ ὑπερασπιστής μου	καὶ <ὑπ>ερασπιστής μου	(καὶ) ὑπερασπιτής μου
בו	βω	ἐν αὐτῶι	αὐτῶι	ἐν αὐτῶι	ἐν αὐτῶι
בטח	βατε	ἐπεποίθησεν	ἐπεποίθησεν	ἤλπισεν	ἤλπισεν

图3　根据上述重写本重构的《六经对参》，其中包含了《诗篇》25:6,7。[②]

---

① 图源：https://en.wikipedia.org/wiki/Ambrosiano_O_39_sup.#/media/File:Ambrosiano_O39_sup.jpg。

② 图源：https://en.wikipedia.org/wiki/Ambrosiano_O_39_sup.#/media/File:Ambrosiano_O39_sup.jpg。

四、死海古卷所带来的启示

"古早希腊文翻译"及其文本发展历史的研究亦需将死海古卷纳入考量中。死海古卷中有两份残卷为此项研究带来了全新的视角：其一为源自公元前50至前25年库姆兰（Qumran）洞穴四出土的《撒母耳记》希伯来文残卷（4QSamª）；其二为纳哈儿·赫弗地区出土的十二小先知书的希腊文残卷（8HevXII gr），其年代约为公元前50至公元50年左右。

学者们发现，4QSamª与《马索拉文本》的记载有些许出入，却更接近希腊文《卢锡安修订本》的释读内容。由此可推断，公元3世纪翻译修订而成的《卢锡安修订本》所使用的希伯来文底本有别于《马索拉文本》所传承的希伯来文传统，却承载了源自公元前1世纪的、与4QSamª相似的希伯来文传统。[①] 另一方面，8HevXII gr的内容与翻译形式则与狄奥多田所作之修订类似，[②] 尤其是将希伯来文连词"גם"或"וגם"一致地翻译为και γε。这意味着，公元2世纪的狄奥多田的希腊文翻译很可能拥有更早的源流，可称后者为"Kaige"修订本（Kaige Recension）或"原始狄奥多田"修订本（Ur-Theodotion），其断代若按8HevXII gr之年代加以推测，或为公元前1世纪中期，但亦有学者将之推至公元前1世纪至公元1世纪这段时间。

简言之，死海古卷的发现揭示公元2世纪及之后的希腊文修订版本可以源自更早的文本或修订传统。原来的学术研究根据各个犹太

① F.M. Cross, D.W. Parry, R.J. Saley, E. Ulrich, *Qumran Cave 4: XII:1–2 Samuel*, Oxford: Clarendon Press, 2005; E.C. Ulrich, *The Qumran Text of Samuel and Josephus*, Leiden: Brill, 1978; E.C. Ulrich, *The Dead Sea Scrolls and the Development Composition of the Bible*, Leiden: Brill, 2015.

② Tov, Kraft, and Parsons, *The Greek Minor Prophets Scroll from Nahal Hever (8HevXIIgr)*, 22–26.

修订者所生活的年代，将阿奎拉与西玛库斯的修订工作置于狄奥多田的版本以前，但如今鉴于狄奥多田修订本与"Kaige"修订本的相似性，这些修订版本按生成的年代顺序应该如下排列："Kaige"/狄奥多田、阿奎拉、西玛库斯，而且针对希腊文翻译进行修订的时间可从原来的公元2世纪往前推至公元前1世纪。

有趣的是，部分死海古卷希伯来文经卷亦展现出类似希腊文翻译的修订现象。德·特洛耶（De Troyer）与赫比森（Herbison）发现，[①] 上述所提及的最早修订时间段（即公元前1世纪）与库姆兰第一洞穴出土的希伯来文《以赛亚大卷轴》（1QIsaᵃ）的修订时间有所重合。在该卷轴抄录《以赛亚书》40:7-8的上方，出现了一段希伯来文衍文：

כי רוח יהוה נשבה בו אכן חציר העם יבש חציר נבל ציץ

因为耶和华的气吹在其上；百姓诚然是草。草必枯干，花必凋残。

乌尔里希（Ulrich）和弗林特（Flint）运用了古文字学方法，对《以赛亚大卷轴》中不同类型的修订，尤其是上述这段衍文，进行了断代。[②] 他们首先肯定该卷轴之正文应属于哈斯摩尼时期（Hasmonean period）中叶，即公元前125—前100年左右，而其上的希伯来文衍文应出自《社团规则》（1QS）的抄写员之手。后者的活跃时间为公元前100年至前75年。也就是说，该衍文应该是于这段时间被添入《以赛亚大卷轴》的。

---

① K. De Troyer and D.R. Herbison, "Where Qumran and Septuagint Meet: The Case of Is 40:7–8," *Textus* 29.2 (2020): 156–167.

② E.C. Ulrich and P.W. Flint, with a contribution by M.G. Abegg, Jr., *Qumran Cave 1, II: The Isaiah Scrolls. Part 1: Plates and Transcriptions; Part 2: Introductions, Commentary, and Textual Variants*, Oxford: Clarendon, 2010, 61–65.

图4 前1世纪的《以赛亚大卷轴》，现藏以色列博物馆，箭头所指即衍文所现之处。①

上述时间段刚好可以和希腊文翻译的修订历史联系起来。根据德·特洛耶的研究发现，虽然上述衍文并未出现在《以赛亚书》最初的希腊文翻译中，但是早期犹太翻译者的修订版本和其后出现的《六经对参》均在《以赛亚书》译文中包含了与上述希伯来衍文相对应的希腊文句子：

οτι πνευμα κυριου επνευσεν εις αυτο αληθως χορτος ο λαος εξηρανθη χορτος, εξεπεσε το ανθος

因为主的气吹在其上；百姓诚然是草。草必枯干，花必凋残。

上述例子不仅揭示了文本流传的动态性，更重要的是证明了早期犹太修订者针对希腊文翻译所做出的改动，实际上反映了同时期流行的希伯来文本内容。具体来说，前述衍文显示《以赛亚大卷轴》中的修订与 "Kaige" 的修订工作属同一时期，即公元前1世纪中叶左右。令人惊奇的是，两个不同的文本传统（希伯来文与希腊文）在同一时期展现了相同的修订。至此，上述例子证明了早期犹太人

---

① 图源：http://dss.collections.imj.org.il/isaiah。

针对原始希腊文翻译所作之修订是基于具体的希伯来文本之上，修订者试图使其所接收到的希腊文翻译更接近当时通用的希伯来文本。

五、余　论

面对如此纷繁复杂的希腊文译文、其抄本以及其文本流传历史，一些亟须深入研究分析的议题包括以下：

首先，塔克尔（Mika Tucker）的著作《耶利米书的七十士译本》（*The Septuagint of Jeremiah*）论证了两种相反的趋势同时并存于希腊文翻译中。[①] 其一为使希腊文翻译贴近希伯来文本的趋势，其二为针对希腊文翻译的进一步解释、改写（甚至扭曲）。有必要针对这两种趋势做出区分。

其次，面对希腊文译本中那些类似《六经对参》的修订元素之时，需要谨慎。这些修改为的是将原始希腊文翻译趋同于当时流通的希伯来文本，而且很可能比《六经对参》以及其所参考的译本（即前述三部犹太修订版本）的成文年代来得更早。可以为这种修正赋予一个新的名字：前《六经对参》"Kaige"类修正（pre-hexaplaric kaige-type corrections）。这种修正形式出现于《耶利米书》《约书亚记》的希腊文翻译以及《以斯帖记》希腊文A译本。就在原始希腊文翻译成文之时，这些修正活动便已开始。也就是说，当原始希腊文本自译者处流传至外界，人们便开始针对其进行改写或者修正，这些修改甚至在《梵蒂冈抄本》和其他小众抄本（如ms 121与ms 509）中也留下了踪迹。

除此之外，其他语言的译本在"古早希腊文译本"的流传过程中亦发挥了重要作用，因而有时可以保留"古早希腊文译本"的解读内容。这些子译本包括格鲁吉亚文、古拉丁文、科普特文和埃塞

[①] M. Tucker, *The Septuagint of Jeremiah: A Study in Translation Technique and Recensions*, Göttingen: Vandenhoeck & Ruprecht, 2022.

俄比亚文（格厄兹文）译本等，它们往往由"古早希腊文翻译"演绎而来，因此研究这些子译本有助于理解《希伯来圣经》最早的希腊文翻译。

最后，翻译者很多时候也是编辑者，从而导致翻译内容中叙事的变化；因此了解译者本身以及其在译本中有意为之的改动乃是翻译研究的重中之重。[①]

---

① A. Aejmelaeus, D. Longacre, and N. Mortadze, eds., *From Scribal Error to Rewriting: How Ancient Texts Could and Could Not Be Changed*, Göttingen: Vandenhoeck & Ruprecht, 2020; S.W. Crawford, *Rewriting Scripture in Second Temple Times*, Grand Rapids: Eerdmans, 2008; S.W. Crawford, "Interpreting the Pentateuch Through Scribal Processes: The Evidence from the Qumran Manuscripts," in *Insights into Editing in the Hebrew Bible and the Ancient Near East. What Does Documented Evidence Tell Us About the Transmission of Authoritative Texts?*, ed. R. Müller and J. Pakkala, Louvain: Peeters, 2017, 59–80; H. von Weisenberg, J. Pakkala, and M. Marttila, eds., *Changes in Scripture: Rewriting and Interpreting Authoritative Traditions in the Second Temple Period*, Berlin: De Gruyter, 2011.

三大亚伯拉罕宗教与《塔纳赫》汉译

刘 平

（复旦大学哲学学院）

序 言

所谓的"三大亚伯拉罕宗教"（Three Abrahamic Religions）指的是"亚伯拉罕宗教"（Abrahamic Religions）中的三支，即犹太教、基督教、伊斯兰教。另外，亚伯拉罕宗教还包括巴比信仰（Bábí Faith）、巴哈伊信仰（Bahá'í Faith）、拉斯塔法里教（Rastafari）以及耶西迪人（Yezidi）、德鲁士人（Druze）、撒马利亚人（Samaritan）的宗教信仰。三大亚伯拉罕宗教以一神论为宗教信仰的内核，故亦被称为"一神主义宗教"（Monotheistic Religions）。其中的基督教又含括众多宗派和教派。[①] 在华基督教包括：景教、罗马天主教、俄罗斯东正教、新教（Protestantism，在汉语语境中也译为"基督教"，本文不采用此用法）和中国天主教。其中的景教仅存于当代历史博物馆之中。除此之外，三大亚伯拉罕宗教均在华历史及现实中展现自身的译经活动。

三大亚伯拉罕宗教信仰者也被称为"圣书子民"或"一本书子

[①] A. Mahjoub, *Honor Thy God: Three Abrahamic Religions*, Indianapolis: IBJ Book Publishing, 2010; A.M. Cohen, *The Monotheistic Religions: Judaism, Christianity and Islam*, Philadelphia: Mason Crest Publishers, 2010; F. Worthington, *Abraham: One God, Three Wives, Five religions*, Wilmette: Bahá'í Publishing, 2011; A.W. Hughes, *Abrahamic Religions: On the Uses and Abuses of History*, New York: Oxford University Press, 2013.

民"（*Am HaSefer*, the People of the Book）。《古兰经》称穆斯林或犹太教徒和基督徒为"有经人"（*Ahl al-Kitāb*, the People of the Book）。[1]他们均信奉"一本书"为圣书，但实际上"一本圣书，各自表述"。"一本圣书"分别为"母亲宗教"犹太教的《塔纳赫》（תנ"ך, Tanakh）或《希伯来圣经》（Hebrew Bible, Hebrew Scriptures）、含括《旧约》和《新约》的"大女儿宗教"基督教的《圣经》、"二女儿宗教"伊斯兰教的《古兰经》（Qurā'n）。伊斯兰教承认犹太教和基督教的经书为《天经》（Al-Kitab Al-Muqadas），也是天启圣书。《塔纳赫》是三大亚伯拉罕宗教的最大"公约书"。它以独立方式，并通过基督教的《旧约》以及伊斯兰教承认为天启的《天经》和《古兰经》而传承至今。其中尤为特殊的是《古兰经》。它并未如基督教的《旧约》将《塔纳赫》中的经卷经《七十士译本》——收录其中，而是采用间接引用的方式化而用之，使其成为自身经卷的一个有机组成部分。

在汉语语境中，学界一般认为，犹太教自唐入华，将希伯来原文《塔纳赫》卷轴带入中土，但是至今未见有犹太人汉译《塔纳赫》的记述。不过，《塔纳赫》在整体上被收录于基督教的《旧约》之中，而伊斯兰教也将之和基督教的《新约》共同归入《天经》之中。因此，本文从三大亚伯拉罕宗教视角切入《塔纳赫》的汉译历史，让今日的我们借此了解犹太教正典《塔纳赫》在中华文明中所具有的悠久而丰富的历史。[2]由于篇幅限制，本文仅仅以《塔纳赫》

---

① 《古兰经》将"有经人"分为两类：有经人中的信士，即信仰独一无二的真主，不将先知耶稣当作神或者神子的人，既信仰最初的《圣经》，也信仰《古兰经》，同为穆斯林；信奉《圣经》而不信《古兰经》的人，即非穆斯林中的一种。《古兰经》中有三十处提及"有经人"：2:105, 109; 3:64, 65, 69, 70-72, 75, 98-99, 110, 113, 199; 4:123, 153, 159, 171; 5:15, 19, 59, 65, 68, 77; 29:46; 57:29; 59:2, 11; 98:1, 6。

② 有关在华犹太教及其与圣经之关系，参见如下著述的相关章节：江文汉：《中国古代基督教及开封犹太人：景教、元朝的也里可温、中国的犹太人》，上海：知识出版社，1982年；[法]荣振华、[澳大利亚]莱斯利等编著：《中国的犹太人》，耿昇译，郑州：中州古籍出版社，1992年；[法]荣振华、[澳大利亚]李渡南等编著：《中国的犹太人》，耿昇译，郑州：大象出版社，2005年；Zhou Xun, *Chinese Perceptions of the "Jews" and Judaism: A History of the Youtai*, London and New York: （转下页）

二十四卷正典或经目指代具体章节，从正典或经目汉译来全面梳理
《塔纳赫》的汉译情况。

　　《塔纳赫》被划分为《妥拉》（又译"律法书"）、《先知书》和
《文集》三个部分，各部分名称所用希伯来文单词音译分别为Torah
（即"训示"）、Nevi'im（即"众先知"）、Ketuvim（即"文集"），将各
自的首写字母相拼，便成为犹太传统中所谓的《塔纳赫》（Tanakh）。
本文参考犹太出版协会（Jewish Publication Society，简称JPS）出版
的英译本，[①] 将隶属于三类的经目原文音译、原意及其"官话和合译
本"（今简称"和合本"）译名列在下方（表1），下文按照"官话和
合译本"译名行文叙事。本文从三大亚伯拉罕宗教在华宗派、教派出
发，聚焦于希伯来圣经正典《塔纳赫》的汉译历史与具体情况，因篇
幅所限，汉语方言译本以及非教会类的学者译本另外撰文详述。

表1 《塔纳赫》书卷名称

		原文音译	原意	和合本译名
妥拉 （总计5卷）		Bereshit	起初	创世记
		Shemot	众名字	出埃及记
		Wayyiqra'	他呼叫	利未记
		Bemidbar	在旷野	民数记
		Devarim	话语	申命记

　　（接上页）Routledge, 2001；［中］沙博理：《中国古代犹太人：中国学者研究文集点
评》，北京：新世纪出版社，2008年；李景文、张礼刚、刘百陆、赵光贵编校：《古
代开封犹太教：中文文献辑要与研究》，张倩红申订，北京：人民出版社，2011年。

① *JPS Hebrew-English Tanakh: The Traditional Hebrew Text and the New JPS Translation*,
2nd ed., Philadelphia, New York, Jerusalem: Jewish Publication Society of America, 1999；
*Tanakh: The Holy Scriptures, The New JPS Translation According to the Traditional
Hebrew Text*, Philadelphia, New York, Jerusalem: Jewish Publication Society of America,
2007; A. Berlin and M.Z. Brettler, eds., *The Jewish Study Bible: Featuring The Jewish
Publication Society Tanakh Translation*, New York: Oxford University Press, 2004.

续　表

		原文音译	原意	和合本译名
先知书 （总计8卷）	前先知书 （4卷）	Yehoshu'a	约书亚	约书亚记
		Shofetim	众士师	士师记
		Shemu'el	撒母耳	撒母耳记
		Melakim	列王	列王纪
	后先知书之 大先知书 （4卷）	Yesha'yahu	以赛亚	以赛亚书
		Yirmeyahu	耶利米	耶利米书
		Yehezqe'l	以西结	以西结书
	后先知书之小 先知书 （1卷）	Hoshe'a	何西阿	何西阿书
		Yo'el	约珥	约珥书
		'Amos	阿摩司	阿摩司书
		'Ovadyah	俄巴底亚	俄巴底亚书
		Yonah	约拿	约拿书
		Mikah	弥迦	弥迦书
		Nahum	那鸿	那鸿书
		Havaqquq	哈巴谷	哈巴谷书
		Tsefanyah	西番雅	西番雅书
		Haggay	哈该	哈该书
		Zekaryah	撒迦利亚	撒迦利亚书
		Mal'aki	玛拉基	玛拉基书
文集 （总计11卷）		Tehillim	赞美之歌	诗篇
		Mishle	箴言	箴言
		'Iyyov	约伯	约伯记
		Shir Hashirim	歌中之歌	雅歌
		Ruth	路得	路得记
		'Ekah	如何①	耶利米哀歌
		Qoheleth	传道者	传道书
		'Esther	以斯帖	以斯帖记
		Daniyye'l	但以理	但以理书
		'Ezra'	以斯拉	以斯拉记
		Nehemyah	尼希米	尼希米记
		Divre Hayyamim	时代的话题	历代志

---

① 《耶利米哀歌》在《塔纳赫》中卷名为"如何"，取自1:1："先前满有人民的城、现在何竟独坐？"（"官话和合译本"），其中的"何"即 'Ekah（How），"如何"。该词还出现在2:1、4:1。犹太传统根据该卷经书的主题，称之为"哀歌"。

一、开封犹太人与《希伯来圣经》

明清传教士文献表明，以河南开封犹太人为代表的在华犹太人尊经设堂。开封犹太人曾建立"礼拜寺"即犹太会堂，拥有自己的掌教即"拉比"。犹太会堂中有《妥拉》卷轴，抄写在羊皮纸上，使用的是希伯来文辅音字母，没有马索拉学者创制的希伯来文元音符号。此部《妥拉》自四五百年前传承至明末。开封犹太人称《妥拉》为"大经"或"道经"。由此可见，直至明末，在华犹太人一直使用非马索拉文本的《妥拉》。除此之外，开封犹太人还另外收藏有"散经"或"方经"。开封犹太人所使用的希伯来文有二十七个辅音字母，而通常所用的只有其中的二十二个辅音字母，另外五个是变体字母。每逢安息日，开封犹太人诵读"大经"中的一段，每年将分为五十三段的整部《妥拉》诵读完毕。按照现在通用的希伯来文《妥拉》年度读经划分标准，全部《妥拉》可分为五十四个部分。但是，来自波斯的《妥拉》则被划分为五十三个部分。可能的情况是，五十二个部分用于一年五十二个七天一次的安息日，余下的最后一个部分即《申命记》第33—34章用于庆祝妥拉诵读完毕节（Shemini Atzereth，Simchuth Torah）或转经节。①

在开封犹太会堂读经过程中，诵经人将《妥拉》卷轴置于犹太会堂正中间的摩西"宝座"即读经台上，有一位"提辞人"站立旁边；在往下几步，另外有一位"满喇"（Mulllah），即帮助提辞人矫正错误的人。摩西宝座的后面供有"万岁牌"，上书时为皇上的名号。在万岁牌上悬有希伯来文金字匾额："义撒尔，听哉！我等之主耶和华为独一的主，福哉其名，荣哉其鉴，临于永远。"其中的"撒

---

① 参见江文汉《中国古代基督教及开封犹太人：景教、元朝的也里可温、中国的犹太人》，第182页。

尔，听哉！我等之主耶和华为独一的主"取自《申命记》6:4，按照
《塔纳赫》可以译为："听！以色列，上主是我们的神，上主是一。"
此即犹太教最负盛名的祷告词"诗玛篇"（Shema）中的一部分。值
得注意的是，开封犹太人将YHVH的名号译为"耶和华"，在犹太
教传统中则因为名讳而读为"ADONAI"即"上主"。自从清朝雍正
下令禁止罗马天主教传教之后，开封犹太人多称自己的宗教为"一
赐乐业教"或"教经教"，教外人士以贬义称之为"挑筋教"，即不
吃可食动物的腿筋。掌教头戴蓝帽，用以区别于头戴白帽的穆斯林，
因此开封犹太教也被称为"蓝帽回回"。①

最早有关在华犹太教使用《塔纳赫》的记述来自明清碑刻。明
孝宗弘治二年（1489年）所立的石碑，正面为弘治二年的《重建清
真寺记》。此碑被称为"弘治碑"。明正德七年（1512年）所立的
石碑碑记为《尊崇道经寺记》。此碑被称为"正德碑"。此二碑提及
的"清真寺""尊崇道经寺"指的是犹太会堂。《重建清真寺记》记
述："……正教祖师乜摄［摩西］，②……求经于昔那山［西奈山］顶，
入斋四十昼夜，去其嗜欲，亡绝寝膳，诚意祈祷，虔心感于天心，正
经一部，五十三卷，有自来矣。"③《尊崇道经寺记》记述："至于一赐
乐业教，……有经传焉。道经四部，五十三卷，其理至微，其道至
妙，尊崇如天。"④此两处碑记提及的"正经""道经"就是《妥拉》，
源于摩西在西奈山获得的神启，可以分为用于年度读经的五十三个
部分（卷）。

清康熙二年（1663年）所立的石碑，现已遗落，碑文《重建清
真寺记》拓本存留。此碑被称为"康熙二年碑"。"康熙二年碑"的

---

① 参见江文汉《中国古代基督教及开封犹太人：景教、元朝的也里可温、中国的犹太
人》，第157—170页。
② 本文引文中的方括号"［　］"均为作者所加，下同，不另注。
③ 李景文、张礼刚、刘百陆、赵光贵编校：《古代开封犹太教：中文文献辑要与研究》，
第21页。
④ 李景文、张礼刚、刘百陆、赵光贵编校：《古代开封犹太教：中文文献辑要与研究》，
第24页。

《重建清真寺记》提及：

> 圣祖［即摩西］斋袚尽诚，默通帝心，从形声俱泯之中，独会精微之原，遂著经文五十三卷，最易最简，可知可能，教人为善，戒人为恶。孝弟忠信本之心，仁义礼智原于性。天地万物，纲常伦纪，经之大纲也；动静作息，日用饮食，经之条目也。①

就开封犹太会堂而言，"康熙二年碑"的《重建清真寺记》记述：

> 殿中藏道经一十三部，方经、散经各数十册。②
> 明末崇祯十五年［1642年］壬午，闯［即"李自成"］寇作乱，围汴者三。汴人誓守无二，攻愈力，守愈坚。阅六月余，寇计穷，引黄河之水以灌之，汴没于水。汴没而寺因以废，寺废而经亦荡于洪波巨流之中。教众获北渡者仅二百余家，流离河朔，残喘甫定，谋取遗经。教人贡士高选，承父东斗之命，入寺取经，往返数次，计获道经数部，散经二十六帙。聘请掌教［拉比］李祯、满喇［帮助提辞人矫错的人］李承先，参互考订焉。至大清顺治丙戌科进士教人赵映乘，编序次第，纂成全经一部，方经数部，散经数十册。缮修已成，焕然一新，租旷宅而安置之。教众咸相与礼拜，尊崇如昔日。此经之所以不失，而教之所以永传也。③

---

① 李景文、张礼刚、刘百陆、赵光贵编校：《古代开封犹太教：中文文献辑要与研究》，第38页。
② 李景文、张礼刚、刘百陆、赵光贵编校：《古代开封犹太教：中文文献辑要与研究》，第39页。
③ 李景文、张礼刚、刘百陆、赵光贵编校：《古代开封犹太教：中文文献辑要与研究》，第39页。

清康熙十八年（1679年）所立的石碑，碑名为《祠堂述古碑记》，即《清真寺赵氏建坊并开基源流序》。该碑被称为"康熙十八年碑"。《祠堂述古碑记》记述：开封犹太会堂重新落成之后，"前后殿即落成，无经又何以为宗？天顺年［明英宗年号，1457—1464年］赵应由宁波奉经归汴［开封］；而经传焉"①。赵应从宁波所得的"经"指的是"正经"或"道经"。

由此来看，开封犹太人不仅有"正经""道经"或"全经"，即《妥拉》，另外还有"方经"与"散经"。江文汉认为，"方经"系方形，内容为《妥拉》的一部分或分册。"散经"内容含教律、礼仪、祈祷文以及犹太年表、日历、节令、开封犹太人谱牒等。②荣振华、李渡南考订认为，开封犹太人所掌握的经书分为四类：第一，《经》或《大经》，即《妥拉》；第二，《散作》，即基督教《旧约》分类中的历史书，包括从《约书亚记》到《列王纪》的经卷，即"前先知书"；第三，《礼拜书》，即犹太会堂或"清真寺"中举行礼拜仪式时诵读的主祈经；第四，《哈费他拉》（haftarah），即《塔纳赫》中的先知书辑录，即"后先知书"。③通常，《哈费他拉》与分为五十三个部分的《妥拉》相对应，也分为五十三个部分。从这些研究来看，尽管相关考据存在争论、分歧，但是，可以确定的是，开封犹太人使用《塔纳赫》中的《妥拉》《先知书》和《文集》，但尚未拥有足本《塔纳赫》。至今，除了下文提及的美国圣公会来华主教犹太人施约瑟（Samuel I.J. Schereschewsky，1831—1906年）之外，尚无资料证明从唐代至今的在华犹太人将《塔纳赫》全本或其中一卷译为中文。

---

① 李景文、张礼刚、刘百陆、赵光贵编校：《古代开封犹太教：中文文献辑要与研究》，第43页。
② 江文汉：《中国古代基督教及开封犹太人：景教、元朝的也里可温、中国的犹太人》，第183页。
③ 参见［法］荣振华、［澳大利亚］李渡南等编著《中国的犹太人》，第17—18页。

二、景教与《塔纳赫》汉译

约1625年，汉文—叙利亚文双语对照的"大秦景教流行中国碑"在陕西西安出土。基督教《圣经》以及作为基督教《圣经》中之《旧约》（部分）来源的《塔纳赫》流传与翻译史由此找到自身发端的史料依据。根据此碑的记载，唐太宗贞观九年（635年），基督教早期教派之一聂斯托利派（Nestorianism）由阿罗本主教（Bishop Alopen，生卒年不详，7世纪）[1]从大秦（即波斯）传入中土，名为"景教"。碑文明确记载有关景教《圣经》及其翻译的概况：耶稣"圆廿四圣有说之旧法，理家国于太猷"；在他死后"亭午升真，经留二十七部"。[2]此处所谓的"旧法""经留二十七部"，分别指称基督教的《旧约》《新约》。碑文简要记述景教的译经活动："大秦国有上德，曰阿罗本，上青云而载真经，望风律以驰艰险，贞观九祀至于长安，帝使宰臣房公玄龄仗西郊，宾迎入内，翻经书殿，问道禁闻，深知正真，特令传授。"[3]据此记载，景教在华最初两百年之内曾将叙利亚文《圣经》即"培熹托译本"（Peshitta，又译"别西大译本"）或"通俗叙利亚文译本"（Syriac Peshitta）带入中土，[4]并以之为底本转译为中文。这是中华圣经译本史上第一次涉及《塔纳赫》及其在华流传与翻译的史料。

根据题名"尊经"的景教文献（写作年代未详）记述，景教总计

---

① 阿罗本（生卒年不详，7世纪）：叙利亚人，唐代景教（基督教聂斯托利派在华的一支）传教士，有史记载的第一位来华基督教传教士。

② 翁绍军注释：《汉语景教文典诠释》，香港：卓越书楼，1995年，第49页；另有简体版，北京：生活·读书·新知三联书店，1996年。

③ 翁绍军注释：《汉语景教文典诠释》，第54页。

④ P.G. Borbone, *Peshitta Psalm 34:6 from Syria to China*, in W.Th. Van Peursen and R.B. Ter Haar Romeny, *Text, Translation, and Tradition: Studies on the Peshitta and its Use in the Syriac Tradition Presented to Konrad D. Jenner on the Occasion of His Sixty-Fifth Birthday*, Leiden, Boston: Brill, 2006, 1–10.

有三十五本"大秦本教经"。该文献记录下经书之名，由景教辅理主教景净（生卒年不详，8世纪）"译得已上三十部卷"[①]。据此可以确定，景净曾居于唐都长安（今西安），长期从事传教和翻译工作，译有一批叙利亚文经书，其中包括《常明皇乐经》《宣元至本经》《志玄安乐经》《天宝藏经》《多惠圣王经》《阿思瞿利容经》《浑元经》《通真经》《宝明经》《传化经》《述略经》《三际经》《宁思经》《宣义经》《师利海经》《宝路法王经》《删可律经》《三威赞经》《牟世法王经》《伊利耶经》《遏拂林经》《报信法王经》《启真经》《乌沙那经》等。据考证，其中可能属于《塔纳赫》的有（按照"尊经"先后顺序排列，括号中分别标出"官话和合译本"与"思高译本"译名）：《多惠圣王经》（大卫王的诗篇，达味王的圣咏），《浑元经》（创世记，创世纪），《删可律经》（撒迦利亚书，匝加利亚书），《牟世法王经》（摩西五经，梅瑟五经），《乌沙那经》（以赛亚书，欧瑟亚书）。可以确认的是，景教给中华基督教留下第一份包括部分《旧约》或部分《塔纳赫》的经目，并采用文言文译经。该经目涉及《塔纳赫》的《妥拉》《先知书》《文集》三个组成部分。

三、天主教与《塔纳赫》汉译

就《塔纳赫》汉译而言，罗马天主教在华汉译圣经史上具有一个独特点，即从口语化中文译经起步。早在18世纪初，方济会传教士梅述圣（Antonio Laghi da Castrocaro, 1668—1727年）以口语化中文译出《创世纪》/《创世记》（使用"/"列出"官话和合译本"译名）和部分《出谷纪》/《出埃及记》。另一名方济会传教士麦传世（Francisco Jovino, 1677—1737年）修订上述译文，在原有基础之上译至《民长纪》/《民数记》，另外译出次经《多俾亚传》与《塔纳

① 翁绍军注释：《汉语景教文典诠释》，第203页。

赫》中的文集之一《达尼尔》/《但以理书》。① "梅述圣-麦传世译本"未见刊行, 只译出《塔纳赫》中的五卷。

18世纪末, 法国籍耶稣会传教士贺清泰 (Louis Antoine de Poirot, 1735—1813年, 或1735—1804年) 根据 "通俗拉丁文译本", 以通俗北京官话翻译部分圣经并附注释, 加上经训, 题为《古新圣经》。与 "梅述圣-麦传世译本" 相比较, "贺清泰官话译本" 极大地推进了《塔纳赫》的汉译工作, 译出其中的《妥拉》五卷、前先知书四卷、大先知书一卷、小先知书中的一卷, 以及文集十卷, 缺少小先知书中的另外十一卷、大先知书二卷和圣著一卷。因此, "贺清泰官话译本" 为 "二马译本" "思高译本" 之前最接近足本《塔纳赫》的中文圣经译本。该译本一直到21世纪初才由中国学者整理刊行于世。"贺清泰官话译本" 经目译名列出如下, 同时列出 "思高译本" 以及 "官话和合译本" 的经目译名, 次经经目用 "( )" 标出: ②

1. 化成之经/创世纪/创世记, 2. 造成经/创世纪/创世记, 3. 救出之经/出谷纪/出埃及记, 4. 肋未子孙经/肋未纪/利未记, 5. 数目经/户籍纪/民数记, 6. 第二次传法度经/申命纪/申命记, 7. 若稣耶之经/若稣厄书/约书亚记, 8. 审事官经/民长纪/士师记, 9. 禄德经/卢德传/路得记, 10. 众王经·卷一/撒慕尔纪上/撒母耳记上, 11. 众王经·卷二/撒慕尔纪下/撒母耳记下, 12. 众王经·卷三/列王纪上/列王纪上, 13. 众王经·卷四/列王纪下/列王纪下, 14. 如达斯国众王经尾增的总纲·卷一/编年纪上/历代志上, 15. 如达斯国众王经尾增的总纲·卷二/编年纪下/历代志下, 16. 厄斯大拉经: 上卷/厄斯德拉上/以斯拉记上, 17. 厄斯大拉经: 下卷/厄斯德拉下 (乃赫米雅)/以斯拉记

---

① 蔡锦图:《圣经在中国: 附中文圣经历史目录》, 香港: 道风书社, 2018年, 第29页。
② 贺清泰译注《古新圣经残稿》, 总计9册, 第1册, 李奭学、郑海娟主编, 北京: 中华书局, 2014年, 第1—2页。

下（尼希米记），18. 若伯经/约伯传/约伯记，19. 达味圣咏（上、中、下卷）/圣咏集/诗篇，20. 撒落孟之喻经/箴言/箴言，（21. 智德之经：智慧篇/智慧篇），22. 智德之经：训道篇/训道篇/传道书，（23. 厄格肋西亚斯第个/德训篇），（24. 多俾亚经/多俾亚传），（25. 如弟得经/友弟德传），26. 厄斯得肋经/艾斯德尔传/以斯帖记，27. 圣依撒意亚先知经/依撒意亚/以赛亚书，28. 达尼耶尔经/达尼尔/但以理书，29. 约那斯经/约纳/约拿书，（30. 玛加白衣经：上卷/玛加伯上），（31. 玛加白衣经：下卷/玛加伯下）①

至19世纪，中国籍罗马天主教信徒也参与到译经或转述工作之中，与外籍传教士共同致力于汉译圣经大业。1890年，中国籍耶稣会神父沈则宽（Matthias Sen, 1838—1913年）以官话翻译《古史略》，叙述《塔纳赫》以及次经中的历史，由上海土山湾印书馆出版。沈则宽另撰有讲述《塔纳赫》以及次经历史的《古史参箴》四

① 另外参见徐宗泽编著《明清间耶稣会士译著提要：耶稣会创立四百周年纪念（1540—1940年）》，上海：中华书局，1948年，第18—19页，列出的中文及法文经目以及卷数如下，使用"/"标出"思高译本""官话和合译本"的译名：1. 有造成经，Genèse/创世纪/创世记，2本；2. 救出之经，Exode/出谷纪/出埃及记，1本；3. 肋未子孙经，Lèvitique/肋未/利未记，1本；4. 数目经，Nombres/户籍纪/民数记，1本；5. 第二次传法度经，Deutéronome/申命纪/申命记，1本；6. 若稣耶之经，Josué/若稣厄书/约书亚记，1本；7. 审事官禄德经，Juges，1本，即民长纪/士师记，卢德传/路得记；8. 众王经书，Rois/列王纪/列王纪，4本；9. 如达斯国众王经，Palalipomènes/编年纪/历代志，2本；10. 厄斯大拉经，Esdra/厄斯德拉/以斯拉记，1本；（11. 多俾亚经，Tobie/多俾亚传）；12. 禄德经，Ruth/卢德传/路得记，1本；13. 若伯经，Jobs/约伯传/约伯记，1本；14. 厄斯得肋经，Esther/艾斯德尔传/以斯帖记；（15. 如弟得经，Judith/友弟德传）；16. 达味圣咏，Psaumes/圣咏集/诗篇，3本；17. 撒落孟之喻经，Paraboles/箴言/箴言，1本；18. 智德之经，Ecclésiaste/训道篇/传道书，1本；（19. 厄格肋西亚斯第个，Ecclésiastique/德训篇，4本）；20. 达尼耶尔经，Daniel/达尼尔/但以理书，1本；21. 依撒意亚先知经，Isaï/依撒意亚/以赛亚书，1本；（22. 玛加白衣经，Machabées/玛加伯，2本）。正如徐宗泽（1886—1947年）所言，该译本不仅与"通俗拉丁文译本"在章节上不同（第18页），显然，其中的《审事官禄德经》与《禄德经》存在重复之处。另外，这份经目也与《古新圣经残稿》存在显著的差异。

本。① "沈则宽译本"采用浅白语体，以采取节录方式讲述《塔纳赫》中的故事为特点。《古史参箴》所节录的《塔纳赫》经目包括（使用"/"标出"官话和合译本"译名）六卷：大尼厄尔传/但以理书，若伯传/约伯记，若纳传/约拿书，厄斯德耳传/以斯帖记，爱斯忒拉斯传/以斯拉记，纳海米亚斯传/尼希米记。

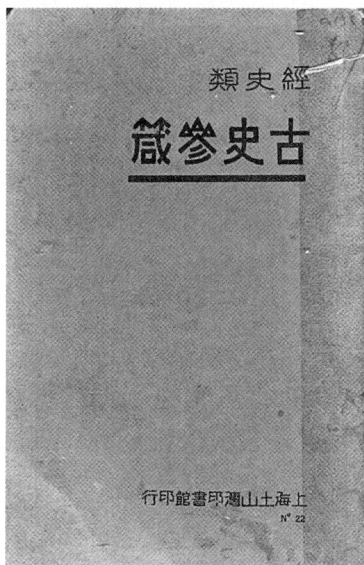

图1 《古史参箴》封面，1911年。笔者摄。

20世纪，罗马天主教的官话或国语译经取得长足的发展。1905年，山东兖州府刊行德国籍罗马天主教圣言会（Societas Verbi Divini）传教士赫德明（Joseph Hesser，1867—1920年）神父用白话编写的《古经略说》。② "赫德明译本"以概述《塔纳赫》中的故事见长。2002年，金凤志改编由赫德明撰述、河北献县教区出版的《古经略说》四卷，③ 按照赫德明的《古经略说》原四卷章节重新编述，分为四卷，采用原章节名称，由刘绪俭修订，由中国天主教河北献县教区印刷。1941年，中国籍罗马天主教耶稣会神父萧舜华（Hsiao Shun-hua，生卒年不详，20世纪上半叶）采用国语节译形式出版《青年圣经读本》。④ "萧舜华译本"从《塔纳赫》

---

① 沈则宽译：《古史略》，上海：土山湾印书馆，1933年；沈则宽：《古史参箴》，5卷，上海：土山湾印书馆，1911年；《古史参箴》，总计4卷，台中：光启出版社，1961年。

② ［德］赫司铎译：《古经略说》，总计4卷，兖州：山东兖州府主堂印书馆，1909年。

③ 金凤志改编：《古经略说》，刘绪俭修订，献县：中国天主教河北献县教区，2002年。

④ 萧舜华译：《青年圣经读本》，天津：崇德堂，1941年。另外值得注意的是，萧舜华译：《简明青年圣经读本》，上海：天主教上海光启社，1990年。后者与前者并不相同。后者根据艾克尔（Jakob Ecker）、格里斯巴赫（J. Griesbach）的《学生圣经图解课本》（Petite Bible Illustree des Ecoles）翻译，上海教区主教金鲁贤准，内部资料准印证（90）第102号。书中的圣经译文改用光启社1986年出版的《新经》（上）以及"思高译本"。

中节录若干经文译为国语。1955年，香港光启出版社出版由耶稣会修士狄守仁（Édouard Petit，1897—1985年）以国语编译的《简易圣经读本》。[①]"狄守仁译本"实际上以国语选译《旧新约圣经》中的部分经文，其中含括《塔纳赫》。1976年，中国籍罗马天主教神父郭先广（S.G. Kuo，生卒年不详）以语体文即白话文与文言文翻译并出版《中华基督教信友合用圣经刍稿》。[②]"郭先广译本"收录有《箴言》《广训》（罗马天主教的《训道篇》，或新教的《传道书》）以及《雅歌》，为《塔纳赫》中的三卷。

现今，全世界华人天主教界普遍使用的是国语或普通话《圣经》"思高译本"（1968年）。该译本为罗马天主教第一部足本中文圣经译本，也是罗马天主教第一部足本《塔纳赫》中文圣经译本。其中的《旧约》除了次经之外，均从《塔纳赫》原文翻译。该译本《旧约》中的《塔纳赫》经目如下，次经部分使用"（　）"标出，"官话和合译本"译名使用"/"标出：

　　　　1. 创世纪/创世记，2. 出谷纪/出埃及记，3. 肋未纪/利未记，4. 户籍纪/民数记，5. 申命纪/申命记，6. 若稣厄书/约书亚记，7. 民长纪/士师记，8. 卢德传/路得记，9. 撒慕尔纪上/撒母耳记上，10. 撒慕尔纪下/撒母耳记下，11. 列王纪上/列王纪上，12. 列王纪下/列王纪下，13. 编年纪上/历代志上，14. 编年纪下/历代志下，15. 厄斯德拉上/以斯拉记，16. 厄斯德拉下（乃赫米雅）/尼希米记，（17. 多俾亚传），（18. 友弟德传），19. 艾斯德尔传/以斯帖记，（20. 玛加伯上），（21. 玛加伯下），22. 圣咏集/诗篇，23. 约伯传/约伯记，24. 箴言/箴言，25. 训道篇/传道书，26. 雅歌/雅歌，（27. 智慧篇），（28. 德训篇），

---

① 狄守仁编：《简易圣经读本》，上册，下册，第4版，台中：光启出版社，1968年。另外参见狄守仁编辑《简易圣经读本合订本》，再版，台中：光启出版社，1960年。

② 郭先广：《中华基督教信友合用圣经刍稿：箴言·广训·雅歌》，台南：闻道出版社，1976年。

29. 欧瑟亚/何西阿书，30. 亚毛斯/阿摩司书，31. 米该亚/弥迦书，32. 岳厄尔/约珥书，33. 亚北底亚/俄巴底亚书，34. 约纳/约拿书，35. 纳鸿/那鸿书，36. 哈巴谷/哈巴谷书，37. 索福尼亚/西番雅书，38. 哈盖/哈该书，39. 匝加利亚/撒迦利亚书，40. 玛拉基亚/玛拉基书，41. 依撒意亚/以赛亚书，42. 耶肋米亚/耶利米书，（43. 巴路克书），44. 哀歌/耶利米哀歌，（45. 巴路克第六章），46. 厄则克耳/以西结书，47. 达尼尔/但以理书[①]

"思高译本"在改开之后进入内地，成为内地的中国天主教采用的权威中文译本。1990年，中国天主教教务委员会印刷思高版《古经》（即"《旧约》"）；[②] 1992年，第一次在内地出版简体竖排版"思高译本"《圣经》。[③]

1999年，澳门乐仁出版社（Claretian Publications, Macau)出版《牧灵圣经》中文版，是《基督徒社团圣经》（Christian Community Bible）的中文版本。[④] "牧灵圣经译本"是罗马天主教出版的第二部足本中文圣经译本，也是罗马天主教第二部足本《塔纳赫》中文圣经译本。该译本与"思高译本"存在显而易见的差别：正典经目为四十六卷，而非"思高译本"四十七卷；中译经目略有差异，例如（使用"/"标出"思高译本"译名），若稣厄/若稣厄书，撒慕尔上/撒慕尔纪上，撒慕尔/撒慕尔纪下，艾斯德尔/艾斯德尔传；在正典排序上的差异最为显著，"思高译本"遵从"七十士译本"，而"牧灵圣经译本"则接近于《塔纳赫》，与《塔纳赫》的三分法（妥拉、先知书、文集）基本一致，这一点在整个基督教《圣经》汉译史上

---

① 《圣经》，香港：思高圣经学会，1968年。
② 《古经》，北京：中国天主教主教团准，1990年，为1968年思高圣经学会在香港出版的"思高译本"之《旧约》。
③ 《圣经》，北京：中国天主教主教团，1992年。
④ 王凌、卢媛媛、李玉、姚安丽、曹雪译：《牧灵圣经》，澳门：乐仁出版社，1999年。

极为罕见。"牧灵圣经译本"《旧约》中的《塔纳赫》经目如下，次经部分使用"（）"标出：

　　1. 创世纪，2. 出谷纪，3. 肋未纪，4. 户籍纪，5. 申命纪，6. 若稣厄，7. 民长纪，8. 撒慕尔上，9. 撒慕尔下，10. 列王纪上，11. 列王纪下，12. 编年纪上，13. 编年纪下，14. 厄斯德拉上，15. 厄斯德拉下（乃赫米雅），（16. 玛加伯上），（17. 玛加伯下），18. 依撒意亚，19. 耶肋米亚，20. 厄则克耳，21. 达尼尔，22. 欧瑟亚，23. 岳厄尔，24. 亚毛斯，25. 亚北底亚，26. 约纳，27. 米该亚，28. 纳鸿，29. 哈巴谷，30. 索福尼亚，31. 哈盖，32. 匝加利亚，33. 玛拉基亚，34. 约伯传，35. 箴言，36. 训道篇，37. 雅歌，38. 卢德传，39. 哀歌，40. 艾斯德尔，（41. 多俾亚传），（42. 友弟德传），（43. 巴路克），（44. 智慧篇），（45. 德训篇），46. 圣咏集①

罗马天主教较少采用文言文翻译《旧约》或《塔纳赫》。除了上述的"郭先广译本"之外，仅仅以民国时期著名法学家、罗马天主教信徒吴经熊（John Wu Ching-hsiung，1899—1986年）所取得的成就最为突出。他在全面抗战时期受蒋介石（1887—1975年）夫妇委托以文言翻译并出版《圣咏译义初稿》(即《诗篇》)，1946年初稿，1975年修订，多次再版。②"吴经熊译本"颇具特色，深得新教教徒蒋介石夫妇的赞赏。蒋介石甚至亲笔修订，留下一段中国最高领导人参与《塔纳赫》汉译、中国罗马天主教与新教合作翻译《塔纳赫》的史话。

---

① 值得注意的是，"牧灵圣经译本"的英文版与中文版在经目排序上存在一定的差异，参 P. Grogan, ed., *Christian Community Bible*, Bangalore: Claretian Publications。
② 吴经熊译：《圣咏译义初稿》，蒋介石手订，台湾：商务印书馆，1948年；吴经熊译：《蒋中正先生手改圣经圣咏译稿》，出版项不详，1986年。

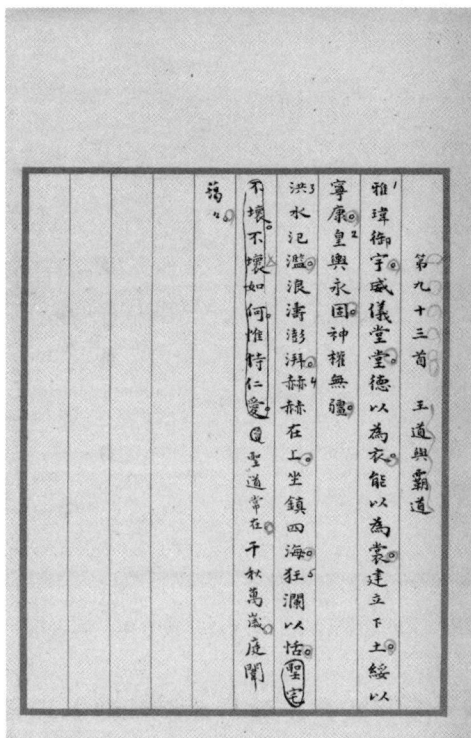

图2　蒋介石修订吴经熊翻译的《圣咏》(《诗篇》)第93首手稿。笔者摄。

直至今日，中国天主教尚未独立完成足本《旧约》以及其中的《塔纳赫》中文圣经的翻译工作。不过，在此方面也有部分突破。1999年，中国天主教修女卢树馨（1927—　）以普通话翻译、以笔名"思静"出版《圣经：圣咏》。① 这是迄今为止，中国天主教、中国天主教修女完成的第一部单行本中文圣经译本。卢树馨也是现今最年长的基督教《圣经》以及《塔纳赫》的中文译者。

---

① 思静译：《圣经：圣咏》，上海：天主教上海教区光启社，1999年。

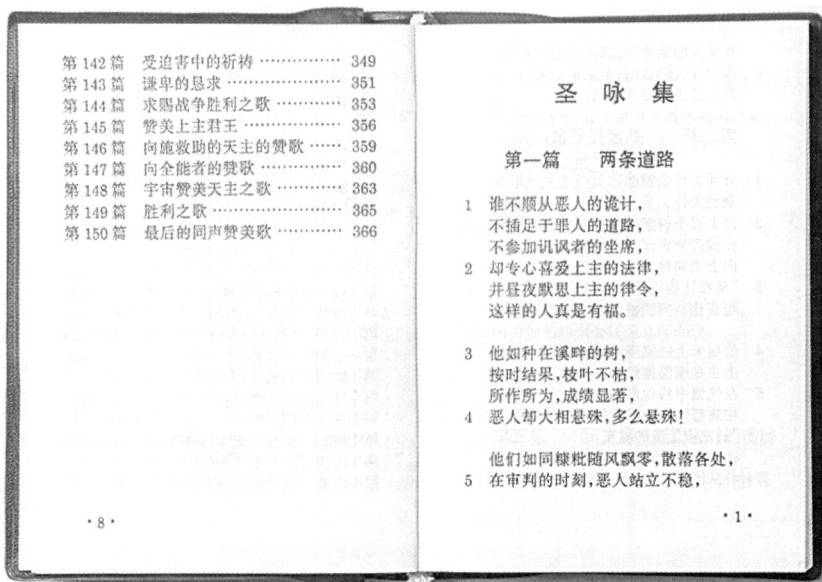

图3 "卢树馨译本"第1页，1999年。笔者摄。

四、俄罗斯东正教与《塔纳赫》汉译

俄罗斯东正教于明末清初从中国东北部传入。1715年即康熙（1654—1722年）五十四年，沙皇彼得一世（Peter I，1672—1725年）与俄罗斯东正教会在获得康熙同意之下派遣东正教传教士来华。他们于1716年抵达北京，正式建立第一届俄罗斯东正教驻华传教团（Ksenia Kepping, Russian Orthodox Mission in China）。① 1860年

---

① 俄罗斯东正教驻华传教团在华最后历史阶段的情况较为复杂。第十八届俄罗斯东正教驻华传教团（1896—1931年）为最后一届。1917年俄国十月革命爆发，俄罗斯外国临时主教公会议成立。第十八届俄罗斯东正教驻华传教团主教北京北关的英诺肯提乙将传教团归属于此机构，在1917年经改组成为东正教北京教区。严格意义上，第十八届俄罗斯东正教驻华传教团于1917年就终结了。1924年，东正教北京教区改名为"中国东正教会"，在北京设立总会，下辖北京、哈尔滨、天津、上海、乌鲁木齐等教区。1931年，英诺肯提乙去世，第十八届俄罗斯东正教驻华传教团彻底不复存在。俄罗斯外国临时主教公会议先后向中国派出两届传教团，通常归为第十九届俄罗斯东正教驻华传教团（1931—1933年）、第二十届俄罗斯东正教驻华（转下页）

以前，俄罗斯东正教驻华传教团的主要工作并非传教，而以外交等工作为主。1864年，沙俄驻中国的外交使团正式成立，俄罗斯东正教驻华传教团开始注重传教工作，由此开展译经活动。至今在华东正教并未有自己的《旧约》中文足本译本，因此也不存在《塔纳赫》中文足本译本。尽管如此，俄罗斯东正教还是提供了自己的《旧约》中文正典经目。这也意味着俄罗斯东正教提供了颇具特色的《塔纳赫》中文经目。目前该经目总计有两份。第一份见于英诺肯提乙（费古洛夫斯基）（Innokentii [Figurovskii] of Beiguan，1864—1931年）的《创世纪第一书》。该目录列出如下，使用"/"标出"官话和合译本"译名，以"（）"标出次经译名：[1]

　　律法书：摩伊些乙五经/摩西五经：1. 第一部创世记/创世记；2. 第二部出耶吉撒特记/出埃及记；3. 第三部烈微特纪/利未记；4. 第四部民数纪/民数记；5. 第五部申命纪/申命记

　　史记书：6. 那微英子伊伊酥斯纪/约书亚记；7. 士师纪/士师记；8. 鲁肥纪/路得记；9. 第一列王纪/列王纪，撒母耳记上；10. 第二列王纪/列王纪，撒母耳记下；11. 第三列王纪/列王纪上；12. 第四列王纪/列王纪下；13. 第五历代纪上/历代志上、历代纪下/历代志下；耶自德拉纪上/以斯拉记上，不属经书；14. 涅耶密亚纪/尼希米记；耶自德拉纪下/以斯拉记下，不属经

（接上页）传教团（1933—1956年）。事实上，从隶属关系而言，俄罗斯外国临时主教公会议先后向中国派出的两届传教团，与原俄罗斯东正教驻华传教团无关，其正式称呼应当为"俄罗斯外国临时主教公会议驻华传教团"。1955年，中国东正教会获得自主地位。1956年，自主的"中华东正教会"成立，在中国大陆地区的俄罗斯东正教教会房产被无偿转给中华人民共和国政府，动产被交给中华东正教会中指定的华籍司祭，教会附属事业被苏联大使馆接收。至此，俄罗斯东正教驻华传教团彻底结束工作。"文化大革命"前夕，中国大陆所有的东正教会停止活动；"文化大革命"后至今逐步恢复宗教事务。参见阿夫拉阿米神父辑《历史上北京的俄国东正教使团》，柳若梅译，郑州：大象出版社，2016年，第12—19页。另外参见乐峰《东正教会》，北京：中国社会科学出版社，1999年，第202页。

[1] ［俄］英诺肯提乙译：《创世纪第一书》，北京：北馆石印，1911年，第4页。

书；（15.托微特纪）；（16.伊屋底肥纪）；17.耶斯肥尔纪/以斯帖记

教训书：18.伊鄂乌纪/约伯记；19.圣咏经/诗篇；20.莎罗孟喻言（耶克烈锡阿斯特）或名传道书/传道书；21.莎罗孟雅歌/雅歌；莎罗孟智慧书，不属经书；锡拉合子伊伊酥斯智慧书，不属经书

预言书：22.先知伊萨伊亚书/以赛亚书；23.伊耶列密亚书/耶利米书、伊耶列密亚哀书/耶利米哀歌；伊耶列密亚扎书，不属经书；先知瓦鲁合书，不属经书；24.先知伊耶捷楷伊勒书/以西结书；25.先知达尼伊勒书/但以理书；26.先知鄂锡亚书/何西阿书；27.先知伊鄂伊勒书/约珥书；28.先知阿摩斯书/阿摩司书；29.先知阿乌底乙书/俄巴底亚书；30.先知伊鄂那书/约拿书；31.先知密黑乙书/弥迦书；32.先知那屋木书/那鸿书；33.先知阿瓦库木书/哈巴谷书；34.先知莎缚尼亚书/西番雅书；35.先知阿碣乙书/哈该书；36.先知咂合利亚书/撒迦利亚书；37.先知玛剌吸亚书/玛拉基书；玛克韦乙第一书，不属经书；玛克韦乙第二书，不属经书；玛克韦乙第三书，不属经书；耶自德拉第三书，不属经书；圣咏第末章，不属经书

21世纪初，"中国正教会"网站发布《正教会圣经全书目录及与天主教新教圣经目录对照》，为汉语读者提供了一份中国正教会《旧约》中文经目，与此同时，也为我们提供了第二份《塔纳赫》中文经目。本文在此列出如下，分别为希腊文、中国正教会中文译名，使用"/"标出"官话和合译本"译名，用"（ ）"区别出次经目录：①

1. ΓΕΝΕΣΙΣ，起源之书/创世记；2. ΕΞΟΔΟΣ，出离之书/出埃及记；3. ΛΕΥΙΤΙΚΟΝ，勒维人之书/利未记；4. ΑΡΙΘΜΟΙ，民数之书/民数记；5. ΔΕΥΤΕΡΟΝΟΜΙΟΝ，第

---

① 《正教会圣经全书目录及与天主教新教圣经目录对照》，刊于"中国正教会"网站：https://www.orthodox.cn/bible/index.html，引用日期：2024年2月10日。

二法典之书/申命记；6. ΙΗΣΟΥΣ ΝΑΥΗ，纳维之子伊稣斯传/
约书亚记；7. ΚΡΙΤΑΙ，众审判者传/士师记；8. ΡΟΥΘ，如
特传/路得记；9. ΒΑΣΙΛΕΙΩΝ Α'，众王传一/列王纪一，撒
母耳记上；10. ΒΑΣΙΛΕΙΩΝ Β'，众王传二/列王纪二，撒母
耳记下；11. ΒΑΣΙΛΕΙΩΝ Γ'，众王传三/列王纪三，列王纪
上；12. ΒΑΣΙΛΕΙΩΝ Δ'，众王传四/列王纪四，列王纪下；
13. ΠΑΡΑΛΕΙΠΟΜΕΝΩΝ Α'，史书补遗一（纪年书一）/历代志
上；14. ΠΑΡΑΛΕΙΠΟΜΕΝΩΝ Β'，史书补遗二（纪年书二）/历代
志下；(15. ΕΣΔΡΑΣ Α'，艾斯德拉纪一/以斯拉记一)；16. ΕΣΔΡΑΣ
Β'，艾斯德拉纪二/以斯拉记二，以斯拉记；17. ΝΕΕΜΙΑΣ，奈俄
弥亚纪/尼希米记；(18. ΤΩΒΙΤ，托维特传)；(19. ΙΟΥΔΙΘ，虞狄特
传)；20. ΕΣΘΗΡ，艾斯提尔传/以斯帖记；(21. ΜΑΚΚΑΒΑΙΩΝ
Α'，玛喀维传一)；(22. ΜΑΚΚΑΒΑΙΩΝ Β'，玛喀维传二)；
(23. ΜΑΚΚΑΒΑΙΩΝ Γ'，玛喀维传三)；24. ΨΑΛΜΟΙ，圣
咏集/诗篇；25. ΙΩΒ，约弗传/约伯记；26. ΠΑΡΟΙΜΙΑΙ
ΣΟΛΟΜΩΝΤΟΣ，索洛蒙箴言/箴言；27. ΕΚΚΛΗΣΙΑΣΤΗΣ，训道
篇/传道书；28. ΑΣΜΑ ΑΣΜΑΤΩΝ，歌中之歌/雅歌；(29. ΣΟΦΙΑ
ΣΟΛΟΜΩΝΤΟΣ，索洛蒙的智慧书)；(30. ΣΟΦΙΑ ΣΕΙΡΑΧ，
希拉赫的智慧书)；31. ΩΣΗΕ，奥西埃书/何西阿书；32.
ΑΜΩΣ，阿摩斯书/阿摩司书；33. ΜΙΧΑΙΑΣ，弥亥亚书/弥迦书；
34. ΙΩΗΛ，约伊尔书/约珥书；35. ΟΒΔΙΟΥ，奥弗狄亚书/俄巴底
亚书；36. ΙΩΝΑΣ，约纳书/约拿书；37. ΝΑΟΥΜ，纳翁书/
那鸿书；38. ΑΜΒΑΚΟΥΜ，盎瓦库穆书/哈巴谷书；39. ΣΟΦΟΝΙΑΣ，
索佛尼亚书/西番雅书；40. ΑΓΓΑΙΟΣ，盎盖书/哈该书；41. ΖΑΧΑΡΙΑΣ，
匝哈里亚书/撒迦利亚书；42. ΜΑΛΑΧΙΑΣ，玛拉希亚书/玛拉基书；
43. ΗΣΑΪΑΣ，伊撒依亚书/以赛亚书；44. ΙΕΡΕΜΙΑΣ，耶热弥亚书
/耶利米书；(45. ΒΑΡΟΥΧ，瓦如赫书)；46. ΘΡΗΝΟΙ ΙΕΡΕΜΙΟΥ，
耶热弥亚之哀歌/耶利米哀歌；(47. ΕΠΙΣΤΟΛΗ ΙΕΡΕΜΙΟΥ，耶
热弥亚之书信)；48. ΙΕΖΕΚΙΗΛ，耶则基伊尔书/以西结书；

49. ΔΑΝΙΗΛ，达尼伊尔书/但以理书；（50. ΜΑΚΚΑΒΑΙΩΝ Δ'
ΠΑΡΑΡΤΗΜΑ，玛喀维传四附录）

俄罗斯东正教与《塔纳赫》相关的汉语译本主要涉及文言与官
话（即国语、普通话）两种语体。1879年，第十六届俄罗斯东正教
驻华传教团（1879—1883年）的修士大祭司弗拉维昂·高连茨基
（Flavian Gorodesky，1840—1915年）在北京翻译并出版《圣咏经》
即《诗篇》。1910年，北京北馆石印"高连茨基译本"1879年版的
《圣咏经》。①"高连茨基译本"采用文言文，从俄语圣经译本译出。
俄罗斯东正教自第十八届俄罗斯东正教驻华传教团（1896—1931年）
主教英诺肯提乙开始使用官话译经。1910年，北京北馆石印英诺肯
提乙的《官话圣咏经》；②1911年，北京北馆石印英诺肯提乙的《创
世纪第一书》，即《旧约》或《塔纳赫》第一卷《创世记》，采用文
言文。英诺肯提乙贡献出两个与《塔纳赫》相关的译本"英诺肯提
乙官话译本""英诺肯提乙文言译本"。至21世纪，中国正教会授权
将德奥斐拉克特（Theophylact of Ohrid，约1055—1107年之后）的
圣经译本译为现代中文即普通话。德奥斐拉克特的注释英译本最近
已经出版，其中文译本自2008年在网络上出版。德奥斐拉克特中译
本在经文上采用罗马天主教的"思高译本"，按照东正教的希腊文
《新约》校勘，术语则采用东正教的习惯用法。③

新近发现十部俄罗斯东正教驻华传教团传教士于19世纪上半叶
完成的中文旧约译本抄本或写本。下文分别列出原手稿译名、抄本
译名、中国正教经目译名以及"官话和合译本"译名，次经译名使
用"（）"标出，按照上述中国正教会经目排序如下：④

① ［俄］高连茨基译：《圣咏经》，北京：北馆石印，1910年。
② ［俄］英诺肯提乙译：《官话圣咏经》，北京：北馆石印，1910年。
③ 蔡锦图：《圣经在中国：附中文圣经历史目录》，第99—111页。
④ ［俄］А. И. 麦尔纳尔克斯尼斯：《康·安·斯卡奇科夫所藏汉籍写本和地图题录》，张
芳译，王菡注释，李福清审订，北京：国家图书馆出版社，2010年，第132—133页。

1.《肋未孙子经》,《肋未书》,《勒维人之书》,《利未记》;
2.(《多俾亚经》,《多俾亚传》,《托维特传》);3.(《如弟得经》,《友弟得经》,《虞狄特传》);4.《厄斯得肋经》,《以斯帖记》,《艾斯提尔传》,《以斯帖记》;5.(《玛加白衣经》,《玛加伯书》上下,《玛喀维传》);6. 不详,《圣诗》或《150首大卫赞美诗》,《圣咏集》;7.(《智德之经》,《智慧之王所罗门记》,《索洛蒙的智慧书》);8.(《厄格肋西亚斯弟格西拉克之子页梳训世经》,《耶和华之子智者耶稣传》,《希拉赫的智慧书》);9.《约那斯经》,《约拿先知书》,《约纳书》,《约拿书》;10.《达尼耶经》,《达尼尔先知书》,《达尼伊尔书》,《但以理书》。

从这份有待进一步挖掘和整理的经目来看,俄罗斯东正教另外译有《塔纳赫》中的五卷经书。

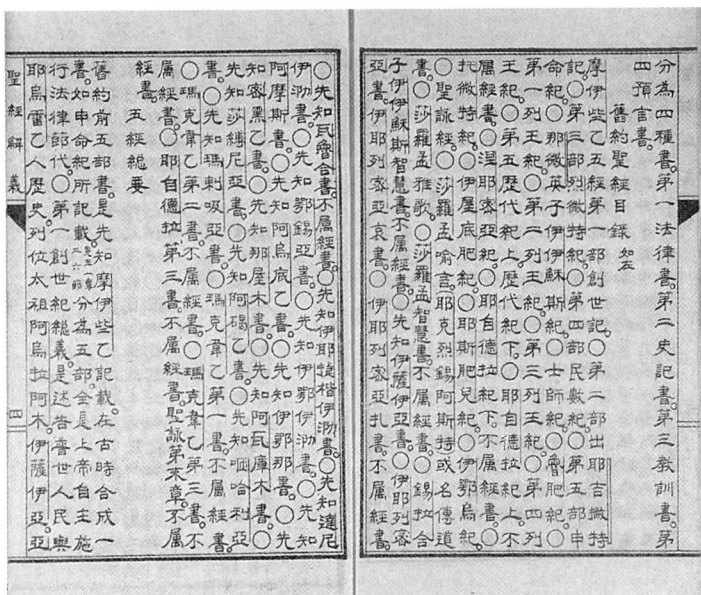

图4 迄今已知第一份东正教《旧约》中文经目,也是第一份东正教《塔纳赫》中文经目。英诺肯提乙译:《创世纪第一书》,北京:北馆石印,1911年,第4页。笔者摄。

五、新教与《塔纳赫》汉译

比较而言，在三大亚伯拉罕宗教中，新教在《塔纳赫》汉译上所取得的成就最大，所产生的影响也最为深远。新教与上述的景教、罗马天主教、中国天主教和东正教不同的一点是，它的《旧约》虽然在分类、卷名、排序上沿用"七十士译本"而与《塔纳赫》有所不同，但是在内容上保持一致。就此而言，新教的《旧约》中文足译本正是《塔纳赫》中文足译本。在晚清新教来华传教士的语境中，汉语被区别为如下五种类型的语体：1. 文言或"深文理"（High Wenli）；2. 浅文言或"浅文理"（Easy Wenli，Plain Wenli）；3. 官话，即"白话文"（Vernacular Chinese），因为各地方言不同而形成北京官话、南京官话、华中官话等；4. 方言；5. 国语，是第三种语体中的一种，即北京官话，1909年被晚清政府命名为国语。[①] 本文将汉语方言译本留给未来专文阐释，以其余四种语体为本，叙述新教在《塔纳赫》汉译上所取得的丰富成果。在华新教的《塔纳赫》汉译史明显可以分为两个黄金百年。在第一个黄金百年（1807—1919年），新教在文理译本方面所取得的成果最为显著。1919年"官话和合译本""文理和合译本"面世，不仅标志着新教文理译本时代终结，而且标志着官话即北京官话（后来的国语、普通话）译本成为下一个黄金百年（1919—2019年）的主导汉语。这一百年历史堪称中华圣经翻译史上的第一个黄金时代，为下一个百年黄金时代打下坚实的文本基础。

新教最早使用深文理投入译经，其中最早将足本《塔纳赫》译为深文理的非"二马译本"莫属。[②] 所谓的"二马译本"即"马殊

---

① 游汝杰：《汉语方言学教程》（第二版），上海：上海教育出版社，2016年，第229页。

② 但是，也有学者将"二马译本"归入浅文理译本，参见赵维本《佳踪重寻：译经先锋列传》，新加坡：新加坡神学院，2007年，第210页，在此处该书将"马殊曼－拉撒译本"译为"马殊曼－拉沙译本"。

曼-拉撒译本"与"马礼逊-米怜译本"，分别于1822年、1823年在印度和麻剌甲（今马六甲）出版。"马殊曼-拉撒译本"未见书名，"马礼逊-米怜译本"书名为《神天圣书：载旧遗诏书兼新遗诏书》。"马殊曼-拉撒译本"以及"马礼逊-米怜译本"中的《旧遗诏书》即《旧约》经目分为左右列在下文。尤为特殊的是，"马礼逊-米怜译本"给每卷经书提供两个译名，本文使用"/"标出。由于新教《旧约》总计三十九卷，虽然中文译本不同，但是卷名、排序、分类一致，在下文中会单独列出"官话和合译本"译名，除非特殊情况，本文不再列出与"官话和合译本"译名一致的新教经目译名：

表2 "二马译本"《旧约》书卷名称

"马殊曼-拉撒译本"	"马礼逊-米怜译本"
1.《神造万物书》	《创世历代传》/《厄尼西书》
2.《出以至百书》	《出"以至比多"地传》/《以所多书》
3.《论利未辈之书》	《利未氏古传》/《利未氏古传书》
4.《数以色耳勒子辈之书》	《算民数传》/《算民数之书传》
5.《摩西复示律书》	《复讲法律传》/《吐嘮呚接咪亚》
6.《若书亚之书传》	《若书亚传》/《若书亚之传》
7.《列审司之书》	《审司书传》
8.《路得之书》	《路得氏传》/《路得氏传书》
9.《撒母以勒之第一书》	《撒母以勒上卷》
10.《撒母以勒之第二书》	《撒母以勒下卷》
11.《王辈之第一书》	《列王传上卷》
12.《王辈之第二书》	《列王传下卷》/《列王书传》
13.《列史官之第一书》	《历代史纪上卷》
14.《列史官之第二书》	《历代史纪下卷》/《历代史纪书传》
15.《以沙耳亚之书》	《以士拉传》/《以士拉传书》

"马殊曼-拉撒译本"	"马礼逊-米怜译本"
16.《尼希米亚之书》	《尼希米亚传》/《尼希米亚之书》
17.《以士得耳之书》	《以士得耳传》/《以士得耳之书》
18.《若百书》	《若白书传》/《若白之书传》
19.《大五得诗》	《神诗书传》
20.《所罗们之俗语》	《谚语书传》/《谚语宣道合传》
21.《宣道者书》	《宣道书传》/《倚基理西亚书》
22.《所罗们之诗歌》	《所罗门之歌传》/《所罗门之歌》
23.《先知以赛亚之书》	《以赛亚书传》/《先知以赛亚书》
24.《先知者耶利未亚之书》	《耶利米亚传》/《先知耶利米亚书》/《达未来者耶利米亚书》
25.《先知者耶利未亚之哀词》	《耶利米亚悲欢书传》/《耶利米亚悲欢书》
26.《先知者以西基路之书》	《依西其理书传》/《先知依西其理书》
27.《先知者但依勒之书》	《但以理书传》/《达未来者但以理书》
28.《预知者贺西亚之书》	《何西亚书》/《何西亚之书》
29.《先知者若以利之书》	《若以利书》/《若以利之书》
30.《预知者亚摩士之书》	《亚摩士书》
31.《先知者俄罗氏亚之书》	《河巴氏亚书》
32.《预知者若拿之书》	《若拿传书》
33.《先知者米加之书》	《米加传书》
34.《预知者那孚模之书》	《拿户马传书》
35.《先知者夏巴革之书》	《夏巴古书》/《夏巴古传书》
36.《预知者西法尼亚之书》	《洗法尼亚书》/《洗法尼亚传书》
37.《先知者夏佳之书》	《夏袁传书》
38.《预知者西加利亚之书》	《洗革利亚书》/《洗革利亚传书》
39.《先知者马拉记之书》	《马拉其书》/《达未来者马拉其传书》

此后，"马礼逊-米怜译本"由英国伦敦会传教士麦都思（Walter Henry Medhurst，又名"尚德者"，1796—1857年）、荷兰传道会传教士暨客家教会创始人郭实腊（Charles Gutzlaff，又译"郭士立"等，1803—1851年）、第一位来华美籍传教士裨治文（E.C. Bridgman，1801—1861年）和马礼逊（Robert Morrison，1782—1834年）之子马儒汉（John R. Morrison，1814—1843年）以深文理修译成为"新教传教士四人小组译本"。其中的《旧约》大部分由郭实腊执笔，于1838年完成，以《旧遗诏圣书》之名出版，其经目如下：①

1. 创世传，2. 出麦西国传，3. 利未书，4. 户口册，5. 复传律例，6. 约书亚，7. 倡领书纪，8. 路得，9. 撒母耳上书，10. 撒母耳下书，11. 王纪上书，12. 王纪下书，13. 纲鉴上书，14. 纲鉴下书，15. 以士喇书纪，16. 尼希米亚书纪，17. 以士帖书纪，18. 约伯书，19. 圣诗，20. 谚言，21. 传道之书，22. 歌诗，23. 以赛亚天启录，24. 耶哩米天启录，25. 耶哩米哀感歌，26. 以西基耳天启录，27. 但耶利天启录，28. 何

图5 "郭实腊译本"《旧遗诏圣书》扉页，1855年。笔者摄。

---

① 麦都思、郭实腊、裨治文、马儒汉译：《旧遗诏圣书》，未标出版地点和出版社，可能在新加坡或巴达维亚出版，1838年。

西亚天启录，29.约耳天启录，30.亚摩士天启录，31.阿巴底亚天
启录，32.约拿天启录，33.米迦天启录，34.拿弘天启录，35.哈
巴谷天启录，36.西番雅天启录，37.哈该天启录，38.撒迦哩亚
天启录，39.马拉基天启录。

"新教传教士四人小组译本"的四译者之一郭实腊以深文理主
译《旧约》。1846年，郭实腊在宁波出版《旧遗诏圣书》。这部《旧
遗诏圣书》实际上是摩西五经或《妥拉》，并非足本《旧约》或《塔
纳赫》。由郭实腊翻译的《旧遗诏圣书》即全部的《旧约》或《塔
纳赫》于1855年出版。该译本从希伯来文《塔纳赫》译为汉字，为
他自己亲手创办的来华传教机构"福汉会"（The Chinese Union，
1844—1855年）所使用，其三十九卷经目如下：

1.创世记，2.出埃及记，3.利未记，4.民数记略，5.申命
记，6.约书亚记，7.士师记，8.路得记，9.撒母耳记上，10.撒
母耳记下，11.列王纪略上，12.列王纪略下，13.历代志略上，
14.历代志略下，15.以士喇纪，16.尼希米亚纪，17.以士帖纪，
18.约伯记，19.圣诗，20.箴言，21.传道，22.雅歌，23.以赛
亚天启录，24.耶哩米天启录，25.耶哩米哀歌，26.以西结天启
录，27.但耶利天启录，28.何西亚天启录，29.约耳天启录，30.
亚摩司天启录，31.阿巴底天启录，32.约拿天启录，33.米迦天
启录，34.拿弘天启录，35.哈巴谷天启录，36.西番雅天启录，
37.哈该天启录，38.撒迦哩天启书，39.马拉基天启录。[①]

"郭实腊译本"经目明显与1919年出版的"官话和合译本"以
及"文理和合译本"经目较为接近，为后者奠定了基础。"郭实腊译
本"后被太平天国起义军所采用，经修订后成为"太平天国译本"。

---

① 郭实腊译：《旧遗诏圣书》，福汉会，1855年。

1853年，洪秀全（1814—1864年）在定都南京之后颁行的《旧遗诏圣书》以"郭实腊译本"为依据予以修订，刊行五种，即：《旧遗诏圣书 新遗诏圣书》（创世传卷一、出麦西国传卷二、马太传福音书卷一），《旧遗诏圣书》（创世传卷一、出麦西国传卷二、户口册纪卷四），《利未书卷三》，《复传律例书》，《新遗诏圣书》（马太传福音书卷一）。[1] 由此可见，在建立太平天国初期，洪秀全重点刊行的是《旧约》以及《塔纳赫》前五卷《妥拉》。[2] 本文列出如下，用"/"标出"官话和合译本"译名：创世传/创世记，出麦西国传/出埃及记，利未书/利未记，户口册纪/民数记，复传律例书/申命记。

美国浸信会在深文理译经上用力颇勤，成果尤其卓著。美国浸信会传教士粦为仁（William Dean，又作"怜为仁"，1807—1895年）修订"马殊曼–拉撒译本"，[3] 译出部分《塔纳赫》经卷，依次为《创世传注释》（即创世记注释，1851年在香港出版）、[4]《出麦西传注释》（即出埃及记注释，1851年在香港出版）。[5] 19世纪40年代后期，美国浸信会传教士高德（Josiah Goddard，1813—1854年）在暹罗（今泰国）曼谷修译"马殊曼–拉撒译本"。1848年，高德来华传教，与同为美国浸信会传教士的罗尔悌（Edward Clemens Lord，1817—1887年）、秦贞（Horace Jenkins，生卒年不详）、粦为仁合作译经。后高德健康不佳，于1854年去世，只完成修译《创世记》至《利未记》的部分《妥

① 金毓黻、田余庆编：《太平天国史料》（第二版），北京：开明书店，1951年，第73—88页；南京太平天国历史博物馆编：《太平天国印书》（上册、下册），南京：江苏人民出版社，1979年，第157—385页；罗尔纲、王庆成主编：《中国近代史资料丛刊续编·太平天国》（第一册），桂林：广西师范大学出版社，2004年，第75—369页；罗尔纲、王庆成主编：《中国近代史资料丛刊续编·太平天国》（第二册），桂林：广西师范大学出版社，2004年，第1—243页。
② 刘平：《圣经汉译与八位中国近现代本土名人（上）》，《天风》2023年第6期，第51—55页，特别参见第51页。
③ 蔡锦图：《浸信会传教士的中文圣经翻译》，《圣经文学研究》2020年第20辑，第283—310页，特别参见第295页。
④ ［美］粦为仁纂：《创世传注释》，香港，1851年。该书署名为"为仁者纂"。
⑤ ［美］粦为仁纂：《出麦西传注释》，香港，1851年。该书署名为"香港为仁者纂"。

图6 "高德译本"《元始传》扉页，1849年。
笔者摄。

拉》经卷。其中的《圣经旧遗诏创世传》含《创世纪》第一章的翻译与注释于1849年在上海出版。尔后，《元始传》即《创世记》前6章，于1849年在宁波出版。① 另有一部同名作品，即《圣经旧遗诏创世传》，含《创世纪》的完整翻译，于1850年在宁波出版。② 《元始传》之命名取自1:1："元始神创造天地。"此种做法合乎《塔纳赫》的命名之法。此后，《圣经旧遗诏出麦西传》（1851年，宁波）、《旧约书创世纪》（1853年，宁波华花圣经书房）、《圣经旧遗诏创世记出埃及记合刊》（1860年，宁波）、《圣经旧遗诏谕利未记》（1861年，宁波北门外罗宅）相继出炉。《旧约》或《塔纳赫》其他部分经罗尔梯、粦为仁、秦贞等协助于1866年译成，在香港英华书院以《旧约全书》之名出版。由于罗尔梯与高德在译经上参与较多，"高德译本"也被称为"高德–罗尔梯译本"。1868年，"高德译本"与"粦为仁译本"合并在香港出版，定名为《圣经新旧遗诏全书》。1873年，美国浸信会传教士秦贞在该译本中加上参考资料，在上海出版。"高德译本"为美国浸信会沿用。③ 这是美国浸信会在中国译经史上留下的唯一一部足本中文圣

---

① ［美］高德译订：《元始传（慎勿污亵）》，宁波：福音殿藏板，1849年。
② ［美］高德修订：《圣经旧遗诏创世传》，宁波：西门内真神堂，1850年。参见蔡锦图《浸信会传教士的中文圣经翻译》，第295页。
③ 参阅蔡锦图《圣经在中国：附中文圣经历史目录》，第162—169页。

经译本，也是唯一一部出自美国浸信会的《塔纳赫》足本深文理译本。

1843年8月22日，英美传教士在香港召开首次宣教大会。英国伦敦会、美国公理会、美国浸信会、马礼逊教育会、美北长老会等机构派出十五位传教士，组成委办本委员会，其中包括伦敦会的麦都思、台约尔（Samuel Dyer，1804—1843年）、亚历山大·施敦力（Alexander Stronach，1800—1879年）、约翰·施敦力（John Stronach，1810—1888年）、合信（Benjamin Hobson，1816—1873年）、理雅各（James Legge，1815—1897年）、米怜之子美魏茶（William Charles Milne，1815—1863年）；美国公理会的裨治文（Elijah Coleman Bridgman，1801—1861年）、波乃耶（Dyer Ball，1796—1866年）；美国浸信会的粦为仁、罗孝全（Issachar Jacox Roberts，1802—1871年）；马礼逊教育会的鲍留云（Samuel R. Brown，1810—1880年）；美北长老会的娄理华（Walter Macon Lowrie，1819—1847年）等。1847年，美国圣公会的文惠廉（William Jones Boone，1811—1864年）加入。该委员会旨在出版一部统一译本名称和常用术语、翻译更为完善的《圣经》。此译本由委办本委员会合译，故名为"委办译本"，简称为"委办本"。中国学者王韬（1828—1897年）曾作为"校理秘文"即校对秘书，参与文字润色工作。① 但是，由于神学观念上出现严重分歧，美国浸信会、英国伦敦会相继退出委员会，原来的委办本委员会重组，并继续译经工作，于1861—1863年出版《旧约》。1872年，保存和修订委办本经文委员会成立，负责修订原委员会的"委办本"。1982年，台湾圣经公会重印该译本。这是19世纪中叶新教取得的影响最大的深文理译本。其经目如下：

1. 创世记，2. 出埃及记，3. 利未记，4. 民数记略，5. 申命

① 关于王韬和"代表译本"或"委办译本"的关系可以参阅王尔敏《王韬早年从教活动及其与西洋教士之交游》，载林治平主编《近代中国与基督教论文集》，台北：宇宙光传播中心出版社，1981年，第275—288页。

记，6. 约书亚记，7. 士师记，8. 路得记，9. 撒母耳记上，10. 撒母耳记下，11. 列王纪略上，12. 列王纪略下，13. 历代志略上，14. 历代志略下，15. 以士喇纪，16. 尼希米纪，17. 以士帖纪，18. 约百记，19. 诗篇，20. 箴言，21. 传道，22. 雅歌，23. 以赛亚书，24. 耶利米书，25. 耶利米哀歌，26. 以西结书，27. 但以理书，28. 何西书，29. 阿摩司书，30. 约耳书，31. 阿巴底书，32. 约拿书，33. 米迦书，34. 拿翁书，35. 哈巴谷书，36. 西番雅书，37. 哈基书，38. 撒加利亚书，39. 马拉基书。

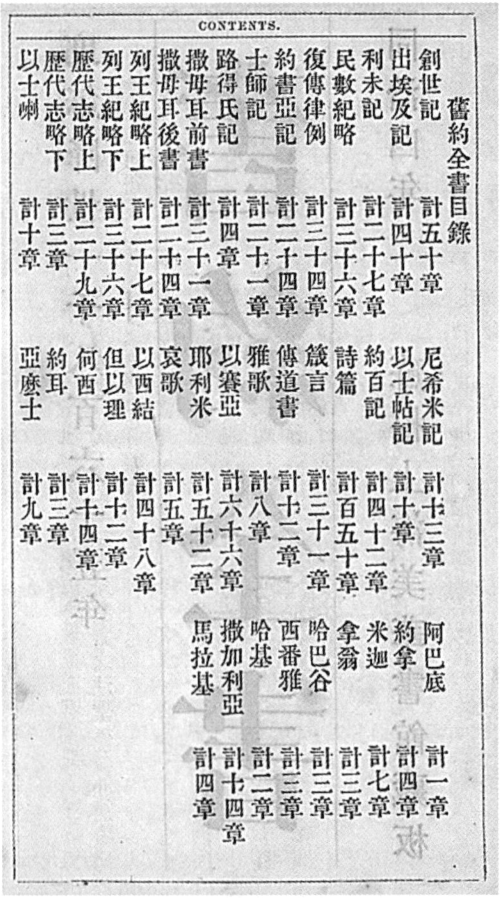

CONTENTS.

舊約全書目錄

創世記　計五十章
出埃及記　計四十章
利未記　計二十七章
民數紀略　計三十六章
復傳律例　計三十四章
約書亞記　計二十四章
士師記　計二十一章
路得氏記　計四章
撒母耳前書　計三十一章
撒母耳後書　計二十四章
列王紀略上　計二十七章
列王紀略下　計三十六章
歷代志略上　計二十九章
歷代志略下　計三章
以士喇　計十章

尼希米記　計十三章
以士帖記　計十章
約百記　計四十二章
詩篇　計百五十章
箴言　計三十一章
傳道書　計十二章
雅歌　計八章
以賽亞　計六十六章
耶利米　計五十二章
哀歌　計五章
以西結　計四十八章
但以理　計十二章
何西　計十四章
約耳　計三章
亞麼士　計九章

阿巴底　計一章
約拿　計四章
米迦　計七章
拿翁　計三章
哈巴谷　計三章
西番雅　計三章
哈基　計二章
撒加利亞　計十四章
馬拉基　計四章

图7 “裨治文-克陛存译本”经目，1865年。笔者摄。

深文理"委办本"的影响力巨大。这一点可以通过如下译本体现出来。1851年，美国公理会第一位来华传教士裨治文在委办本委员会完成《新约》翻译工作后，与美国长老会传教士克陛存（Michael Simpson Culbertson，1819—1862年）重译"委办本"的《新约》（部分章节采用原"委办本"），并自行翻译《旧约》即《塔纳赫》。1861年，裨治文去世，克陛存继续译经。1862年，克陛存去世。他们合作完成的《旧约》于1862年翻译完成。1853—1863年，《旧约》出版工作完成。《旧约》分卷出版。上海美华书馆于1863年采用活字出版他们合译的五卷本《旧约全书》即《塔纳赫》。^① 除了《耶利米哀歌》之外，"裨治文-克陛存译本"属于重译整本《圣经》，其《旧约全书》经目如下：

1. 创世记，2. 出埃及记，3. 利未记，4. 民数记略，5. 复传律例，6. 约书亚记，7. 士师记，8. 路得氏记，9. 撒母耳前书，10. 撒母耳后书，11. 列王纪略上，12. 列王纪略下，13. 历代志略上，14. 历代志略下，15. 以士喇，16. 尼希米纪，17. 以士帖纪，18. 约百记，19. 诗篇，20. 箴言，21. 传道书，22. 雅歌，23. 以赛亚，24. 耶利米，25. 哀歌，26. 以西结，27. 但以理，28. 何西，29. 约耳，30. 亚么士，31. 阿巴底，32. 约拿，33. 米迦，34. 拿翁，35. 哈巴谷，36. 西番雅，37. 哈基，38. 撒加利亚，39. 马拉基。^②

1871—1885年，美国公理会传教士白汉理（Henry Blodget，1825—1903年，又译"柏亨利"）等对"委办本"加以修订。该译本在文笔上不及"委办本"，而在译笔忠实、切近原文上胜过"委办本"，为日本的美国传教士广泛使用。特别值得注意的是，英国伦敦

---

① 《旧约全书》，总计5卷，上海：美华书馆，1863年。
② 《旧约全书》，总计4册，上海：美华书馆，1865年。

会退出之后，另外建立委办本委员会。麦都思、约翰·施敦力、美魏茶等在汉学家理雅各（James Legge，1815—1897年）的指导下自行翻译《旧约》。《旧约全书》于1854年出版。1858年，《旧约》与1852年《新约》修订版合并出版。①

19世纪后半叶，少数新教传教士还翻译了部分《塔纳赫》经卷。英国传教士伟烈亚力（Alexander Wylie，1815—1887年）于1847年至上海，致力于采用深文理翻译摩西五经即《妥拉》。"伟烈亚力译本"的具体年代不详，也未出版。英国伦敦会的约翰·施敦力于1857年编译出版《旧约新约全书节录》。②"约翰·施敦力译本"中的旧约全书节录属于《塔纳赫》深文理节录本。1860年，英国伦敦会的慕维廉（William Muirhead，1822—1900年）于1860年使用深文理翻译出版《诗篇》。③英国伦敦会的湛约翰（John Chalmers，1822—1899年）于1890年以楚辞形式翻译部分《诗篇》。④1908年，中国内地会传教士鲍康宁（F.W. Baller，1852—1922年）在上海美华书馆出版《诗篇精意》。⑤"鲍康宁译本"以中国传统诗歌形式译经。美南长老会传教士杜步西（Hampden Coit DuBose，1845—1910年），于1902、1903年分别出版《旧约箴言注释》以及《旧约士师记

---

① 《旧约全书》，上海：墨海书馆，1854年；《旧约全书》，上海：墨海书馆，1855年；《旧约全书·新约全书》，上海：墨海书馆，1858年。参阅蔡锦图《圣经在中国：附中文圣经历史目录》，第175—176页。从历史上看，伦敦会的译本不应被称为"委办本"。实际上，长期以来，1858年"伦敦会译本"也被认为是"委办本"。所以，"委办本"亦被称为"伦敦会译本"。因此，"委办本"事实上存在两种译本：原委办本委员会的"委办本"以及伦敦会委办本委员会的"委办本"。

② ［英］约翰·施敦力编译：《旧约新约全书节录》，厦门：英番劝世文公会，1857年。

③ ［英］慕维廉译：《诗篇》，上海，1860年。参见蔡锦图《圣经在中国：附中文圣经历史目录》，第226页。

④ ［英］湛约翰译：*A Specimen of Chinese Metrical Psalms*，Hong Kong：Man Ü 'Tong, Printers，1890年，第1—19篇、第23篇。其后收录于蔡锦图编注《遗珠拾穗：清末民初基督新教圣经选辑》，新北市：橄榄出版社，2014年，第157—186页。

⑤ ［英］鲍康宁译：《诗篇精意》，上海：美华书馆，1908年。其部分选文后收录于蔡锦图编注《遗珠拾穗：清末民初基督新教圣经选辑》，第187—283页。

注释》。①"杜步西译本"还散见于他用中文撰写的讲道稿中。

新教译经的第一个百年黄金时期以传教士为主导。但是，华人并非完全没有参与其中。华人要么在多数情况下作为助手辅助传教士译经，要么在极少数情况下独立译经。在深文理译经方面，第一部华人出版的新教《旧约》中文译本由何进善（Ho Tsun-sheen，1817—1871年）完成。主张"圣经为体，儒教为用"的何进善翻译的部分《旧约》或《塔纳赫》见于《十诫诠释》（1850年代）、② 1870年由理雅各审定在香港出版的《约瑟纪略》。③《约瑟纪略》全书以史传体章回小说体裁写成。④

中国海禁开放和太平天国运动后，在汉语文字上，较通俗易懂的"浅文理"逐渐取代深文理，同时官话即白话文也日趋盛行。这两种文字的圣经译本亦开始出版。第一部浅文理圣经译本由俄（今立陶宛）裔美国圣公会上海教区主教施约瑟（Samuel I. J. Schereschewsky，1831—1906年）独自译出。施约瑟是犹太人，精通中文、希伯来文和希腊文，曾参加"北京官话译本"的翻译工作，另外独立译出一部旧约官话译本。因此，施约瑟有"译经王子"之美誉。就浅文理圣经译本而言，1880年，施约瑟在上海出版《诗篇》，⑤ 这是中国圣经翻译史上第一部出版的单行本浅文理圣经译本，也是第一部单行本《塔纳赫》浅文理译本。1902年，施约瑟在上海由大美国圣经公会出版足本浅文理《圣经》，此为圣经汉译历史上唯一一部由犹太人翻译出版的浅文理圣经译本，也是唯一一部由犹太

---

① ［美］杜步西注：《旧约箴言注释》，上海：中国圣教书会，1902年；［美］杜步西注：《旧约士师记注释》，1903年。

② 费乐仁：《述而不作：近代中国第一位新教神学家何进善（1817—1871）》，收录于［以色列］伊爱莲《圣经与近代中国》，蔡锦图编译，香港：汉语圣经协会有限公司，2003年，第133—162页。

③《约瑟纪略》，香港：英华书院，1870年。

④ 黎子鹏：《〈《圣经》的中国演义〉——理雅各史传小说〈约瑟纪略〉（1852）研究》，《汉学研究》第31卷第1期，2013年，第161—185页。关于《约瑟纪略》一书的作者，有学者认为是理雅各。

⑤ 施约瑟译：《诗篇》，上海：St. John's Publishing House，1880年。

人翻译出版的《塔纳赫》浅文理译本。1881年，施约瑟因病瘫痪后仅靠一根手指在打字机上历时十余年坚持不懈地译经，因此，"施约瑟浅文理译本"被誉为"一指版圣经"。本文将"施约瑟浅文理译本"的《旧约》经目列出如下：

> 1.摩西一书创世记，2.摩西二书出伊及记，3.摩西三书利未记，4.摩西四书民数记，5.摩西五书申命记，6.约书亚，7.士师，8.路得，9.撒母耳前，10.撒母耳后，11.列王上，12.列王下，13.历代上，14.历代下，15.以斯拉，16.尼希米，17.以斯帖，18.约百，19.诗篇，20.箴言，21.传道，22.所罗门歌，23.以赛亚，24.耶利米，25.耶利米哀歌，26.以西结，27.但以理，28.何西阿，29.约珥书，30.亚摩司，31.阿巴底亚，32.约拿，33.弥迦，34.那鸿，35.哈巴谷，36.西番雅，37.哈该，38.撒迦利亚，39.玛拉基。①

英国伦敦会传教士、"华中使徒"杨格非（又作"杨笃信""杨约翰"，Griffith John，1831—1912年）尝试用浅文理译经。1886年，杨格非出版《旧约诗篇》和《箴言》；1889年，出版《创世记和出埃及记》；1898年出版《赞美诗歌》（即诗篇）、《箴言》；1903年，出版《利未记—申命记》的《旧约》经卷。杨格非浅文理的《旧约》仅译至《雅歌》为止。"杨格非浅文理译本"的修订版自1886年之后不断面世。1899年出版的杨格非浅文理《创世记》和《使徒行传》修订版，由李修善（David Hill，1840—1896年）、慕维廉、士文（E.Z. Simmons，1847—1912年）和十三位英美德籍传教士参与修订完成。1905年，《出埃及记》单行本出版。该译本均由汉口的苏格兰圣经会印行。②

---

① ［美］施约瑟新译：《旧新约圣经》，上海：大美国圣经会印行，1902年。
② 蔡锦图：《圣经在中国：附中文圣经历史目录》，第253—257页。

上文提及施约瑟完成"施约瑟浅文理译本"。除此之外，他参加"北京官话译本"翻译工作，独立译出一部旧约官话译本，即"施约瑟旧约官话译本"。1866年，施约瑟出版《创世记官话》，[①] 1872年出版《创世记》。[②] 官话《旧约》初稿于1873年完成，1874年由京都（即"北京"）美华书馆出版。1878年，上海美华书馆将其《旧约》与"北京官话译本"的《新约》合订为《新旧约全书》出版，为中国境内1919年前流行最广的官话译本。1908年，该合订本加上串珠与地图，成为中文圣经译本史上第一部附串珠的足本中文圣经译本，也是第一部附串珠的《塔纳赫》足本中译本。另外，就圣号问题，施约瑟前后共以五种不同方式翻译的名称（神、真神、上帝、天主、上主）出版自己的中文圣经译本。"施约瑟官话译本"在《圣经》汉译历史上具有重要意义。它是目前唯一一部由犹太人独立翻译出版的《旧约》官话译本，也是唯一一部由犹太人完成的《塔纳赫》官话译本。该译本经目如下：

　　1. 创世记，2. 出伊及记，3. 利未记，4. 民数记略，5. 申命记，6. 约书亚记，7. 士师记，8. 路得记，9. 撒母耳前书，10. 撒母耳后书，11. 列王纪略上，12. 列王纪略下，13. 历代志略上，14. 历代志略下，15. 以斯喇书，16. 尼希米记，17. 以斯帖书，18. 约百记，19. 诗篇，20. 箴言，21. 传道之书，22. 雅歌，23. 以赛亚书，24. 耶利米记，25. 耶利米哀歌，26. 以西结书，27. 但以理书，28. 何西阿书，29. 约珥书，30. 亚么斯书，31. 阿巴底亚书，32. 约拿书，33. 弥迦书，34. 那鸿书，35. 哈巴谷书，36. 西番雅书，37. 哈该书，38. 撒加利亚书，39. 玛拉基书。[③]

1867年，英国长老会传教士宾惠廉（William Chalmers Burns，

① [美]施约瑟译：《创世记官话》，上海：美华书馆，1866年，1871年。
② [美]施约瑟译：《创世记》，北京：美华书馆，1872年。
③ [美]施约瑟译：《旧约全书》，北京：美华书馆，1874年。
④ [英]宾惠廉译注：《旧约诗篇官话》，上海：美华书馆，1870年。

图8 新教第一部官话译本《诗篇》第1 篇译注，1867年[①]

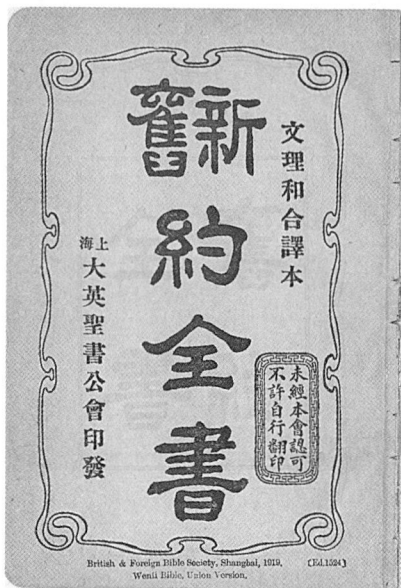

图9 "文理和合译本"扉页，1919年。笔者摄。

1815—1868年，亦作"宾为霖""宾威廉""宾为邻"）在北京以官话译出《诗篇》，以《旧约诗篇官话》之名出版。[①] 此为新教第一部官话译本《诗篇》，由北京伦敦会印制。"宾为霖译本"译自希伯来文，采用四字或八字经节形式；使用中国成语，试图以本土化方式译经。

"北京官话译本"出版后，英国以及苏格兰的圣经公会以其为北方口语不利于传教为由，延请英国伦敦会传教士杨格非翻译一部南北方通用的官话译本。杨格非为此将"杨格非浅文理译本"转译为官话，完成《新约》和部分《旧约》的转译工作。"杨格非官话译本"因区别于"北京官话译本"，也被称为"华中官话译本"。1886年，杨格非重译的《旧约诗篇》出版。[②] 1889年的《创世记和出埃及记》以及1898年的《诗篇

---

① ［英］宾惠廉译注：《旧约诗篇官话》，北京：福音堂，1867年。
② ［英］杨格非重译：《旧约诗篇》，汉口：英汉书馆，1886年。

和箴言》均由汉口苏格兰圣经会出版。1905年，《出埃及记》再版。①

　　1890年5月7日—20日，第二届全国传教士大会在上海举行。大会成立和合译本委员会，由各个宗派合作，统一译本，设文理、浅文理和官话（白话文）三个译经小组，计划分别出版深文理、浅文理和官话和合本。"浅文理和合译本"的《新约》最先于1900年完成，1904年出版。1907年，新教入华百年传教大会决定合并深文理和浅文理译本翻译工作，继续翻译《旧约》，合并后的"文理和合译本"于1919年出版。1919年，"官话和合译本"出炉。在圣经汉译历史上，1919年具有巨大的历史意义——两个和合译本面世。"官话和合译本"影响力延续至今。在流传近百年之后，2010年，"官话和合译本"修订版出版。② 其经目成为新教以及学术界通用经目。"文理和合译本"和"官话和合译本"的经目并无二致，在经目汉译上达到"和合"。本文将之列在下文：

　　1. 创世记，2. 出埃及记，3. 利未记，4. 民数记，5. 申命记，6. 约书亚记，7. 士师记，8. 路得记，9. 撒母耳记上，10. 撒母耳记下，11. 列王纪上，12. 列王纪下，13. 历代志上，14. 历代志下，15. 以斯拉记，16. 尼希米记，17. 以斯帖记，18. 约伯记，19. 诗篇，20. 箴言，21. 传道书，22. 雅歌，23. 以赛亚书，24. 耶利米书，25. 耶利米哀歌，26. 以西结书，27. 但以理书，28. 何西阿书，29. 约珥书，30. 阿摩司书，31. 俄巴底亚书，32. 约拿书，33. 弥迦书，34. 那鸿书，35. 哈巴谷书，36. 西番雅书，37. 哈该书，38. 撒迦利亚书，39. 玛拉基书。③

　　随着白话文运动深入人心，北京官话（即"国语""普通话"）译本开始通行汉语基督教界。文言译本，不论是深文理译本还是浅

---

① ［英］杨格非译：《出埃及记》，汉口：英汉书馆，1905年。
②《圣经》（和合本修订版），香港：香港圣经公会，2010年。
③《新旧约全书》（文理和合译本），上海：大英圣书公会，1919年；《新旧约全书》（官话和合译本），上海：大英圣书公会，1919年。

文理译本，逐步退出主流中文圣经译本世界。以文言译经现今只见于少数个人的译经活动之中。另外，1919年成为译经主体由传教士转向中国本土新教基督徒的标志年。在第二个百年（1919—2019年），中国本土新教基督徒以及海外华人新教基督徒以国语或普通话推陈出新，提供了大量的新译本，至今未曾断绝。其中与《旧约》或《塔纳赫》相关的译本如下。

就个人译经而言，北平（即"北京"）新旧库出版的国语圣经译本以"郑寿麟-陆亨理译本"最为著名。20世纪30年代，郑寿麟（1900—1990年）和德国来华传教士陆亨理（Heinrich Ruck，1887—1972年）合作译经。1940年，中德合译的《诗篇》由北平新旧库出版。1941年，《新约》出版，全称为《新约全书：国语新旧库译本（第二版试验本）》。"郑寿麟-陆亨理译本"均由北平新旧库出版，故也被称为"国语新旧库译本"。《新约》附《诗篇》的合订本于1958年在香港出版。2001年在德国埃申堡（Eschenburg）出版的《新约全书：附诗篇》为"国语新旧库译本修订版"。[1] 从《塔纳赫》经目来看，该译本只有《诗篇》留存。

1970年，华人学者吕振中（1898—1988年）译成《旧约》，参考蓝本为马所拉文本（Masoretic Text）、撒玛利亚五经（Samaritan Pentateuch）以及亚兰文意译本（Targums）、"通俗拉丁文译本"、"七十士译本"等，与《新约》合订出版，由香港圣经公会代印。[2] "吕振中译本"以注重信实而为人所知，成为华人独立完成的第一部足本中文圣经译本，也是华人独立完成的第一部足本《塔纳赫》中文译本。

---

① ［德］陆亨理、郑寿麟译：《新约全书：附诗篇》，北京：北平新旧库，1939年，新旧库译本修订第4版，埃申堡：Gute Botschaft Verlag，2001年；《圣经宝库：新约全书及旧约诗篇》，香港：基督福音书局，2006年，原为《新约全书：新旧库译本》，香港：基督福音书局，1958年；［德］陆亨理译：《诗篇》，1958年，载《新约圣经——六合一译本》，香港：拾珍出版社，2007年，第1803—1934页。
② 吕振中译：《摩西五经》，香港：香港圣经公会，1970年，载《旧约圣经·摩西五经·并排版》，香港：香港圣经公会，2009年；《吕译新约初稿》，1946年，北平：燕京大学宗教学院，载中国宗教历史文献集成编纂委员会编纂《东传福音》（第十二册），合肥：黄山书社，2005年，第748—873页；吕振中译：《旧新约圣经》，香港：香港圣经公会，1986年。

1988年，郑廷宪、杨直义在台湾出版《路得记的福音：以利米勒》。① 该书第三部分"新译文"为《路得记》国语译本。该译本由著者之一杨直义从希伯来文译出，原为获奖论文《路得记新译本》。"杨直义译本"用希伯来文人名"以利米勒"（我的上帝，就是王）确定《路得记》的主旨，希望借此可以让读者理解原文含义和韵味。

2012年7月，李广编译的《新约新和合译本：附约伯记、诗篇、箴言、传道书、雅歌》，由香港圣经资源中心出版。② "李广译本"只限于部分《旧约》或《塔纳赫》，是对"国语和合译本"的修订，因此自称为"新和合研读译本"。

2016年，李保罗（Paul Li）翻译兼译注的《宏博圣经：旧约(译注版)》出版，包括如下《旧约》或《塔纳赫》经卷：《创世记》《路得记》《弥迦书》《玛拉基书》。"李保罗译本"获得宏博服务社支持与推广，因此，也被称为"宏博圣经译本"。该译本可以通过官方网站http://www.ruthenpaul.com/freebooks 免费下载。

2017年，张伯琦独立编译完成的《新旧约圣经原文编号逐字中译（读经工具书）》，由上海的中国基督教三自爱国运动委员会、中国基督教协会出版。③ "张伯琦译本"中的《旧约》或《塔纳赫》采取原文逐字译经。

比较而言，机构组织的译经活动更为活跃。1971年，美国神学家泰勒（Kenneth N. Taylor，1917—2005年）的英文《当代圣经》（The Living Bible，又译《活泼真道》）面世。④ 该书为"圣经意译本"，目的在于使包括小孩子在内的各类读者都能阅读、理解《圣经》。后泰勒创办基金会资助世界各地的"圣经意译本"翻

① 郑廷宪、杨路得：《路得记的福音：以利米勒》，台北：永望文化事业有限公司，1988年，第218—229页。

② 李广编译：《新约新和合译本：附约伯记、诗篇、箴言、传道书、雅歌》，香港：圣经资源中心，2012年。

③ 张伯琦编译：《新旧约圣经原文编号逐字中译（读经工具书）》，上海：中国基督教三自爱国运动委员会、中国基督教协会，2017年。

④ K.N. Taylor, *The Living Bible*, Carol Stream: Tyndale House Foundation, 1971.

译工作。华人以之为蓝本译成国语，即"中文意译本"。"中文意译本"在译经史上因不断改变出版社与书名，导致出现混乱现象。自1968年，英文《当代圣经》由国际新力出版社香港办事处（Living Bibles International, Hong Kong）承担翻译并出版工作。其中《新旧约全书》出版于1979年，全书定名为《当代圣经》（*Chinese Living Bible*）。[①] 1981年，国际新力出版社香港办事处还以《当代福音》之名发行"中文意译本"《圣经》全书的简体字版本。1987年，当代圣经出版社成立，取代前出版社。1992年，当代圣经出版社与国际圣经协会合并成立国际圣经协会（Biblica Inc.）。2003年，国际圣经协会又更名为汉语圣经协会有限公司（Chinese Bible International Limited）。21世纪初，英文《当代圣经》改名为《英文新普及译本》（New Living Translation，NLT）。汉语圣经协会有限公司于2006年翻译、出版中文《圣经：新约全书新普及译本》；2012年出版中文《圣经：新普及译本》。[②] 由此译经与出版演化史可见，"中文意译本"，也可称为"当代圣经译本"，最新的名称则是"中文新普及译本"（Chinese New Living Translation，CNLT）。值得注意的是，下文的"当代译本"与"当代圣经译本"归于两个不同的中文圣经译本。

1970年代，许牧世（1914—2002年）、周联华（1920—2016年）、骆维仁（I-Jin Loh，1934—2016年）、王成章（Martin C. Wang，1935—2007年）和焦明等，在数十位圣经学者参与下，其中包括罗马天主教学者参与审阅工作，译出"现代中文译本"。该译本以"现代英文译本"（Today's English Version）为蓝本，其中《旧约》参照基托尔（Rudolf Kittel，1853—1929年）的《希伯来圣经》第三版。1979年，《旧约》完成，与《新约》合并以《圣经》之名出版。[③] 该

---

① 《当代圣经》，香港：天道书楼，1979年。

② 《圣经·新普及版·汉语拼音版》，香港：汉语圣经协会，2015年；《圣经·新普及译本·轻便本》，香港：汉语圣经协会，2012年。

③ 《圣经：现代中文译本》，香港：联合圣经公会，1979年。

译本分别印行新教版和罗马天主教版，其中罗马天主教版把"上帝"改为"天主"，"圣灵"改为"圣神"，"耶和华"改为"上主"。1995年，"现代中文译本修订版"出版；1997年，"现代中文译本修订版"由南京爱德印刷公司出版简化字版。①

1972年，"中文圣经新译委员会"由三十多位译者组建成立，由美国乐可门基金会（Lockman Foundation）提供资助。中文圣经新译委员会译者依据德国圣经公会1977年出版的《斯图亚特版希伯来圣经》（*Biblia Hebraica Stuttgartensia*）②译出《旧约》。1992年，《旧约》翻译完成。足本《新旧约圣经》的"新译本"即《圣经：新译本》于1993年出版。以上版本均由天道书楼出版。2001年，环球圣经公会有限公司开始印行工作，出版不同形式的"新译本"，诸如单行本、注释本等，并开始修订工作，将书名由《圣经：新译本》改为《圣经：环球圣经译本》。③"新译本""环球新译本"实质上同属于一个译本。"新译本"或"环球新译本"是一部由华人圣经学者、原文学者及语言学者合力从希伯来文直接翻译，并以现代汉语行文的《旧约》或《塔纳赫》译本。

进入21世纪之后，2003年，《圣经：恢复本》即《新旧约全书》由台湾福音书房出版。④"中文恢复本"附有经书介绍、纲目、注解等，并有串珠。20世纪末，部分华人圣经学者由香港国际圣经协会

①《圣经：现代中文译本》，香港：香港圣经公会，1984年；《圣经：现代中文译本》（第二版），香港：香港圣经公会，1992年；《圣经：现代中文译本（修订版）》，上海：中国基督教三自爱国运动委员会、中国基督教协会，2010年。

② K. Elliger and W. Rudolph, *Biblia Hebraica Stuttgartensia*, Stuttgart: Deutsche Bibelgesellschaft, 1977.

③ 如：《圣经：新译本》，香港：环球圣经公会，2001年；《圣经·创世记：环球圣经译本》，香港：环球圣经公会，2017年；《圣经·出埃及记：环球圣经译本》，香港：环球圣经公会，2018年7月；《圣经·利未记：环球圣经译本》，香港：环球圣经公会有限公司，2015年；《圣经·民数记：环球圣经译本》，香港：环球圣经公会，2018年；《圣经·诗篇（卷一、二）：环球圣经译本》，香港：环球圣经公会有限公司，2019年。

④《旧约圣经：恢复本》，台北：台湾福音书房，2005年；《圣经：恢复本》，台北：台湾福音书房，2011年。

组建成译经委员会。2003年，国际圣经协会改名为"汉语圣经协会"。《五经·新汉语译本》，于2014年7月由该出版社出版。2018年7月，汉语圣经协会出版《圣经·考古研读版：出埃及记》。[①] 该译本《旧约》译自1997年德国圣经公会的《斯图亚特版希伯来圣经》。"新汉语译本"至今未曾出版足本译本。"新世界译本"译自英语《圣经：新世界译本》1984年修订版。2001年，新世界圣经翻译委员会翻译国语《圣经：新世界译本》。[②] 该译本不再沿用"旧约"和"新约"的名称。该译本将《旧约》和《新约》分别命名为"希伯来语经卷""希腊语经卷"。该译本的《旧约》和《新约》各为三十九和二十七卷，经卷数目与名称都同于现在大多数新教采用的"官话和合译本"。21世纪初，"当代译本"由国际圣经协会（Biblica Inc.）翻译并出版。[③]"当代译本""当代译本修订版"以当代通行的汉语译经，注重浅白、通俗与流畅。2008年4月，美国凸桑中文圣经协会（Tucson Chinese Bible Society）译出《简明圣经：创世记、出埃及记1—20章、新约全书》，由台北道声出版社出版。2012年9月，美国凸桑中文圣经协会翻译、由台北道声出版社出版《简明圣经：创世记、出埃及记1—20章、诗篇、箴言、约拿书、新约全书》。[④]"简明圣经译本"至今只完成部分《旧约》或《塔纳赫》的译经工作。

较为特殊的是，1611年出版的"英王詹姆斯译本"（King James Version，KJV)，2015年由两个华人译经团队译为中文。2015年，《圣经：中英英王钦定本》在美国出版，[⑤] 中文译本取名为"英王钦

---

① 《五经·新汉语译本》，香港：汉语圣经协会有限公司，2014年；《圣经·考古研读版：出埃及记》，香港：汉语圣经协会有限公司，2018年。

② 《圣经：新世界译本》，纽约：守望台圣经书社，2007年。

③ 如：《圣经：当代译本·修订版》，帕尔默湖：国际圣经协会，2010年。

④ 《简明圣经：创世记、出埃及记1—20章、新约全书》，台北：道声出版社，2008年；《简明圣经：创世记、出埃及记1—20章、诗篇、箴言、约拿书、新约全书》，台北：道声出版社，2012年。

⑤ 《圣经：中英英王钦定本》，华盛顿：圣经信徒协会，2015年。

定本译本"。同年2月，由中国大陆译者组成的天上之声编译组翻译、出版《圣经：英皇钦定本》，中文译本取名为"英皇钦定本译本"，从而与上文提及的由海外华人翻译并出版的"英王钦定本译本"作出区别。① 这两个译本是"英王詹姆斯译本"《旧约》或《塔纳赫》的足译本。最新的中文圣经译本是"禧年本"。2018年3月，美国的禧年本译经委员会出版《圣经：诗篇、箴言、传道书、雅歌》；同年11月，出版《圣经：创世记、出埃及记、民数记、申命记》，标注译者为戴职中。② "禧年本"尚未完成《旧约》或《塔纳赫》的全部翻译工作。

随着网络技术的快速发展，网络电子版圣经译本开始出现。自1995年，《新英文译本圣经》（New English Translation Bible，NET Bible）由二十多位圣经学者从希伯来文本、亚兰文本、希腊文本译成英文。缩写的 NET，被简称为"网英译本"，指可在互联网上免费使用并下载的《新英文译本圣经》。"网英译本"的创始版（Alpha Edition）和首版（First Edition），分别在 1999 年和 2009年登录网络。全书共有六万多条注解。对应的中译本"中文新英文译本"，也被简称为"网中译本"。"网中译本"主要以"官话和合译本"为基础，略作修改。"网中译本"由德仁文化交流中心（基金会）于2004—2009年译成，因此，也被称"德仁译本"。"网中译本"可以在互联网上免费使用及下载。③

---

① 《圣经：英皇钦定本》，天上之声编译组，2015年。
② 戴职中译：《圣经：创世记、出埃及记、民数记、申命记》（禧年本），出版地未知：天声，2018年；《圣经：诗篇、箴言、传道书、雅歌》（禧年本），出版地未知：天声，2018年。
③ www.bible.org.cn.

六、《天经》与《塔纳赫》汉译

尚未引起汉语学界、教界注意的一个经学问题是：作为三大亚伯拉罕宗教之一的伊斯兰教与犹太教正典《塔纳赫》、基督教正典《圣经》之间的关系。伊斯兰教承认在《古兰经》之前存在的《天经》来自神圣启示：

> 当一位使者由安拉（这儿）达到他们（那里），证实他们所有的（经典）时，一部份曾经被赐给经典［天经，The Scripture］的人，就把安拉的经典抛到背后，好象他们不知道似的。（2:101）①
>
> 他［安拉］以真理降给你（穆圣）经典，证实在它以前降下的（经典）［天经］。在这以前，他也降下了"妥拉（姆撒［摩西］的诫律）［讨拉特，Torah，Taurat，Tawrāh］和音机尔（耶稣的福音书）［引支勒，Injeel，'Injil，Gospel］。（3:3）
>
> 我启示给你的，就和我启示努赫（挪亚）和在他以后的使者们的一样。我启示伊布拉欣（亚伯拉罕）［易卜拉欣］、伊斯马义（以实马利）［易司马仪］、伊斯哈格（以撒）［易司哈格］、雅谷［雅各，叶尔孤白］各部族，以及尔撒（耶稣）、艾悠伯（约伯）［安优卜］、郁路思（约拿）［优努司］、哈仑（亚伦）、苏莱曼（所罗门），和降给我达伍德（大卫）的赞美诗（翟布尔）［宰逋尔，Zabur，Zabūr，Psalms，诗篇］是一样的。（4:163）②

---

① 引文中的方括号为笔者所加，括号为原译文所有，下同。

② 以上引文皆引自闪目氏·全道章编译《古兰经中阿文对照详注译本》，南京：译林出版社，1989年。另外参见 *The Holy Quran with English Translation and Commentary*, 5 vols., Surrey: Islam International Publications Limited, 2019。

虽然学术界对"天经"所指对象存在歧义。大体上说，从上述引文来看，它包括《讨拉特》《宰逋尔》《引支勒》，字义为"妥拉""诗篇""福音书"，前两者所指为《旧约》，后者所指即《新约》。2010年7月，"维吾尔文圣经译本"即《天经》的中译本，由香港新桥出版有限公司出版，采用《天经》为书名。"维吾尔文天经汉译本"将"耶和华神"译为"主安拉"。① 该译本中的《讨拉特》《宰逋尔》与新教《旧约》经目一致，在内容上与《塔纳赫》相同。下文列出这份经目，用"/"标出"官话和合译本"译名：

《讨拉特》

　　1. 创世记，2. 出埃及记，3. 利未记，4. 民数记，5. 申命记，6. 约书亚记，7. 士师记，8. 路得记，9. 舍木威莱记上/撒母耳记上，10. 舍木威莱记下/撒母耳记下，11. 列王纪上，12. 列王纪下，13. 历代志上，14. 历代志下，15. 欧宰尔记/以斯拉记，16. 尼希米记，17. 以斯帖记。

《宰逋尔》

　　18. 安优卜记/约伯记，19. 宰逋尔/诗篇，20. 箴言，21. 传道书，22. 雅歌，23. 以赛亚卷，24. 耶利米卷，25. 耶利米哀歌，26. 以西结卷，27. 但以理卷，28. 何西阿卷，29. 约珥卷，30. 阿摩司卷，31. 俄巴底亚卷，32. 优努司卷/约拿书，33. 弥迦卷，34. 那鸿卷，35. 哈巴谷卷，36. 西番雅卷，37. 哈该卷，38. 宰凯里雅卷撒迦利亚书，39. 玛拉基卷。

① 《天经》（真主版，简体版），香港：新桥出版有限公司，2010年。

南北国分裂开端的不同历史书写

——《列王纪》与《历代志》的对比研究 *

李辛榆

（复旦大学历史学系）

　　《列王纪》和《历代志》是《希伯来圣经》的重要组成部分，并且两者均叙述了犹太人的"历史"。从叙事范围上看，《列王纪》的书写始自大卫晚年（推测为公元前10世纪），终至南国犹大被巴比伦所灭（公元前6世纪），而《历代志》的书写始自亚当，终至波斯国王居鲁士颁令犹太人回到巴勒斯坦（公元前5世纪）。因此，《历代志》的叙事内容涵盖了《列王纪》，所记载的事件也多有重合，并且在重合部分往往构成了平行叙事，但是对于同一事件，《列王纪》与《历代志》的叙述甚至可能天差地别。

　　本文通过对读《列王纪》与《历代志》对于"南北国分裂开端"这一部分的不同历史书写，试图展现不同作者群体意识形态的差异，最后从时代背景和作者身份的角度探讨意识形态出现差异的原因所在。在开始对读之前，笔者先分析现有研究成果，包括《列王纪》与《历代志》的基本情况和"南北国分裂开端"这一部分的对读研究，为后文的分析作铺垫，随后通过语言层面的分析，对成书时间的断代提供辅证，进一步确定《列王纪》为流放时代的产物，而

---

* 在论文撰写和修改过程中，复旦大学历史学系李思琪老师向笔者提供大量研究文献以供参考，并且给予笔者诸多极富启发性的宝贵建议，在此表达衷心感谢！

《历代志》则是后流放时期或者更晚期的作品，最后再从内容层面上加以分析两部作品的核心差异。

一、现有研究成果

（一）《列王纪》与《历代志》基本情况

在成书断代方面，《列王纪》的编撰工作始自南国犹大国王约西亚（Josiah，约公元前640—前609年）的改革，初稿得以完成，而成书工作在流放时代（公元前6世纪）得到继续，包括大量的修改和补充。[1] 虽然学界存在上述共识，但是《列王纪》的最终成书时间依旧具有争议。相对传统的观点认为，公元前561年左右被俘虏的犹大王约雅斤（Jehoiachin，约公元前598—前597年）获释（《列王纪下》25:27–30）为《列王纪》所载之最晚事件，因此最终成书时间不早于约公元前561年，而由于其内容没有反映流放群体的回归，因此最终成书时间不晚于公元前538年。[2]

然而，部分学者从学理上指出《列王纪》（以及整个"申典历史"）的书写实际上延续至后流放时期。林维尔（Linville）为其中的代表，[3] 他指出《列王纪》没有记载回归之事不代表书写时间一定在回归之前，因为"申典学派"并不意图书写"最新版"的历史，也未必将自身所处时代（即后流放时期）的社会现实纳入历史书写之中以展现对当下的关怀。与此同时，吕默（Römer）也指出"申典学派"就像现代历

---

① J.C. Endres, W.R. Millar and J.B. Burns, eds., *Chronicles and Its Synoptic Parallels in Samuel, Kings, and Related Biblical Texts*, Collegeville: Liturgical Press, 1998, xiii.

② 参见王立新《古代以色列历史文献、历史框架和历史观念研究》，北京：北京大学出版社，2004年，第66页；P.E. Satterthwaite and J.G. McConville, *Exploring the Old Testament: A Guide to the Historical Books*, Downers Grove: IVP Academic, 2007, 181–182.

③ 详见 J.R. Linville, "Rethinking the 'Exilic' Book of Kings," *Journal for the Study of the Old Testament* 22.75 (1997): 21–42; J.R. Linville, *Israel in the Book of Kings: The Past as a Project of Social Identity*, Sheffield: Sheffield Academic Press, 1998, 69–73.

史学家一样，书写历史之时不会将最新的历史纳入其中。①

　　尽管该观点得到了诸多研究的支持，并且论证了"犹大来的神人"（《列王纪上》12:32—13:33）、"亚哈谢王与以利亚"（《列王纪下》1:9-16）和"犹大国末代君主约雅斤获释"（《列王纪下》25:27-30）部分均是后流放时期的作品，② 但是该观点并不具有说服力。首先，回归这一具有重要意义的事件必定会引起"申典学派"的兴趣，因此林维尔和吕默的推测并不合理；其次，吕默、珀森（Person）、巴雷拉（Barrera）、麦肯齐（Mckenzie）和施皮克曼（Spieckermann）指出的"申典历史"中后流放时期的书写均是局部细节性的改动。再次，《列王纪》的历史书写是针对流放群体的，通过回顾历史向流放群体解释"流放"究竟缘何发生。③ 因此，《列王纪》（或"申典历史"）在后流放时期仅得到了局部的、细节的编撰和改动，其主体内容和叙事框架的编撰则截止至流放时期。④

　　与此同时，《历代志》的成书断代同样是一个备受争议的话题。许多学者认为《历代志》成书于波斯时代（公元前6—前4世纪），但是具体的观点和论述有所差异。纽瑟姆（Newsome）将《历代志》的成书断代至第二圣殿修建的时间（公元前538—前515年），他指

① 详见T. Römer, "Transformations in Deuteronomistic Biblical Historiography: On 'Book-Finding' and Other Literary Strategies," *Zeitschrift für die alttestamentliche Wissenschaft* 109.1 (1997): 11。
② 关于《列王纪》中为后流放时期所作部分的详细论证，参见O. Eissfeldt, *The Old Testament: An Introduction*, trans. P.R. Ackroyd, Oxford: Basil Blackwell, 1965, 290, 293, 300-301; Römer, "Transformations," 10-11; R.F. Person, *Second Zechariah and the Deuteronomic School*; Sheffield: Sheffield Academic Press, 1993; J.C.T. Barrera, "Redaction, Recension and Midrash in the Books of Kings," *Bulletin of the International Organization for Septuagint and Cognate Studies* 15 (1982): 12-35; S.L. Mckenzie, *The Chronicler's Use of the Deuteronomistic History*; Atlanta: Scholars Press, 1985; H. Spieckermann, "Former Prophets: The Deuteronomistic History," trans. L.G. Perdue, in *The Blackwell Companion to the Hebrew Bible*, ed. L.G. Perdue; Oxford: Blackwell Publishers Ltd, 2001, 350-351。
③ 参见Satterthwaite and McConville, *Exploring the Old Testament*, 188。
④ 事实上，《列王纪》使用的语言表明其是流放时期或更早的产物。笔者也将在后文针对上述两点展开详细论述。

出《历代志》中体现了"大卫王朝""圣殿崇拜"和"先知传统"三者元素的汇合，而只有第二圣殿修建之时，这三者元素才汇合在一起。① 然而，纽瑟姆并没有成功论述这三者元素在第二圣殿修建完成之后退出了历史舞台，而事实上，"大卫王朝"和"圣殿崇拜"依旧可能是文士群体宣传和力图展现的主题，因此纽瑟姆的观点有待商榷。

王立新指出《以斯拉—尼希米记》中对于某些历史事件的交代是模糊甚至错误的，尤其是尼希米和以斯拉的先后顺序，因此"历代志作者"编写《历代志》和《以斯拉—尼希米记》是在尼希米和以斯拉宗教改革后约两代人的时间，即约公元前350年。② 然而，王立新的判断建立在"《以斯拉—尼希米记》与《历代志》出自同一作者群体"这一命题之上，而这一命题并不必然成立。③ 尽管如此，王立新的结论与部分国际学者的观点一致。梅森（Mason）通过分析《历代志》的神学观念指出其成书时间应当远远晚于第二圣殿建造的时间，④ 而雅菲特（Japhet）也认为《历代志》的成书应当在波斯时代末期至希腊化时代初期（约公元前350—前300年）。⑤

除上述观点之外，也有学者倾向于将《历代志》的成书断代至

① 详见J.D. Newsome, "Toward a New Understanding of the Chronicler and His Purposes," *Journal of Biblical Literature* 94.2 (1975): 201–217。参见R. Mason, *Preaching the Tradition: Homily and Hermeneutics after the Exile* (Cambridge: Cambridge University Press, 1990), 131–133; S. Japhet, *I & II Chronicles: A Commentary*, Old Testament Library, Louisville; London: Westminster John Knox Press, 1993, 27–28; Japhet, *Ideology*, 4。
② 参见王立新《古代以色列历史文献、历史框架和历史观念研究》，第114—115页。
③ 纽瑟姆、威廉森（Williamson）和雅菲特（Japhet）指出《历代志》与《以斯拉—尼希米记》拥有相同作者群体的所谓"基本预设"是错误的，因为两者的世界观有许多巨大的不同。详见Newsome, "Toward a New Understanding," 201–217; H.G.M. Williamson, *1 and 2 Chronicles*, Eugene: Wipf and Stock, 1982, 5–11; S. Japhet, *The Ideology of the Book of Chronicles and Its Place in Biblical Thought*, Winona Lake: Eisenbrauns, 2009, 3。
④ 详见R. Mason, *Preaching the Tradition: Homily and Hermeneutics after the Exile*, Cambridge: Cambridge University Press, 1990, 131–133。
⑤ 详见S. Japhet, *I & II Chronicles: A Commentary*, Old Testament Library, Louisville; London: Westminster John Knox Press, 1993, 27–28; Japhet, *Ideology*, 4。

波斯时期之后乃至马加比时期。[1] 根据艾斯费尔特（Eissfeldt）的观点，《历代志上》第1至9章和第23至27章中存在大量"第二历代志作者"（second Chronicler）的补充，其补充工作持续至公元前2世纪初。[2] 值得注意的是，在本文详细考察的文本部分中，《历代志下》11:5-12列出了罗波安王建造的城邑，而芬克尔斯坦（Finkelstein）通过文本、考古和地理信息科学的手段，发现文本中列出的这些城邑只能与公元前2世纪后半叶的城邑相对应，由此怀疑《历代志下》11:5-12成书于马加比时期。[3] 然而，反对的观点同样存在，[4] 尽管如此，延长《历代志》成书时间的跨度直至马加比时代的观点值得借鉴。

《历代志》中那些并非来自《希伯来圣经》的材料较难被明确断代，并且关于"历代志作者"的社会和历史环境的证据较为匮乏，因此无法给出《历代志》成书时间的最终结论。但是，由于《历代志》以公元前538年居鲁士颁令犹太人回到巴勒斯坦收尾、缺乏希腊思想的影响以及使用晚期圣经希伯来语（Late Biblical Hebrew，公元前586年之后），故可以确定的是，《历代志》的成书晚于《列王纪》，并且是波斯时代中晚期或者更晚期的产物。[5]

---

[1] 比如施密特（Schmid）和维特（Witte）均认为《历代志》的成书始自波斯时代中晚期，并延伸至马加比时代，参见康拉德·施密特《旧约：一部文学史》，李天伟、姜振帅译，上海：上海三联书店，2021年，第272页；J.C. Gertz, A. Berlejung, K. Schmid, and M. Witte, *T&T Clark Handbook of the Old Testament: An Introduction to the Literature, Religion, and History of the Old Testament*, London: Bloomsbury, 2012, 692。

[2] 参见 Eissfeldt, *Old Testament*, 540。

[3] 详见 I. Finkelstein, "Rehoboam's Fortified Cities (II Chr 11, 5-12): A Hasmonean Reality?" *Zeitschrift für die alttestamentliche Wissenschaft* 123 (2011): 92-107。

[4] 比如雅菲特认为《历代志上》第1至9章争议过多而不适用于判断成书年代，而第23至27章根本不是后期添加的文本，参见Japhet, *I & II Chronicles*, 26-28; 与此同时，诸多研究指出《历代志下》11:5-12中的城邑确实为罗波安所建，也有研究指出其为希西家或约西亚所建，参见Finkelstein, "Rehoboam's Fortified Cities," 92-93中注释3至5。

[5] 参见 Satterthwaite and McConville, *Exploring the Old Testament*, 11, 285-286; M.D. Coogan with C.R. Chapman, *A Brief Introduction to the Old Testament: The Hebrew Bible in Its Context*, 3rd ed., New York; Oxford: Oxford University Press, 2016, 369; J.J. Collins, *Introduction to the Hebrew Bible*, 3rd ed., Minneapolis: Fortress Press, 2018, 491。

从文本材料来源的角度而言，一般认为《列王纪》的材料来源于史录、先知叙事、先知预言、民间故事和口头传说，当然离不开"申典学派"的编修；[①] 而《历代志》的重要材料来源是《希伯来圣经》中《创世记》至《列王纪》的文本，"历代志作者"创作了从《创世记》至《列王纪》的平行叙事，文本在许多情况下甚至逐字对应，另外还包括其他一些未知的来源或失传的作品。[②] 无论是《列王纪》，还是《历代志》，其材料构成均十分复杂，并且与《希伯来圣经》中的许多其他文本一样，经历了文本的层累过程和不断的修改与补充。对于这些材料而言，虽然内容没有发生改变，但是其文本的不同流传形式、所处的不同上下文、在正典处境中的不同位置，都将给文本内涵带来极大的变化。[③] "申典学派"与"历代志作者"都通过对材料的编撰而极大改变了其内涵，这也体现在"历代志作者"对"申典历史"的重构并赋予其新义的过程之中。因此，从材料构成的角度可知，在《列王纪》和《历代志》对"历史"的叙述中能够看出作者的意识形态。

从文本历史和批判的角度而言，《列王纪》属于"申典历史"，此概念最早由诺特（Noth）在20世纪40年代提出，指南国国王约西亚发动的申典运动不仅将《申命记》编修成册，而且将《约书亚记》《士师记》《撒母耳记》和《列王纪》进行整体编修，并且此工作在流放时代继续下去。"申典历史"不是一个纯粹客观的历史写作，而是为了向当代听众回忆历史事件，以阐明某些神学原则，因此它是历史叙述、神学想象和道德判断的综合体。[④]《历代志》与《列王纪》不同，它可以被认为是高度选择性和意识形态驱动下的"重新书写

---

① 游斌：《希伯来圣经导论》，上海：上海三联书店，2015年，第183页。

② 详见 Coogan with Chapman, *Old Testament*, 368-369; 另外维特通过示意图展现《历代志》的材料来源及其编撰源流，详见 Gertz, Berlejung, Schmid, and Witte, *T&T Clark Handbook*, 691.

③ 游斌：《希伯来圣经的文本、历史与思想世界》，北京：宗教文化出版社，2007年，第172—173页。

④ 游斌：《希伯来圣经导论》，第155页。

的历史"①，在第二圣殿时期犹太教制度化的背景下，文士阶层通过各种编撰技法改写"申典历史"，通过更新古老的传统将民族历史作为服务于犹太教传讲的例证。②

从以上分析可以看出，《列王纪》与《历代志》的叙事有所区别的原因在于：希伯来宗教其实是一种"历史宗教"，对"历史"的叙述往往蕴含着作者的神学观念，③ 这使得《列王纪》和《历代志》均不是简单的纪实作品，而是在作者意识形态的作用下精心编撰的文本，不同的时代背景和作者身份导致了叙事的差异。因此，值得注意的是"历代志史"与"申命历史"之间的差别，以及在这样的差别后面，所体现的后流放群体的特殊神学关怀，④ 甚至十分细微的差别也许都暗示了作者对于古老故事的观点。⑤

（二）现有对读研究成果

对于本文所分析的南北国分裂开端的历史叙事而言，许多研究虽然注意到了《列王纪》和《历代志》对于这一部分的叙事，并且对其进行了细致的阐释，但是只以解读的方式分析该部分的内容，没有以"对读"的方式把握两者在这一部分的历史书写的倾向性。⑥

另有一些研究深入对读了《列王纪》与《历代志》关于南北国分裂开端的不同历史书写。克诺普斯（Knoppers）详细考察了《历代志》针对南北分国之后南国犹大首任君主罗波安（Rehoboam，公元

---

① Coogan with Chapman, *Old Testament*, 381.

② 对于"历代志作者"思想观念的概述，详见 Endres, Millar, and Burns, *Chronicles*, xv–xvi；张若一《论"历代志作者"文士群体的教育制度、文献编纂模式及其思想观念》，载《基督教学术》2020 年第 2 期，第 10—15 页。

③ 游斌：《希伯来圣经的文本、历史与思想世界》，第 42 页。

④ 游斌：《希伯来圣经的文本、历史与思想世界》，第 424 页。

⑤ Endres, Millar, and Burns, *Chronicles*, xv.

⑥ 对于这类研究，详见 A. Frisch, "Shemaiah the Prophet versus King Rehoboam: Two Opposed Interpretations of the Schism (1 Kings 12:21–4)," *Vetus Testamentum* 38 (1988): 466–468；P.J. Berlyn, "Divided They Stand: The United Monarchy Split in Twain," *Jewish Bible Quarterly* 27 (1999): 211–221；E.F. Campbell Jr., "A Land Divided: Judah and Israel from the Death of Solomon to the Fall of Samaria," in *The Oxford History of the Biblical World*, ed. Michael D. Coogan, New York: Oxford University Press, 1998, 212–215。

前931—前913年）的形象塑造，继而揭示了"历代志作者"有意识提高南国犹大和其君主罗波安的地位，贬低北国以色列和其首任君主耶罗波安（Jeroboam，公元前931—前910年）的地位，将南北国分裂的责任归结于耶罗波安和北国人民。[①] 笔者赞成这一观点，但是文章却没有进一步分析叙事策略、作者的意识形态以及与之相关的历史背景和作者身份。

卡德沃斯（Cudworth）通过对读这部分文本，指出"申典学派"认为南北国分裂的责任应当归结于统一王国时期的所罗门（Solomon，推测为公元前970—前931年左右），而"历代志作者"删除了所罗门晚年犯下的错误，并且《历代志下》10:1—11:4叙述了罗波安的错误政策导致了南北国的分裂，由此认为"历代志作者"将南北国分裂的责任从所罗门转移到罗波安。[②] 笔者赞成其"'历代志作者'试图撇清所罗门的责任"的观点，但是不认可"'历代志作者'将责任转移到罗波安"的观点，原因有二：（1）《历代志下》10:1—11:4与《列王纪上》12:1-24高度相似，因此这部分文本并非"历代志作者"所创，而是来源于《列王纪》，由于南北国的分裂是古代以色列历史中非常重要的历史事件，"历代志作者"不能直截了当地篡改"申典历史"中关于南北国分裂的叙事，因此难以通过《历代志下》10:1—11:4得出"历代志作者"的观点。易言之，虽然看上去罗波安的执政策略存在严重问题，但是不能就此认为"历代志作者"认为是罗波安的问题；[③]（2）在本文着重分析的"南北国分裂开端"部分，"历代志作者"通过叙事技巧提高南国和其君主罗

① G.N. Knoppers, "Rehoboam in Chronicles: Villain or Victim?" *Journal of Biblical Literature* 109 (1990): 423-440.

② 详见T.D. Cudworth, "The Division of Israel's Kingdom in Chronicles: A Re-Examination of the Usual Suspects," *Biblica* 95 (2014): 498-523。

③ 事实上，雅菲特也指出，"历代志作者"无法直接否认南北国分裂，否则与古代以色列民族的历史相矛盾，因此《历代志》这部分文本（《历代志下》10:1—11:4）的叙事多有不连贯，尤其体现在罗波安的形象塑造中，详见Japhet, *I & II Chronicles*, 357。

波安的地位，并且贬低北国和其君主耶罗波安的地位。[1] 也就是说，"历代志作者"塑造了南国君主罗波安的正面形象，不可能将南北国分裂的责任归结于罗波安。

阿玛尔（Amar）强调《历代志》中罗波安形象的塑造是变化的，故不存在某种前后一致的历史书写；[2] 与此同时，阿玛尔认为："历代志作者"没有在罗波安王统治的繁荣时期（《历代志下》11:5-23）批判北国和耶罗波安，却在南国下一任国王亚比雅（Abijah，公元前913—前911年）统治时期借亚比雅之口批判北国和耶罗波安，因此"历代志作者"并没有将南北国分裂的责任归结于耶罗波安和北国人民。[3] 笔者不赞成这两点看法，原因如下：（1）如果认为同一段文本背后的意识形态及其对人物和事件的塑造并不一致，需要分别加以分析，则需要证明该段文本中不同部分是由不同作者群体完成的，或者产生于不同时代，但是阿玛尔并没有给出论证；[4]（2）"历代志作者"确实借亚比雅之口批判北国和耶罗波安，但是却以更加隐蔽的方式在罗波安王统治的繁荣时期（《历代志下》11:5-23）批判了北国和耶罗波安。[5]

---

① 此观点将在后文详细论述。

② 阿玛尔将《历代志》中涉及罗波安的文本分成了三部分：第一部分是南北国的分裂（《历代志下》10:1—11:4），第二部分是罗波安的统治（《历代志下》11:5—12:15），第三部分是亚比雅的演说（《历代志下》13:1-23）。阿玛尔认为这三部分对于罗波安形象的塑造是不同的，需要分别加以分析。

③ 在此处，阿玛尔的逻辑是：如果"历代志作者"确实将南北国分裂的责任归结于耶罗波安和北国人民，则对耶罗波安和北国人民的批判应当被置于罗波安王统治的繁荣时期，因为此时罗波安被认为是一位伟大的君主，而非亚比雅统治时期。阿玛尔的上述两个观点详见 I. Amar, "The Characterization of Rehoboam and Jeroboam as a Reflection of the Chronicler's View of the Schism," *Journal of Hebrew Scriptures* 17 (2017): 1-30。

④ 前文提及了芬克尔斯坦的研究，其认为《历代志下》11:5-12成书于马加比时期，详见 Finkelstein, "Rehoboam's Fortified Cities," 92-107。 然而，阿玛尔的分类并非按照芬克尔斯坦的研究，无法断定阿玛尔给出的第二部分（《历代志下》11:5—12:15）均是马加比时代产生的，更无法确定其给出的"三个部分"产生于不同时代。

⑤ 此观点将在后文详细论述。

　　威廉森的观点与卡德沃斯表面上较为相似，均认为"历代志作者"将南北国分裂的责任归于罗波安，但是本质上却完全不同。威廉森指出，在"历代志作者"笔下，北国人民不认为罗波安应当继承所罗门的王位，因为罗波安并不正义公允，在这一前提下，耶罗波安及北国人民所进行的分裂是合法的，但是当亚比雅这位正义公允的国王即位，北国的分裂行径则是非法的。因此，"历代志作者"在有关罗波安的文本中暗示了：面对并不正义公允的罗波安，北国的分裂行径是合法的，而南北国分裂的责任实际上归于罗波安，但是当面对正义公允的亚比雅，北国的分裂行径便是非法的。[1] 然而，该观点也许不能解释"历代志作者"为何书写罗波安王统治的繁荣（《历代志下》11:5-23），因为"历代志作者"不可能一方面试图指出北国人民认为罗波安有失正义公允而不应当继承所罗门的王位，另一方面又褒扬罗波安的统治。[2]

　　雅菲特强调了"历代志作者"的"神圣赏罚"神学观念，并且指出了该观念的具体特点：（1）上帝与人的关系不是"新"的创造，并非特定历史环境下特定历史行为的结果（如亚伯拉罕之约等），而是"给定的"，随同整个世界的创造而产生；（2）"神圣赏罚"中的"赏"与"罚"是直接、立刻而且必定产生的，不会有任何延迟或者补偿，并且每一代人都会由于自己的所作所为而遭受"赏"或"罚"，不会受到祖先行善恶之事的影响，也不会影响到子孙后代；（3）"神圣赏罚"也强调得救的安慰，每个人都有忏悔的机会，只要诚心悔过，得救的大门永远敞开。[3] 与此同时，虽然《列王纪》和《历代志》都书写了罗波安王统治时期的示撒（Shishak，或为 Shoshenq I，约公元

① 详见 H.G.M. Williamson, *Israel in the Books of Chronicles*, Cambridge: Cambridge University Press, 1977, 113.

② 事实上，阿玛尔针对威廉森的观点提出了类似的质疑，参见 Amar, "Characterization," 10。

③ 关于"神圣赏罚"的观念，详见 Japhet, *I & II Chronicles*, 41。另可参见张若一《论"历代志作者"文士群体的教育制度、文献编纂模式及其思想观念》，13-15；Williamson, *Israel*, 67-68。

前943—前922年）入侵，但是《历代志》对这一事件的书写进行了诸多调整，"历代志作者"关于示撒入侵的历史书写也反映了其"神圣赏罚"的观念。[①]

综合上述学者的研究可以看出，虽然关于《列王纪》与《历代志》中"南北国分裂开端"相关部分的研究已经较为细致，但或是没有深入到作者的意识形态及其背后的缘由，或是对于这一部分历史书写的把握有所偏差，或是分析并不完整。事实上，"历代志作者"对于"南北国分裂开端"的历史书写和相关调整是系统性的，背后反映了"申典学派"和"历代志作者"不同的观念以及《列王纪》和《历代志》成书的不同历史背景。因此，笔者将在既有分析的基础上展开进一步的研究。

（三）对读基本情况[②]

本文对读研究的具体文本是《列王纪上》12:1-24和14:21-31以及《历代志下》10:1—12:16，同时也包括其他一些有关文本。[③] 下表展现《列王纪》和《历代志》"南北国分裂开端"部分的分段内容概括和摘要。

表1 "南北国分裂开端"叙事内容概括表[④]

《列王纪上》	《历代志下》	主题
12:1-20	10:1-19	示剑会众与反叛罗波安
12:21-24	11:1-4	示玛雅的预言
12:25-33	无对应	耶罗波安和以色列的罪
13:1-34	无对应	犹大来的神人

① 详见 Japhet, *Ideology*, 132–134。
② 关于《列王纪》和《历代志》"南北国分裂开端"文本的原文、翻译和具体对应情况，详见本文附录。
③ 具体而言是《列王纪上》11:1-40和12:25—14:20，这些文本与"南北国分裂开端"的联系以及具体的文本分析和探讨在"三、内容层面分析"中论述。
④ 本表由笔者自行整理，并且参考了 Amar, "Characterization," 6。

《列王纪上》	《历代志下》	主　题
14:1-18	无对应	亚希雅的预言
14:19-20	无对应	耶罗波安统治的"框架性内容"
无对应	11:5-12	罗波安建造城市、巩固城防
无对应	11:13-17	利未人和祭司前往耶路撒冷
无对应	11:18-23	罗波安的妻妾与后代
无对应	12:1	过渡性内容
14:21-24	12:13-14	罗波安统治的"框架性内容"
14:25-28	12:2-12	示撒的入侵
14:29-30	12:15-16	罗波安统治的"框架性内容"

二、语言层面分析

（一）概述

　　语言层面的分析指从文本的语言特征入手进行比较和对读，并对两个文本中有差异的语言特征进行分析，其意义在于：（1）"申典历史"和《历代志》在许多情况下是逐字对应的，因此语言层面的分析是文本深入对读不可缺少的一部分，可以从中看出文法上和用词上的改动；（2）语言层面的分析可以作为成书时间的断代辅证，而这也是本文进行语言层面的对读更为重要的目的。正如本文在第一部分所述，无论是《列王纪》，还是《历代志》，其成书时期跨度大，材料构成十分复杂，经历了长时段的文本层累过程和各种材料的混合。虽然学者对于《列王纪》和《历代志》的成书断代已经有深入的研究，但是上文所列举的关于两者成书时间的研究主要依靠的是历史材料。与此同时，成书时间又与历史背景等要素紧密联系，并且直接影响到文本的历史书写，因此对于文本成书时间的断代最好能从语言层面加以辅证。

对于语言层面的分析而言，许多学者已经指出可以通过文本的语言对该文本的书写时间进行断代，并且也进行了实践。赫维茨（Hurvitz）指出这个研究方法背后的依据是希伯来语本身就在不断发生变化，而每一个时代的希伯来语有其特点，通过文本的语言特点便可以对文本进行断代。[1] 与此同时，现有研究已经系统性论述了各个历史时期的希伯来语，展现了其历史变迁及在语法上的体现，提供了诸多可供断代的具体语言学特点，涵盖词汇、句法和表达方式等方面。[2] 对于《历代志》所使用的"晚期圣经希伯来语"，法斯贝格（Fassberg）指出晚期圣经希伯来语是《希伯来圣经》中后流放时期所作之书卷的语言，虽然同为圣经希伯来语，但是其与第一圣殿时期（公元前970—前586年）存在明显差异，并且前者的语言特征也反映在第二圣殿时期（公元前516—公元70年）的经外文献（如死海古卷）中。[3] 另外，学者们已经汇总了第二圣殿时期圣经希伯来语出现的新词，并且对其进行了详细研究。[4]

在本文中，笔者将借助学者的研究成果，尤其是关于"晚期圣经希伯来语"的研究成果，通过语言层面的对读研究《列王纪》

---

[1] 参见 A. Hurvitz, "How Biblical Hebrew Changed," *Biblical Archaeology Review* 42.5 (2016): 37–40。

[2] 对于希伯来语历史变迁的概述，详见 B.K. Waltke and M.P. O'Connor, *An Introduction to Biblical Hebrew Syntax*, Winona Lake: Eisenbrauns, 1990, 1–80。与此同时，库茨奇尔（Kutscher）系统性论述了各个历史时期的希伯来语，展现了希伯来语本身的变化以及可供断代的语言学特点，对于本文所涉及的相关时期的希伯来语，详见 E.Y. Kutscher, *A History of the Hebrew Language*, ed. R. Kutscher, Jerusalem: The Magnes Press, 1982, 12–114。另外，雅菲特阐述了《历代志》与《希伯来圣经》平行文本中的动词字根的交错和替换，详见 S. Japhet, "Interchanges of Verbal Roots in Parallel Texts in Chronicles," *Hebrew Studies* 28 (1987): 9–50。

[3] 详见 S.E. Fassberg, "What Is Late Biblical Hebrew?" *Zeitschrift für die alttestamentliche Wissenschaft* 128 (2016): 1–15。事实上，正如作者所指出的，后流放时期与第一圣殿时期的圣经希伯来语之间的区别最早由格泽纽斯（Wilhelm Gesenius）于1815年提出，后来该观点不断发展，并且与第二圣殿时期的经外文献相呼应。

[4] 详见 A. Hurvitz et al., *A Concise Lexicon of Late Biblical Hebrew: Linguistic Innovations in the Writings of the Second Temple Period*, Leiden: Brill, 2014, 25–243。

和《历代志》在"南北国分裂开端"部分的语言特征，并且根据其语言特征断代，作为成书时间的辅证，进一步确定成书的历史背景。

（二）对读

就《列王纪》和《历代志》在"南北国分裂开端"部分而言，从语言层面来看，如下差异是值得被注意的。

表2 语言层面分析对读表[①]

	《列王纪上》		《历代志下》
14:28	ויהי מדי־בא המלך בית יהוה ישאום הרצים והשיבום אל־תא הרצים: 每当王进入耶和华的殿，护卫兵会举起它们，并且会将它们放回护卫兵的房间。	12:11	ויהי מדי־בוא המלך בית יהוה באו הרצים ונשאום והשבום אל־תא הרצים: 每当王进入耶和华的殿，护卫兵会前来举起它们，并且会将它们放回护卫兵的房间。

首先应当指出的是，相较于《列王纪上》14:28，《历代志下》12:11增加了动词"באו"（前来）来表达护卫兵的动作，并且相应调整了动词"נשא"（举起）的构成变化，但是这并没有改变文本的含义，增加动词"באו"（前来）本身也不能说明任何问题。然而，文中存在更为关键的差异，即同样对于构成变化为不定式附属形的动词"בוא"（进入），《列王纪上》14:28的拼写为"בא"，而《历代志下》12:11的拼写为"בוא"。

（三）分析

这两处的差异本质上为是否在拼写中添加"读音之母"（matres lectionis）表示元音，而使用"读音之母"表示元音则是一种从无到有、并且随着时代推移而渐渐普遍的语言特征。从语言的历史上看，在公元前11至前10世纪阿拉米人借用腓尼基字母之后，逐渐开始使用辅音字母表示单词末尾的元音，从公元前9世纪开始，摩

---

① 本表由笔者自行整理，阴影部分表示两者文本中的不同之处。

押语和希伯来语也开启了这一进程，并且零星地用辅音字母表示单词的其他元音，而非局限于单词末尾的元音，"读音之母"的使用由此在希伯来语中开始，并且随着时代推移而不断添加"读音之母"表示元音。至大约公元前400年左右，使用辅音字母表示元音的方式已经被广泛应用，并且添加"读音之母"的趋势依旧继续。然而，并非所有能够用"读音之母"表示元音之处都运用了"读音之母"，因此在后来马索拉文士处理文本时，同样面对着使用和不使用"读音之母"的两种拼写方式。① 由此可见，是否使用"读音之母"表示元音不是判断书写时间的绝对标准，而只能说明一种倾向性，即相对晚期的文本更加倾向于使用"读音之母"表示元音。

动词"בוא"是"中空动词"，其许多构成变化都涉及是否使用"读音之母""ו"表示"中空"元音。然而，使用"读音之母"只是相对晚期文本的一种倾向性，因此单独考察《列王纪上》14:28和《历代志下》12:11的不同拼写不能说明任何问题，但是可以综合考察《列王纪》和《历代志》中动词"בוא"的不同拼写现象，整理出其中所有相对常见的、并且可以使用或不使用"读音之母"表示"中空"元音的构成变化，并且统计出各自的数量和使用"读音之母"表示"中空"元音的形式占比，以此看出使用"读音之母"在不同文本中的倾向性，并且以此判断文本大体的成书时间。另外，由于从《以斯拉记》《尼希米记》和《以斯帖记》本身的文本内容来看，显然是"后流放时期"或者更晚期的作品，因此将三本书看作整体，按照同样的方法进行统计，为《列王纪》和《历代志》提供参照。

---

① 关于"读音之母"的使用以及希伯来语的语言演变，详见Waltke and O'Connor, *Introduction*, 16-28。

表3 动词"בוא"部分构成变化使用"读音之母"统计表①

		《列王纪》	《历代志》	《以斯拉记》《尼希米记》《以斯帖记》
Qal Imperfect/ Wayyiqtol 第三人称阳性单数	ויבא/יבא	52	26	5
	ויבוא/יבוא	8	2	12
	含"读音之母"形式占比	13.33%	7.14%	70.59%
Qal Imperfect/ Wayyiqtol 第三人称阳性复数	ויבאו/יבאו	32	29	1
	ויבואו/יבואו	1	2	0
	含"读音之母"形式占比	3.03%	6.45%	0%
Qal Imperfect/ Wayyiqtol 第三人称阴性单数/第二人称阳性单数	ותבא/תבא	16	0	0
	ותבוא/תבוא	5	8	1
	含"读音之母"形式占比	23.81%	100%	100%
Qal Imperative (包括命令式的所有形式)	不含"读音之母"	10	3	1
	含"读音之母"	0	1	0
	含"读音之母"形式占比	0%	25%	0%
Qal Infinitive Constructive/ Absolute (包括不定式附属形添加的所有前缀和后缀的形式)	不含"读音之母"	18	4	1
	含"读音之母"	11	18	12
	含"读音之母"形式占比	37.93%	81.82%	92.31%

分析数据之时应当注意到如下三点：（1）是否使用"读音之母"

① 本表由笔者自行整理，由于动词"בוא"出现的次数过多，故在表中只展现统计结果，不一一列举原文。

不具有绝对性，只具有倾向性，并且对于构成变化"Qal Imperfect /
Wayyiqtol 第三人称阳性单数"和"Qal Imperfect / Wayyiqtol 第
三人称阳性复数"而言，可能具有不使用"读音之母"表示"中
空"元音的习惯；（2）在《以斯拉记》《尼希米记》和《以斯帖记》
中，构成变化"Qal Imperfect / Wayyiqtol 第三人称阳性复数""Qal
Imperfect / Wayyiqtol 第三人称阴性单数 / 第二人称阳性单数"和
"Qal Imperative"的使用次数均过少，故这些数据具有一定的偶然
性；（3）同样在《以斯拉记》《尼希米记》和《以斯帖记》中，构成
变化"Qal Imperfect / Wayyiqtol 第三人称阳性单数"的含"读音之
母"形式占比与《列王纪》和《历代志》的相对应数据均相差甚远，
故该数据可能具有一定的偶然性。

　　除去上述的"习惯性因素"和偶然性的影响，从上表展现的数
据可以看出：（1）总体上看，《历代志》比《列王纪》更倾向于使用
"读音之母"表示"中空"元音；（2）相较于《列王纪》，《历代志》
中使用"读音之母"的倾向性与《以斯拉记》《尼希米记》和《以
斯帖记》更为贴近。结合上文所述的理论以及《以斯拉记》《尼希
米记》和《以斯帖记》本身的文本内容，从第一点可知，《历代志》
成书晚于《列王纪》，而从第二点可知，《历代志》的成书时间更接
近于《以斯拉记》《尼希米记》和《以斯帖记》，与《列王纪》有一
定距离，故《历代志》可以被看作是"后流放时期"或者更晚期的
作品。

　　总之，虽然"南北国分裂开端"这一部分并无充足的语言特征
帮助断代，仅仅通过语言本身也不能完全判断成书时间，但是作为
文本深入对读不可缺少的一部分，语言层面的分析是对成书时间进
行断代的重要辅助手段，而从针对"南北国分裂开端"这一部分的
语言层面对读可以观察到动词"בוא"的不同拼写方式，并且经过对
《列王纪》和《历代志》的全面考察，从动词"בוא"是否使用"读音
之母"表示"中空"元音的倾向性可以看出《历代志》的成书时间
晚于《列王纪》，应当是"后流放时期"或者更晚期的作品。因此，

从上文对语言特征的分析来看，同时结合第一部分学者们从历史材料出发对两者成书时间的断代，可知《列王纪》基本上是流放时代的产物，而《历代志》则是"后流放时期"或者更晚期的作品。

三、内容层面分析

内容层面的分析指在叙事内容上进行比较和对读，并对两个文本中有差异的叙述进行分析，以展现不同作者群体意识形态的差异。对于《列王纪》和《历代志》关于"南北国分裂开端"这一部分的历史书写而言，值得从内容层面上分析的差异包括以下三部分：（1）罗波安王统治的繁荣；（2）"以色列"的定义；（3）示撒入侵叙事的时间顺序。

（一）罗波安王统治的繁荣

关于"罗波安王统治的繁荣"的文本是《历代志下》11:5-23，该部分在《列王纪》中没有对应文本。换句话说，对于"罗波安王统治的繁荣"的描述仅见于《历代志》。直观地看，《历代志》增加这部分内容无疑是为了彰显南国的突出地位，并且塑造罗波安的正面形象。这毫无疑问是正确的。然而，《历代志》是经过精心编撰的作品，"罗波安王统治的繁荣"这部分文本所具有的内涵远不止于此，一方面需要结合上下文整体地看，另一方面需要与《列王纪》中对于北国国王耶罗波安的叙述对照地看。

结合上下文可以看出，《列王纪上》12:1-24在叙述南北国的分裂之后，依次书写北国国王耶罗波安和南国国王罗波安的统治，从叙事结构上看耶罗波安和罗波安的事迹是平行的；然而，《历代志下》10:1—11:4在叙述南北国的分裂之后，不仅忽略了北国国王耶罗波安，而且增加了"罗波安王统治的繁荣"这部分内容，从叙事结构上看是"独尊"南国国王罗波安，大大提升了其地位。这一方面与《列王纪》和《历代志》的叙事结构密切相关，另一方面是"历代志作者"通过此番调整和修改试图塑造罗波安正面形象的努力。

如果单看《列王纪》的叙事，那么罗波安完全是一个负面形象。首先他采纳了错误的建议，必须为南北国的分裂负责。[1] 其次，《列王纪》在大量有关耶罗波安的篇幅之后才安排相对简略许多的有关罗波安的篇幅，显得北国国王耶罗波安是历史叙述的中心，而南国国王罗波安只是一个小角色，[2] 最后罗波安的形象几乎都是负面的，[3] 包括：（1）作王时41岁的年龄暗示他太老了，以至于之前才会听从少年人错误的建议；（2）两次强调他的母亲是亚扪人（见《列王纪上》14:21和14:31），这点可以与所罗门王晚年娶外邦女子的叙述对应起来；（3）他统治之下各种异教仪式（见《列王纪上》14:22–24）。[4]

然而，如果单看《历代志》的叙事，无从得见耶罗波安的事迹，于是罗波安成为这段时期的主角，并且在他的领导下，南国犹大繁荣昌盛。与此同时，罗波安的负面形象已经基本被"罗波安王统治的繁荣"这段文本消解了，转而树立的是其治理有方、国家欣欣向荣的正面形象。因此，从叙事结构上看，"历代志作者"使得耶罗波安和罗波安从两者平行变为独尊罗波安，并且从内容上看，罗波安王的正面形象得到了"历代志作者"的塑造。

虽然《历代志》省略了关于南北国分裂之后的耶罗波安的叙述，但是"历代志作者"巧妙地通过编排将"罗波安王统治的繁荣"与《列王纪》中对于耶罗波安的叙事形成对比，因此需要将两者对照地看。针对《列王纪》中关于耶罗波安的叙述，"历代志作者"通过精心编撰"罗波安王统治的繁荣"这部分文本，暗示罗波安在城市建设、宗教事务和家庭子孙三方面"完胜"耶罗波安。换句话说，"历代志作者"通过巧妙的编排展现了如下结论：在耶罗波安所有错误和不幸运

---

[1] 参见 W. Dietrich, "1 & 2 Kings," in *The Oxford Bible Commentary*, eds. J. Barton and J. Muddiman, Oxford: Oxford University Press, 2001, 241。

[2] Dietrich, "1 & 2 Kings," 243.

[3] "历代志作者"对这个问题的处理将在"（三）示撒入侵叙事的时间顺序"中论述。

[4] Dietrich, "1 & 2 Kings," 243.

之处，罗波安都正确且幸运。①下面笔者通过表格对比两者的文本。

表4 "罗波安王统治的繁荣"与耶罗波安叙事对比表②

《列王纪上》		《历代志下》		主题
12:25	耶罗波安为了以色列王国的统一而建造城市（示剑和毗努伊勒）	11:5–12	罗波安建造许多城市，王国强大而繁荣	城市建设
12:26–33	耶罗波安在伯特利和但立金牛犊，将那不属于利未人的凡民立为祭司	11:13–17	祭司和利未人纷纷前来投奔南国，因为耶罗波安在宗教上行了各种恶的事	宗教事务
14:1–18	耶罗波安失去儿子	11:18–23	罗波安妻子、妃嫔和儿女众多	家庭子孙

由此可见，与其说《历代志》省略了北国国王耶罗波安的叙述，不如说是通过编排时故意形成内容上的对比来投射出北国历史的"影子"，并且通过一正一反的对比彰显南国的突出地位，塑造罗波安的正面形象，同时也带有暗讽北国以色列和耶罗波安的意味。

总之，从内容层面上分析"罗波安王统治的繁荣"这部分差异，一方面需要结合上下文整体地看，另一方面需要与《列王纪》中对于北国国王耶罗波安的叙述对照地看，实际上展现的是"历代志作者"试图彰显南国、贬低北国，并且塑造罗波安的正面形象的努力。

（二）"以色列"的定义

"以色列"的含义是多样而丰富的，可以指分裂时期的北国或北国人民，也可以指整个希伯来文明、国家或人民。事实上，在《列王纪》和《历代志》对于南北国分裂开端的不同历史书写中，也蕴

---

① 参见 H.P. Mathys, "1 & 2 Chronicles," trans. B. Liebelt, in *The Oxford Bible Commentary*, eds. J. Barton and J. Muddiman, Oxford: Oxford University Press, 2001, 288。

② 本表由笔者自行整理，由于篇幅有限，故不附上原文，只展示对比之下的文本对应情况并且简要概括。

含了两者对于"以色列"的不同定义，而这其实反映了"申典学派"和"历代志作者"截然不同的民族观念。下面笔者通过表格整理出"南北国分裂开端"部分中对于"以色列"的定义。

表5 "以色列"的不同定义表①

《列王纪上》			《历代志下》		
章节	原文	翻译	章节	原文	翻译
12:23	אמר אל-רחב-עם בן-שלמה מלך יהודה ואל-כל-בית יהודה ובנימין ויתר העם לאמר:	"你对所罗门的儿子犹大王罗波安、犹大和便雅悯全家和其余的民说：	11:3	אמר אל-רחב-עם בן-שלמה מלך יהודה ואל כל-ישראל ביהודה ובנימין לאמר:	"你对所罗门的儿子犹大王罗波安以及在犹大和便雅悯的所有以色列人说：
			12:5（部分）	ושמעיה הנביא בא אל-רחבעם ושרי יהודה אשר-נאספו אל-ירושלם מפני שישק	先知示玛雅来到罗波安和犹大的首领那里，他们因为示撒而聚集在耶路撒冷
			12:6（部分）	ויכנעו שרי-ישראל והמלך	于是，以色列的首领和王谦卑下来
14:21（部分）	וְרַחַבְעָם בֶּן-שְׁלֹמֹה מָלַךְ בִּיהוּדָה	所罗门的儿子罗波安在犹大作王	12:13（部分）	וַיִּתְחַזֵּק הַמֶּלֶךְ רְחַבְעָם בִּירוּשָׁלַם וַיִּמְלֹךְ	罗波安王在耶路撒冷强大自己并且作王

对比《列王纪上》12:23和《历代志下》11:3可以看出：《列王纪》对于分裂时期的"以色列"的定义是北国或北国人民，因此在谈及南国时，使用的是"犹大"或者"犹大和便雅悯支派"

———————

① 本表由笔者自行整理，处于同一行表示两者文本是对应的。翻译可详见附录，表格中的文本对应情况采用 Endres, Millar, and Burns, *Chronicles*, 196, 203。

（ואל־כל־בית יהודה ובנימין）；而《历代志》在此处虽然没有明确将分裂时期的 "以色列" 定义为南国犹大，但是却指出了犹大和便雅悯支派的人也可以被称作 "以色列"（כל־ישראל ביהודה ובנימן）。从这两节文本可以看出，对于分裂时期而言，《列王纪》中 "以色列" 的含义等同于北国的国名 "以色列"，但是《历代志》对于 "以色列" 的定义却包含了南国犹大。

《历代志下》12:5 和 12:6 是一对可以互相对照的文本。在《历代志下》12:5 中，先知示玛雅说话的对象是罗波安和犹大的众首领（רחבעם ושרי יהודה），但是在《历代志下》12:6 中回话的却变成了以色列的众首领和国王（שרי־ישראל והמלך）。由于这两段话有明显的接续关系，因此示玛雅说话的对象应当与回话的主体是一致的，而前者中的 "罗波安" 显然是后者中的 "国王"，故前者中的 "犹大的众首领" 也应当是后者中的 "以色列的众首领"。由此可见，"历代志作者" 将 "犹大" 纳入了 "以色列" 的概念之中。

另外，对比《列王纪上》14:21 和《历代志下》12:13，可以看出：《列王纪》叙述的是罗波安作犹大王（מלך ביהודה），而《历代志》却将 "犹大" 省略了（וימלך），只保留 "作王"。可见，《列王纪》认为罗波安作的只是犹大王，不是以色列王，因此在申典学派看来，"以色列" 的含义等同于北国的国名 "以色列" 而不包括南国犹大。然而，结合上文所述，《历代志》在此处的处理极有可能是由于 "历代志作者" 认为 "犹大" 同样在 "以色列" 这一概念之中，因此省略了 "犹大" 而只保留 "作王"。

总之，《列王纪》和《历代志》对于分裂时期 "以色列" 的定义区别较大。《列王纪》的 "以色列" 指的就是北国或北国人民，其含义等同于北国的国名 "以色列"；而《历代志》的定义则相对含糊，但是总体上将南国犹大纳入 "以色列" 这一概念之中。这实际上反映了两者不同的民族观念，"申典学派" 虽然认为北国和南国都属于以色列民族，但是将 "以色列" 这个词专门用来指称北国，若指称南国则会使用 "犹大" 或者 "犹大和便雅悯支派"，因此《列王纪》

中"以色列"的含义等同于北国的国名"以色列"，而"历代志作者"在将叙事的焦点转向南国的同时，认为南国犹大和北国以色列都应当被纳入"以色列"这一概念之中。

（三）示撒入侵叙事的时间顺序

"框架"指《列王纪》和《历代志》对于分裂时期国王的叙事都遵照的一定格式，并且两者所遵照的格式或"框架"基本是一致的，具体而言包括以下五个部分：（1）某某国王在某某年即位，登基时的年龄和统治时间；（2）该国王的宗教表现，即行耶和华眼中为善的事还是恶的事以及行善或行恶的具体行为；（3）该国王统治期间的重要事件；（4）余下事件的记载来源；（5）该国王与他列祖同睡，另一人接续他作王。[①] 这个现象是因为《列王纪》和《历代志》都不是对历史的客观记述，而是带有意识形态的、精心编撰过的文本，通过此种固定的格式，"申典学派"对诸王进行宗教上的评价，而"历代志作者"因循了此种框架，并且在某些地方稍加修改以彰显自身的神学或民族观念。由于上述框架的第一、二、四、五部分的格式化更强，甚至可以用"公式化"的语言表达，因此将其称为"框架性内容"。虽然《列王纪》和《历代志》叙述分裂时期国王的框架性内容基本是一致的，从格式到各部分之间的顺序均是如此，但是对于本文分析的罗波安王而言，部分框架性内容发生了重构。这是一个较为反常的现象，总体上看，"历代志作者"因循了"申典学派"针对分裂时期国王创立的叙事框架，但是对于"南北国分裂开端"这部分文本的框架性内容却进行了一定程度的修改，而这些修改实则反映了"历代志作者"的宗教和民族观念。下面笔者从示撒入侵叙

---

① 关于《列王纪》对于分裂时期国王的叙事框架及其反映的内涵，详见游斌《希伯来圣经导论》，第182—183页；关于《历代志》对于分裂时期国王的叙事框架，详见 Gertz, Berlejung, Schmid, and Witte, *T&T Clark Handbook*, 686。需要说明的是，无论是《列王纪》，还是《历代志》，其叙事框架都没有严格意义上的一致性，可能省略某些元素，也可能增加新元素，个别字句或细节内容可能会有所变动。然而，本段所讨论的框架性内容的变化并非由于"没有严格意义上的一致性"导致的，而是蕴含着"历代志作者"的编撰意图。

事的时间顺序出发,论述"历代志作者"在此处的调整下所蕴含的观念。

对于"南北国分裂开端"这部分文本而言,属于"框架性内容"的文本是《列王纪上》14:21-24、29-31和《历代志下》12:13-16,两者的对应关系和所属部分如下表所示。

表6 "示撒入侵叙事的时间顺序"文本对应情况表①

《列王纪上》	《历代志下》	所属部分	主 题
14:21	［12:13］	第一部分	罗波安统治的"开头框架"
14:22	［12:14］	第二部分	罗波安和犹大的罪
14:23-24	无对应		
14:29-30	12:15	第三部分	罗波安统治的"收尾框架"
14:31	12:16	第四部分	罗波安与列祖同睡

总体来看,示撒入侵叙事的时间顺序的调整主要表现在以下两个方面:(1)第一和第二部分所处的位置在《历代志》中发生了变化;(2)第二和第四部分的一些内容在《历代志》中被删减了。②

《列王纪上》14:21-24和《历代志下》12:13-14属于框架性内容的第一和第二部分,但是在各自文本中的位置却完全不同。按照

---

① 本表所示的文本对应情况详见本文附录,其中方括号指:按照正常顺序,该节不应该出现在此处,但是按照顺序与之对应的文本却排列在此行,因此在排列时进行顺序的调整,并且用方括号加以表示。

② 在"罗波安王统治的繁荣"中,笔者提道:根据《列王纪》的叙事,罗波安的形象几乎都是负面的,具体而言体现在以下三个方面:(1)作王时41岁的年龄暗示他太老了,以至于之前才会听从少年人错误的建议;(2)两次强调他的母亲是亚扪人(见《列王纪上》14:21和14:31),这点可以与所罗门王晚年娶外邦女子的叙述对应起来;(3)他统治之下各种异教仪式(见《列王纪上》14:22-24)。与此同时,笔者也说明了"历代志作者"对这些问题的处理将在"示撒入侵叙事的时间顺序"部分中详细论述。因此,本部分以正文中提及的"两个方面"为线索,论述"历代志作者"是如何处理这些问题的。

上文所述的"框架性内容"的正常顺序，第一和第二部分应当置于"示撒入侵"事件之前。从文本本身可知，《列王纪上》的该部分内容确实被置于"示撒入侵"事件之前，故其所处的位置符合《列王纪》或《历代志》对分裂时期国王的一般叙事框架，而《历代志下》的该部分内容却被置于"示撒入侵"事件之后。"历代志作者"在此进行了一种表面上看较为反常的调整，但正是此种调整反映了"历代志作者"的观念。由于第一和第二部分充满了"申典学派"在《列王纪》中塑造的罗波安王的负面形象，[①] 因此"历代志作者"进行此番调整是想要尽可能减少对罗波安不利的叙述。与此同时，这一调整也将有关示撒入侵的文本置于罗波安王行恶之后，"历代志作者"以此强调示撒的入侵是罗波安王行恶而导致的，而随后罗波安的诚心悔过又让上帝的怒火消散，从而没有彻底毁灭犹大。可见，《历代志》中示撒入侵事件的"赏"与"罚"是直接、立刻产生的，并且强调了每个人都有忏悔的机会，正如罗波安王一样，只要诚心悔过，得救的大门永远敞开，因此这其中体现了"历代志作者"的"神圣赏罚"观念。[②] 然而，"历代志作者"不能够直截了当地篡改"申典历史"而将此部分完全删除，因为对于《历代志》而言，这部分内容同样是框架性的，不能毫无保留地直接去除，并且这部分内容从某种程度上说是"申典学派"对于罗波安王的"盖棺定论"，不能有颠覆性的更改，因此"历代志作者"在此处的做法是模糊处理，将此部分内容置于"示撒入侵"这一大事记之后，通过改变文本位置起到"去框架化"的作用，使这段文本的意义及其起到的作用大大降低，相当于在没有大幅度修改的情况下尽可能减小了罗波安的负面形象。可以看出，"历代志作者"在此处改变文本的位置反映了其维护罗波安和南国形象的目的。

与此同时，第二和第四部分的一些内容被"历代志作者"删减

---

① 具体而言就是上一个脚注中提到的三个方面。
② 有关"神圣赏罚"的神学观念，请参见本文第一部分中的"（二）现有对读研究成果"。

了。对于第二部分而言,在《历代志下》中无法找到《列王纪上》
14:23-24和14:22后半部分的对应文本,主要关于罗波安行耶和华眼
中为恶的事及其统治之下的各种异教仪式。毫无疑问,"历代志作
者"通过删除罗波安行恶的具体行为,尽可能维护南国和罗波安的
正面形象。与此同时,"历代志作者"删除第二部分的大多数内容也
将罗波安塑造为没有拜偶像的王,并且与耶罗波安的形象形成对比。
《列王纪上》12:26-33和《历代志下》11:15都叙述了耶罗波安在伯
特利和但立金牛犊,将那不属于利未人的凡民立为祭司,而删除罗
波安王异教仪式的内容与此形成了一正一反的对比,不仅很大程度
上消解了罗波安的负面形象,而且使得罗波安在此方面"完胜"耶
罗波安。对于第四部分而言,区别在于:《列王纪》强调了罗波安的
母亲是亚扪人,而《历代志》却删除了该句话。事实上,《列王纪》
在此处已经是第二次强调了,第一次说明是在第一部分的14:21,而
《历代志》只说明了一次,是在与《列王纪上》14:21对应的《历代志
下》12:13,在第四部分中不再重复。罗波安的母亲是亚扪人可以与
所罗门王晚年娶外邦女子的叙述对应起来,[①]按照这一说法,罗波安
为所罗门及其晚年所娶的亚扪女子所生,而所罗门晚年的这一行为
其实是行了错事。因此,《列王纪》强调这一点是对罗波安形象大为
不利的叙述,甚至动摇了罗波安王统治和南国存在的合法性,更何
况《列王纪》强调了两次。"历代志作者"以维护南国和罗波安的正
面形象为目的进行改写,但是又不能完全另起炉灶,故只保留第一
部分中的这句话,并删去了第四部分的重复。

总之,无论是第一和第二部分所处位置的调整,还是第二和
第四部分中一些内容的删除,都体现了《列王纪》本质上是一个对
诸王进行宗教性评价的作品,而"历代志作者"对其进行了一定程
度的修改,其意图是维护南国和罗波安的正面形象,同时也反映了
"历代志作者"以南国犹大为以色列民族代表的观念。不过应当注意

① 参见Dietrich, "1 & 2 Kings," 243。

的是，《历代志》中依然含有许多《列王纪》中对罗波安和南国形象不利的元素，这是因为"历代志作者"不能直截了当地篡改"申典历史"，也不能大幅度地更改，只能在细节上进行调整，最终尽可能达成让民族历史作为犹太教传讲之例证的作用，所以在《历代志》中往往可以看到叙事的矛盾之处。

四、历史书写的核心差异及缘由

正如本文第一部分所阐述的，《希伯来圣经》对"历史"的叙述往往蕴含着作者群体的宗教观念，因此无论是《列王纪》，还是《历代志》，两者的共同特点在于，都是作者意识形态作用下精心编撰的文本，而非对历史完全真实的记载。与此同时，作者的意识形态又与时代背景密切相关，故分析两者历史书写的核心差异及其缘由必须回到文本的历史背景中。根据本文第二部分所述，《列王纪》基本上是流放时代的产物，而《历代志》则是"后流放时期"或者更晚期的作品，以下笔者以此结论为基础，通过与之对应的时代背景，分析两者对于南北国分裂开端的历史书写的核心差异及其缘由，并且对本文第三部分所展示的叙事的不同之处加以解释。

"申典历史"主要编修于"流放时代"。在以色列人的宗教经验（乃至《圣经》宗教所揭示的神人关系）中，两个基本主题支撑起其总体神学框架："拯救经验"与"诫命经验"。后世犹太教的两个基本方面，即"故事"，以叙事来讲述上帝介入人类历史的拯救事件；和"律令"，以律令来传达上帝对于人们的普遍命令，分别与之相对应。[1] 可见，上帝介入历史进行拯救是希伯来宗教关键的组成部分，并且此处的"拯救"体现出"拣选"的观念，正如《阿摩司书》3:2所言："在地上万族中，我只认识你们。"因此，被拯救的对象仅仅是被上帝"拣选"出的以色列民。这也正是希伯来宗教作为

---

① 游斌：《希伯来圣经的文本、历史与思想世界》，第76页。

一种"历史宗教"的内涵所在,宗教信仰与民族自身的历史紧密联系。事实上,在"流放时代"之前的历史中(至少是希伯来宗教所叙述的"历史"中),上帝已经多次介入历史并拯救以色列民(包括出埃及叙事、征服迦南叙事等)。然而,这一次,上帝似乎并没有眷顾以色列民,而是将其陷于毁灭之中。公元前722年,北国以色列被亚述帝国所灭,公元前586年,南国犹大被新巴比伦帝国所灭,同时也是"巴比伦之囚"的开端,大批犹太人被掳至两河流域,直至公元前538年波斯帝国允准犹太人回到耶路撒冷重建圣殿。在这一历史背景下,犹太知识精英们一方面为自己的家国灭亡而感到无比悲痛,另一方面他们无法接受这一事实,既然上帝拣选了以色列民并且已经进行了多次拯救,那么"巴比伦之囚"等灾难就不应该发生,因此他们不断思考并试图解释神为何会让如此悲惨的国难发生。最终申典学派视北国和南国的陷落为神公义的审判,这也正是"申典历史"中"神圣报应"的神学原则的具体表现。"神圣报应"可以理解为"善有善报,恶有恶报"的原则,只不过其中的"善"和"恶"指的是"耶和华眼中为善或恶的事"。因此,在申典学派看来,上帝在这一历史节点并没有拯救以色列民的原因在于之前以色列民行了耶和华眼中为恶的事。这直接影响了《列王纪》的叙事方式,也正是申典学派叙述南北国分裂时期历史的核心思路。具体而言,"申典学派"试图探究分裂时期每位国王的善恶表现,从而进行宗教层面的评价。于是,《列王纪》便成了一个对历史进行神学评价的著作,它注重的是对诸王进行宗教上的评价,并且对诸王的宗教评价是以南国、耶路撒冷和耶和华崇拜为标准的。①

《历代志》是"后流放时期"或者更晚期的作品,"历代志作者"所处的历史背景与"申典学派"有极大的不同。公元前538年,波斯帝国允准犹太人回到耶路撒冷重建圣殿,犹太人得以回归故土,虽然没有建立自己的国家,但是却逐步建立了制度化的犹太教,宗教

---

① 游斌:《希伯来圣经导论》,第183页。

信仰与日常生活紧密结合在一起，文士与祭司也成了犹太社会中两个重要的阶层，而"历代志作者"正是来自其中的文士阶层，他们通过更新古老的传统将民族历史作为服务于犹太教传讲的例证。值得注意的是，虽然"历代志作者"的部分神学观点与"申典学派"一致，比如都强调要行耶和华眼中为善的事，但是反思国难为何发生已经不是"历代志作者"历史书写的首要出发点。究其原因，是因为对于后流放群体而言，悲惨的"巴比伦之囚"已经过去，民族历史翻开了崭新的篇章，上帝再一次拯救了以色列民，借波斯帝国之手毁灭了他们的敌人新巴比伦帝国并让他们得以回归故土重建圣殿，后流放群体对于流放巴比伦和第二圣殿的看法正如游斌所言：

> 以色列人流放巴比伦的命运，乃是上帝对他们背约犯罪的惩罚，而他们命运的转折，上帝的饶恕与恩典乃从（第二）圣殿开始。如果说上帝的诫命代表公义的话，那么，（第二）圣殿则代表着饶恕与恩典。所以，对于后流放群体而言，圣殿在神学上意味着人们对上帝恩典的承接，在历史意义上则意味着旧的命运已经过去，新时代从此开始。[1]

然而，这一看似美好的历史走向并不意味着"历代志作者"在重新书写民族历史的过程中没有遇到现实问题。首先是后流放社群内部的问题，当初新巴比伦帝国并没有掳走南国犹大的所有居民，因此出现了流放群体和留守群体，而当流放群体回归故土而成为回归群体之时，便与留守群体爆发了矛盾。[2]

其次，也是更重要的一方面，是后流放社群与残留在北国故都

---

[1] 游斌：《希伯来圣经的文本、历史与思想世界》，第425—426页。

[2] 关于后流放社群的内部冲突，详见游斌《希伯来圣经的文本、历史与思想世界》，第430—432页；C. Schultz, "The Political Tensions Reflected in Ezra-Nehemiah," in *Scripture in Context: Essays on the Comparative Method*, eds. C.D. Evans, W.W. Hallo, and J.B. White, Pittsburgh: The Pickwick Press, 1980, 221–244。

撒玛利亚及其周围地区的北国人之间的关系问题。该问题起源于亚述帝国和新巴比伦帝国的不同统治方式，亚述帝国于公元前722年灭亡北国以色列后，一方面将北国的社会上层和能工巧匠流放到帝国的其他部分，从而导致他们消失在异族人群中，另一方面又从别处把异族人口迁入，使撒玛利亚北国成为一个杂居之国，甚至由于这些迁入之人往往成为社会上层，从而也使得非以色列的传统在北国成为主流。与之形成对比的是，新巴比伦帝国于公元前586年灭亡南国犹大后，一方面将犹大人整体地流放到一个地区，从而使得他们可以保存自己的传统，另一方面并没有像亚述人一样将一些新的社会上层迁入犹大。虽然南北两国都被大帝国所灭，但是传统延续下来的方式却完全不同。对于北国而言，国家的终结就是一切的终结，国家消失也意味着宗教、文化和历史也随之消失。然而，对于南国而言，国家的终结并不妨碍宗教和文化传统的保存，反而强有力地发扬起来，从一方面而言，流放时期是流放群体保存、整理与重新解释传统的重要时期，从另一方面而言，"巴比伦之囚"结束之后，回归群体也能够较为容易地重拾起中断的传统，开创出新的"第二圣殿时期"。① 由此可见，两个大帝国统治方式的区别导致了南北两国之间的根本历史差异，这也是理解后流放社群与北国人关系的根本前提。因此，当"巴比伦之囚"结束，流放群体得以回归故土，他们便认为：自从以色列陷于亚述之手后，北部以色列人就与外邦混居，与异族通婚，已经败坏了。② 于是，如何处理与残留在北国故都撒玛利亚及其周围地区的北国人之间的关系便成了问题。③

"历代志作者"作为后流放社群中的文士阶层，同样认为北国国

① 关于亚述帝国和新巴比伦帝国的不同统治方式及其对南北两国历史走向的影响，详见游斌《希伯来圣经的文本、历史与思想世界》，第201页；R. Rendtorff, *The Old Testament: An Introduction*, trans. J. Bowden, Philadelphia: Fortress, 1986, 48。
② 参见游斌《希伯来圣经的文本、历史与思想世界》，第433页。
③ 关于南部犹大的回归群体与北部撒玛利亚的以色列群体之间的冲突以及两者的性质和观念，详见同上，第432—433页；Coogan with Chapman, *Old Testament*, 370。

民已经融入了其他民族，不再纯正，因此将南国作为以色列民族的代表，得到了上帝的拯救，[①] 正如王立新所言：

> 《历代志》作者认为只有南国犹大的历史对他们当时的犹太民族身份更具意义，背后的原因是《历代志》的编写者是站在回归后的现实角度来看待整部民族发展史的，之前的一切都已过去，现实是只有大卫、所罗门所出的犹大支派和以犹大支派为主体建立的犹大王国的后裔，在耶和华神的拯救下重新回到了祖先的土地。北国国民在公元前722年被亚述人流放后，早已被融合在了其他民族之中，即使是那些残留在北国故都撒玛利亚及其周围地区的北国人，也因与异族通婚、沾染了异教风俗而被回归时期的犹大遗民视作另类，不能加入回归后的社团。[②]

然而，虽然"历代志作者"往往将南国作为以色列民族的代表，但是不能简单地认为其民族观念便是将北国彻底排除在外。威廉森经过统计得出：在《历代志》中，"以色列"这一专有名称总共出现了三百次，其中十二次指代雅各，五十六次（35+21）出现于称呼和回应耶和华的固定表达之中，二十七次用于指代王国出现之前的以色列民族，八十次与南北国分裂时期相关；[③] 在这八十次中，五十一

[①] 需要注意的是，"历代志作者"只是拥有此种观点，而并非是撰写《历代志》的动机，其动机在于重新书写"历史"以展现自身的神学观点（对当下现状进行神学阐释），包括颂扬大卫及其血脉的正统性、强调耶路撒冷神殿崇拜、注重律法所规定礼仪的权威性等。参见 Gertz, Berlejung, Schmid, and Witte, *T&T Clark Handbook*, 692-693。然而，无论如何，"历代志作者"的此种观点确实影响了《历代志》的叙事，并且在南北国分裂开端的历史书写中也得以体现。

[②] 王立新：《古代以色列历史文献、历史框架和历史观念研究》，第252—253页。

[③] 剩余的一百五十二次可能指代的是南北国分裂之前的统一王国或者为其他与本文讨论无关之情况。参见 Williamson, *Israel*, 89, 102。同样可以参见 R. North, review of *Israel in the Books of Chronicles*, by H.G.M. Williamson, *Biblica* 60.4 (1979): 582。然而，后者的书评错误地将"称呼和回应耶和华的固定表达"的次数记为"35+29"，应当为"35+21"。

次毫无疑问指代的是北国以色列，而其中只有三十一次来自《列王纪》的母本，剩余的二十次均来自"历代志作者"自己的书写，另外有十八次"以色列"的指代较为复杂，可能仅仅指代北国，也可能同时纳入了南国和北国，而只有剩余的十一次"以色列"仅仅指代南国。[1] 由此可见，"历代志作者"并没有将北国排除在"以色列"之外，反而将北国纳入其"以色列"的概念之中。与此同时，威廉森指出："历代志作者"通过在其叙事中强调所罗门的统治对大卫的继承、长子继承权由吕便（Reuben）向约瑟（Joseph）再向约瑟儿子们的转移，以及希西家统治之下以色列重现宗教上的统一，来展现真正的"以色列"并不排斥北国，所有以色列子民只要愿意回归，都会受到欢迎，以此试图纠正为了避免与北国人同化而试图让耶路撒冷社区自我封闭的行为。[2] 因此，"历代志作者"一方面认为北国人不再纯正，另一方面却视北国为"以色列"的一部分，并且期待北国遗民在宗教上的洁净与回归。事实上，这种看似矛盾的态度源于"历代志作者"对于分裂时期北国的态度。"历代志作者"与《希伯来圣经》其他部分的作者一样，认为北国陷在罪中，他们犯下的罪最终导致了他们的毁灭，但"历代志作者"确实区分了北国人和外邦人，北国的罪并没有剥夺他们"以色列"的身份。[3]

综上所述，《列王纪》注重对诸王进行宗教上的评价，是一个对历史进行神学评价的著作，以此解释流放时期犹太人面对的悲惨国难为何发生；与之形成对比的是，《历代志》已经不以解释国难为何发生为首要出发点，而是从回归后的现实角度出发，通过更新古老的传统，在对民族历史的叙述中表达自身的神学观点，同时提升南国犹大的地位，并且贬低北国以色列的地位。值得注意的是，从民族观念来看，《列王纪》虽然总体上略微倾向于南国，但

---

[1] 参见 Williamson, *Israel*, 102–110; North, review, 582。

[2] 详见 Williamson, *Israel*, 139–140。

[3] 详见 Japhet, *Ideology*, 253–254。

是并没有否定北国作为以色列民族的一部分，毕竟其首要目标是通过神学评价解释上帝为何没有拯救以色列民；而《历代志》虽然将南国作为以色列民族的代表，认为北国不再纯正，但是同样视北国为"以色列"的一部分，并且期待北国遗民在宗教上的洁净与回归。

五、总　结

作为叙述民族历史的作品，《列王纪》和《历代志》并没有简单地记录客观事实，而是在作者意识形态的作用下精心编撰的文本。因此，《列王纪》和《历代志》对于民族历史的叙述能够反映出"申典学派"和"历代志作者"的神学和民族观念。与此同时，"历代志作者"在《历代志》中创作了从《创世记》至《列王纪》的平行叙事，不仅大量使用上述书卷作为史料来源，而且文本在许多情况下甚至逐字对应，但是《历代志》的叙事依旧与《列王纪》存在一定的差异。在这其中，值得注意的是历代志史与申命历史之间的差别，以及其中所体现的后流放群体的特殊神学关怀，甚至十分细微的差别也许都暗示了作者对于古老故事的观点。可见，《列王纪》和《历代志》对于同一事件的叙述的区别是研究"申典学派"和"历代志作者"不同意识形态的重要切入口。因此，本文采用对读的研究方法分析《列王纪》和《历代志》对于南北国分裂开端的不同历史书写，以此展现"申典学派"和"历代志作者"的神学和民族观念。

语言层面的分析一方面是文本深入对读不可缺少的一部分，另一方面也是成书时间的断代辅证，并且可以根据断代结果所对应的历史背景，分析"申典学派"和"历代志作者"对于南北国分裂开端的历史书写的核心差异及其缘由。从语言层面的对读和分析，尤其是从动词"בוא"是否使用"读音之母"表示"中空"元音的倾向性，并且结合第一部分学者们从历史材料出发对《列王纪》和《历代志》成书时间的断代，可知《列王纪》基本上是流放时代的产物，而《历代志》则是"后流放时期"或者更晚期的作品。以此断代的结论为基础，通过与之对应的时代背景，可以分析两者对于南北国分裂开端的历史书写的核心差异及其缘由。"申典学派"根本无法接受悲惨的国难，想要解释上帝为何不再拯救以色列民，最终将"巴比伦之囚"解释为神公义的审判，因此《列王纪》注重对诸王进行宗教上的评价，是一个对历史进行神学评价的著作，以此解释流放时期犹太人面对的悲惨国难为何发生；而"历代志作者"是后流放群体中的文士阶层，解释国难为何发生已经不再是叙述民族历史的首要出发点，但是他们从回归后的现实角度出发，认为北国故都撒玛利亚及其周边地区的北国人已经相当程度上融入了其他民族而不再纯正，应当被视作异类，因此南国犹大的历史对他们当时的犹太民族身份更具意义。

内容层面的分析包括"罗波安王统治的繁荣""'以色列'的定义"和"示撒入侵叙事的时间顺序"三部分。事实上，从内容角度出发，对于南北国分裂开端的不同历史书写展现了上述《列王纪》和《历代志》的核心差异。"申典学派"其实是在对罗波安进行宗教评价，只是评价总体上是负面的；而"历代志作者"却有意识地提升南国犹大的地位，贬低北国以色列的地位，尽可能维护罗波安和南国的正面形象。在民族观念方面，"申典学派"认为北国和南国都属于以色列民族，只是将"以色列"这个词专门用来指称北国，而"历代志作者"虽然将南国作为以色列民族的代表，但是同样视北国为"以色列"的一部分，并且期待北国遗民在宗教上的洁净与回归，因此在将叙事的焦点转向南国的同时，认为南国犹大和北国以色列都应当被纳入"以色列"这一概念之中。

事实上，对于民族历史的叙述而言，每个时代的人们都力图创造某种"盖棺定论"的权威解读，消除其他解读，坚持某种封闭的意义，但是随着时代的变化，永远会产生全新的解释，这其中的原因是时代背景的变化导致了神学和民族观念的变化，因此人们对过去的解读不甚满意，最终导致文本的意义从宏观上看是不断开放的，而《列王纪》和《历代志》正是典型的一例。于是，一种张力在其中巧妙地形成了：每个时代都试图"盖棺定论"而消除其他解读，但是正是此种努力促成了不断开放的意义。毕竟，对于《希伯来圣经》的作者而言，上帝不是在某部正典中被敬拜，而是在不断开放的人类历史中被敬拜。① 这正是《列王纪》和《历代志》拥有不同历史书写的最终内涵。

附　录

本文所对读的是《列王纪》和《历代志》中对于"南北国分裂缘起"的叙述，具体文本是《列王纪上》12:1-24和14:21-31以及《历代志下》10:1—12:16，同时也包括其他一些有关文本。② 正如前文所述，《历代志》与"申典历史"叙述内容所涉及的历史时期是高度重合的，并且《历代志》以"申典历史"为史料来源之一，其文本在许多情况下甚至逐字对应，因此现整理出"南北国分裂缘起"对读表如下，以此展示文本对应情况、原文及中文翻译，本文中所涉及的文本对应情况都按照本表所示进行。③ 阅读本文时可参照此表，以便于理解。

---

① 关于正典的封闭与意义的开放，游斌有十分精彩的论述，详见游斌《希伯来圣经的文本、历史与思想世界》，第556—560页。
② 具体而言是《列王纪上》11:1-40和12:25—14:20，这些文本与"南北国分裂缘起"的联系以及具体的文本分析和探讨在"三、内容层面分析"中论述。
③ 本表及本文所使用的《希伯来圣经》是 Biblia Hebraica Stuttgartensia 希伯来语校勘版本（简称BHS），本表及本文中《列王纪》与《历代志》相关文本的具体对应情况基本参照 Endres, Millar, and Burns, Chronicles, 195-197, 202-205 的对照工作，本表及本文的中文翻译由笔者根据BHS原文自行直译而成，采取直译的翻译策略是力求使译文尽可能贴合希伯来语原文，同时也参考《和合本》，以增强译文的可读性。另外，表中空白部分表示无对应文本。

列 王 纪 上			历 代 志 下		
章节	原文（BHS）	中文翻译	章节	原文（BHS）	中文翻译
12:1	וילד רחבעם שכם כי שכם בא כל־יש־ ראל להמליך אתו:	罗波安往示剑去，因为所有以色列人都到了示剑，要立他作王。	10:1	וילד רחבעם שכמה כי שכם באו כל־ישראל להמליך אתו:	罗波安往示剑去，因为所有以色列人都到了示剑，要立他作王。
12:2	ויהי כשמע ירבעם בן־נבט והוא עודנו במצרים אשר ברח מפני המלך שלמה וישב ירבעם במצרים:	当尼八的儿子耶罗波安听说（这件事），他仍然在埃及，就是他从所罗门王面前逃至的地方，并且耶罗波安居住在埃及。	10:2	ויהי כשמע ירבעם בן־נבט והוא במצרים אשר ברח מפני שלמה המלך וישב ירבעם ממצרים:	当尼八的儿子耶罗波安听说（这件事），他在埃及，就是他从所罗门王面前逃至的地方，并且耶罗波安从埃及返回。
12:3	וישלחו ויקראו־לו ויבאו [ו] ירבעם וכל־קהל ישראל וידברו אל־רחבעם לאמר:	他们派人去请他来，于是耶罗波安和以色列全会众前来，并且他们对罗波安说：	10:3	וישלחו ויקראו־לו ויבא ירבעם וכל־ ישראל וידברו אל־רחבעם לאמר:	他们派人去请他来，于是耶罗波安和以色列所有人前来，并且他们对罗波安说：
12:4	אביך הקשה את־ עלנו ואתה עתה הקל מעבדת אביך הקשה ומעלו הכבד אשר־נתן עלינו ונעבדך:	"你父亲使我们负重轭，但是现在你减轻你父亲的苦工和他的重轭，这些都是他加在我们身上的，这样以后我们将侍奉你。"	10:4	אביך הקשה את־ עלנו ועתה הקל מעבדת אביך הקשה ומעלו הכבד אשר נתן עלינו ונעבדך:	"你父亲使我们负重轭，但是现在你减轻你父亲的苦工和他的重轭，这些都是他加在我们身上的，这样以后我们将侍奉你。"
12:5	ויאמר אליהם לכו עד שלשה ימים ושובו אלי וילכו העם:	罗波安对他们说："你们去三天，再回来到我这里。"于是民去了。①	10:5	ויאמר אלהם עוד שלשת ימים ושובו אלי וילך העם:	罗波安对他们说："过三天，你们再回来到我这里。"于是民去了。

① 此处表示"民"的单词העם使用了单数形式，但是与之搭配的动词וילכו却使用了第三人称阳性复数的形式。

列 王 纪 上			历 代 志 下		
章节	原文（BHS）	中文翻译	章节	原文（BHS）	中文翻译
12:6	ויועץ המלך רחבעם את־הזקנים אשר־היו עמדים את־פני שלמה אביו בהיתו חי לאמר איך אתם נועצים להשיב את־העם־הזה דבר:	当所罗门在世之时，有老年人侍立在罗波安的父亲所罗门面前，罗波安王与老年人商议说："你们建议如何回复这民？"	10:6	ויועץ המלך רחבעם את־הזקנים אשר־היו עמדים לפני שלמה אביו בהיתו חי לאמר איך אתם נועצים להשיב לעם־הזה דבר:	当所罗门在世之时，有老年人侍立在罗波安的父亲所罗门面前，罗波安王与老年人商议说："你们建议如何回复这民？"
12:7	[וידבר ו] [וידברו] אליו לאמר אם־היום תהיה־עבד לעם הזה ועבדתם ועניתם ודברת אליהם דברים טובים והיו לך עבדים כל־הימים:	老年人对他说："如果今天你将成为这民的仆人，并且你将侍奉他们，并且你将回答他们，并且你将对他们说好话，那么他们将永远作你的仆人。"	10:7	וידברו אליו לאמר אם־תהיה לטוב להעם הזה ורציתם ודברת אלהם דברים טובים והיו לך עבדים כל־הימים:	老年人对他说："如果你将善待这民，并且你将取悦他们，并且你将对他们说好话，那么他们将永远作你的仆人。"
12:8	ויעזב את־עצת הזקנים אשר יעצהו ויועץ את־הילדים אשר גדלו אתו אשר העמדים לפניו:	但是罗波安拒绝了老年人给他出的建议，并且他与同他一起长大、侍立在他面前的年轻人商议。	10:8	ויעזב את־עצת הזקנים אשר יעצהו ויועץ את־הילדים אשר גדלו אתו העמדים לפניו:	但是罗波安拒绝了老年人给他出的建议，并且他与同他一起长大、侍立在他面前的年轻人商议。
12:9	ויאמר אליהם מה אתם נועצים ונשיב דבר את־העם הזה אשר דברו אלי לאמר הקל מן־העל אשר־נתן אביך עלינו:	罗波安对他们说："你们有什么建议？我们将回复这民，他们对我说：'你减轻你父亲加在我们身上的轭。'" ①	10:9	ויאמר אלהם מה אתם נועצים ונשיב דבר את־העם הזה אשר דברו אלי לאמר הקל מן־העל אשר־נתן אביך עלינו:	罗波安对他们说："你们有什么建议？我们将回复这民，他们对我说：'你减轻你父亲加在我们身上的轭。'" ②

---

① 此处表示"这民"的词组העם הזה使用了单数形式，但是在紧跟其后的从句中，以"这民"为语义上之主语的动词דברו却使用了第三人称复数的形式。

② 同上。

续 表

章节	原文（BHS）	中文翻译	章节	原文（BHS）	中文翻译
	列 王 纪 上			**历 代 志 下**	
12:10	וידברו אליו הילדים אשר גדלו אתו לאמר כה־תאמר לעם הזה אשר דברו אליך לאמר אביך הכביד את־עלנו ואתה הקל מעלינו כה תדבר אליהם קטני עבה ממתני אבי׃	与罗波安一起长大的年轻人对他说："你要对这民如此说，就是对你说'你父亲使我们负重轭，但是你使我们轻松些'的这民，① 你要对他们如此说：'我的小拇指比我父亲的腰更粗。②	10:10	וידברו אתו הילדים אשר גדלו אתו לאמר כה־תאמר לעם אשר־דברו אליך לאמר אביך הכביד את־עלנו ואתה הקל מעלינו כה תאמר אלהם קטני עבה ממתני אבי׃	与罗波安一起长大的年轻人与他说："你要对民如此说，就是对你说'你父亲使我们负重轭，但是你使我们轻松些'的民，③ 你要对他们如此说：'我的小拇指比我父亲的腰更粗。④
12:11	ועתה אבי העמיס עליכם על כבד ואני אוסיף על־עלכם אבי יסר אתכם בשוטים ואני איסר אתכם בעקרבים׃	现在我父亲使你们负重轭，但是我将使你们负更重的轭；我父亲用鞭子惩戒你们，但是我将用蝎子惩戒你们。'"	10:11	ועתה אבי העמיס עליכם על כבד ואני אסיף על־עלכם אבי יסר אתכם בשוטים ואני בעקרבים׃	现在我父亲使你们负重轭，但是我将使你们负更重的轭；我父亲用鞭子惩戒你们，但是我将用蝎子。'"
12:12	ויבו [וֹ] ירבעם וכל־העם אל־רחב־עם ביום השלישי כאשר דבר המלך לאמר שובו אלי ביום השלישי׃	在第三天，耶罗波安和众百姓到了罗波安这里，按照王说的："你们在第三天回到我这里。"	10:12	ויבא ירבעם וכל־העם אל־רחבעם ביום השלישי כאשר דבר המלך לאמר שובו אלי ביום השלישי׃	在第三天，耶罗波安和众百姓到了罗波安这里，按照王说的："你们在第三天回到我这里。"

---

① 此处表示"对这民"的词组 לעם הזה 使用了单数形式，但是在紧跟其后的从句中，以"这民"为语义上之主语的动词 דברו 却使用了第三人称复数的形式。

② 此处单词 ממתני 去除词缀后的名词原型是 מתנים，含义为"腰"，笔者也如此翻译，但是在本句中该词也可以理解为男性生殖器的委婉语，参见 Dietrich, "1 & 2 Kings," 241.

③ 此处表示"对民"的词组 לעם 使用了单数形式，但是在紧跟其后的从句中，以"民"为语义上之主语的动词 דברו 却使用了第三人称复数的形式。

④ 同注②。

列 王 纪 上			历 代 志 下		
章节	原文（BHS）	中文翻译	章节	原文（BHS）	中文翻译
12:13	ויען המלך את־העם קשה ויעזב את־עצת הזקנים אשר יעצהו׃	王严厉地回答百姓，并且抛弃老年人给他所出的建议。	10:13	ויענם המלך קשה ויעזב המלך רחבעם את עצת הזקנים׃	王严厉地回答他们，并且罗波安王抛弃老年人的建议。
12:14	וידבר אליהם כעצת הילדים לאמר אבי הכביד את־עלכם ואני אסיף על־עלכם אבי יסר אתכם בשוטים ואני איסר אתכם בעקרבים׃	罗波安按照年轻人的建议对他们说："我父亲使你们负重轭，但是我将使你们负更重的轭；我父亲用鞭子惩戒你们，但是我将用蝎子惩戒你们。"	10:14	וידבר אלהם כעצת הילדים לאמר אכביד את־עלכם ואני אסיף עליו אבי יסר אתכם בשוטים ואני בעקרבים׃	罗波安按照年轻人的建议对他们说："我将使你们负重轭，① 而且我将使你们负更重的轭；我父亲用鞭子惩戒你们，但是我将用蝎子。"
12:15	ולא־שמע המלך אל־העם כי־היתה סבה מעם יהוה למען הקים את־דברו אשר דבר יהוה ביד אחיה השילני אל־ירבעם בן־נבט׃	王没有听从百姓，因为事情的转折是出自耶和华，为了应验他的话，就是耶和华通过示罗人亚希雅的手对尼八的儿子耶罗波安说的话。	10:15	ולא־שמע המלך אל־העם כי־היתה נסבה מעם האלהים למען הקים יהוה את־דברו אשר דבר ביד אחיהו השלוני אל־ירבעם בן־נבט׃	王没有听从百姓，因为事情的转折是出自神，耶和华为了应验他的话，就是通过示罗人亚希雅的手对尼八的儿子耶罗波安（和所有以色列人）②说的话。

① 此处有些抄本存在异文，"אכביד"读作"אבי הכביד"，即"我父亲使你们负重轭"。

② 此处可以有两种翻译选择：其一是认为《历代志下》10:16 开头的"וכל־ישראל"紧跟着 10:15 末尾，为上一句句子的末尾，同时后一句句子开始于其后的"כי"，并且将其解释为"由于"；其二是认为《历代志下》10:16 省略或缺失了动词"וירא"，故此处的翻译应当与《列王纪上》12:16 一致，为"所有以色列人看到王没有听从他们"。笔者采取第一种翻译选择，故将《历代志下》10:16 开头的"וכל־ישראל"的翻译置于 10:15 的译文之中，以使整句句子内容完整，并且用括号加以表示，10:16 的译文自其后的"כי"开始。

续 表

列 王 纪 上			历 代 志 下		
章节	原文（BHS）	中文翻译	章节	原文（BHS）	中文翻译
12:16	וירא כל־ישראל כי לא־שמע המלך אליהם וישבו העם את־המלך דבר לאמר מה־לנו חלק בדוד ולא־נחלה בבן־ישי לאהליך ישראל עתה ראה ביתך דוד וילך ישראל לאהליו:	所有以色列人看到王没有听从他们，于是民回答王说：①"我们在大卫中有什么份儿呢？在耶西的儿子中没有产业。以色列人啊，现在到你各自的帐篷去吧！大卫家啊，你各自看顾你的房子吧！"于是以色列人去往他各自的帐篷了。	10:16	וכל־ישראל כי לא־שמע המלך להם וישבו העם את־המלך לאמר מה־לנו חלק בדויד ולא־נחלה בבן־ישי איש לאהליך ישראל עתה ראה ביתך דויד וילך כל־ישראל לאהליו:	由于王没有听从他们，于是民回答王说：②"我们在大卫中有什么份儿呢？在耶西的儿子中没有产业。以色列人啊，现在到你各自的帐篷去吧！大卫家啊，你各自看顾你的房子吧！"于是所有以色列人去往他各自的帐篷了。
12:17	ובני ישראל הישבים בערי יהודה וימלך עליהם רחבעם:	而居住在犹大城邑中的以色列人，罗波安仍作他们的王。	10:17	ובני ישראל הישבים בערי יהודה וימלך עליהם רחבעם:	而居住在犹大城邑中的以色列人，罗波安仍作他们的王。
12:18	וישלח המלך רחבעם את־אדרם אשר על־המס וירגמו כל־ישראל בו אבן וימת והמלך רחבעם התאמץ לעלות במרכבה לנוס ירושלם:	罗波安王派遣掌管服苦之人的亚多兰，但是所有以色列人用石头打死他，于是他死了，然而罗波安急忙登上马车，以逃至耶路撒冷。	10:18	וישלח המלך רחבעם את־הדרם אשר על־המס וירגמו־בו בני־ישר־אל אבן וימת והמלך רחבעם התאמץ לעלות במרכבה לנוס ירושלם:	罗波安王派遣掌管服苦之人的哈多兰，但是以色列人用石头打死他，于是他死了，然而罗波安急忙登上马车，以逃至耶路撒冷。

① 此处表示"民"的单词העם使用了单数形式，但是与之搭配的动词וישבו却使用了第三人称阳性复数的形式。

② 同上。

续　表

列王纪上			历代志下		
章节	原文（BHS）	中文翻译	章节	原文（BHS）	中文翻译
12:19	ויפשעו ישראל בבית דוד עד היום הזה:	于是以色列人反叛大卫家，直至今日。	10:19	ויפשעו ישראל בבית דויד עד היום הזה:	于是以色列人反叛大卫家，直至今日。
12:20	ויהי כשמע כל־יש־ראל כי־שב ירבעם וישלחו ויקראו אתו אל־העדה וימליכו אתו על־כל־ישׂראל לא היה אחרי בית־דוד זולתי שבט־יהודה לבדו:	当所有以色列人听见耶罗波安回来了，他们派人去请他到会众那里，并且他们立他作所有以色列人的王，以色列人不追随大卫家，除了犹大支派是属于大卫家的部分。			
12:21	[ו] ויבאו [יבא] רחבעם ירושלם ויקהל את־כל־בית יהודה ואת־שבט בנימן מאה ושמנים אלף בחור עשה מלחמה להלחם עם־בית ישראל להשיב את־המלוכה לרחבעם בן־שלמה:	罗波安来到耶路撒冷，并且他集合犹大全家和便雅悯支派十八万战士，以与以色列家争战，要把王位还给所罗门的儿子罗波安。	11:1	ויבא רחבעם ירושלם ויקהל את־בית יהודה ובנימן מאה ושמונים אלף בחור עשה מלחמה להלחם עם־ישראל להשיב את־הממלכה לרחבעם:	罗波安来到耶路撒冷，并且他集合犹大家和便雅悯家十八万战士，以与以色列人争战，要把王位还给罗波安。
12:22	ויהי דבר האלהים אל־שמעיה איש־האלהים לאמר:	但是神的话临到神人示玛雅说：	11:2	ויהי דבר־יהוה אל־שמעיהו איש־האלהים לאמר:	但是耶和华的话临到神人示玛雅说：
12:23	אמר אל־רחבעם בן־שלמה מלך יהודה ואל־כל־בית יהודה ובנימין ויתר העם לאמר:	"你对所罗门的儿子犹大王罗波安、犹大和便雅悯全家和其余的民说：	11:3	אמר אל־רחבעם בן־שלמה מלך יהודה ואל כל־יש־ראל ביהודה ובנימן לאמר:	"你对所罗门的儿子犹大王罗波安以及在犹大和便雅悯的所有以色列人说：

续　表

列 王 纪 上			历 代 志 下		
章节	原文（BHS）	中文翻译	章节	原文（BHS）	中文翻译
12:24	כה אמר יהוה לא־תעלו ולא־תלחמון עם־אחיכם בני־ישׂראל שובו איש לביתו כי מאתי נהיה הדבר הזה וישמעו את־דבר יהוה וישבו ללכת כדבר יהוה׃	'耶和华如此说：你们不能上去与你们的兄弟以色列人争战，你们各自回到他各自的家，因为这事出自我。'"众人听从耶和华的话，并且他们按照耶和华的话返回去了。	11:4	כה אמר יהוה לא־תעלו ולא־תל־חמו עם־אחיכם שובו איש לביתו כי מאתי נהיה הדבר הזה וישמעו את־דברי יהוה וישבו מלכת אל־ירבעם׃	'耶和华如此说：你们不能上去与你们的兄弟争战，你们各自回到他各自的家，因为这事出自我。'"众人听从耶和华的话，并且他们返回，不去往耶罗波安（与他争战）。
			11:5	וישב רחבעם בירושלם ויבן ערים למצור ביהודה׃	罗波安居住在耶路撒冷，并且他在犹大建造城邑用于防守。
			11:6	ויבן את־בית־לחם ואת־עיטם ואת־תקוע׃	他建造了伯利恒、以坦、提哥亚、
			11:7	ואת־בית־צור ואת־שוכו ואת־עדלם׃	伯夙、梭哥、亚杜兰、
			11:8	ואת־גת ואת־מרשה ואת־זיף׃	迦特、玛利沙、西弗、
			11:9	ואת־אדורים ואת־לכיש ואת־עזקה׃	亚多莱音、拉吉、亚西加、
			11:10	ואת־צרעה ואת־אילון ואת־חברון אשר ביהודה ובבנימן ערי מצרות׃	琐拉、亚雅仑、希伯仑，这些都是在犹大和便雅悯的设防城邑。

续　表

列王纪上			历代志下		
章节	原文（BHS）	中文翻译	章节	原文（BHS）	中文翻译
			11:11	ויחזק את־המצרות ויתן בהם נגידים ואצרות מאכל ושמן ויין:	他又加强了堡垒，并且他在其中安置军长以及食物、油和酒的储备。
			11:12	ובכל־עיר ועיר צנות ורמחים ויחזקם להרבה מאד ויהי־לו יהודה ובנימן:	在每个城里都有盾牌和枪，并且他使城极其坚固，犹大和便雅悯是属于他的了。
			11:13	והכהנים והלוים אשר בכל־ישראל התיצבו עליו מכל־גבולם:	在以色列全地的祭司和利未人从他们的各地来站在他的一边。
			11:14	כי־עזבו הלוים את־מגרשיהם ואחזתם וילכו ליהודה ולירושלם כי־הזניחם ירבעם ובניו מכהן ליהוה:	利未人撒下他们的郊野和产业，并且他们来到犹大和耶路撒冷，因为耶罗波安和他的儿子拒绝他们，不许他们作为耶和华的祭司。
			11:15	ויעמד־לו כהנים לבמות ולשעירים ולעגלים אשר עשה:	耶罗波安为他自己给丘坛、公山羊神和他造的牛犊设立了祭司。
			11:16	ואחריהם מכל שבטי ישראל הנתנים את־לבבם לבקש את־יהוה אלהי ישראל באו ירושלם לזבוח ליהוה אלהי אבותיהם:	以色列各支派中立定他们的心意寻求耶和华以色列的神的人，跟随利未人，来到耶路撒冷献祭给耶和华他们列祖的神。

列 王 纪 上			历 代 志 下		
章节	原文（BHS）	中文翻译	章节	原文（BHS）	中文翻译
			11:17	ויחזקו את־מלכות יהודה ויאמצו את־ רחבעם בן־שלמה לשנים שלוש כי הלכו בדרך דויד ושלמה לשנים שלוש:	他们加强了犹大国，并且他们使所罗门的儿子罗波安强盛三年，因为他们三年遵行大卫和所罗门的道。
			11:18	ויקח־לו רחבעם אשה את־מחלת בן־ [בת] ־ירימות בן־דויד אביהיל בת־אליאב בן־ישי:	罗波安为他自己娶了大卫儿子耶利摩的女儿玛哈拉（和）耶西儿子以利押的女儿亚比孩为妻。
			11:19	ותלד לו בנים את־ יעוש ואת־שמריה ואת־זהם:	她为罗波安生了儿子，就是耶乌施、示玛利雅和撒罕。
			11:20	ואחריה לקח את־מעכה בת־אב־ שלום ותלד לו את־אביה ואת־עתי ואת־זיזא ואת־של־ מית:	在她之后，罗波安娶了押沙龙的女儿玛迦，并且她为罗波安生了亚比雅、亚太、细撒和示罗密。
			11:21	ויאהב רחבעם את־מעכה בת־אב־ שלום מכל־נשיו ופילגשיו כי נשים שמונה־עשרה נשא ופילגשים ששים ויולד עשרים ושמונה בנים וששים בנות:	罗波安爱押沙龙的女儿玛迦胜过其他所有他的妻妾；他娶了十八个妻，立了六十个妾，并且他生了二十八个儿子和六十个女儿。

列 王 纪 上			历 代 志 下		
章节	原文（BHS）	中文翻译	章节	原文（BHS）	中文翻译
			11:22	ויעמד לראש רחבעם את־אביה בן־מעכה לנגיד באחיו כי להמליכו:	罗波安立玛迦的儿子亚比雅为长，在他兄弟中为首，因为要立他作王。
			11:23	ויבן ויפרץ מכל־בניו לכל־ארצות יהודה ובנימן לכל ערי המצרות ויתן להם המזון לרב וישאל המון נשים:	罗波安办事精明，使他所有儿子分散在犹大和便雅悯全地，在所有设防城邑里，并且罗波安给他们许多粮食，又（为他们）找寻许多妻子。
			12:1	ויהי כהכין מלכות רחבעם וכחזקתו עזב את־תורת יהוה וכל־ישראל עמו:	当罗波安的国坚立并且当他强盛之时，他离弃耶和华的律法，并且所有以色列人跟从他。
14:21	ורחבעם בן־שלמה מלך ביהודה בן־ארבעים ואחת שנה רחבעם במלכו ושבע עשרה שנה מלך בירושלם העיר אשר־בחר יהוה לשום את־שמו שם מכל שבטי ישראל ושם אמו נעמה העמנית:	所罗门的儿子罗波安在犹大作王，当他作王时，罗波安四十一岁，并且他作王十七年，在耶路撒冷，就是耶和华从以色列众支派中选定在那里立他名的城，罗波安母亲的名字是亚扪人拿玛。	[12:13] ①	ויתחזק המלך רחבעם בירושלם וימלך כי בן־ארבעים ואחת שנה רחבעם במלכו ושבע עשרה שנה מלך בירושלם העיר אשר־בחר יהוה לשום את־שמו שם מכל שבטי ישראל ושם אמו נעמה העמ־נית:	罗波安王在耶路撒冷强大自己并且作王，当他作王时，罗波安四十一岁，并且他作王十七年，在耶路撒冷，就是耶和华从以色列众支派中选定在那里立他名的城，罗波安母亲的名字是亚扪人拿玛。

① 方括号指：按照正常顺序，该节不应该出现在此处，但是按照顺序与之对应的文本却排列在此行，因此在排列时进行顺序的调整，并且用方括号加以表示，下同。

续　表

列 王 纪 上			历 代 志 下		
章节	原文（BHS）	中文翻译	章节	原文（BHS）	中文翻译
14:22	ויעש יהודה הרע בעיני יהוה ויקנאו אתו מכל אשר עשו אבתם בחטאתם אשר חטאו:	犹大人行在耶和华眼中的恶事，他们所犯的罪激起耶和华的忿恨，胜过他们祖先所做的一切。	[12:14]	ויעש הרע כי לא הכין לבו לדרוש את-יהוה:	罗波安行恶事，因为他没有坚定他的心寻求耶和华。
14:23	ויבנו גם-המה להם במות ומצבות ואשרים על כל-גבעה גבהה ותחת כל-עץ רענן:	并且他们还为自己在所有高冈上和所有青翠树下建造丘坛、柱像和阿舍拉神像。			
14:24	וגם-קדש היה בארץ עשו ככל התועבת הגוים אשר הוריש יהוה מפני בני ישראל:	在土地上也有庙妓，他们按照外邦人的所有可憎恶之事行事，就是耶和华在以色列人面前所赶出的外邦人。			
14:25	ויהי בשנה החמי-שית למלך רחבעם עלה שושק [שישק] מלך-מצרים על-ירושלם:	在罗波安王第五年，埃及王示撒上来攻打耶路撒冷。	12:2	ויהי בשנה החמישית למלך רחבעם עלה שישק מלך-מצרים על-ירושלם כי מעלו ביהוה:	在罗波安王第五年，埃及王示撒上来攻打耶路撒冷，因为他们背叛了耶和华。
			12:3	באלף ומאתים רכב ובששים אלף פרשים ואין מספר לעם אשר-באו עמו ממצרים לובים סכיים וכושים:	（示撒）带战车一千二百辆、马兵六万，并且跟从他出埃及的民多得不可胜数，有路比人、苏基人和古实人。

列 王 纪 上			历 代 志 下		
章节	原文（BHS）	中文翻译	章节	原文（BHS）	中文翻译
			12:4	וילכד את־ערי המצרות אשר ליהודה ויבא עד־ירושלם:	他攻取了属于犹大的设防城邑，并且他远至耶路撒冷。
			12:5	ושמעיה הנביא בא אל־רחבעם ושרי יהודה אשר־נאספו אל־ירושלם מפני שישק ויאמר להם כה־אמר יהוה אתם עזבתם אתי ואף־אני עזבתי אתכם ביד־שישק:	先知示玛雅来到罗波安和犹大的首领那里，他们因为示撒而聚集在耶路撒冷，示玛雅对他们说："耶和华如此说：'你们离弃了我，所以我把你们离弃在示撒手里。'"
			12:6	ויכנעו שרי־ישראל והמלך ויאמרו צדיק יהוה:	于是，以色列的首领和王谦卑下来，并且他们说："耶和华是公义的！"
			12:7	ובראות יהוה כי נכנעו היה דבר־יהוה אל־שמעיה לאמר נכנעו לא אשחיתם ונתתי להם כמעט לפליטה ולא־תתך חמתי בירושלם ביד־שישק:	当耶和华见他们谦卑下来，耶和华的话临到示玛雅说："他们谦卑下来，我不会灭绝他们，并且我会给他们一点拯救，我不会通过示撒的手将我的怒气倾倒在耶路撒冷。

续 表

列 王 纪 上			历 代 志 下		
章节	原文（BHS）	中文翻译	章节	原文（BHS）	中文翻译
			12:8	כי יהיו־לו לעבדים וידעו עבודתי ועבודת ממלכות הארצות:	然而他们将成为示撒的仆人，并且他们将知道侍奉我和侍奉他国列邦（的区别）。"
14:25	ויהי בשנה החמי־שית למלך רחבעם עלה שושק [שישק] מלך־מצרים על־ירושלם:	在罗波安王第五年，埃及王示撒上来攻打耶路撒冷。		ויעל שישק מלך־מצרים על־ירושלם ויקח את־אצרות בית־יהוה ואת־אצרות בית־המלך את־הכל לקח ויקח את־מגני הזהב אשר עשה שלמה:	埃及王示撒上来攻打耶路撒冷，并且他夺走了耶和华殿的宝物和王宫的宝物，他夺走了一切，并且他夺走了所罗门制造的金盾牌。
14:26	ויקח את־אצרות בית־יהוה ואת־אוצ־רות בית המלך ואת־הכל לקח ויקח את־כל־מגני הזהב אשר עשה שלמה:	并且他夺走了耶和华殿的宝物和王宫的宝物，他夺走了一切，并且他夺走了所罗门制造的所有金盾牌。	12:9		
14:27	ויעש המלך רחבעם תחתם מגני נחשת והפקיד על־יד שרי הרצים השמרים פתח בית המלך:	于是罗波安王制造青铜盾牌代替金盾牌，并且他交托到看守王宫门的护卫长的手上。	12:10	ויעש המלך רחבעם תחתיהם מגני נחשת והפקיד על־יד שרי הרצים השמרים פתח בית המלך:	于是罗波安王制造青铜盾牌代替金盾牌，并且他交托到看守王宫门的护卫长的手上。
14:28	ויהי מדי־בא המלך בית יהוה ישאום הרצים והשיבום אל־תא הרצים:	每当王进入耶和华的殿，护卫兵会举起它们，并且会将它们放回护卫兵的房间。	12:11	ויהי מדי־בוא המלך בית יהוה באו הרצים ונשאום והשבום אל־תא הרצים:	每当王进入耶和华的殿，护卫兵会前来举起它们，并且会将它们放回护卫兵的房间。

续　表

列王纪上			历代志下		
章节	原文（BHS）	中文翻译	章节	原文（BHS）	中文翻译
			12:12	ובהכנעו שב ממנו אף־יהוה ולא להשחית לכלה וגם ביהודה היה דברים טובים:	由于他谦卑下来，耶和华的怒气从他身上转消了，不彻底灭尽，并且在犹大也有好事。
[14:21]	ורחבעם בן־שלמה מלך ביהודה בן־ ארבעים ואחת שנה רחבעם במלכו ושבע עשרה שנה מלך בירושלם העיר אשר־בחר יהוה לשום את־שמו שם מכל שבטי ישראל ושם אמו נעמה העמנית:	所罗门的儿子罗波安在犹大作王，当他作王时，罗波安四十一岁，并且他作王十七年，在耶路撒冷，就是耶和华从以色列众支派中选定在那里立他名的城，罗波安母亲的名字是亚扪人拿玛。	12:13	ויתחזק המלך רחבעם בירושלם וימלך כי בן־ארב־ עים ואחת שנה רחבעם במלכו ושבע עשרה שנה מלך בירושלם העיר אשר־בחר יהוה לשום את־שמו שם מכל שבטי ישראל ושם אמו נעמה העמ־ נית:	罗波安王在耶路撒冷强大自己并且作王，当他作王时，罗波安四十一岁，并且他作王十七年，在耶路撒冷，就是耶和华从以色列众支派中选定在那里立他名的城，罗波安母亲的名字是亚扪人拿玛。
[14:22]	ויעש יהודה הרע בעיני יהוה ויקנאו אתו מכל אשר עשו אבתם בחטאתם אשר חטאו:	犹大人行在耶和华眼中的恶事，他们所犯的罪激起耶和华的忿恨，胜过他们祖先所做的一切。	12:14	ויעש הרע כי לא הכין לבו לדרוש את־יהוה:	罗波安行恶事，因为他没有坚定他的心寻求耶和华。
14:29	ויתר דברי רחבעם וכל־אשר עשה הלא־המה כתובים על־ספר דברי הימים למלכי יהודה:	罗波安其余的事，以及他做的所有事，它们不都被写在犹大列王年代志上吗？			

列王纪上			历代志下		
章节	原文（BHS）	中文翻译	章节	原文（BHS）	中文翻译
14:30	ומלחמה היתה בין־רחבעם ובין ירבעם כל־הימים:	罗波安与耶罗波安之间不断有战争。	12:15	ודברי רחבעם הראשנים והאחרונים הלא־הם כתובים בדברי שמעיה הנביא ועדו החזה להתיחש ומלחמות רחבעם וירבעם כל־הימים:	罗波安的事，自始至终，它们不都被写在先知示玛雅和先见易多的史记上以记载家谱吗？罗波安与耶罗波安之间不断有战争。
14:31	וישכב רחבעם עם־אבתיו ויקבר עם־אבתיו בעיר דוד ושם אמו נעמה העמנית וימלך אבים בנו תחתיו:	罗波安与他的祖先同睡，并且与他的祖先同葬在大卫之城，他母亲的名字是亚扪人拿玛，并且他儿子亚比央接续他作王。	12:16	וישכב רחבעם עם־אבתיו ויקבר בעיר דויד וימלך אביה בנו תחתיו:	罗波安与他列祖同睡，并且葬在大卫之城，他儿子亚比雅接续他作王。

关于《以斯帖记》3:9中金钱交易性质的探讨

胡雅婷

（复旦大学哲学学院）

　　《以斯帖记》属于《希伯来圣经》的第三部分"圣卷"（כתובים，Ketuvim），记载了犹太人在以斯帖（Esther）王后的带领下，击败波斯帝国亚哈随鲁王（Ahasuerus）的大臣哈曼（Haman）的阴谋，使民族免遭屠杀厄运的故事。由于没有直接的典外文献能够证明这一故事的真实性，因此关于《以斯帖记》应该作为历史纪实还是文学小说来阅读，历来有很多争议。[①] 本文将悬置历史真实性这一问题，仅从《以斯帖记》的文本出发对其中的叙事进行分析，以金钱为线索串联起哈曼、亚哈随鲁、末底改（Mordecai）和以斯帖四位主人公的形象，并尝试将"贿赂"这一故事情节置于古代西亚的历史背景之中。

　　《以斯帖记》3:9中哈曼向国王亚哈随鲁提议灭绝犹太人的一幕不禁让人联想到大臣米母干（Memucan）在1:19-20中关于废除王后瓦实提（Vashti）的谏言，两者在语言形式和表达思路上均有相似之处：

---

① 虽然《以斯帖记》中的许多细节与波斯帝国及其习俗相符，但摩尔（Moore）、帕顿（Paton）、布什（Bush）、琼斯（Jones）以及托马西诺（Tomasino）等大部分学者仍将《以斯帖记》的文学体裁定义为小说而非历史书，并认为其包含了圣经时代较为流行的"宫廷""女性英雄"等文学母题，参见J.H. Walton, *Zondervan Illustrated Bible Backgrounds Commentary: Esther*, Grand Rapids: Zondervan, 2009, 186-188; L. Llewellyn-Jones, *Ancient Persia and the Book of Esther: Achaemenid Court Culture in the Hebrew Bible*, London: I.B. Tauris, 2023, 4-5。

《以斯帖记》1:19-20	《以斯帖记》3:9
אם־על־המלך טוב יצא דבר־מלכות מלפניו **ויכתב** בדתי פרס־ומדי ולא יעבור אשר לא־תבוא ושתי לפני המלך אחשורוש ומלכותה יתן המלך לרעותה הטובה ממנה׃ ונשמע פתגם המלך אשר־יעשה בכל־מלכותו כי רבה היא וכל־הנשים יתנו יקר לבעליהן למגדול ועד־קטן׃	אם־על־המלך טוב **יכתב** לאבדם ועשרת אלפים ככר־כסף אשקול על־ידי עשי המלאכה להביא אל־גנזי המלך׃
王若以为美，就**降旨**写在波斯和玛代人的例中，永不更改，不准瓦实提再到王面前，将她王后的位份赐给比她还好的人。所降的旨意传遍通国（国度本来广大），所有的妇人，无论丈夫贵贱都必尊敬他。	王若以为美，请**降旨**灭绝他们；我就捐1万他连得银子交给掌管国帑的人，纳入王的府库。

两段开始都以אם־על־המלה טוב（"王若以为美"）的句式征求国王的同意，同时用字根כתב的被动字干יכתב省略"降旨"的主体国王，避免主动语态下造成指挥甚至命令国王下旨的误读，再辅以祈愿式彰显对国王的尊敬，尽显谏臣的谦卑态度。

对比两段的行文思路：谏言前，米母干将降旨的直接原因与国王的利益挂钩，强调瓦实提的拒绝有害于国王以及所有臣民（《以斯帖记》1:16）。谏言中，米母干以谦卑的语气和态度明确提出旨意的主要内容，即废除王后。谏言后，米母干阐述该建议对国王和臣民的好处，废后能够洗刷瓦实提对国王的侮辱，也能整肃全国妇女风气以造福臣民，这样米母干建议的结果与原因相接，成为一条完整且有力的逻辑论证链。

与之相比，哈曼的论证链似乎是不完整的，他在开始也诉诸国王的利益，提出容留犹太人对国王"无益"（אין שוה，《以斯帖记》3:8），但是哈曼似乎并没有阐释灭族建议的直接后果，而是向国王承诺提供一笔银子，这在哈曼看来似乎是解决"无益"的一种方式。那么作为建议中的一环，我们应该如何理解哈曼、1万他连得（ככר，

talent）白银^①与屠杀犹太人之间的关系呢？

一、钱作为贪婪的诱因

在希伯来文本中，哈曼使用םא条件句提出屠杀犹太人的主张后，用ו（连词，并且、和）连接提供1万他连得白银的承诺，因此大多数学者将屠杀和交钱视为一种条件关系，即如果国王同意下达灭绝犹太人的旨意，那么哈曼将支付一定数额的白银。这种理解表明，哈曼在与国王谈论一笔权钱交易，金钱在其中成为收买国王权力的诱因，同时成为哈曼达成报仇目的的重要手段。^②

哈曼特意将"1万他连得白银"（עשרת אלפים ככר־כסף）作为前置短语放在句首以表强调，^③似乎表明这笔钱对于国王来说有足够的诱惑力。ככר在此处指金属的一种重量单位，希腊文翻译为

---

① 据学者研究，最早的金属铸币出现在小亚细亚的吕底亚（Lydia）。这些早期的吕底亚"硬币"只是简单地将金属切成标准重量的小块，并盖上官方标记以保证其价值，后来这种系统逐渐流传开来。《希伯来圣经》中唯一一次出现铸币应该是在《以斯拉记》2:69，其中提到了古波斯的达利克（Daric）金币。在大流散（Exile）之前，以色列地区商品交换的方式仍旧是以物易物，当时使用的是简单的天平秤，用一定重量（通常是舍克勒，שקל，shekel）的石头来称量交易中涉及的金银重量，而价值就由称量出的贵金属重量决定。犹太人是在被掳期间首次了解到巴比伦人和波斯人的钱币，并在返回巴勒斯坦时随身携带了这些钱币。因此，他连得（ככר，talent）在这里是犹太人用以度量金钱重量的单位，而非铸币。有关圣经货币学的内容，参见 M. Wacks, *The Handbook of Biblical Numismatics*, Woodland Hills: Mel Wacks, 2021, 8–9. J.D. Douglas, M.C. Tenney, *Zondervan Illustrated Bible Dictionary*, Grand Rapids: Zondervan, 2011, 3053–3056, 4792–4793。

② 关于金钱作为诱因的观点，参 G.J. Wenham, J.A. Motyer, D.A. Carson, R.T. France, eds., *New Bible Commentary, 21st Century Edition*, Downers Grove: InterVarsity Press, 1994, 448. 其中提到经济利益是对国王的进一步刺激。A. Berlin, *The JPS Bible Commentary: Esther*, Philadelphia: Jewish Publication Society, 2001, 42. 其中提到，为王室国库充入白银是哈曼向国王提供的一个诱因，仿佛他之前的逻辑，即3:8中对犹太人的控诉不足以说服国王将其消灭。

③ C.A. Moore, *The Anchor Yale Bible Commentaries: Esther*, New Haven: Yale University Press, 1995, 40。

ταλαντον，和合本音译为中文"他连得"。^① 据学者研究，大流士一世（Darius I，公元前522—前486年在位）改革后，阿契美尼德帝国（Achaemenid Empire）使用的巴比伦标准他连得的重量是30.240公斤或66.67磅，^② 那么哈曼承诺的1万他连得则大约是302吨，这在21世纪的今天看来仍旧是极富冲击力的一笔财富。许多学者曾经尝试以其所处时代的货币换算这些白银的价值，例如帕顿（Paton）认为这些白银值360万英镑或1800万美元，^③ 维尔德博尔（Wildboer）则认为其价值7500万德国马克。^④ 这些数字可能对于同时代的读者来说十分有冲击力，进而使其意识到这笔交易的疯狂与荒诞。不过正如克莱因斯（Clines）所指出的，这笔钱只有放入当时的历史语境中，与当时的收入和支出以及货币的购买力进行横向比较，才能展现其真正的价值。^⑤

《尼希米记》7:70-72记载了返回耶路撒冷的犹太人为重建圣殿筹集的捐款：

> 7:70　有些族长为工程捐助。省长捐入库中的金子1000达

---

① כּכּר在《希伯来圣经》中共出现六十九次，有三种翻译：1. 指圆形区域，平原，多用于指约旦河平原，希腊语译为περιχωρον（周围区域，《创世记》13:10），περιοικον（邻近处，《创世记》19:25），Κεχαρ（希伯来文音译，《撒母耳记上》12:30）以及Αχεχαρ（希伯来文音译，《尼希米记》3:22）。2. 指圆形的，与面包连用，即כּכּר-לחם，例如《出埃及记》29:23，希腊语大多直接翻译为一个面包αρτον ενα。3. 指重量单位，他连得，希腊语译为ταλαντον，多与金银连用（כּכּר-כּסף或כּכּר-זהב），例如《出埃及记》25:39，也与铁或铜连用，例如《历代志上》29:7以及《出埃及记》38:29。

② F.W. Bush, *Word Biblical Commentary: Ruth & Esther*, vol. 9, Dallas: Word Books, 1996, 382. 根据F. Brown, S.R. Driver, and C. Briggs, *Brown-Driver-Briggs Hebrew and English Lexicon*, Boston and New York: Houghton Mifflin Company, 1907，巴比伦标准他连得为58.944公斤（129.97磅），之后为49.11公斤（108.29磅）或更少。

③ R. Jamieson, A.R. Fausset, and D. Brown, *Jamieson-Fausset-Brown Bible Commentary*, Grand Rapids: Zondervan, 1999, 205. 按巴比伦标准他连得计算大约是1000万美元，按犹太标准他连得估计将大大超过1500万美元。

④ Moore, *The Anchor Yale Bible Commentaries: Esther*, 40.

⑤ D.J. A. Clines, *Ezra, Nehemiah, Esther: Based on the Revised Standard Version*, Grand Rapids: Eerdmans, 1984, 296.

利克、碗50个、祭司的礼服530件。

  7:71 又有族长捐入工程库的金子20 000达利克、银子2 200弥拿。

  7:72 其余百姓所捐的金子20 000达利克、银子2 000弥拿、祭司的礼服67件。

以上捐款共计41 000达利克（דרכמון，drachma）黄金和4 200弥拿（מנה，mina）白银，全部捐款换算成他连得大约是80他连得黄金以及42他连得白银。[①] 对于当时贫穷的俘虏来说这已然是一笔不小的数目，但是与哈曼的大手笔相比就显得微不足道了。

  与之相似，《以斯拉记》8:26记载了王、谋士、军长和以色列众人为神殿所进献的金银和器皿：

  8:25 将王和谋士、军长、并在那里的以色列众人，为我们神殿所献的金银和器皿都秤了交给他们。

  8:26 我秤了交在他们手中的银子，有650他连得；银器重100他连得；金子100他连得；

  8:27 金碗20个，重1 000达利克；上等光铜的器皿2个，宝贵如金。

以上进献共计852他连得，因此1万他连得大约相当于11个类似神殿中贵重物品重量的总和。

  希罗多德（Herodotus）在《历史》3.89-95中记录了波斯帝国20个太守领地一年的进贡，其中大多数太守每年支付贡税200至700巴比伦标准他连得白银，整个帝国每年贡税总额大约为10 920巴比伦

---

① 1他连得=500达利克=100弥拿，参 P. Cassel, *Explanatory Commentary on Esther with Four Appendices Consisting of the Second Targum Translated from the Aramaic with Notes: Mithra: The Winged Bulls of Persepolis: And Zoroaster*, trans. by William Urwick, Edinburgh: T. & T. Clark, 1888, 115.

他连得白银：[①]

> 这样看来，如果把巴比伦塔兰特（Babylonian talent）换算为埃乌波亚塔兰特（Euboic talent）的话，则以上的白银就应当是9 880塔兰特的白银了；如果以金作为银的13倍来计算的话，则砂金就等于4 680埃乌波亚塔兰特。因此可以看到，如果全部加到一起的话，大流士每年便收到14 560埃乌波亚塔兰特的贡税了。而且10以下的数目我是略去了的。

由此可见，哈曼提供的数字几乎等于整个波斯帝国一年的贡税总额。[②]

上述历史材料表明，哈曼承诺的白银价值即使是对于享有至高荣耀的一国君主来说也是十分有吸引力的。如果说哈曼在3:8中对犹太人的控诉是从负面的角度为国王不得不屠杀犹太人提供理由，那么哈曼在3:9中承诺充入国库的金钱就是从正面的角度刺激和引诱国王主动下达屠杀的命令。帕顿指出，亚哈随鲁王也即历史上的薛西斯一世（Xerxes I，公元前486—前465年在位），[③] 此时波斯正处于战

[①] 希罗多德著，王以铸译：《历史：希腊波斯战争史（上册）》，北京：商务印书馆，1959年，第236—238页。

[②] L.B. Paton, *A Critical and Exegetical Commentary on The Book of Esther*, New York: Charles Scribner's Sons, 1908, 205. 帕顿认为14 560埃乌波亚塔兰特约为17 000巴比伦他连得，因此哈曼提供的数字几乎等于整个波斯帝国每年贡税总额的三分之二。

[③] 学界通常认为《以斯帖记》中亚哈随鲁的原型是波斯帝国的薛西斯一世。据帕顿考证，亚哈随鲁的希伯来语אחשורוש是古波斯碑文中的波斯君主之名Khshayarsha的音译，因为两者有几乎相同的辅音（kh,sh,r,sh），希腊语译为Ξερξης，即薛西斯。帕顿认为，《以斯帖记》中对于亚哈随鲁王的描述与历史上的薛西斯大帝是一致的，包括统治玛代（Media）的波斯国王（《以斯帖记》1:3、1:13、1:18–19、10:2），首都在书珊城（Susa，《以斯帖记》1:2等），帝国疆域从印度延伸到埃塞俄比亚，包括一百二十七个省（《以斯帖记》1:1、8:9、9:30），甚至包括地中海的岛屿（《以斯帖记》10:1）。此外，《以斯帖记》中描绘的亚哈随鲁王的性格也与希罗多德和其他希腊历史学家对薛西斯的描述十分吻合。总而言之，现代学者和现代犹太教、天主教和新教人士普遍认为，《以斯帖记》作者笔下的亚哈随鲁指的是（转下页）

败后国库空虚、财政困难的阶段，这些客观因素在一定程度上加剧了国王对金钱的渴望，也使得哈曼的利诱策略更容易成功。总而言之，大笔的金钱作为哈曼贿赂国王的手段，生动地刻画出国王贪婪成性、昏庸无能以及哈曼恶贯满盈、疯狂偏执的形象，揭示了波斯帝国奢靡腐败的政治景象，使故事更显荒谬和讽刺意味。

二、钱作为补偿的方式

将金钱仅仅理解为哈曼对国王的引诱，这意味着不同于米母干的谏言思路，有关3:9后半段的阐释不再是3:8中下达旨意的理由以及3:9前半段旨意内容的接续，而是一个独立的、与3:8并列的下达旨意的动力。然而，一部分学者认为哈曼提出的金钱诱惑事实上与犹太人的存在有内在的联系，正是因为犹太人的存亡直接或间接地关系到国王的经济利益，哈曼才会顺理成章地将补偿白银视为解决问题的一种方式。

具体来看，学者对于犹太人与金钱的关系有多种解读方式：首先，犹太人是国王的子民，两者之间最为直接的经济关系是税收，因此按约瑟夫斯（Josephus）在《犹太古史》11.214中的解释：[①]

> 哈曼并提出从自己产业中给王4万他连得（Talents），王随时想要这笔钱都可以，用以弥补少了犹太人进贡的损失。哈曼

（接上页）薛西斯大帝。参见Paton, *A Critical and Exegetical Commentary on The Book of Esther*, 51-54。但仍有学者注意到，与古波斯碑文及希腊史料对薛西斯一世的记录不同，《以斯帖记》中亚哈随鲁的形象是文学领域内的二次创作，本质上是虚构的，而非对历史人物的真实描述，而且作为文学形象的亚哈随鲁受到不同意识形态的影响，在M文本、A译本和B译本中其人物肖像略有不同，详细的比较参见李思琪《〈以斯帖记〉希腊文A译本1—3章对波斯王的历史记忆》，《古代文明》2023年第2期，第46—57页。

① 译文参考约瑟夫斯著，郝万以嘉编辑《犹太古史记》，台湾：信心圣经神学院，2016年第2版，第404页。

说，他心甘情愿拿出这笔钱，好让国家不再有此不幸。

也就是说，消灭众多臣民会严重削减财政收入，而哈曼承诺的白银正是对这部分损失的一种直接补偿。

另有学者通过阐释3:8中哈曼指控犹太人的三大理由，即分散、律例不同以及不遵守王的律例，认为哈曼声称的"不符合王的利益"（אין שוה להניחם）主要是指犹太人不能提供他们应付的贡品或税金。强调犹太人是分散的表明他们没有属于自己的"犹太省"，因而无法单独缴纳贡税。[1] 约瑟夫斯在《驳阿庇安》（*Against Apion*）中也记录了希腊人指责犹太人的理由之一是他们没有为国家和社会作出贡献，例如阿庇安（Apion）说："犹太人没有伟人，没有艺术家，也没有才智出众之士。"[2] 阿波罗尼乌斯（Apollonius）认为犹太人"是最笨的野蛮人，这也是为什么我们（指犹太人）是唯一一个没有为人类作出什么贡献的民族的原因所在"[3]。还有学者认为在《以斯帖记》2:18中，נוח（安顿、休息）以名词形式הנחה（休假）出现，后者有减免税收之意，因此哈曼在3:8中使用了相同的字根，可能也想表达不值得为犹太人免税之意。[4]

除了将哈曼提供的金钱与犹太人的贡税或产出相联系，大多数拉比文献都将这笔钱视为哈曼赎买犹太人的赎金。按《出埃及记》30:11-16，20岁以上的犹太人每人每年需向耶和华奉献半舍克勒（Shekel）作为生命的赎价。若犹太人年均寿命为70，又按照犹太人离开埃及时的人数60万来计算（《出埃及记》38:26；《民数记》2:32），哈曼提供的1万他连得白银正好相当于所有犹太人生命的赎

① E.L. Segal, "Haman," in *The Babylonian Esther Midrash: A Critical Commentary. Vol. 2: To the Beginning of Esther Chapter 5*, Atlanta: Scholars Press, 2020, 120.《塔木德》中相关的阐释认为这里讨论的主要是关于税收的经济因素。柏林（Adele Berlin）持相同态度。

② 约瑟夫斯著，杨之涵译:《驳希腊人》，上海：华东师范大学出版社，2016年，第140页。

③ 约瑟夫斯著，杨之涵译:《驳希腊人》，第142页。括号内容为作者添加。

④ Berlin, *The JPS Bible Commentary: Esther*, 53.

价。《以斯帖记》的第1阿拉米文翻译（*Tg. Rishon* 3.8）即载："这个总额相当于什么？它相当于他们祖父们在离开埃及的束缚时支付的600 000弥拿。"[1] 在《以斯帖记》的中世纪犹太米德拉什评注（Panim Aherim B，69）中，哈曼便对国王说："我会和你做一个交易。当他们离开埃及时，有60万人'给每个人1贝加（bekah）'（《出埃及记》38:26）。看哪，每人1贝加，合1万舍客勒银子。我用他们为圣者所称的舍客勒来称你。"[2] 巴比伦塔木德 *b. Meg.* 13b 提到，正是因为上帝预知哈曼要用这笔钱来屠杀犹太人，因此上帝让犹太人提前支付赎金，以保全他们的性命。[3] 简言之，哈曼一方面用这笔钱买下犹太人的生命，一方面又以与犹太人奉献给神的相同数量的金钱达到奉承国王的目的。

总而言之，上述观点强调了犹太人的存在与否与金钱有直接的联系，哈曼承诺的白银不仅作为诱因，而且作为屠杀犹太人后潜在损失的补偿，或是作为购买犹太人的赎金而获得了合理性。

三、古代西亚的"巴克希什"（BAKSHISH）传统

不论这1万他连得白银对于国王来说是收益还是补偿，他似乎都应该接受这笔对自己十分有利的交易，而非如3:11中记载的那样，

---

[1] Paton, *A Critical and Exegetical Commentary on The Book of Esther*, 205; Cassel, *Explanatory Commentary on Esther with Four Appendices*, 315–331.《以斯帖记》第2阿拉米文翻译（*Tg. Sheni* 3.9）记载了亚哈随鲁王下发的旨意内容，其中转述了哈曼对国王说的话，他说："当他们从埃及出来的时候，有60万人，因此我将支付你60万弥拿白银，每人1弥拿"，他希望我（亚哈随鲁）以这个总额将这个民族卖给他屠杀。然后，我亚哈随鲁十分开心，经过深思熟虑，我从他那里拿到钱然后将这个民族卖给他屠杀。

[2] Segal, "Haman," in *The Babylonian Esther Midrash: A Critical Commentary. Vol. 2: To the Beginning of Esther Chapter 5*, 133–135.

[3] Segal, "Haman," in *The Babylonian Esther Midrash: A Critical Commentary. Vol. 2: To the Beginning of Esther Chapter 5*, 133–135. 在 *b. Meg.*（Manuscripts Göttingen 13, Spanish type）3:9后补充道："现在我不知道他们有多少人。当他们从埃及出来的时候，有60万人，我出价每人100金第纳尔（gold denar）。"

以看似冷漠或慷慨的态度将钱还给哈曼。[①]为了解释这一矛盾，一些现代批判释经学者认为"这钱给你"（הכסף נתון לך）只不过是亚哈随鲁王的一句"客套话"。[②]如同《创世记》23:8-16中亚伯拉罕（Abraham）与赫梯人以弗伦（Ephron the Hittite）关于麦比拉洞（the Cave of Machpelah）的交易，以弗伦也在23:11中说"我送给你这块田"（השדה נתתי לך），但23:16表明亚伯拉罕仍旧以足价支付了白银。因此亚哈随鲁在3:11中的回应似乎是一种古代西亚普遍存在的交易礼貌用语，而非真正拒绝了1万他连得白银的诱惑。

不过传统的希腊文译本、[③]约瑟夫斯的记载[④]以及大部分拉比文献[⑤]都认为国王确实没有接受这笔财富，原因可能是国王认为接受贿赂而施行利国利民的举措有失作为国王的尊严，[⑥]或者这笔钱作为国王一种夸张的慷慨被赐还给鞠躬尽瘁、心系国事的哈曼。[⑦]

不论国王接受或拒绝，3:9与3:11中给钱与收钱的矛盾事实上预设了这笔钱是哈曼用以政治贿赂的邪恶手段，是以屠杀为目的的肮脏交易，因此哈曼在3:8中的诽谤看似冠冕堂皇，以国王和国家的利益为重，然而真实的情况是一个自大狂为维护自己的尊严而试图进行疯狂且偏执的报复。他希望用大笔的金钱向国王求得报仇的权力，不论是以诱惑还是补偿的方式。而国王或是对哈曼的计划了然于胸，贪婪地收下贿赂从而默许哈曼的报复，或是被哈曼的花言巧语所蒙

---

① 关于第11节的评论，有许多学者认为国王确实没有收下这笔钱，至于进一步的分析，一部分学者例如布什就认为，国王对哈曼的提议似乎没有任何犹豫和考虑，而是直接将戒指给哈曼让其全权处理，表现出国王对人民和财产无所谓的冷漠态度。还有一些学者例如摩尔认为这里国王似乎想要主动展现自己的慷慨以及对哈曼的厚爱，正如5:3和7:2中国王对以斯帖的宠爱一样。参见Bush, *Word Biblical Commentary: Ruth & Esther*, 388; Berlin, *The JPS Bible Commentary: Esther*, 43。

② Moore, *The Anchor Yale Bible Commentaries: Esther*, 34.

③ Moore, *The Anchor Yale Bible Commentaries: Esther*, 40.

④ 《犹太古史》11.215：哈曼说完了他的请求，王不但免了他的钱，也将所有的犹太人交给他，任凭他处置。译文参考约瑟夫斯著，郝万以嘉编辑《犹太古史记》，第404页。

⑤ Paton, *A Critical and Exegetical Commentary on The Book of Esther*, 206-207.

⑥ Paton, *A Critical and Exegetical Commentary on The Book of Esther*, 206-207.

⑦ Berlin, *The JPS Bible Commentary: Esther*, 54.

骗，因此出于帝国稳定的考虑接受建议，拒绝"忠臣的好意"，这些揣摩都涉及阐释国王形象的问题，超出了本文核心的金钱交易的范围。

针对哈曼出钱以获得国王支持的行为，沃格尔斯坦（Vogelstein）在考察了象岛古卷（Elephantine papyri）的一些内容后认为，这在古代西亚实为一种十分普遍的现象。[①] 直至今日，西亚、南亚和北非的一些地区仍然流行着一种称为"巴克希什"（bakshish）的传统，主要指为服务提供的酬金，根据不同语境介于小费、贿赂或施舍三种意义之间。[②] "巴克希什"（bakshish）这个词源于波斯语بخشش（bakhshesh），其动词bakšīdan是给予的意思。[③] "巴克希什"通常属于灰色地带，可以是对良好服务表示赞赏的小费，也可以是为获得更快或更好服务的酬金，甚至可以是为获得优待的公然贿赂和腐败。然而在沃格尔斯坦看来，这种"巴克希什"传统在古代西亚似乎没有包含太多有关负面的意义，象岛古卷中多次记载了类似的行为，例如在五个公民代表写给一位波斯高级官员（可能是太守阿尔沙姆Arsham）的请愿书中，他们承诺如果当局能够做出有利的决定，将提供可观的金钱和农产品。[④] 因此沃格尔斯坦认为：如果这被视为是非法的贿赂，人们应该很难直截了当地以书面的形式表达出来，更不用说将其作为正式档案加以保存。[⑤] 因此，"巴克希什"的普遍存

[①] Max Vogelstein, "Bakshish for Bagoas?" *The Jewish Quarterly Review* 33.1 (1942): 89–92.

[②]《牛津伊斯兰教词典》（*The Oxford Dictionary of Islam*）中将其定义为为服务提供的酬金而非付款，也不是像通常误译的"贿赂"。源于波斯语根，意思是"给予"。在波斯语、土耳其语、阿拉伯语和南亚穆斯林语言中，指上级给下级的礼物，在苏菲主义中，包括上帝给他的崇拜者的礼物。参https://www.oxfordreference.com/display/10.1093/oi/authority.20110803095442150;jsessionid=8AF865971AFE180FE22A7EE47811E409；另参https://www.in-formality.com/wiki/index.php?title=Baksheesh_(Middle_East,_North_Africa_and_sub-continental_Asia)。

[③] G. Cannon, and A. Kaye, *The Persian Contributions to the English Language. A Historical Dictionary*, Wiesbaden: Harrassowitz, 2001.

[④] Vogelstein, "Bakshish for Bagoas?" 89–92.

[⑤] Vogelstein, "Bakshish for Bagoas?" 89–92.

在至少说明这种行为不违反法律，也不至于冒犯作为行政官员尽忠职守的品性和尊严。

如果将哈曼向国王许诺白银的行为放入这普遍的、负面含义较少的"巴克希什"传统中，那么这笔钱可能首要是作为普遍的、常见的向国王上书进言的附属品而存在，这能够帮助我们更好地理解为什么哈曼欲盖弥彰的公然贿赂没有引起国王的怀疑甚至激起他的愤怒，反而开心地和他"讨价还价"或是慷慨大度地选择拒绝以展现国王的尊严和风度。当然如此巨额的"附属品"确实令哈曼自己宣称的纯洁动机变得可疑，但不论是什么原因，《以斯帖记》的编撰者似乎并没有让国王对此作出特别的反应。

四、结 论

哈曼在3:9中向国王许诺的白银在4:7与7:4中重复出现两次，4:7中末底改向哈他革（Hathach）转述了"哈曼说过的为灭绝犹太人而捐入王库的银数"，7:4中以斯帖对亚哈随鲁王的回答中声称自己和本族"被卖"（נמכר），面临着灭族的危机。以摩尔（Moore）为代表的一些学者认为这是国王接受了哈曼贿赂的有力证明。[1]

然而如果结合两人的动机进行考察，也许会有不同的结果。末底改的人物形象有一个十分明显的特点即消息灵通，他只是坐在朝门就可以探听到辟探（Bighthan）和提列（Teresh）意图谋反的秘密（《以斯帖记》2:21），表明他在宫中很可能有特定的消息传递渠道，同样哈曼与国王之间看似保密的金钱交易，他也能够以某种方式掌握交易的具体数额。4:7中末底改先是告诉哈他革所有发生在他身上的事情，这里的所有（כל）具体指哪些内容是模糊不清的，可能包括末底改拒绝向哈曼跪拜这一起因，哈曼心存怨恨意图报复的动机，以及下达到全国各地的屠杀犹太人的政令等，但是在所有这些事情

---

[1] Moore, *The Anchor Yale Bible Commentaries: Esther*, 41.

中，末底改特意指出了白银的数额（פרשת הכסף）。פרשה仅在《希伯来圣经》中出现2次，另1处是在《以斯帖记》10:2，根据其词根פרש（区分，宣布，澄清，例如《利未记》24:12），大意为确切的声明，在4:7中多译为准确的数额，因为在希腊文以及拉丁文翻译中都有补充"1万他连得"的数额。[1] 此短语在希伯来文本中被强调，因此不论末底改是准确说出了白银的数量，还是仅仅指出了哈曼提供白银的许诺，都表明他对哈曼与国王之间的交易有所耳闻，并且他特意将这一重要消息传达给以斯帖，很可能是他试图以此激起后者或愤怒、或恐惧的情绪，从而获得她的助力。虽然经文并没有阐明国王与哈曼的金钱往来是否为普通民众所知，末底改的转述也未表明这笔钱哈曼已经"支付"或"称量"（ישקל），而是仅仅说明哈曼"说出"或"许诺"去称入王库（אמר המן לשקול），但是末底改将其视为一项重要情报传达给以斯帖是契合其根本需求和希望的，至于事实确是如此，还是他不知全貌，抑或是他有意隐瞒，都可以成为读者自由阐释的空间。

如果说金钱在哈曼的诽谤中仅是一个附加条件，那么在末底改的转述中，金钱就成为在所有事情中最值得强调的因素，进而在以斯帖的回答中，"出卖"（מכר）暗示的金钱交易成为控诉哈曼最有力的证据。拉希（Rashi，1040—1105年，著名的中世纪法国拉比）和伊本·以斯拉（Ibn Ezra，约1089—1164年，著名的中世纪西班牙拉比）认为，מכר有交出特别是毁灭的意思，[2] 因此以斯帖在这里可能也是想表达被毁灭的意思。然而正如摩尔所指出的，以斯帖在7:4中提到的杀戮（שרג）和奴役（עבדים ושפחות נמכרו，他们被卖为仆人和婢

---

[1] Berlin, *The JPS Bible Commentary: Esther*, 71.

[2] 例如《申命记》32:30以及《士师记》2:14，3:8，4:2，9，10:7。参见M. Carasik ed., *The Commentators' Bible: Deuteronomy: The Rubin JPS Miqra'ot Gedolot*, Philadelphia: Jewish Publication Society, 2015, 229; J.H. Tigay, *The JPS Torah Commentary: Deuteronomy*, Philadelphia: Jewish Publication Society, 1996, 311; Berlin, *The JPS Bible Commentary: Esther*, 67; Moore, *The Anchor Yale Bible Commentaries: Esther*, 70。

女）大多都是伴随征服战争而出现的，因此以斯帖的用词似暗示哈曼意图谋反。①无论如何，王后和王后的同族被出卖、被杀戮，不论事实与否，这都是对王权的一种羞辱和挑战，正如哈曼在3:8中诬陷犹太人不遵守国王的律法，意图谋反，现在以斯帖握有主动权，她使换取权力的金钱成为哈曼羞辱王权和谋反的有力证明。因此，1万他连得白银，如同哈曼为犹太人末底改制作的木架（《以斯帖记》5:14），最终也成为哈曼的自缚之茧。

可以说白银是最终摧毁哈曼的一个伏笔，至此第3章中哈曼的谏言拥有了同米母干在1:19-20中相同的叙事理路：冒犯（瓦实提的行为对国王和臣民有害）—权力施展（颁布法令废除瓦实提）—荣耀（全国上行下效，国王和臣民重获尊严），哈曼的谏言同样诉诸犹太人对国王的冒犯，并且试图说服国王颁布法令以施展权力，但是不同于米母干，哈曼以称银入库的方式参与了权力的实施，企图洗刷个人的屈辱，分享最后的荣耀，但末底改和以斯帖正是抓住了哈曼以钱换权的弱点，成功扭转局面，使哈曼自身变成国王权力施展的对象，成为冒犯—权力施展—荣耀叙事理路的牺牲者而非主导者。总而言之，在3:9中金钱的意义似乎不只是为哈曼和国王的形象提供或褒或贬、亦正亦邪的剪影，国王、哈曼、末底改和以斯帖四位主人公的故事也通过金钱得以串联，展现了一个更为宏大的叙事背景。

---

① Moore, *The Anchor Yale Bible Commentaries: Esther*, 41.

抵抗与忏悔，隐匿与显明

——《以斯帖记》4:1-3哀悼的多重含义

王怡心

（清华大学人文学院）

《以斯帖记》4:1-3描绘了亚哈随鲁王（King Ahasuerus）治下波斯犹太人面对种族灭绝危机时的一场哀悼。本文试图透过对希伯来原文的细致考察，辅以代表性学术理论，来研究这场哀悼的多重作用与意义。首先，考察4:1-3的希伯来语原文，并指出其内部以及与第8章所形成的呼应与对比，阐明犹太人末底改（Mordecai）前后地位的反差与犹太民族经历的巨大变化，并论证末底改在叙事中具有代表犹太人的作用。随后，介绍、比较、评价两种对《希伯来圣经》中的哀悼的代表性立场，并将其用于诠释4:1-3。最后，解释末底改行为背后的政治内涵以及犹太人哀悼的作用，二者均与犹太人身份问题息息相关。尽管雅威（Yahweh）未曾直接出现在文本中，但通过哀悼仪式与前后对比，神恩与犹太人身份二者密切相关，使《以斯帖记》的神学解读进路成为可能。

一、《以斯帖记》4:1-3原文解读

面临哈曼（Haman）借国王之权下达的屠杀令，4:1-2聚焦于犹太人末底改的反应，他撕开衣服，披麻蒙灰，在城中大声哀号叫喊，又来到国王的门前；4:3从更广泛的角度叙述了犹太民族的表

现，他们禁食、哭泣、哀号、披麻蒙灰。本文所使用的4:1-3希伯来文为马索拉文本（Masoretic Text），摘自BHS（*Biblia Hebraica Stuttgartensia*），[①] 汉语译文选自中国基督教两会出版的和合本。[②] 笔者首先罗列对比4:1-3希伯来语原文、和合本汉语译文与笔者对该段落的中文直译并标注后二者之间重要的不同之处。随后，从呼应与对比两种修辞出发，分析4:1-3，这两种修辞不仅体现在4:1-3内部，也出现在4:1-3与8:15-17之间。

《以斯贴记》4:1-3（马索拉文本）	《以斯贴记》4:1-3（和合本）	《以斯帖记》4:1-3（马索拉文本中文直译）
ומרדכי ידע את-כל-אשר נעשה ויקרע מרדכי את-בגדיו וילבש שק ואפר ויצא בתוך העיר ויזעק זעקה גדולה ומרה	末底改知道所发生的这一切事，就撕裂衣服，披麻蒙灰，在城中行走，痛哭哀号。	末底改知道了所有被做的事，末底改就撕开他的衣服，穿上麻布和炉灰，出到这城中，发出刺耳与痛苦的哀号。
ויבוא עד לפני שער-המלך: כי אין לבוא אל-שער המלך בלבוש שק	他到了朝门前就停住脚步，因为穿麻衣的不可进朝门。	他过来直到国王的门前，因为无人（可）着麻布的衣服进入这国王的门。
ובכל-מדינה ומדינה מקום אשר דבר-המלך ודתו מגיע אבל גדול ליהודים וצום ובכי ומספד שק ואפר יצע לרבים	王的谕旨和敕令所到的各省各处，<u>犹太人</u>都极其悲哀，禁食哭泣哀号，<u>许多人</u>躺在麻布和炉灰中。	在所有省与省、王的话语和他的法律触及之地，巨大的悲哀<u>临到犹太人</u>，以及禁食、哭泣、哀号；麻布和炉灰<u>被铺到许多人（身上）</u>。

首先，比较4:1与4:3可以发现，末底改与犹太人虽然有相同的外在行动，即哀悼（אבל），末底改和其他各地犹太人都"披麻蒙灰"（שק ואפר），并通过哭声宣泄情感，然而双方在心态上存在差异，体现于4:1和4:3的遣词造句中。4:1以末底改为主语，连续使用动词的Wayyiqtol形式来表示末底改所进行的不同哀悼行动，顺理成章、一

① K. Elliger and W. Rudolph, *Biblia Hebraica Stuttgartensia*, 5th ed., Stuttgart: Deutsche Bibelgesellschaft, 1997.

② 本文的《希伯来圣经》文本采用《中文和合本（双色大字版）》，南京：南京爱德印刷有限公司，2023年。

气呵成。与3:15中书珊（Susa）城民的手足无措相反，末底改立即行动起来，采取具体措施公开表达自己的情感。[①] 4:3则相反：一方面，在描写犹太人哀悼时，"巨大的悲哀"担任主语，而非以犹太人为主语，并用介词"ל"交代悲哀与犹太人的关系，即悲哀临到犹太人；另一方面，在描写犹太人披麻蒙灰时，以麻布和炉灰作为主语，搭配动词"יצַע"的Pual形式，强调麻与灰"被铺盖"在许多犹太人身上。因此，4:1与4:3动词主被动语态上的不同表明末底改的哀悼更加积极主动，其余犹太人的哀悼则相对被动。

其次，4:1与8:15之间在末底改的衣着上形成了鲜明的对比：4:1中末底改撕裂外衣、披麻蒙灰，8:15中末底改"穿着蓝色白色的朝服，头戴大金冠冕，又穿紫色细麻布的外袍"。与4:1中的哀伤、落魄、大难临头不同，8:15中金冠冕和紫色外袍象征末底改在波斯宫廷掌握的巨大政治权力，标志着波斯犹太人在政治上的胜利。

最后，4:3与8:17之间的呼应与对比更为工整，反映了犹太人命运翻天覆地的变化。犹太人原本处在被屠戮殆尽的恐惧中，如今摇身一变，成为他人所惧怕的民族，甚至促使外邦人加入犹太籍。

章节	马索拉文本	马索拉文本中文直译
4:3	ובכל-מדינה ומדינה מקום אשר דבר-המלך ודתו מגיע אבל גדול ליהודים וצום ובכי ומספד שק ואפר יצע לרבים	在所有省与省、王的话语和他的法律触及之地，巨大的悲哀 临到犹太人，以及禁食、哭泣、哀号；麻布和炉灰被铺到许多人（身上）。
8:17	ובכל-מדינה ומדינה ובכל-עיר ועיר מקום אשר דבר-המלך ודתו מגיע שמחה וששון ליהודים משתה ויום טוב ורבים מעמי הארץ מתיהדים כי-נפל פחד-היהודים עליהם	在所有的省与省、在所有的城与城、王的话语和他的法律触及之地，喜悦和欢乐 临到犹太人，（他们摆设）筵席，并且（将那天看作）好日子。且这地的许多百姓使自己成为犹太人，因为对犹太人的恐惧落在他们之上。

① A. Berlin, *The JPS Bible Commentary Esther*, Philadelphia: The Jewish Publication Society, 2001, p. 45.

作者用几乎相同的语言叙述亚哈随鲁王"屠杀犹太人"和"允许犹太人自卫反击"的两则敕令如何传遍波斯全地，又用同样的句式描写犹太民族的情绪（悲哀／喜乐"临到犹太人"）。这两处的相同反衬出犹太人前后情绪的差异：在4:3中是哭泣与绝望；在8:17中则是欢呼与希望。由此，通过4:1与8:15、4:3与4:17的呼应与对比，体现末底改与犹太人身上发生的巨大变化，令人不禁追问变化背后的原因。

除此以外，综合对4:1-3及其在第8章中呼应、对比之处的分析，还能发现《以斯帖记》的作者维持着"从末底改到全体犹太人"的叙事顺序。除了4:1-3由末底改转入波斯各地犹太人以外，犹太人获得屠杀令和自卫反击敕令的来龙去脉也体现了该叙述顺序。一方面，末底改拒绝向哈曼跪拜，被质问"你为何违背王的律令？"（《以斯帖记》3:3），这种"叛逆"在哈曼的谗言中被扩大化，由末底改个人指向整个犹太人群体，变成了"**他们的律例与万民的律例不同，也不守王的律例**"（《以斯帖记》3:8）。另一方面，凭借以斯帖的计谋和末底改阻止刺杀行动的功绩，末底改从将死之人变为王的宠臣，有权拟诏颁布允许犹太人自卫反击的敕令。政治地位的提升通过敕令由末底改扩大至整个犹太族群，使犹太人从人尽可欺辱的境地中解脱，成为其他民族惧怕的对象。"从末底改到全体犹太人"的叙事顺序加强了末底改与整个犹太民族的联系，塑造了末底改身上的犹太民族领袖气质。因此，末底改可以被视为犹太人之代表：末底改的一言一行不再仅仅属于他个人，而是代表着《以斯帖记》中波斯犹太人的心理状态、政治地位及其变化。

然而，虽然4:1-3的文本并不晦涩难懂，人物行为背后的动机与逻辑却仍有疑点，值得细细揣摩。从微观角度看，首先末底改为何要撕开自己的衣服？尽管撕裂衣服也曾在圣经的其他哀悼里出现，[①] 但

① 例如，《约伯记》1:20中遭受无端灾祸的"约伯就起来，撕裂外袍，剃了头，俯伏在地敬拜"。

由于末底改的衣服是前后变化的线索，撕衣是否还具有其他含义？其次末底改为何要披麻蒙灰"来到国王的门前"并且在此"停下脚步"？这种行为传递了什么讯息？从宏观角度看，犹太人通过这场规模浩大的哀悼仪式，想要表达什么？结合《以斯帖记》整体叙事，这场哀悼起什么作用，与文中波斯犹太人地位擢升是否存在关联？

二、《希伯来圣经》中的哀悼：社会关系与个人情感

要回答以上种种问题，首先需考察《希伯来圣经》中的哀悼。笔者将会介绍、比较、评价两种主要立场，分别是奥利安（Saul M. Olyan）的《圣经中的哀悼：仪式与社会维度》（*Biblical Mourning: Ritual and Social Dimensions*）和兰伯特（David Lambert）的《禁食作为一种忏悔仪式：一个圣经中的现象？》（*Fasting as a Penitential Rite: a Biblical Phenomenon?*）

奥利安的第一个特点是对《希伯来圣经》中的不同哀悼进行梳理，并且把哀悼分为四大类：1）对死者的哀悼（mourning the dead）；2）请愿式哀悼（petitionary mourning）；3）非请愿性的面对灾难的哀悼（non-petitionary mourning at the time of a calamity）；4）皮肤病患者的哀悼（the mourning of the individual afficted with skin disease）。[1] 一方面，奥利安展示了用来描述、表现哀悼死者的词汇与仪式，也被用于其他三种哀悼。另一方面，他又指出最适宜于成为"哀悼"的类型分别是对死者的哀悼和请愿式哀悼，甚至它们在《希伯来圣经》中可被视为同一种哀悼，[2] 因为对死者的哀悼常常作为请愿式哀悼的喻体出现。奥利安以《诗篇》35:13-14节为例："至于我，他们有病的时候，我穿麻衣，禁食，刻苦己心；我所求

① S.M. Olyan, *Biblical Mourning: Ritual and Social Dimensions*, Oxford: Oxford University Press 2006, pp. 25-26.

② Olyan, *Biblical Mourning*, pp. 63-64.

的都归到自己身上。我如此行，好像他是我的朋友，我的兄弟；**我屈身悲哀，如同哀悼自己的母亲。**"此外，只出现过其他哀悼被比作对死者的哀悼，却没有相反的情况。因此，奥利安把哀悼死者作为《希伯来圣经》中各种哀悼的原型。

奥利安的第二个特点是他强调仪式的社会意义。作为核心的"对死者的哀悼"串联起其他三种哀悼。所有哀悼都能通过与众不同的行为，将哀悼者与日常生活和节日庆典分离，由此构建一个独特的哀悼空间；同时，哀悼能够建立、确认、协商以及终止社会关系。[1] 当然，特定类型的哀悼也具有独属于该类型的功能。例如，请愿式哀悼的特有目的是吸引神或者人类掌权者对该请求的关注并确保其干预。[2] 就本文关注的《以斯帖记》4:1-3而言，请愿对象的差异带来了不同的立场和解读。犹太诠释者借鉴了《希伯来圣经》其他篇章中的哀悼情节，认为末底改在书珊城的哀悼是为了引起雅威的注意。如柏林（Adele Berlin）指出："在读到禁食、哀悼和呼喊时，很难不把上帝视为所有这些行为的对象。除了上帝，我们很难向任何人恳求拯救。很难想象救赎会'从另一个地方'（《以斯帖记》4:14）来，而不把它看作是对上帝的暗指。"[3] 然而，考虑到《以斯帖记》闭口不提雅威和淡化宗教元素的倾向，也有部分学者认为末底改的哭泣与哀悼是为了引起作为掌权者的亚哈随鲁或以斯帖的注意，不过遭到了摩尔（Carey A. Moore）的质疑：虽然以斯帖和亚哈随鲁最后确实介入到犹太民族灭亡危机中，但无法推断末底改此前在城中哭泣哀悼时就已经怀有引起王室注意的目的；这类把吸引当权者目光作为末底改哀悼之目的的观点事实上混淆了最初动机和最终结果。[4] 总体而言，奥利安对哀悼的见解具有明显的功能主义色彩。奥

[1] Olyan, *Biblical Mourning*, p. 94.
[2] Olyan, *Biblical Mourning*, p. 94.
[3] Berlin, *The JPS Bible Commentary Esther*, p. 44.
[4] C.A. Moore, *Esther: Introduction, Translation, and Notes*, New York: Doubleday 1971, p. 47.

利安将他的分析称为"社会维度"，其所讨论的内容几乎全部集中于人与人的交往。

　　兰伯特在对《圣经中的哀悼：仪式与社会维度》的书评中批评了奥利安理解哀悼仪式的方式：① 首先，兰伯特不认可其仪式观，将其理解为被规定的、后天学习得来的习俗，而非一种情感的自然表达。其次，兰伯特反对奥利安对《希伯来圣经》中的哀悼作如此细致的分类。这两个反对意见是相辅相成的，因为在兰伯特看来，无论是哪种哀悼都是相同的"身体—情感反应"（physical-emotional response）。在兰伯特的定义中，哀悼仪式本身是痛苦和折磨的身体表现与交流表达。② 例如，禁食表现身体上的痛苦，仿佛哀悼者悲伤到无法进食；祷告则直接通过语言表达痛苦。在《希伯来圣经》中，禁食与祷告常常同时进行，而祷告又是面向雅威的，于是禁食也和祈祷一样，具备与神对话的性质。因此，这类仪式表达了哀悼者内心的痛苦和悲伤，通过禁食和祷告将内心不可见的情感体验外在化，由此祈求神的怜悯。③ 此外，兰伯特还在书评中批评道，奥利安的分析完全规避了连贯地诠释哀悼之含义的难点，即说明同一套仪式如何在不同的（甚至截然相反的）语境中举行。例如，如何理解哀悼既可以在灾难来临前举行，以祈祷神能够阻止灾难，又可以在灾难

---

① D.A. Lambert, "Review of *Biblical Mourning: Ritual and Social Dimensions* by S. M. Olyan," *AJS Review* 30.2 (2006): pp. 440-442.

② D.A. Lambert, "Fasting as a Penitential Rite: A Biblical Phenomenon?" *Harvard Theological Review* 96.4 (2003): pp. 477-512.

③ 柏林指出古代以色列人表达情感的方式有别于现代人，他们并不通过内心的情感经验，而是通过仪式和具有象征意义的行为被正式提出（registered）。参见 Berlin, *The JPS Bible Commentary Esther*, p. 45. 另一方面，布什（F.W. Bush）强烈反对从政治和法律角度来理解末底改的行动，将恸哭、撕裂衣服和哀悼的含义仅仅限定于表达对犹太人即将毁灭的悲痛。参见 F.W. Bush, *Word Biblical Commentary Volume 9: Ruth, Esther*, Texas: Word Books, 1996, p. 394. 此外，哈塞尔（M.G. Hasel）在有关哭泣、呼喊（זעק）的字典词条中也持有类似的观点。参见 M.G. Hasel, "zāʿaq" in *Theological Dictionary of the Old Testament, Vol IV*, ed. G.J. Botterweck and H. Ringgren, Grand Rapids: Eerdmans, 1980, p. 117. 本文将在第三节中反驳这类立场，并基于 4:2 末底改在宫门前的行为论证为何从政治角度诠释末底改的哀悼是合理的。

发生后举行，以纪念被灾祸抹去的一切。

笔者认为，兰伯特的批评意见有效地补充了奥利安由于强调"社会维度"而忽视的个人情感层面，并指出了奥利安对哀悼仪式理解的狭隘处。社会关系难以一以贯之地、自然地解释圣经中所有的哀悼。以本文核心《以斯帖记》4:1-3为例，末底改、以斯帖和整个犹太民族的社会关系和政治地位并没有直接因为禁食、祷告、哀悼产生变化。相反，真正的变化是由以斯帖在宫廷内的政治斡旋带来的，而哀悼则是这场计谋的准备阶段。

然而，兰伯特的情感表达论并没有克服奥利安坚持的功能主义，哀悼仪式并非单纯地为表达而表达，而是依然有其他现实目的，只是内容发生了变化，从调整社会关系转为呼求神的怜悯，后者难以和奥利安提出的"请愿式哀悼"划清界限。由此，兰伯特对奥利安的批评难以构成真正的批判。事实上，奥利安分类学的根本缺陷，在于他并没有提供"为何以此种方式，而不以另种方式分类"的根据。奥利安的分类充其量是归纳整理。又因为他自己也承认哀悼都采用相同的语言和仪式，所以他只能将哀悼发生的场合与目的作为区分根据。就此而言，兰伯特认为奥利安规避了诠释难题的批评切中其要害。除此以外，由于缺乏对分类方法本身的论证，一方面，分类的完备性得不到保证，我们不能排除奥利安的归纳会有"漏网之鱼"的可能；另一方面，这种分类无法成为对哀悼的重构，难以揭示不同的、个别的哀悼之间的联系，对于我们理解《希伯来圣经》中的哀悼本质帮助有限。

回到本文所关注的《以斯帖记》4:1-3，这场性质复杂的哀悼难以被奥利安或者兰伯特中的某一个完整概括，而是需要两种理论框架的交错分析。从奥利安的角度看，它难以被分类，也不直接对社会关系造成影响。4:1-3既可以是希望免于灾祸的请愿式哀悼，又可以是面临灾难时的非情愿性哀悼，因为神没有直接出现在《以斯帖记》中，而请愿却是面向神的；这场哀悼又未能直接改变当时犹太民族任人欺辱的地位。同时，如果缺少了兰伯特对仪式表达情感的重视，单纯从目的和用途来考察4:1-3，末底改的哀悼极有可能被误解为一场纯粹的公开政治作秀。但是，末底改的性格和身份在哀悼仪式前后发生了很大转变，哀悼于他（由此对于整个犹太民族而言）是自省、觉醒的过程。如果把哀悼完全理解为"呼求神的怜悯"，就无法解释4:2中身披麻衣的末底改为什么"故意在国王的门前停下"。兰伯特本人也赞同末底改此举是吸引以斯帖的注意，具有现实的政治内涵。因此，对《以斯帖记》4:1-3的解读必须从多方面展开：基于奥利安的框架，本文将从政治角度考察末底改的行动如何影响犹太民族与波斯权威的关系，基于兰伯特的框架，本文将从宗教角度考察这场遍及波斯犹太人的哀悼对于《以斯帖记》中犹太民族的命运产生了什么影响以及如何影响。由此，笔者试图回答第一部分末尾提出的四个问题，并指出不同角度所共同具有的核心：犹太人身份。

三、书珊城堡的哀悼：抵抗与忏悔

第一部分结尾就末底改的人物动机提出了两个微观问题：其一，末底改为何要撕裂自己的衣服？其二，末底改为何要来到国王的门前停下脚步？并且，就哀悼仪式的意义与作用提出两个宏观问题：其一，犹太人想要通过哀悼仪式表达什么？其二，从整部《以斯帖记》来看，这场哀悼的作用是什么？本文将结合对《以斯帖记》4:1-3的原文阅读、不同学者对哀悼仪式和《以斯帖记》的诠释，分别从政治和宗教的角度回答以上两组问题。

微观来看，末底改撕裂衣服、披麻蒙灰，被绝大部分学者解读为内在身份认同变化的外部表现。他下定决心放弃自己波斯廷臣的身份，并且向所有人公开自己原本的犹太身份，与所有面临着种族灭绝的犹太人站在一起。例如，格罗斯曼（Jonathan Grossman）写道："通过撕开衣服，末底改放弃了他在波斯社会中的地位和他在政权中的地位，以便通过他的赤身裸体和衣着破烂来认同犹太人的困境。"① 赛德勒（Ayelet Seidler）在格罗斯曼"身份转变"的论点上进一步推进。她补充4:4末底改拒绝以斯帖送来的衣服作为末底改身份转变的旁证，并认为这种转变是公开的，末底改有意针对屠杀令，展现了末底改举动的政治意图："然而，可以说他撕开衣服并拒绝穿以斯帖送来的衣服，证明了他身份的改变。更确切地说，它们反映了一种公开而明确的尝试，即摆脱波斯高级大臣的独特身份特征，转而承担一个犹太人的身份，为针对他和他的人民宣布的灭绝法令而哀伤。"② 此外，卡鲁瑟斯（Jo Carruthers）也阐述了"披麻蒙灰"本身的意涵。一方面，麻布与灰烬在《希伯来圣经》中表达完全的谦卑（utter humility），灰烬唤起人对于土地的根基感；另一方面披麻蒙灰也可以被理解为一种政治声明："末底改和他的人民被当作灰烬，被送回没有目的、没有生命的生活，是一种赤裸裸的生活。"③

在决意公开自己的犹太身份之后，末底改采取了相应的行动，他不仅在城中哀悼，也特意来到国王的门前哀悼。哈塞尔（Michael G. Hasel）认为将末底改的哀悼理解为请求波斯国王政治干预的上诉行为有待商榷，并主张将末底改的哀悼行为单纯理解为对犹太民族即将灭亡之悲恸的表达，原因在于末底改披麻蒙灰的着装使他无法进入国王的大门以开始他的上诉。如果末底改原本就计划借助亚哈随鲁王的力量，那么披麻蒙灰的行为和他的目的就会产生矛盾。④ 哈塞尔的论证前提是末底改只有成功进入波斯宫廷才能够实现自己的政治目的，但也有诠释者认为"直到国王的门前"就足以引起以斯

① J. Grossman, *Esther: The Outer Narrative and the Hidden Reading*, Michigan: Eisenbrauns, 2011, p. 112.
② A. Seidler, "Jewish Identity on Trial: The Case of Mordecai the Jew," *Journal of Hebrew Scriptures* 19.8 (2017): p. 18.
③ J. Carruthers, "Mordecai's Mourning: Exclusion and Vulnerability," in *The Politics of Purim: Law, Sovereignty and Hospitality in the Aesthetic Afterlives of Esther*, ed. Jo Carruthers, London: Bloomsbury Publishing, 2020, pp. 160–161.
④ Hasel, "zāʿaq," p. 117.

帖的注意。[1] 本文认为"末底改没有进入国王的门"本身就具有丰富的意涵，他在宫廷之外也能够针对屠杀令展开自己的政治抵抗。

首先，"国王的门前"是一个非常特殊的地点，不仅因为它象征着波斯的政治权威中心，而且末底改正是在此处拒绝向哈曼跪拜，才引来波及整个民族的杀身之祸。其次，末底改处于作为政治中心边界的"门"前，能够挑战，甚至挑衅、威胁国王的权威。[2] 末底改披麻蒙灰，而穿麻布的人不得进入宫廷。换言之，末底改只要向前跨一步，就可以违反亚哈随鲁王的宫廷规矩，破坏这种秩序营造的政治空间。不仅如此，宫廷的大门拒绝披麻者进入，而末底改却明知故犯，他主动地披麻、主动地使自己被拒绝，表明他根本不愿意（甚至不屑于）进入波斯宫廷。在屠杀令之下，犹太人被拒绝、排斥、欺压，但末底改的抗议颠倒了拒绝与被拒绝的关系，不是王拒绝了犹太人，而是犹太人拒绝了王。此种理解并非出自犹太人角度的一厢情愿。哈曼说"只是每当我看见犹太人末底改坐在朝门，这一切对我就都毫无意义了"。（《以斯帖记》5:13）这句经文不仅暗示了哈曼经常能看见末底改在宫门口坐着，即末底改持续进行抗议，更看出似乎已至穷途末路的末底改依然能令当时荣光加身、仕途顺遂、前景大好的哈曼受挫，表明末底改的行动产生了实质影响。

宏观来看，犹太人的哀悼仪式表达了三层含义。首先，这场哀悼并非为了过去的损失，而是为了未来的威胁，是一场公开抗议。[3] 并且，由于在《以斯帖记》的叙事中，末底改起到代表犹太人群体的作用，波斯各地犹太人公开抗议的政治性被进一步凸显、强调。其次，根据上文介绍的兰伯特的观点，哀悼仪式自身即是痛苦和悲伤的表现，并能够祈求神的怜悯。最重要的是，这场哀悼具有忏悔的性质。有学者认为《以斯帖记》4:1-3的哀悼无须被进一步理解为

---

[1] Bush, *Word Biblical Commentary Volume 9: Ruth, Esther*, p. 394.

[2] T.K. Beal, *The Book of Hiding: Gender, Ethnicity, Annihilation, and Esther*, London: Routledge, 2002, p. 71.

[3] Berlin, *The JPS Bible Commentary Esther*, p. 45.

犹太教信仰的证据。[1] 然而，考察4:3的措辞可以发现，虽然经文没有对犹太人的忏悔进行直接描写，但是通过把《约珥书》2:12和《以赛亚书》58:5两处明确呼吁忏悔、归向雅威的经文糅合进4:3，隐晦地表明犹太人在哀悼中悔改。

《约珥书》2:12	《以斯帖记》4:3	《以赛亚书》58:5
וגם-עתה נאם-יהוה שבו עדי בכל-לבבכם ובצום ובבכי ובמספד וקרעו לבבכם	ובכל-מדינה ומדינה מקום אשר דבר-המלך ודתו מגיע אבל גדול ליהודים וצום ובכי ומספד שק ואפר יצע לרבים	הכזה יהיה צום אבחרהו יום ענות אדם נפשו הלכף כאגמן ראשו ושק ואפר יציע תקרא-צום ויום רצון ליהוה
然而你们现在要禁食，哭泣，哀号，一心归向我。这是耶和华说的。	在所有省与省、王的话语和他的法律触及之地，巨大的悲哀来到犹太人，以及禁食、哭泣、哀号；麻布和炉灰被铺到许多人（身上）。	这岂是我所要的禁食，为人所用以刻苦己心的日子吗？我难道只是叫人如芦苇般低头，铺上麻布和灰烬吗？你能称此为禁食，为耶和华所悦纳的日子吗？

一方面，《约珥书》2:12对哀悼仪式的具体构成被吸纳进《以斯帖记》，"禁食、哭泣、哀号"以相同的顺序呈现在4:3中。另一方面，《以斯帖记》4:3学习了《以赛亚书》58:5的语言，将"铺"与"麻布和灰烬"搭配在一起。在4:1中，《以斯帖记》作者描写末底改披麻蒙灰时曾用"穿"与之搭配（וילבש שק ואפר）。因此，可以确认在4:3中"铺"字的运用并非巧合，而是作者有意识的选择，以指向《以赛亚书》58:5。

两则经文揭示了内与外的不一致，仅有披麻蒙灰、禁食等外在的哀悼行为是不够的，还要在内心真正地忏悔、改恶向善、归向雅威。《约珥书》2:13节随后写道："你们要撕裂心肠，不要撕裂衣服。归向耶和华——你们的上帝，因为他有恩惠，有怜悯，不轻易发怒，有丰盛的慈爱，并且会改变心意，不降那灾难。"心肠与衣服的对比

---

[1] Moore, *Esther*, p. 47.

点明"归向神"的主题，并指出随之而来的是神的仁慈、怜悯与恩典。同样，先知以赛亚在质疑"铺上麻布与灰烬"不是真正的禁食和哀悼之后，阐明了真正的禁食是"使被欺压的得自由""使困苦的人得满足"。到那时，雅威应允人们的一切呼求。

通过结合外在的仪式与内在的忏悔，4:1-3的哀悼在整部《以斯帖记》中的作用逐渐清晰。首先，这场规模浩大的哀悼标志着波斯犹太人集体公开自己的犹太身份、重新认同自己的犹太身份。尽管屠杀令同样能显示犹太人的族群身份，但这种显示是被迫的、充满绝望的、（被当局界定为）耻辱的。通过与神息息相关的哀悼仪式呼求神的怜悯、慈爱和守护，这场哀悼向敌人公开表明自己"神的子民"的身份。最初的拣选是神的"恩约"，恩约在哀悼中重新建立、重新被犹太人记念，雅威的守护和应许也再次体现。因此，这种身份公开与屠杀令截然不同，这种显明是主动的、充满希望的、荣耀的。犹太人由哀悼激发的认同与信念借末底改之口得到表达："此时你若闭口不言，犹太人必从别处得解脱，蒙拯救；你和你父家必致灭亡。"（《以斯帖记》4:14）纵使以斯帖拒绝了末底改的请求，借着雅威的恩典，犹太人也依然会得到拯救。由此，这场哀悼的第二个作用出现，即作为《以斯帖记》的转折点。以这场哀悼为中点，可以发现许多人的境遇前后颠倒。此前哈曼掌权并一手策划针对犹太人的屠杀，此后哈曼失去王的宠幸被处死、挂在木头上；此前末底改被哈曼欺辱贬低，此后末底改扳倒哈曼，头戴金冕、身披紫袍，大权在握；此前波斯犹太人在政治上处于劣势，面临种族屠杀的威胁，此后犹太人一举成为波斯帝国的"人上人"，甚至吸引其他外邦人成为犹太人（מתיהדים）。犹太人的命运在哀悼之前跌入谷底，又凭借哀悼向不在场的神祈求、忏悔，归向雅威，在末底改和以斯帖二人的运筹帷幄下，整个民族重新拥有光明的未来。

综上所述，《以斯帖记》4:1-3从末底改和犹太民族两个视角描写这场遍及波斯、意义非凡的哀悼仪式。对于末底改而言，他撕裂外衣以示自己放弃波斯廷臣身份，表明与犹太人站在一起的决心，并穿着麻布与灰烬前往宫门进行抗议。对于犹太人而言，这场哀悼表达了他们的政治诉求与痛苦哀伤，祈求神的仁慈与怜悯，并向神忏悔。哀悼公开了他们的犹太人身份，也重新建立起犹太人作为神选之民的身份。由此，在《以斯帖记》中一直缺席、隐匿的雅威终于显现。故事中助力犹太民族得胜的诸多巧合得到解释，这场哀悼成了犹太人命运的转折点。

四、结语：犹太人身份的隐与显

正如汉弗莱斯（W. Lee Humphreys）所说，《以斯帖记》是在这样的假设下写成的：犹太人必须面对自己存在于流亡中的现实，也必须找到与这种情况相处的解决方案。① 《希伯来圣经》中对待外邦人的策略可分为三种：1）排斥外邦人；2）转变外邦人，尤其是外邦统治者；3）接纳外邦人成为神的子民。② 包括《以斯帖记》在内的诸多大流散背景下写就的经卷采纳的正是第二种策略。这些经文的目的在于提出一种可能性，即犹太人坚定不移、非暴力的抵抗实际上见证了上帝的存在和力量，从而使外敌发生转变，不再对犹太民族构成威胁。③ 在《以斯帖记》中，末底改和以斯帖通过自己的行动，以和平的方式，成功改变了亚哈随鲁王的态度，并落实为通行全国的谕令，进而影响到波斯全境人民，达成了改变外邦人的结果。不过，史密斯–克里斯托弗（Daniel L. Smith-Christopher）也指出，尽管外邦人的转变往往涉及对雅威之力量或智慧的认可，但不能认为外邦人的转变是宗教上的皈依，而更多地是政治问题。《以斯

---

① W.L. Humphreys, "A Life-Style for Diaspora: A Study of the Tales of Esther and Daniel," *Journal of Biblical Literature* 92.2 (1973): pp. 211–213.

② D.L. Smith-Christopher, "Between Ezra and Isaiah: Exclusion, Transformation, and Inclusion of the 'Foreigner' in Post-Exilic Biblical Theology" in *Ethnicity and the Bible*, ed. Mark G. Brett, Boston: Brill, 1996, pp. 117–142.

③ Smith-Christopher, "Between Ezra and Isaiah," pp. 117–142.

帖记》用夸张的、戏剧化的方式指出这种转变的可能性，而作者没有（也不计划）在《以斯帖记》中讨论转变所需要的真实历史条件。然而，对犹太人自己而言，外邦人转变的发生及其可能性依然存在着神学诠释进路。这关乎独属于《以斯帖记》的应对外邦人以及散居现状的策略，即隐藏。

对《以斯帖记》开篇的以斯帖与末底改而言，隐匿自己是最好的选择：他们选择具有波斯特色的姓名，以斯帖入宫时隐瞒自己是犹太人，在末底改撕衣公开身份时以斯帖给末底改送衣服来阻止他。可是小心翼翼的隐藏无法阻止外部的敌意，哈曼策划的屠杀令使亚哈随鲁王统治下的犹太人无处可藏。如此巨大的危机在一场哀悼之后逐渐土崩瓦解。《以斯帖记》通过犹太人隐藏自身、犹太人即将灭亡、末底改撕衣、重新成为犹太人、获得上帝的恩典、犹太人得救一系列事件，关联起犹太人的身份与神恩：如果犹太人隐匿自己，雅威也会隐匿自己，任由灾祸降临于祂的子民；如果犹太人显明自己，雅威也会显明自己，应允以色列的呼求。在纵向的神与人关系上，《以斯帖记》中的神是隐匿的；在横向的人与人关系上，《以斯帖记》中的犹太人经历了从隐匿到显明、从卑贱到荣耀的变化。纵向神学维度与横向政治维度之所以能够交叉，是因为哈曼与亚哈随鲁王在政治上的任性冒犯了雅威所规定和保证的秩序，而纵横交汇本身在《以斯帖记》中具体表现为4:1-3中犹太人面向雅威的哀悼与祈祷以及雅威对犹太人所求的回应，正是神与人在历史中的沟通与联结。

历史

考古学与《希伯来圣经》[*]

Matthieu Richelle

在面向普罗大众的出版物中，保守的基督教作者经常援引考古发现来证明《圣经》的历史真实性。另一方面，持怀疑态度的学者又会在媒体上断言，考古遗存证实了《圣经》在许多方面皆为虚构。两方学者同时利用考古学，却达成如此不同且对立的看法，着实令人费解。今日，若要以科学的视角平衡地审视《圣经》[①]与考古学之间的联系，首先需要更好地理解考古学的作用，即考古学如何增进和古代以色列及犹大历史相关的知识。这便需要同时认识到考古学的积极贡献和局限性。由此，才能更好地评判不同学者就《圣经》与考古学之间的关系所持有的立场，从而找到最准确的研究定位。最终，这将有助于以理性的视角来看待传世文献《圣经》与考古发掘所获的物质遗存之间的具体关系。

一、考古学的贡献

毋容置疑，考古学借助那些闻名于世的出土文物与历史遗址，

---

[*] 主编按：本文是作者按以下论文修订与扩充而成：M. Richelle, "Archéologie et Bible," in *La foi chrétienne et les défis du monde contemporain*, ed. Ch. Paya and N. Farelly, Cléon d'Andran: Excelsis, 2013, 151–159；作者已获该出版社授权将此论文修订版本的中译刊于本刊，中译者为李思琪老师。论文原稿概述了作者本人的著作：M. Richelle, *The Bible and Archaeology*, Peabody: Hendrickson, 2018。复旦大学历史学系在2022年3月31日主办线上讲座"以色列考古探秘"，作者在该讲座上分享了本文的内容梗概。

[①] 本文将重点讨论《圣经》中的希伯来文部分，即《希伯来圣经》。

增进了我们对于古代历史的理解。和古代犹大历史相关的出土文物就有来自耶路撒冷希农谷斜坡（Ketef Hinnom）的一座坟墓，1979年于此地发现了两个银质小卷轴。这些小卷轴的年代可上溯至公元前600年左右，很可能是在来世保护死者的护身符。其上刻有祝福语，其中一句"愿耶和华赐福你，愿他保守你。愿耶和华让他的脸照耀（你）"尤为引人注目，因其非常类似《民数记》6:24-26所载的祭司祝福语。[①] 或许，此铭刻直接征引了《民数记》的字句——若是如此，这将是最早引用《圣经》文本的经外文献；又或许，此护身符的内容和《民数记》的祝福语征引了彼时既有的仪式表述。此引人注目的考古发现说明了一个普遍的事实：最有趣的出土文物（人类活动的产物）往往是铭文，即出现在各类载体（如卷轴、陶片、石碑）中长短不一的文字。

而在众多重要的历史遗址中，巴比伦城值得一提。在那发现了一座七层高塔（ziggurat）的地基，学者们将这座建筑与著名的巴别塔（《创世记》11:1-9）相提并论。事实上，《圣经》中提到的大量遗址均已被发现，而这些发现又为古代西亚地图的现代绘制提供了宝贵的信息。[②]

然而，若将考古学研究等同于发现遗存，那就过于简化考古学的实质贡献了。其主要贡献既不是发掘"宝藏"，也不是重现古代名城，而是辨析从发掘中获取的所有资料，以便从各个可能的维度重构过去。这些资料既有来自对建筑物的研究，亦有源于对烧焦谷物残骸的分析。换言之，这项工作需要多方面的技能，而对地面资料的搜集与利用需要多学科的合作。因此，当今考古学的一个显著特

---

① G. Barkay, M.J. Lundberg, A.G. Vaughn, and B. Zuckerman, "The Amulets from Ketef Hinnom: A New Edition and Evaluation," *Bulletin of the American Schools of Oriental Research* 334 (2004): 41–71.

② 和该地区历史地理有关的重要研究有：F.-M. Abel, *Géographie de la Palestine*, Paris: Gabalda, ³1967; Y. Aharoni, *The Land of the Bible: A Historical Geography*, London: Burns and Oates, 1966; Z. Kallai, *Historical Geography of the Bible: The Tribal Territories of Israel*, Jerusalem / Leiden: Magnes / Brill, 1986。

点是其研究范围的大幅扩展，即其研究涉及了众多学科领域，如：人类学、人口学、建筑学、住房、工艺、生活方式和习俗、宗教习俗、饮水和食物供应技术、社会结构、地区和国际贸易，等等。

比如，城镇的发掘工作有助于剖析城市内部组织结构，以及由此折射的居民生活方式和社会结构。[①] 城中那些拥有重大功能和威望的建筑群体，如宫殿和寺庙，显然更易获得学界关注。此外，城市的防御保护系统也是非常重要的研究议题。然而，正如历史学家们已经避免深陷于将过去总结为一系列"伟大的日期"的观念之中，转而关注细水长流的"长期"发展与变化，考古学家们也学会了将自己的注意力转向更简陋、更普通的住所，因为这些住所反映了古代大多数居民的日常生活。[②] 基于多次考古发掘活动，学者们对古代以色列居民的普通住宅设计有了进一步的认识，他们按这类住宅的典型结构，将之称为"四室房屋"（four-room house）。房屋底层被两列柱子隔开，形成三个平行的"房间"（两边的房间用于放置牲畜，而中间的"房间"可能是一个露天的庭院），第四个房间与其他房间垂直，用作地窖；卧室则位于一楼。

再如，考古学有助于揭示古代以色列人的饮食习惯以及食物制作过程。[③] 事实证明，谷物（小麦、大麦等）和橄榄油是他们饮食的重要组成部分，但蔬菜远不如肉类和水果受欢迎。麦克唐纳（Nathan MacDonald）认为，古代以色列人的预期寿命肯定相对较低。[④]

所有这一切意味着，考古学对《圣经》研究的贡献远非一份物

---

① A. Faust, *The Archaeology of Israelite Society in Iron Age II*, Winona Lake: Eisenbrauns, 2012.

② P.J. King and L.E. Stager, *Life in Biblical Israel*, Louisville: Westminster John Knox, 2001; W.G. Dever, *The Lives of Ordinary People in Ancient Israel: When Archaeology and the Bible Intersect*, Cambridge / Grand Rapids: Eerdmans, 2012.

③ N. MacDonald, *What Did the Ancient Israelites Eat? Diet in Biblical Times*, Grand Rapids / Cambridge: Eerdmans, 2008; C. Shafer-Elliott, *Food in Ancient Judah: Domestic Cooking in the Time of the Hebrew Bible*, London: Equinox, 2013; G. London, *Ancient Cookware from the Levant: An Ethnoarchaeological Perspective*, London: Equinox, 2016.

④ MacDonald, *What Did the Ancient Israelites Eat?*, 87.

品和地点的清单目录可概括。通过考古发掘所获得的知识，《圣经》
叙事中许多不解之处得以重新被破译解读。[①]例如，《圣经》文本常
提及城镇的"门"，即许多重要社交活动（如执行司法审判和处决）
的场所（参《申命记》17:5; 21:19; 22:15）。示罗地（Shiloh）的祭司
以利（Eli）也被称为"法官"，据说其座位就在城门口处（参《撒母
耳记上》4:12-18）。波阿斯（Boaz）"赎回"路得（Ruth）的法律交
易便是在城门口进行的，在场的还有十位长老（《路得记》4:1-12）。
某些城门显然成了商业活动的聚集地（《列王纪下》7:2;《尼希米记》
3:3 ; 12:39 ; 13:16）。在古代以色列和犹大的众多城市之中，如哈
琐（Hazor）、但（Dan）、米吉多（Megiddo）、别是巴（Beersheba）、
亚拉得（Arad）、拉吉（Lachish），都曾出土类似的城门。[②]同样的
情况也出现在今约旦地区（Jordan），即古代亚扪（Ammon）、摩押
（Moab）和以东（Edom）的领地，尤其是在一座位于安曼不远的城
镇，即塔勒·乌麦里（Tall al-ʿUmayri）。[③]

　　古代城门多采用对称设计，并附有两个或三个平行的侧室（有
时会在侧室中发现长凳），在某些情况下甚至备有两个塔楼。在设
防的城市之中，由于城门是城墙上的一个开口，因此城门是防御工
事中最为脆弱的部分，必须受到严密的保护。在许多情况下，两
个"城门"被一个或为集会场所的公共空间分隔开来。总之，通过

---

① 和《圣经》研究有关的考古发现，可参：J. Walton, eds, *Zondervan Illustrated Bible
Backgrounds Commentary*, 5 vols, Grand Rapids, Zondervan, 2009 ; C. E. Arnold, eds,
Zondervan Illustrated Bible Backgrounds Commentary, 4 vols, Grand Rapids, Zondervan,
2002。以色列、巴勒斯坦地区、约旦地区的出土文物概览，参：E. Stern, A.
Lewinson-Gilboa, J. Aviram, eds, *The New Encyclopedia of Archaeological Excavations
in the Holy Land*, vol. 1-4, Jerusalem, Israel Exploration Society / Carta, 1993; E. Stern, H.
Geva, A. Paris and J. Aviram, eds, *The New Encyclopedia of Archaeological Excavations
in the Holy Land*, vol. 5. supplementary volume, Jerusalem / Washington, Israel Exploration
Society / Biblical Archaeology Society, 2008。

② 详参 D.A. Frese, *The City Gate in Ancient Israel and Her Neighbors: The Form, Function,
and Symbolism of the Civic Forum in the Southern Levant*, Leiden: Brill, 2020。

③ L.G. Herr and D.R. Clark, "From the Stone Age to the Middle Ages in Jordan: Digging Up
Tall al-ʿUmayri," *Near Eastern Archaeology* 72 (2009): 83-89.

考古发掘，我们现在能够更好地想象在城门处举行集会的情景。此外，其他考古发现也印证了城门作为集市的说法：在某些城门附近发现了天平、砝码和陶勺，还有碑文提到了与城门有关的重量测度。[1] 在铁器时代，各个地区之间还未发展出共用的度量衡，因此特定地区便使用城门来命名带有地方特色的度量衡。值得注意的是，在一些城门处（或城门附近）还发现了带有祭祀物品的神龛。

考古学为深入了解古代以色列的日常生活做出了巨大的贡献。尽管如此，要充分认识这些遗存的意义，就必须牢记考古学也具有局限性。否则，人们可能会对这门学科的某些研究成果的不确定性感到惊讶；或者，在所谓的考古发现还未经确切的科学验证以前，便轻信考古学家或媒体耸人听闻的主张或声明。事实上，社交媒体上哗众取宠的行为越来越成问题，特别是当一些考古学家和古文字学家在将其发现和理论发表于同行评审的期刊上之前，就向大众发布了声明。而其他学者因无法触及这些声明的资料来源和论证方式的全貌，也就无法独立评估其可信度。

二、考古学的局限性

考古学研究的局限性主要可分为以下不同类别。

（一）诠释层面的局限性

考古挖掘所采集的资料并非不证自明，而是有待进一步阐释，这就无法避免一些推理与诠释上的困难。这类困难主要体现在以下四个方面。

首先，难以确定考古挖掘地点的真实身份。加利利湖（Lake Galilee）附近的艾泰尔（et-Tell）遗址就属于这种情况：自 1987 年以来一直在那里从事发掘工作的考古学家认为，其为伯赛大

---

[1] Frese, *The City Gate*, 170–171.

（Bethsaida）的遗址（参《马可福音》8:22-26；《约翰福音》1:44），但自 2016 年以来在艾泰尔东南方几公里处的艾阿来（el-Araj）进行发掘工作的其他研究人员对前述假设产生了深刻怀疑，[①] 并主张艾阿来遗址最有可能是伯赛大的所在地。主要原因有二：其一，艾阿来在古代更靠近湖岸；其二，在那发现了罗马时期的重要物质遗存，而艾泰尔的情况并非如此。

诚然，出土碑文有时能在鉴定考古遗址问题上起到辅助作用；这种情况便发生在艾卡迪丘（Tel el-Qadi；现代名称），在那发现了"献给但神"的碑文；此出土碑文证实了该遗址古名为"但"（Dan）。然而，此属特例。更多时候，若在一地未发现预期的物质遗存，又或人们对该遗址的古代名称产生质疑时，争议便开始了。这有时会对重构古代以色列或犹大的历史产生重大且深远的影响。位于示非拉（Shephelah）低地的基亚法（Khirbet Qeiyafa）遗址便属于这种情况，在那发现了一座重要的边防城市，其有两城门，现场还出土了有趣的字母铭文。[②] 古人曾在铁器时代短暂地居于此处，即从公元前 11 世纪下半叶至公元前 10 世纪上半叶；换言之，这是大卫王时代的一座城市。一些学者认为基亚法遗址便是《希伯来圣经》中的沙拉伊姆城（Shaaraim；参《约书亚记》15:36；《撒母耳记上》17:52）。按《希伯来圣经》的记载，沙拉伊姆城位于示非拉地，且沙拉伊姆城名在希伯来语中意为"两城门"，这两点信息刚好都符合基亚法遗址的特点。然而，并非所有人都接受这一观点。更令人议论纷纷的是，该城在铁器时代究竟是何者的领地。一些学者认为基亚法属南国犹大，而另一些学者则认为其是非利士人的城市，还有一些学者

---

① R.S. Notley and M. Aviam, "Searching for Bethsaida: The Case for El-Araj," *Biblical Archaeology Review* 46/2 (2020): 28-39; R. Arav, "Searching for Bethsaida: The Case for et-Tell," *Biblical Archaeology Review* 46/2 (2020): 40-47; M. Aviam and R.S. Notley, "In Search for the City of the Apostles," *Novum Testamentum* 63 (2021): 143-158.

② *Khirbet Qeiyafa*, vol. 1: *Excavations Report 2007-2008*, ed. Y. Garfinkel, S. Ganor, Jerusalem: Israel Exploration Society / Hebrew University of Jerusalem, 2009.

认为其由北国以色列所控制。① 可以推测的是，由于基亚法位于犹大和非利士的交界处，其隶属关系很可能会随着时间的推移而改变。为什么这处考古遗址对古代以色列或犹大的历史如此重要？因为今日学界对大卫王权施展的范围争论不休，而如果基亚法这座城市的确是由大卫所控制的，那就能成为一派学者的论据，可以证明大卫的王国是相对发达和强大的。如果该城是由北国以色列所控制，那则表明北方王国国力更为强盛，甚至扩展到了示非拉低地。

其次，难以精确地判定《圣经》等文字资料中所提及的要素（如事件、人物、地点）与考古发现之间的联系。事实上，学者们很少能厘清两者之间绝对可靠的对应关系。大多数情况下，这种对应关系往往具有可能性，但并非盖棺定论。例如，位于耶路撒冷山丘上的锡尔万（Silwan）村中的一座坟墓的门楣上发现了以下铭文：

> 这是王宫管家［……］亚胡［的墓葬］。这里没有金银财宝，［只］有［他的骸骨］和他配偶的骸［骨］。打开这个的人要受诅咒。②

遗憾的是，该石碑上留有一洞，因而缺失了一些字母，墓主的名字开头便也没有保留下来，只知其结尾为"亚胡"（-yahu），此人是"王宫管家"，这是一个重要的官衔，意即此人负责管理王宫。不过，几乎可以肯定的是，碑文原文的首句应是"这是……的墓葬"，因这是墓葬碑文的程式化开首语，且此墓旁的另一座坟墓的正面也刻有相同的开首语。

从"管家铭文"的字体可以推测，该碑文大约写于公元前 700 年。彼时，先知以赛亚写了一篇针对"王宫管家"谢布纳（Shebna）

---

① 详参 *Khirbet Qeiyafa in the Shephelah: Papers Presented at a Colloquium of the Swiss Society for Ancient Near Eastern Studies Held at the University of Bern, September 6, 2014*, ed. S. Schroer and S. Münger, Fribourg: Academic Press, 2017。

② 中译自 S. Ahituv, *Echoes from the Past*, Jerusalem: Carta, 2008, 46。

的神谕，批评其"在高处凿墓"（《以赛亚书》22:16）。在此情景下，很容易让人联想到上文所及之墓正是谢布纳的坟墓，那么碑文原意或许就是"这是宫殿管家谢布纳亚胡的墓葬"。由于"亚胡"（-yahu）是神名"雅威"（YHWH）的平替，常作人名的尾缀，在名字简称中常被隐去，故"谢布纳"可被视为"谢布纳亚胡"的简称。尽管此说法具有说服力，但仍仅为一种假设，有待更多的发现与研究。[1]

再次，难以确定地点、遗存或历史事件（如城市被毁）的真实年代。而为历史断代的能力却是将任何事件与《圣经》事件相联系的先决条件。以色列北部城市米吉多的"三分"（tripartite）建筑群体（通常视为马厩）提供了一个典型案例：其最早的断代为公元前10世纪，即所罗门（Solomon）时期，[2] 后被推至公元前9世纪，即亚哈（Ahab）时期，[3] 最近又被推至公元前8世纪，即耶罗波安二世（Jeroboam II）统治时期。[4] 这三个相继冒出的假说分别产生于20世纪20年代、60年代和2000年代。考古学家对于断代问题的摇摆不定与其说是出于自身的主观性，不如说是由于年代测定方法的不确定性。近数十年来，断代方法的数量确实有所增加，质量也有所提升，但仍不足以让考古学家精确地判定所有疑难杂症。

最广泛使用的断代方法是基于陶器随时间推移而产生的类型变化。如同服装时尚随着时间的推移而演变，每个时代的陶制器皿都有

---

[1] D. S. Vanderhooft, M. Richey, and E. Shukron, "A Bulla of ʾĀdōnîyāhû, the One Who Is Over the House, from beneath Robinson's Arch in Jerusalem," *Tel Aviv* 49 (2022): 54–66.

[2] P. L. O. Guy, *New Light from Armageddon*, Chicago: University of Chicago Press, 1931, 37–48.

[3] Y. Yadin, "New Light on Solomon's Megiddo," *The Biblical Archaeologist* 23 (1960): 62–68; Y. Yadin, "Megiddo," *Israel Exploration Journal* 16 (1966): 278–280; Y. Yadin, *Hazor, The Head of all these Kingdoms, Joshua 11.10: With a Chapter on Israelite Megiddo*, Oxford: Oxford University Press, 1972, 150–164.

[4] D.O. Cantrell and I. Finkelstein, "A Kingdom for a Horse: The Megiddo Stables and Eighth Century Israel," in *Megiddo IV: The 1998–2002 Seasons*, ed. I. Finkelstein, D. Ussishkin and B. Halpern, Tel Aviv: Tel Aviv University, 2006, 644–645.

特定的形状，因此在考古地层中出土的陶器残片能揭露其所属的相对年代。然而，这只能提供大致信息，帮助专家将物质遗存分归至一个横跨数个世纪的考古分期，而非一个具体的世纪分期。这种不精准的年代划分方法就导致围绕"铁器IIA"时代的学术争辩。按传统，这一时代涵盖所谓的统一王国时期（United Monarchy；即大卫和所罗门统治时期）；而公元前 10 世纪（即所罗门时代）至公元前 9 世纪，陶器形状的变化不大。虽然许多学者曾一致认为某些重要遗迹（尤其是一些宫殿和纪念性城门）属于公元前 10 世纪，即大卫儿子统治期间，但从陶器年代划分的角度来看，这些重要遗迹理论上亦可能来自下个世纪。于是，芬克斯坦（Israel Finkelstein）于 1996年提出"低定年代"（low chronology），即将遗址鉴定的年代从公元前 10世纪移至更晚的公元前 9世纪。[1] 大多数考古学家更倾向于遵循马扎尔（Amihai Mazar）所提出的"传统年代的修正"（modified conventional chronology），即承认很难精准测出公元前 980 / 950 年至公元前 830 年这一时间段的陶器年代。[2] 无论如何，相关的学术争辩仍持续着。[3]

许多人希望借助放射性碳-14测年法（即检测放射性碳素的含量）来解决这些断代问题。然而，以色列的考古挖掘工作较晚才开始使用这种技术。此外，其测年结果只是一个时间段或时间范围，而非精确的日期，有时还存在很大误差，例如，目前针对公元前 10

[1] I. Finkelstein, "The Archaeology of the United Monarchy: An Alternative View," *Levant* 28 (1996): 177–187. 自该篇论文出版以来，芬克斯坦改进了他所倡导的年表细节。

[2] A. Mazar, "The Debate over the Chronology of the Iron Age in the Southern Levant: Its History, the Current Situation, and a Suggested Resolution," in *The Bible and Radiocarbon Dating*, ed. T.E. Levy and T. Higham (London / Oakville: Equinox, 2005), 13–28.

[3] I. Finkelstein and E. Piasetzky, "The Iron Age Chronology Debate: Is the Gap Narrowing?" *Near Eastern Archaeology* 74 (2011): 52; A. Mazar, "The Iron Age Chronology Debate: Is the Gap Narrowing? Another Viewpoint," *Near Eastern Archaeology* 74 (2011): 106. 有关芬克斯坦和马扎尔之间详细但非技术性的辩论，见 I. Finkelstein and A. Mazar, *The Quest for the Historical Israel*, ed. B.B. Schmidt, Atlanta: Society of Biblical Literature, 2007。

世纪左右的年代测定，误差可达半个世纪左右。尽管如此，正在进行中的多项研究仍然依据大量碳-14测年数据，并以此在有关铁器IIA时代的学术争论中取得重大进展。

最后，第四种诠释困难其实也指向目前考古学研究的总体情况：考古学家很少向公众展示原始数据或事实，所展现出来的研究成果几乎都是经过资料筛选和不同推敲而得出的阐释说明。比如，上文所提及的米吉多"马厩"只是针对相关建筑群所设想出的其中一种可能的、[①] 但并不确定的解释。[②] 这些建筑群也有可能并非马厩，而是存放着各类公共用品或商品的仓库。当考古学家面对的遗存是碑文时，诠释过程中所产生的问题就更加明显了。碑文研究需要经过几个步骤：破译、转写、翻译以及语言学分析，还要根据古文字学来确定年代等。每个步骤都能引起专家之间的意见分歧。由于古典希伯来文不书写元音，只书写辅音，许多单词的含义都模棱两可，因此这种意见分歧的情况就会愈加频繁。

（二）发掘活动固有的限制

除了研究者在分析和诠释考古数据过程中所面对的前述困难，考古挖掘活动本身便存在一些难以克服的限制。挖掘的对象通常是破败的遗址，其外观呈山丘状（a tell），由叠加的地层所组成，每个地层均包含一座城市在不同时段的文化堆积。一座城市的历史是由建设和破坏两种活动交替组成的；每次重建都需要清理、压实和夷平下层的废墟，以便在其上进行建设。因此，考古遗址不过是废墟的层累叠加。当一座建筑出土时，残垣有时只有数十厘米高。除此之外，蕴含丰富史料信息的文物（如纸莎草纸上的铭文、衣物、食物等）多由易腐烂的材质所制成，因而多已消失不见。

---

① Cantrell and Finkelstein, "A Kingdom for a Horse."

② I. Finkelstein, D. Ussishkin and B. Halpern, "Archaeological and Historical Conclusions," in *Megiddo IV. The 1998–2002 Seasons*, vol. 2, ed. Finkelstein, Ussishkin and Halpern, Tel Aviv: Tel Aviv University Press, 2006, 856–857.

而且，除却少数个例（如别是巴丘，Tel Beersheba），一处遗址的挖掘面积只占一小部分，有时不超过地表面积的百分之十；若将叠加的地下层面也考虑入内，那么挖掘面积的百分比则更少。今天的情况更是如此，因为考古学家的工作要比过去细致得多，他们要花费更长的时间来重组和修复所有获得的信息。此外，许多古城位于现代街区之下，致使考古工作无法展开。大多数考古遗址仍有许多待开发的区域，因此意外发现也有可能于一夜之间出现在已开发多年的考古遗址附近。例如，历史学家长期以来怀疑"西罗亚水池"（Pool of Siloam；《约翰福音》9:7）就在耶路撒冷大卫城以南的某个地方，但却只能向游客和其他朝圣者展示一个留有拜占庭遗存的小水池作为其"传统地点"。2004 年夏天，在该地发现了通往一个巨大水池的一系列台阶，至此终于找到了真正的西罗亚水池。[1] 同样地，考古学家内策尔（Ehud Netzer）在希律堡遗址（Herodium）进行了三十多年的发掘工作，终于在 2007 年发现了大希律王的陵墓遗址——在此之前，由于历史学家约瑟夫斯（Flavius Josephus）的记载，后人一直相信大希律王的遗体葬于该处；而且考古学家早在 19 世纪 60 年代就已在该处开展考古挖掘工作了。[2]

当然，上述例子并不意味着考古学完全不能提供可靠的结果。考古学研究类似于物理科学研究：并不是每次有了突破性发现，就把既往研究成果一笔勾销，而是精进臻善、不断调整至更加精确的研究模式。

三、《希伯来圣经》与考古学

前述内容旨在阐明考古学研究的积极贡献和局限性。这一部分

[1] R. Reich and E. Shukron, "The Siloah Pool during the Second Temple Period," *Qadmoniot* 38 (2005): 91–96; E. Yoel, "The Siloam Pool — 'Solomon Pool' — Was a Swimming Pool," *Palestine Exploration Quarterly* 140 (2008): 17–25.

[2] D. M. Jacobson, "Ehud Netzer and Herodian Archaeology," *Strata* 30 (2012): 10–11.

内容则聚焦这门学科与《圣经》之间的关系及其相关问题。为此，笔者先梳理不同学者的处理方式，再勾勒出一个更客观、更具操作性的处理方法。

（一）不同类别的处理方式

（1）首先，处理这一关系的一种普遍方法便是将考古学视为《圣经》研究的工具。在大多数情况下，采用这种方法的专家们的目的是证实《圣经》中的论述。事实上，这也刺激带动了一些定期进行的考古发掘活动，例如在死海沿岸寻找索多玛（Sodom）城和蛾摩拉（Gomorrah）城的考古活动。

这种功利主义的考古方式不能令人满意。事实上，考古发掘揭示了大量遗存，这些遗存虽与《圣经》时代的文化毫无关联，但为了避免被完全遗忘或忽视，亦值得研究者充分关注。更何况，寻找《圣经》中提到的某一具体内容往往就像"大海捞针"，根本无法保证一定能找到这类内容，因为只有极少部分的历史能被保留下来。有的考古遗存很可能永远也不会被发现，但没有必要对此感到惊讶。功利主义的考古学家们还经常编写一些二手文献，以拙劣的辩解方式把仍具争议性的结果或假设说成是无可争议的发现。总之，这种考古方法已经完全过时了；相反，考古发掘工作更应被视为一门科学研究，即以开放的态度对待所有过去发生的事情，附带着不时揭示与《圣经》相关的历史的功能。

（2）时至今日，所谓的"圣经考古学"（biblical archaeology）提倡的是第二种处理方式，这种方法更加细致入微，但本质上还是较为积极地面对考古学与《圣经》诠释之间的关系。这一学派的研究者在对各种可能性保持开放态度的同时，毫不犹豫地将针对《圣经》文本的研究与实地发现结合起来，形成一种共生关系。北美学者奥尔布赖特（William F. Albright，1891—1971年）对整整一代考古学家产生了深远的影响，被许多人视为这种研究方法的代表性学者，这种方法首先强调的是物质遗存与传世文本之间的融合。

然而，"圣经考古学"一词也令有些人不满意，从而受到了猛烈的抨击，[①] 因该词认定考古工作从根本上是为了取得与《圣经》相关的成果，或者说考古学研究需依附文本研究。这是非常狭隘的定义，而现今鲜有研究者能接受这一点。而且，这种方法还存在一种风险，即过早地将错误的文本诠释成果与考古学研究混为一谈。这可能导致循环论证，即考古学似乎证实了《圣经》内容，而《圣经》研究却又被用来启示考古学。证实《圣经》的论述必须来自独立于《圣经》之外的研究结果。换言之，如果过度混合这两种信息来源，最终可能只能得到一种混乱的结果，即无从知晓其在认知层面上的真实性与可靠性了。

（3）第三种处理方式强调考古学研究与《圣经》研究两者之间的独立关系。比如，德弗（William G. Dever）便摒弃"圣经考古学"一词，而使用地理称谓——"叙利亚–巴勒斯坦考古学"（Syro-Palestinian archaeology）——来指代其所在学科领域的考古学研究。今天，大多数在以色列境内和周边地区进行发掘的考古学家都会自发地使用这一称谓与处理方式。这并非拒绝将《圣经》作为潜在的历史信息来源，而是一种方法上的分离。这不是"一手拿着铲子，一手拿着《圣经》"进行考古挖掘，而是在完全独立于《圣经》的情况下进行考古挖掘。在这种研究范式的转变之下，《圣经考古学家》（*Biblical Archaeologist*）期刊于 1998 年更名为《近东考古学》（*Near Eastern Archaeology*）期刊。

这种范式若走向极端，亦站不住脚。除了铭文，发掘出来的石头如同哑巴，一般不可能说出哪位国王占据了哪座宫殿，哪场战役导致了哪座城市的毁灭，等等。这类信息需从其他历史资料（如古代文献）之中提取。就古代以色列和犹大历史而言，《希伯来圣经》

---

① 德弗（William G. Dever）对"圣经考古学"展开最为猛烈的抨击，他从 20 世纪 70 年代起就提出了自己的批评意见，并在近期出版了纵观"圣经考古学"历史的概论；参：W.G. Dever, "A Critique of Biblical Archaeology," in *The Old Testament in Archaeology and History*, ed. J. Ebeling, J.E. Wright, M. Elliott and P.V.M. Flesher, Waco: Baylor University Press, 2017, 141–157。

显然是最为重要的古代文字资料。考古学家多会将其所发现的物质遗存与传世文献中的描述进行比较，从而得出综合性的历史结论。

（4）德弗所捍卫的另一种方法必须与前一种方法区分开来。他在近期的出版物中提出，考古学必须被视为研究古代以色列和犹大的"主要资料来源"。① 毋容置疑，与考古资料和发现相比，《圣经》文本经过了几个世纪的改写；有关事件的古老记忆已经根据其后发展起来的神学和意识形态被重新讲述；而且，根据德弗的观点，由于《圣经》文本是精英阶层的产物，故不能不假思索地将《圣经》文本视为可靠的史料。而考古遗迹不会说谎，展现的是客观证据。古代碑文往往是在其中所提及的事件发生后不久便书写完成，没有经过复杂的传抄历史。方法（3）与方法（4）的不同之处在于，前者只涉及考古发掘时需要采取的专业态度，而后者则关注历史学家同时将考古发现和《圣经》文本纳为史料来源，以此重构历史的工作情况。

从某种程度来说，将考古发现作为重构以色列和犹大历史的起点是有道理的。然而，事情并非如此简单。历史学家不能把考古学家的发掘成果当作原始的、客观的证据；这些证据仍需由考古学家解释，而解释工作是主观的，考古学家之间的分歧清楚地表明了这一点。如本文第二部分所示，各种限制因素使考古资料的使用和分析变得更加复杂。

王室碑文是铭文体当中拥有更多详细信息的史料，其目的显然是为了美化国王，因而具有宣传性质。概述军事行动和其他活动的皇家年鉴和编年史，以及公开宣扬国王辉煌成就的纪念性铭文，尤其是石碑，均为如此。然而，每位历史学家都知道：这些碑文是最为珍贵的历史资料之一，不能被搁置一旁，因其中包含了许多历史信息；只是，这些信息还掺杂着对既往史实不准确、过度简化和失真扭曲的描

---

① W.G. Dever, *Did God Have a Wife? Archaeology and Folk Religion in Ancient Israel*, Grand Rapids / Cambridge: Eerdmans, 2005, 32–89; W.G. Dever, "Whom Do You Believe — The Bible or Archaeology?" *Biblical Archaeology Review* 43/3 (2017): 43–47, 58.

述。这种情况与德弗所描述的《希伯来圣经》情况十分相似。

总之，可以理解的是，一些历史学家更谨慎看待《圣经》所提供的信息来源，且更倾向于将考古资料作为其研究的出发点。然而，处理考古资料时也应当保持相应的谨慎，尤其考虑到很多历史学家在具体实践中，常因考古学所提供的信息过于单薄，而快速转向《圣经》文本，对其进行批判性阅读，以此重构历史事件与人物。

（5）芬克斯坦（Israel Finkelstein）在其研究实践中提倡另一种方法，即不仅将考古学的史料地位置于《圣经》的地位之上，而且使考古学成为评判《圣经》历史真实性的"审判官"。按此观点，由于考古学的关注点是物质遗存（既往留下的具体痕迹），而《圣经》文本则是以叙事为导向，其载录时间往往晚于该叙事发生的时间，因此前者往往能够裁定《圣经》叙事哪些为史实，哪些为虚构。

这种情况确实存在。在某些案例中，考古发掘成果可以被合理地运用，以验证《圣经》文本所述事件发生的可能性。大多数历史学家认为，《约书亚记》中征服迦南的事件在很大程度上是虚构的，或者说完全是虚构的，这主要是因为在征服事件本应发生的整个时期内，迦南居民的物质文化展现了基本的连续性，而且几乎没有任何证据可以证明来自其他地方的一支队伍对迦南领土进行了暴力征服。顺带一提，这并不意味着《约书亚记》是一本荒诞不经或毫无创作目的的书卷；许多《圣经》学者认定其是公元前7世纪晚期约西亚（Josiah，前648—前609年）治下所编纂的故事，为的是开创"约西亚向以法莲南部扩张的先例"（precedent for Josiah's expansion into Southern Ephraim），尽管其后来在传抄过程中也历经修改。[①]

---

① C. Edenburg, "The Book of Josiah or the Book of Joshua? Excavating the Literary History of the Conquest Story," in *From Nomadism to Monarchy? Revisiting the Early Iron Age Southern Levant*, ed. I. Koch, O. Lipschits, and O. Sergi, University Park, Pennsylvania: Eisenbrauns; Tel Aviv: Emery and Clare Yass Publications in Archaeology, The Institute of Archaeology, Tel Aviv University, 2023, 263-278. 上文中的直接引用来自这篇论文的第274页。

然而，鉴于前述所及的考古学所展现的众多局限性，不能简单、肤浅地将考古学视作评判《圣经》叙事的历史真实性的"高等法院"。[①] 相反，大多数历史学家视考古学和传世文献为互补的史料，在综合考察并获取结论之前，必须对每一种史料进行批判性的研究。

（6）最后，自 20 世纪 90 年代以来，一些被称为"极小主义学派"（minimalists）的学者——非考古学家，而是《圣经》学者和历史学家——认为，《圣经》仅包含极少量对真实事件的回忆，[②] 理由是《希伯来圣经》中大部分文本的写作时间很晚近，甚至迟至希腊化时期（公元前 330 年之后），且其中大部分内容均为虚构。据此观点，考古学几乎成了重构真实的以色列和犹大历史的唯一史料。

与所有激进的理论一样，该理论产生了实际影响，但也纯粹地因不符合科学逻辑而遭到绝大多数专家的弃绝。尤其值得注意的是，在希伯来语言学家看来，将《希伯来圣经》各个经卷的成书时间全都推定在希腊化时期是反智的，因为《希伯来圣经》的语言文字折射了不同时期的用法。此外，一些研究表明，《圣经》的文本内容确实包含了许多关于早期历史准确而可信的细节。尽管如此，"极小主义者"引起的争论激发了质疑《圣经》的知识氛围，而这种氛围的影响留存至今。

（二）寻找一种平衡的方式

上述类型分析中关于如何处理《圣经》与考古学之间的关系的意见各式各样，既有对《圣经》持原教旨主义态度的学者，亦有对《圣经》的史料价值持批评态度的学者。更确切地说，以下三个参数在其中起到作用，并导致了这些意见和方法的分歧：（1）对考古学重构过去的能力的信任程度；（2）对《圣经》作为历史资料的信任程

---

① N. Na'aman, "Does Archaeology Really Deserve the Status of a 'High Court' in Biblical Historical Research?" in *Between Evidence and Ideology*, ed. B. Becking and L.L. Grabbe, Leiden: Brill, 2010, 167.

② 此学派的经典代表：T.L. Thompson, *The Mythic Past: Biblical Archaeology and the Myth of Israel*, New York: Basic Books, 1999。

度；（3）这两个领域组合（或不组合）的方式。由于第一种意见（即考古学需依附《圣经》研究）与第六种意见（即考古学是唯一的史料）在第二参数上的预判是错误的（尽管两者的观点截然相反），故需摒弃这两种意见。如前所述，摒弃意见一的另一理由，是其过于狭隘地看待考古学对历史知识重建的贡献。由于第四种意见（即考古学是主要的史料来源）与第五种意见（即考古学是《圣经》历史真实性的"审判官"）对于第一参数过于自信，因此这两种意见亦不尽人意，尽管两者均包含一定程度的核心真理。

第二种方法（即"圣经考古学"）和第三种方法（"叙利亚-巴勒斯坦考古学"）其实相差不大。如果在方法上采取预防措施，避免坠入上述两种方法在误用时所产生的陷阱，那么其实可以将两者结合起来使用。一方面，"叙利亚-巴勒斯坦考古学"的实践基础是考古工作必须独立于《圣经》文本而进行；换句话说，发掘和对发掘资料的科学分析必须在不受文本研究影响的情况下进行。另一方面，虽然《圣经》的文本诠释绝不能强行裁定考古发掘中应该发现什么，但其内容在考古选址等探测方面可以发挥一定的作用。事实上，"圣经考古学"正确地认定了《圣经》往往是充分利用和理解考古资料时不可或缺的辅助史料，但《圣经》诠释必须置于稍后的研究阶段之中，即不是在发掘或分析考古遗存之时，而是在进入综合结论的阶段之时。这就是现今主张以上两种意见者的做法，即便某些人继续倾向于采用其中一种称谓（"圣经考古学"或"叙利亚-巴勒斯坦考古学"），大家实际上采取的是类似的考古实践方式。

四、结　语

最后，当《圣经》叙事被拿来与考古发现进行对比时，两者的碰撞究竟会擦出何种火花呢？有些人只提及两者之间惊人的互证，而另一些人则相信，物质遗存往往与文本内容自相矛盾。要弄清楚上述问题，需将以下三个现实因素纳入考量。

　　首先，必须明白的是，文本与考古学之间的"接触面"仍然非常有限。换言之，这两个领域之间的交集或交叉部分——所有可能产生互动与碰撞的情况——都非常有限。考古学提供的大部分资料在文本中均无相对应的内容，反之亦然。从积极的方面来看，这意味着考古学为《圣经》内容提供了许多补充资料。然而，这也意味着《圣经》中的大部分内容记载根本无法与考古资料相提并论。

　　其次，仅仅从相互印证或推翻材料的角度来思考上述问题是不全面的。将考古遗存纳入对比研究之中实则产生了更广泛的结果。有时，考古学只是阐明了古代以色列或犹大的日常生活方式，揭示了相关的历史背景，但这并不连带地证实文本细节的历史真实性，最多只能说明该文本细节是否与当时的背景相吻合，因而增加文本内容的可信度。这类信息当然不应被忽略，因考古与文本两者之间的相似度表明我们更贴近过去的真实还原。在某些情况下无法通过考古学来验证《圣经》所提及的信息的历史真实性，但考古学至少可以告诉我们这些文本细节是否可信。

　　最后，考古学与《圣经》之间的碰撞、冲突吸引了各个派别的学者，尤其是那些常出于个人宗教原因而异常关注《圣经》准确性的人。这些热烈的关注对"圣经考古学"或"叙利亚-巴勒斯坦考古学"领域发挥了特殊的影响。从积极的方面来看，这意味着相关的考古发掘和历史讨论均吸引了大量财力的投入。从消极的方面来看，这也意味着过于简单化的观点和期望充斥着相关主题的大众讨论（这与本文第三部分所及的方法一有关）。此外，这还意味着某些学者在未严谨地使用必要的方法的情况下，会偏向有利于《圣经》叙事的历史真实性的解释来评价或论证考古资料。这种偏见的背后蕴藏着这样一种观念，即文本的"真理"（truth）与其所述事件的"历史性"（historicity）是联系在一起的。从诠释学的角度来看，这种观点很值得商榷，因为文本的"真理"实际上在于其所传达的信息，而在很多情况下，其与所报道之事件的历史性并不挂钩。因此，反思《圣经》与考古学之间的对立关系可以完善对《圣经》诠释学的理解。此外，《圣经》的学术研究还指出了一个事实，即其中的经卷文本都历经多个创作阶段以及几个世纪的发展而形成。如前所述，考古资料如同经文都必须加以解释与辨析。同样地，《圣经》经文也像考古遗存一样需要"被挖掘"，以让学者们重构其层累的创作历史，以便更好地理解其与古代以色列和犹大的各个历史阶段的关系。

希伯来等西亚创世神话中的杀蛇战斗

王昶欢

（伦敦大学亚非学院）

缩 略 表

akk. = akkadisch = 阿卡德语；he. = hebräisch = 希伯来语

obv. = obverse = 正面；rev. = reverse = 反面

（ ）= 译文中说明；［ ］= 校勘者或译文中译者补充

一、导 言

　　检世界古老文明关于世界伊始的描述，《创世记》拥有最广为人知的"神话叙述"，其1—11章涵盖了上帝创世、伊甸园故事、洪水故事等多个属于创世神话（Weltschöpfungsmythus）的题材。19世纪下半叶以来，一系列对于西亚文明的再发现却冲击了传统阐释《希伯来圣经》的路径；学界惊异于所谓《创世记》不过是"巴比伦创世记"（即阿卡德语《埃努玛·埃利什（*Enūma Eliš*）》，下缩写为*En. el.*）的翻版，[①] 包含洪水故事的文献《阿特拉哈西斯（*Atra-ḫasīs*）》与《吉尔伽美什（*Gilgameš*）史诗》（下称*Gilg.*）的第11块泥版亦被

[①] 如 A. Heidel, *The Babylonian Genesis: The Story of Creation*, Chicago and London: The University of Chicago Press, 1942, 书题即将《埃努玛·埃利什》称为"巴比伦创世记"（The Babylonian Genesis）。

视作诺亚方舟故事的蓝本。①

由此学界兴起了对古代西亚文明创世神话的探讨。② 稍晚于德语学界威尔豪森（Julius Wellhausen）的著作，德国学者贡克尔（Hermann Gunkel）始将比较神话学、文献学与历史语言学等方法引入到《希伯来圣经》研究中，他首先指出《创世记》1—11章与两河流域有关创世的神话在内容与结构上的相似；同时指出在《希伯来圣经》中散见一个关于与海洋或是大蛇作战的"混沌战斗（Chaoskampf）"，其极类于《埃努玛·埃利什》中所述马尔杜克（Marduk）与迪亚马特（Tiāmat）的战斗。③《希伯来圣经》中的所谓参与作战而被杀的大蛇，实为一系列有不同希伯来语名称或称号的海洋生物的统称，即包括he. nāḥaš; ṭannîn; liwyāṯān; rāhaḇ 等，详后文。然则这一"杀蛇战斗"本身却不见于《希伯来圣经》中《创世记》或《出埃及记》等叙述"上古神话"的文本，而是散见于《诗篇》（74；77；89；104；114）、《以赛亚书》（19；27；51）以及《约伯记》的一些章节（9；26；40-1）；其中《诗篇》77；104及《以赛亚书》19:5-10等段落中虽未明确出现"蛇"的字眼，但其中战斗情状与杀蛇战斗极为相似，故亦纳入本文的讨论之中，详下文第四节。

贡克尔的著作激起极大反响，开启了《希伯来圣经》研究与

---

① 本文征引这两部文献所用的校勘本分别为 W.G. Lambert, A.R. Millard, and M. Civil, eds., *Atra-ḫasīs: The Babylonian Story of the Flood*, Oxford: Clarendon Press, 1969；W.G. Lambert, *Babylonian Creation Myths*, Winona Lake: Eisenbrauns, 2013；A.R. George, ed., *The Babylonian Gilgamesh Epic*. 2 vols., Oxford: Oxford University Press, 2003。近年来较为全面地整理与阐释洪水故事的著作包括 N. Wasserman, *The Flood: The Akkadian Sources. A New Edition, Commentary, and a Literary Discussion*, Leuven / Paris / Bristol: Peeters, 2020。

② 关于该时代学术史的概览，参 R.S. Hess, "One Hundred Fifty Years of Comparative Studies on Genesis 1–11: An Overview," in *"I Studied Inscriptions from before the Flood." Ancient Near Eastern, Literary, and Linguistic Approaches to Genesis 1–11*, ed. R.S. Hess and D.T. Tsumura, Winona Lake: Eisenbrauns, 1994, 3–28。

③ H. Gunkel, *Schöpfung und Chaos in Urzeit und Endzeit. Eine religionsgeschichtliche Untersuchung über Gen 1 und Ap Joh 12*, Göttingen: Vandenhoeck & Ruprecht, 1895, 29–104.

亚述学或古代西亚研究的蜜月期。影响的余波持续到20世纪中叶，而此比较研究也首先在英语世界得到了回声，海德尔（Alexander Heidel）基本认同贡克尔对希伯来与西亚创世神话的比较研究，唯其"杀蛇战斗"是仅见于两河神话而在《希伯来圣经》中无考的内容：[1] 即一方面，《希伯来圣经》中耶和华所杀之蛇为海里的活物，而非如同《埃努玛·埃利什》中被杀的女神迪亚马特（Tiāmat）同时具有蛇和原始海的性质；另外其以为《诗篇》《以赛亚书》等提及的蛇仅是敌对大国的别名，故其所反映的并非"杀蛇神话"，而不过是以"杀蛇"代指"打击埃及"等外敌。[2] 这样一种区分《希伯来圣经》中的"神话"与"史实"的路数在战后学界多有回声，如阿尔贝茨（Rainer Albertz）的博士论文即试图依文献学证据和内容而将"创世神话"区分为"宇宙创造"或"世界创造"与"人类创造"两个在传承上有着完全不同来源的独立传统；[3] 而克里夫尔德（Richard J. Clifford）则在"历史"层面之外引入了"超历史 (suprahistoric)"的概念而挑战了传统的二分倾向。[4] 另一方面，在《希伯来圣经》研究之外，彼时亚述学方兴未艾，许多亚述学者自身并未正确认识到

---

[1] Heidel, *The Babylonian Genesis*, 102–103.

[2] 20世纪中叶以降的希伯来与西亚神话的比较研究包括针对《第二以赛亚》《诗篇》中创世神话的研究，如：R. Albertz, *Weltschöpfung und Menschenschöpfung: Untersucht bei Deutero-jesaja, Hiob und in den Psalmen*, Stuttgart: Calwer, 1974；另有探讨《创世记》1—11章的J与P底本间的关系及其与两河神话关系的研究，如：G. von Rad, *Das erste Buch Mose. Genesis*, Göttingen: Vandenhoeck & Ruprecht, 1972; B.F. Batto, *Slaying the Dragon. Mythmaking in the Biblical Tradition*, Louisville: Westminster / John Knox Press, 1992；以及从语言学和神话学角度探讨的著作，如：U. Cassuto, *A Commentary on the Book of Genesis*, Jerusalem: Magnes Press, 1989; D.T. Tsumura, *The Earth and the Waters in Genesis 1 and 2. A Linguistic Investigation*, Sheffield: Sheffield Academic Press, 1989。

[3] Albertz, *Weltschöpfung und Menschenschöpfung*.

[4] R.J. Clifford, *Creation Accounts in the Ancient Near East and in the Bible*, Washington: The Catholic Biblical Association of America, 1994, 153–162。他认为阿尔贝茨研究（Albertz, *Weltschöpfung und Menschenschöpfung*）的主要问题在于，以《诗篇》为例，其叙事内容中的所谓先民的"历史记忆"与"创世神话"有相当的流动性，且在诗歌创作中有相似的目的。

在古代西亚文化交流之密切以及神话跨地域传播的潜在生命力，使其倾向于认为《希伯来圣经》之中任何但凡与两河流域的神话有细节上的不同的故事皆是受到了迦南地本土文化的影响；如《阿特拉哈西斯》的编译者兰伯特（Wilfred G. Lambert）、米拉德（Alan R. Millard）等人纷纷发声，他们主张《希伯来圣经》中的"杀蛇战斗"段落并未受到《埃努玛·埃利什》影响，而是取自迦南神话与历史，如乌加里特（Ugarit）的"巴力神话物语群（the Baal Cycle）"中所述的雷电神巴力（Baal）战胜海阎（Yammu）的故事。①

近年，伴随着文献学研究的进展以及对于青铜时代以降古代西亚国际交流的认识，一度沉寂的、围绕贡克尔的著作的讨论再度开启，见证了大量论文集、专著及书评的问世；而迦南文化对于以色列文化的影响也得以被系统科学地阐明。② 这些声音固然冲击了仅仅关注于希伯来与两河这两极的倾向，但一方面，他们在研究方法上却不免仍旧陷入了"神话"与"历史"范畴对立的陷阱，即区分出

---

① W.G. Lambert, "New Light on the Babylonian Flood," *Journal of Semitic Studies* 5 (1960): pp. 113–123; A.R. Millard, "New Babylonian 'Genesis' Story," *Tyndale Bulletin* 18 (1967): 3–18. 关于乌加里特的神话，有两卷本较为完整的汇编，即 M.S. Smith, ed., *The Ugaritic Baal Cycle. Vol. I. Introduction with Text, Translation and Commentary of KTU 1.1–1.2* (Leiden / New York / Köln: Brill, 1994); M.S. Smith and W.T. Pitard, eds., *The Ugaritic Baal Cycle. Vol. II. Introduction with Text, Translation and Commentary of KTU / CAT 1.3–1.4* (Leiden / Boston: Brill, 2009). 另参 O. Kaiser, *Die mythische Bedeutung des Meeres in Ägypten, Ugarit und Israel* (Berlin: Verlag Alfred Töpelmann, 1962), 40–77。

② 论文集包括 J. Scurlock and R. Beal, eds., *Creation and Chaos: A Reconsideration of Hermann Gunkel's Chaoskampf Hypothesis*, Winona Lake: Eisenbrauns, 2013。新的研究中有较大影响力的包括 D.T. Tsumura, "The Chaoskampf Myth in the Biblical Tradition," *Journal of American Oriental Society* 140 (2020): pp. 963–969。津村氏（Tsumura）在此论文中评议了三部 2012 年以来出版的专著，其批判了两位学者的研究（G. Mobley, *The Return of the Chaos Monsters—and Other Backstories of the Bible*, Grand Rapids / Cambridge: William B. Eerdmans Publishing Company, 2012；B.F. Batto, *In the Beginning. Essays on Creation Motifs in the Ancient Near East and the Bible*, Winona Lake: Einsenbrauns, 2013，因他们无分别地沿袭了贡克尔的结论；而 D.S. Ballentine, *The Conflict Myth and the Biblical Tradition*, Oxford: Oxford University Press, 2015 着重分析乌加里特的战斗神话对《希伯来圣经》相关神话的影响，则得到了津村氏的肯定）。

属于"神话"内容的创世混沌（《创世记》1—2:4章等）与属于"历史"叙事的战斗内容（"杀蛇战斗"），并且认为二者分别来自不同的源头；本文将通过细致的文本细读以及对比分析，试图说明所谓"世界创造"与"杀蛇神话"并非分属两个独立的传统，而是在文化传播过程中被捆绑在"创世神话"的同一个包裹之中而得以跨文化传播的。另一方面，这样一种文化影响和融合的过程并非仅有单一的线索，《希伯来圣经》自然不是非此即彼地仅受到了或是两河流域或是迦南本土文化之中一者的影响；相反笔者以为，虽这些古代西亚文明的传世文学生成时间有差异，但它们或皆反映了更为古老的闪族先民的共同传统，故而在学术研究层面的比较研究方法亦有其可取之处。就本文讨论的创世战斗这一层面，可以观察到其触及了古代西亚神话中两大常见主题，一为与原始水或大蛇的战斗，二为新兴神如巴力（Baal）、马尔杜克（Marduk）等取代退位神如埃尔（El）的主题，在不同文明中两个主题又与不同的故事和细节以不同方式结合在一起，形成了各自独特与精妙的神话体系。而至《希伯来圣经》中，可以发现耶和华的形象本身甚至融合了所谓旧神与新神的职能，即作为创世神而类同于与大海和创世相关的退位神埃尔（El），却又参与到这场杀蛇战斗中而恰似于赢得战斗的新神巴力（Baal）等。

本文的探讨仍旧关注于《希伯来圣经》与两河流域的苏美尔语、阿卡德语中关于创世的神话，这一则是由于相较于体量小、语焉不详且鲜有传世的迦南地本土文学，两河流域的创世文学内容和体裁都极为丰富，且其情节交代相对清楚，适于进行比较研究。又则是随美索不达米亚的帝国扩张以及阿卡德语成为西亚地区的通用语（lingua franca），其文学亦得以深刻地影响整个西亚范围，而希伯来文化亦不例外。《希伯来圣经》在结构、内容、语言、叙事技巧等层面类于两河流域文学，故而在此比较研究中笔者借鉴了列维-施特劳斯（Claude Lévi-Strauss）神话学著作的分析方式，[1] 即从结构较为

① 即四卷本的 C. Lévi-Strauss, *Mythologiques*, Paris: Plon, 1964-1971。

清晰且内容集中的两河流域的创世杀蛇战斗切入，将之作为"参照（référence）神话"，提炼出战斗中的一方"混沌母蛇"的特点，兼浅论该神话的现实意义。其次，就《希伯来圣经》文本内部理路考察杀蛇神话，即从文献学等方式分析而对文本进行分类，考察文本间该神话的流动性。本文试图指出，最初的杀蛇战斗神话所象征的便是创世之初对于原始水的治理；而"参照神话"的模式在《希伯来圣经》文本中产生了变化、转义，而作为一种融合"古典"与"今典"的极为高效的新的神话母题被认知、被记忆、被引用，而焕发经久的生命力。

二、两河创世神话中的混沌母蛇与"杀蛇战斗"

两河流域文学中关于世界创造的文献极为丰富，在内容上就创造对象而言可区分为宇宙创造（cosmogony）、神的创造（theogony）与人的创造（anthropogony）；而全篇涉及宇宙创造的最为著名的文献当属《埃努玛·埃利什》；本文亦将考察另一些篇幅较短而没有阿卡德语或苏美尔语标题的创世神话。据兰伯特校勘本中附加的英文标题，它们包括"单/双语创造故事（*A Unilingual / Bilingual Account of Creation*）"（VAT 9307）、"击杀拉卜（*The Slaying of Labbu*）"（Rm 282）、"埃里都建城（*The Founding of Eridu*）"（BM 93014 + 82-3-23, 101）以及"另一杀蛇文段（*Another Dragon-Slaying Episode*）"（VAT 9443）等。① 此外，前导言述及的其他文献，如主要载有洪水故事的《阿特拉哈西斯（*Atra-ḥasīs*）》的第1块泥版，便包含有大量关于人类创造的内容。

若考察由七块泥版组成的《埃努玛·埃利什》，其前四块（Ⅰ—Ⅳ）几乎都是关于马尔杜克（Marduk）与迪亚马特（Tiāmat）之间

---

① Lambert, *Babylonian Creation Myths*, 上述文本分别见于第350—360、361—365、366—375、384—386页。

的战斗；文献中所展现的通过战胜而确立新代神的这一诸神代际更替的主题深刻影响了赫梯、希腊诸文化。① 而Ⅳ的尾声与Ⅴ则是作为战斗的后记，即叙述了如何在战败方尸体上进行创世。若依所叙内容的时间序列而划分该创世神话的阶段，可大致区分为三个阶段，即宇宙创造前状态（宇宙创造前已有神的存在，即诸神独立于"宇宙"外）、引发创造的先决事件——马尔杜克与迪亚马特的战斗以及创世过程与产物。史诗开篇便是关于"宇宙"存在以前的描述（*En. el.* I 3-5）：②

apsû-ma rēštû zārûšun	Apsû，那最先的、他们的
*mummu tiāmat	mu'allidat*	生产者（父亲），
gimrīšun	［与］Tiāmat 即 Mummu、那
mê^{meš}-šunu ištēniš iḫiqū-ma	生育他们全体者，
	一同融合了他们的诸水。

　　这样的图景在两河流域的世界想象中极为普遍；另可对比"埃里都 (Eridu) 建城"神话中描写的世界建立之前的状态（BM 93014 obv.10-11）：③

---

① 赫梯的相关神话如 *Catalogue des Textes Hittites* (CTH) 321 所载的 Tarḫunna (heth. ^{D}IM-, luw. ^{d}Tarḫunt-) 杀死 *Illuyanka* (heth.^{MUŠ}illuyanka-) 蛇的故事，而 CTH 344 等文本合而构成的"库马尔比神话物语群 (the Kumarbi Cycle)"则表现神之间代际更替的主题。希腊则有著名的新代神宙斯取代其父克罗诺斯、其祖乌拉诺斯的神话，以及新代神宙斯杀死堤丰(Typhoeus / Typhaon) 蛇的传说，见赫西奥德《神谱》(Hes. Theog. 820-880)；上述神话皆是直接或间接受到两河等西亚神话影响的体现。
② 本文所引用的阿卡德语文献参考了校勘本的转写与翻译，正文中仅收录了笔者本人的转录以及汉译；《希伯来圣经》则取《中文和合本（双色大字版）》，南京：南京爱德印刷有限公司，2023年。
③ 按，文本为苏美尔语、阿卡德语双语，因语意完全相同且苏美尔语有残缺，本文仅引用阿卡德语版本。

napḫar mātātu tâmtum-ma　　　　诸土地全然是海，

inu ša qirib tâmtim raṭûm-ma　　而海中的泉涌便是输送管道。

　　上述两个段落所描述的皆为充满水的、液体状的"混沌"。又第一文段中述及第一对天神即父神阿普苏（Apsû）与母神迪亚马特，且二者的字面含义皆与自然界的"水"有关，前者直译作"水"而后者作"海"；谓二者融合他们的水流或非淡水咸水的汇合或河流入海，或其所描述的便是海中的输送管道的涌动。[①] 根据史诗后段内容（*En. el.* V 1-46）亦可探知，此时的世界尚无光暗的区分以及光体的存在，有的仅是无边黑暗的液态基质，详后文第三节。[②]

　　若考察这一段落中迪亚马特的修饰语即 *muʾallidat gimrīšun* "生育他们全体者"；其中"生育"一词的词根即 *"wld"*，其所表现的便是迪亚马特作为众神之母在生物学意义上的分娩过程。而该词根同样出现在《创世记》2:4a 中，即将创造物形容为天与地的 *tôlədôt*，或指二者的世系。[③] 除该词根之外，另有一系列与创造、生育有关的动词语汇被用以形象地描述迪亚马特作为大母神的这一角色，如 *En. el.* I 141-146 讲述了迪亚马特创造出十一个不同名字的蛇或龙状的怪物作为她战斗助手的内容，用以形容她的创造过程时便使用了动词 Š. Prt. *ušziz* "使……立起" 以及 Š. Perf. *uštabši* "使……存在"；而该文献中描述其他天神被创造或生出时另有使用动词词根 *"bnʾ"*（*En. el.* I 9; 12）。迪亚马特之为大母神不仅在于其生育了众神，同时在

---

① 关于海中有管道存在的这一想象，可参考 *Gilg.* XI 287-289，其中同样出现了 akk. *rāṭu* "输送管道" 一词。

② 可参照 *En. el.* V 的叙述。笔者将在本文第三节着重讨论相关段落。

③ 感谢李思琪老师阅读了本文的早期草稿，并建议笔者加入《希伯来圣经》中来自同一闪语词根 "wld" 的同源词 *tôlədôt*。关于这一词语的具体含义及参考文献参 L. Koehler and W. Baumgartner, *The Hebrew and Aramaic Lexicon of the Old Testament*, 5 vols., Leiden: Brill, 1994-1999, vol. 4, 1699-1700. 一般用作名词时或意为"诸子嗣"；然此处该词出现在固定的表达词组即 *ʾēlleh tôlədôt* 之中，即"这些世系"，或与 P 底本中的世系概念有关。

《埃努玛·埃利什》接近尾声的部分提及，迪亚马特第二任丈夫金固（ᵈQingu）的血液便被用于造人（*En. el.* VI 29–30），而这也与《阿特拉哈西斯》中用陶土混合一个被杀的神的血液造人的记载相符（*Atra-ḫasīs* I 203）；所谓创造人类所用的也是该词根。对比这些关于"创造"的阿卡德语语汇，《创世记》1—2:4a（即 P 底本）在描绘耶和华创造世界时，总使用希伯来语"br'"词根。[①] 除去涉及创造过程的动词语汇，阿卡德语创世神话与《希伯来圣经》也共享一些相似的关于原始状态的描述。多有学者讨论《创世记》1:1–2 中出现的词语 *tōhû wābōhû* "空虚混沌"以及 *təhôm* "渊"，二者描绘了一种类似于"混沌"的状态；[②] 甚至部分学者认为 he. *təhôm* "渊"这一词语恰是 akk. *Tiāmtu / tâmtu* "海"的同源词。[③] 不论是否存在此种词源学上的联系，在两个文本之间仍能观察到极为类似的关于世界形成前构景的想象：以液体为主要构成的、无秩序的世界。

这一神话中的大母神迪亚马特（Tiāmat）的字面意思即某种原始的"海"，而在两河先民的想象中，其具体形象却又常被具象化，在图像中常被表现为某种巨蛇或巨龙形象。[④] 前述《埃努玛·埃利什》这一文本虽未明言其为蛇，但其为十一个蛇类怪物之母；且作为一个人格化的天神她自然具有各个生物部位或器官，同一文本的 *En. el.* IV 137 以降描述其死尸状态如同鱼干一般，且其表皮具有延展性。对比"击杀拉卜"以及"另一杀蛇文段"两段文献，[⑤] 则有对迪亚马特

[①] G. von Rad, *Das erste Buch Mose. Genesis*, 27–44.

[②] 按，然部分学者反对《创世记》描绘的是类似混沌的状态，缘其不同于两河创世神话如《埃努玛·埃利什》中描述的作为活物（animate）的原始水，而更似一潭死水，详 Heidel, *The Babylonian Genesis*, 97–101。

[③] 赞成希伯来语与阿卡德语这两个词汇之间存在词源学联系的学者包括 Gunkel, *Schöpfung und Chaos in Urzeit und Endzeit* 及其后多数学者，然 Tsumura, *The Earth and the Waters in Genesis 1 and 2* 基于西北闪语语言学而反对前者的观点，可备一说。

[④] 考古与图像学方面的研究参 E.D. van Buren, "The Dragon in Ancient Mesopotamia," *Orientalia Nova Series* 15 (1946): 1–45；另见 Heidel, *The Babylonian Genesis*, 83–84。

[⑤] 按，拉卜（Labbu）这一被击杀的大蛇的楔形文字符号亦可读作 *ribbu*，此读法附会《希伯来圣经》中被杀之蛇拉哈伯（Rahab），两者亦有很大的同源的可能性。

神的类似表述，如：*tâmtum-ma ṣēra lilīd* "愿海（Tiāmat）为生育那蛇的"（Rm 282 obv. 6）；*ina tâmti ibbani ṣēru* "在海（Tiāmat）中一条蛇被创生了"（VAT 9443 obv. 21），皆与《埃努玛·埃利什》所述相同。所有上述描述无疑明确地指向了迪亚马特该母神具有"海"与"巨蛇"的双重形象或身份；不论她本身是巨蛇样的海还是其中有巨蛇的海，二者在迪亚马特身上被统一起来，而作为参与这场创世战斗中的敌对方。

除去迪亚马特本身所象的自然界的某种"原始水"，其他自然力量在《埃努玛·埃利什》所述战斗中同样起到了重要的作用。如 *En. el.* IV 42-48 提及马尔杜克以种种风（akk. *šāru*）为武器，即 *šadû* "东风" 等四种方位的风、*imḫullu* "［具破坏性的］风"、*meḫu* "风暴" 等共七种；而 *En. el.* IV 49 又言马尔杜克持有最强大的武器洪水（*abūbu*）。在其他论及战斗过程的文本中，所用的武器除"风暴"外另有 *urpu* "云"（Rm 282 Rev. 2）。由此不难发现，战斗神话特别突出各天神所象征或是司掌有自然界的力量；这亦符合先民所创造出的神多为自然神的观点。若放眼两河流域其他神话，特别是洪水神话，其开端或是洪水的起因恰在于这些象征自然力量的天神大行破坏：雷电之神阿达德（Adad）在云中呼啸发出巨响（*Atra-ḫasīs* III ii 49：*ištagna ᵈAdad ina erpeti*），[①] 风变得极为狂暴吹来大水等。

现可进一步就这些神话传统本身思考神话成立之初的现实语境，即两河的创世杀蛇战斗神话如《埃努玛·埃利什》史诗是在什么

---

① 这句描述中，akk. *erpetu* 即"云"，其中出现了动词词根 *šgm* "呼啸"；另下文有 akk. *rigmu* "巨响"一词。又 *Gilg.* XI 98-99 的描述类似，即说阿达德在"乌云"（*urpatum ṣalimtum*）中低吼（词根 "*rmm*"）。其他相关词汇还包括：*Atra-ḫasīs* III ii 54-iii 12 的 *šāru* "风"、*meḫu* "暴风"、*abūbu* "洪水"；*Gilg.* 109-110 以及 129、133 亦出现了这些词，并有 *šadû* "东风"、*imḫullu* "［具破坏性的］风"。与这些名词搭配的动词除了形容风的 *uzzuzu* "变得狂暴"（词根亦 "*'zz*"，有同源词 he. '*zz* "成为强壮的"，见 *Atra-ḫasīs* III ii 54; *Gilg.* XI 7, 202），还有描述这些自然力量的运动的动词："*lk* "行进"、*mḫṣ* "击打"，等等。甚至于"洪水"这一自然力量本身由于其暴烈的特点，而被形容为 *kīma qabli* "如同战斗的"（*Atra-ḫasīs* III iii 12; *Gilg.* XI 111）。

场合被演绎、又在影射什么具体自然或是政治事件。学界一种较有影响力的观点认为，由于《埃努玛·埃利什》是在新年唱颂，故其所记的马尔杜克与混沌或蛇的战斗应反映了冬季洪水变干的自然过程。[①] 虽就地理学证据而言这个猜想有所偏差，然笔者以为这种思路是正确而有益的，即可以将创世神话的"混沌水"理解为自然中随四季更替而在某一时间呈现出暴烈与无序状态的水流。从相反的角度思考，这样一种"混沌"的反面无疑即"分别"或"秩序"，而这便是创世的目的与结果。就水源而言，创世过后取代"混沌水"的便是有序的水流，如 *En. el.* V 47-61 所述，所谓有序包括"干燥和潮湿"以及"坚实的大地与海"的区分的建立，其他类型的水源也跟着被创造出来，如自然界中的云雾、底格里斯河和幼发拉底河等水流；如 *En. el.* V 58 载：*namba ʾī uptalliša ana babāli kuppu* "他在水源对之钻孔，以便汲得之水得以运载"。类似的描述见诸"单/双语创造故事"（VAT 9307 obv. 5-6, 13-15），即战斗后对世界的规划除了分开天和大地外，还包括规划河道与水渠以及建立起"两河"。同样的还有"埃里都建城神话"（BM 93014 obv. 31-32）：

belum ᵈmarūtuk ina paṭ tâmtim	主人马尔杜克在海的边缘做了
tamlâ umalli	平台，
tâmtim apa nābala iškun	对水中的芦原，他立了干地。

这些或多或少揭示了上述战斗的现实意义，即混沌战斗现实上象征对于水流的治理和农业运用。又由于多数创世杀蛇神话文本本身是专供新年演绎，这事实上也象征着神话中所叙的内容亦即与混沌水作战而创造宇宙的过程是在每年重复发生的，即通过仪式性的

---

① 即 Gunkel, *Schöpfung und Chaos in Urzeit und Endzeit*, 15-16。持同样观点的如另一德国学者P. Jensen, *Die Kosmologie der Babylonier*, Straßburg: Verlag von Karl J. Trübner, 1890, 307-309。而 Heidel, *The Babylonian Genesis*, 97-98 却批判了这种观点，即以为考古、地理证据说明在两河的冬季并无足够多的水，洪水更多泛滥于春季。

再演而确保每年春季能对泛滥水善加治理。在这样一种神话与仪式的宇宙之中，世界的毁灭与重生便在每一年度上演。

《埃努玛·埃利什》的一个段落则很好地凸显出新晋的最高神马尔杜克如何同时掌握毁灭与创造的能力，而使得星座黯淡而又转亮的段落（*En. el.* IV 21-24）：

*šīmatka belum	lū maḫrat ilānī-ma*	Bēl（马尔杜克）呵，你的运命	愿这先于诸神。
*abātum u banû	qibi liktūnū*	毁灭与创造	——下令吧——愿它们定为坚实。
*epšu pîka	liʾabit lumāšu*	你面前的行动（＝你的命令）	愿星座消灭
*tūr qibišum-ma	lumāšu ittabni*	请再一次命令	星座已被创造。

这一段落中出现的一组关键词即"毁灭与创造"堪称对《埃努玛·埃利什》主题最为贴切的概括；这组词语不仅仅是对神的力量的昭示，更突出了这一组过程将在时间序列中反复、循环出现：同样的观念亦统领了两河流域洪水神话的叙事。

通过上述的分析，笔者已明确地揭示，创世神话之中的"造物"与其战斗场景之中"毁灭"的主题二者之间的紧密联系。以两河流域中的创世杀蛇神话作为背景，接下来的几节将详细分析《希伯来圣经》中的杀蛇神话并指出，同样可以"毁灭与创造"的框架分析创世背景中的杀蛇战斗；正是由此，该杀蛇神话的内涵得以外延，进入到同样以"破坏与重建"为主题的现实战斗当中。

三、《希伯来圣经》中与创世之海相关的杀蛇神话

《希伯来圣经》之中，创造世界作为耶和华最首要的、最伟大的事迹，自然常出现于赞颂他的伟大能力的篇章中；然而描述其击

打大蛇的段落仅出现于《诗篇》《以赛亚书》等，而不见于《创世记》，[①] 故这一"杀蛇战斗"究竟是属于"创世神话"的一部分还是仅用以比拟历史上确有依据的、真实的战斗被颂扬记忆，学界仍未有定论。笔者在本节中将从《诗篇》中一个仍被广受争议的段落切入。《诗篇》74是一首向上帝发问而求他帮助以色列应对外敌的共同哀歌（communal lament），[②] 而其中第12—17节又以赞美诗的文体穿插了对上帝"宇宙力量（cosmic powers）"的赞颂：

> 神自古以来为我的王，在地上施行拯救。
>
> 你曾用你的能力将海（yām）分开，将水中大鱼（tannînîm）的头打破。
>
> 你曾砸碎鳄鱼（liwyātān）的头，把它给旷野的禽兽为食物。
>
> 你曾分裂［成］泉水与溪河；[③] 你使长流的江河干了。
>
> 白昼属你，黑夜也属你，亮光和日头是你所预备的。
>
> 地的一切疆界是你所立的，夏天和冬天是你所定的。

该文段中第12节关乎耶和华的拯救与取胜，13—17节则分说

---

① 本文所引用的《希伯来圣经》校勘本为BHS（*Biblia Hebraica Stuttgartensia*），见其在线版网址 https://www.academic-bible.com/en/online-bibles/biblia-hebraica-stuttgartensia-bhs/read-the-bible-text/。

② 关于《诗篇》74的学术评注可参考：S.J.M. Dahood, *Psalms II: 51–100, Volume 17: Introduction, Translation, and Notes*, New York: Doubleday & Company, 1966, 198–208; F.L. Hossfeld, E. Zenger, K. Baltzer and L.M. Maloney, *Psalms 2: A Commentary on Psalms 51–100*, Minneapolis: Fortress Publishers, 2005, 239–251; M.E. Tate, *Word Biblical Commentary Vol. 20: Psalms 51–100*, Nashville: Thomas Nelson Publishers, 2005, 239–255; N. de Declaissé-Walford, R.A. Jacobson, and B.L. Tanner, *The Book of Psalms*, Grand Rapids / Cambridge: William B. Eerdmans Publishing Company, 2014, 594–595.

③ 按，和合本作"你曾分裂磐石，水便成了溪河"，而"磐石"往往被作为动词"分裂（bq')"的实际宾语，却不见于希伯来原文；对该动词的分析详 J.A. Emerton, "Spring and Torrent in Ps. 74:15," *Vetus Testamentum* 15 (1966): 122–133, 即其反映的实则是世界创造时所必经的阶段，即将原始混沌海进行引流，使得干地得以出现。

他的一系列事迹。 在《诗篇》74中其自成一个独立的单元，从语言学角度分析本段，其反复出现第二人称单数代词（凡七次）和第二人称单数的完成式动词（凡八次）而异于前后文；另可特别关注到第12与17节皆出现了"地（'ereṣ）"一词以标记12—17节为自成完整的段落。[1] 而因其一系列的动词所述的行动与《埃努玛·埃利什》的战斗场景极为类似，故这一文段常被作为"创世神话"进行分析，且特以其中13—15节反映"混沌战斗"的内容。[2] 而津村氏却分析语言学证据反对这一看法，[3] 认为该段落与阿卡德语创世神话在语言学层面上并不相近。比如，此处词组"你曾分开（pōwrartā）海"中的词根为p̄rr，[4] 而不同于 En. el. IV 106 叙述迪亚马特被击败的情景时所用的词根 prr "溃散"（Dt. 词干的 uptarrira）；而虽则 En. el. IV 135确实出现一个表达"分裂"之意的动词（词根 ḫp'）用以形容

---

[1] 关于《诗篇》74重复出现七次独立的第二人称代词一点早已多为学者所关注并指出，如 Dahood, *Psalms II: 51-100*, p. 205，以及 Tate, *Word Biblical Commentary Vol. 20: Psalms 51-100*, 245 和 Hossfeld, Zenger, Baltzer and Maloney, *Psalms 2: A Commentary on Psalms 51-100*, 242 等；Dahood 甚至提出，使用七次人称代词恰是对应于海怪利维坦的七个头，虽后来多有学者（见 Tate, *Word Biblical Commentary Vol. 20: Psalms 51-100*, 251）指出这一论证或是过于穿凿。而对于全诗所用动词时态的分析可参考 G.F. Sharrock, "Psalm 74: A Literary-Structural Analysis," *Andrews University Seminary Studies* 21 (1983): 211-223，即其动词时态是为提示本诗分段的依据；又第12与17节皆见"地"一词可参 Tate, *Word Biblical Commentary Vol. 20: Psalms 51-100*, 245。

[2] 认为《诗篇》74:13-17反映的是创世神话这一观点多为主流的学者评注所接受，特别可参考 K. Seybold, *Die Psalmen*, Tübingen: J.C.B. Mohr, 1996, 289，如 Tate, *Word Biblical Commentary Vol. 20: Psalms 51-100*, 251-252, Hossfeld, Zenger, Baltzer and Maloney, *Psalms 2: A Commentary on Psalms 51-100*, 248-249 等基本接受了其论述；另有如 Dahood, *Psalms II: 51-100*, 205-207持同样观点。另有一些学者则以为本段一系列关于对抗大海以及海怪所喻，不过是耶和华在出埃及时分裂红海打击法老的史实，如 A. Leliévre, "YHWH et la Mer dans les Psaumes," *Revue d'histoire et de philosophic religieuses* 56 (1976): 253-275。

[3] D.T. Tsumura, "The Creation Motif in Psalm 74:12-14? A Reappraisal of the Theory of the Dragon Myth," *Journal of Biblical Literature* 134 (2015): 547-555.

[4] 可参考 Tate, *Word Biblical Commentary Vol. 20: Psalms 51-100*, 243, n. 13a 以及 251，其认为该动词词根 p̄rr 此处实为"粉碎、摇撼"之义；早期译本以及著作将其译作"分开"实则是由该动词宾语误作红海而致。

分裂迪亚马特的尸体，然该文献中所谓分裂发生在"杀蛇战斗"之后，即迪亚马特被击败之后，而不同于《诗篇》中所述。故其认为此诗中描述暴力战斗行为的内容（第13—14节）不属于"创世"主题，而是关于"毁灭"的叙事；在整个古代西亚文学之中，仅《埃努玛·埃利什》同时包含有创世主题与杀蛇战斗。

然就笔者所见，这一论述的问题显而易见，仅就两个文本并未采用同源的语汇，或是所述情节的细节或是"次序"有细微的不同，就说明两个文本间毫无关系，无疑不具有说服力；更为甚者，其将"毁灭"与"创造"的二分对立强加于文本。如本文前节所述，"创造"与"毁灭"的主题在两河流域神话中本就紧密相连，构成了在循环式而非线性时间观之中同一行为的两个面向；且这两方面的职能亦有机结合在马尔杜克这一最高神身上；这一点在《希伯来圣经》中耶和华的形象中同样得到了很好的体现，如上引《诗篇》74:15的上下两个半句分别描述耶和华创造出水流以及使得水流干涸两个看似相反的行动，类似前述 *En. el.* IV 21-24 中描述马尔杜克使得星宿明暗交替的段落。以此角度分析《诗篇》74:12-17的叙事，则可将其视作是对于耶和华一系列创造行为的罗列。

又如前述此段《诗篇》74:13-17在语言上使用第二人称单数的完成式动词（凡八次），将一系列动态行为串联起来；所用动词的时态实际上提示读者，这一段并非描述一个场景中不同动作在时间上相续发生，文句上的先后并不反映神话事件发生的前后顺序，甚至于同一个事件也常以改述、同义反复的形式多次出现；相反，毋宁将该文段视作对耶和华相互独立的一系列奇行的列举，这一系列神话事件得以被组织在一起的原因则在于它们有着相同的主题或同属一个神话母题，在此文段中即由于它们都与创世有关。上引14节前半句与13节后半句仅替换了词语，又两节中提及与海（*yām*）、水中大鱼（*tannînîm*）以及鳄鱼（*liwyāṯān*）的作战，描绘的实为一个事迹：打破水生动物的头颅而分开海水。又可对比乌加里特的"巴力神话物语群"中巴力（Baal）战胜七头海阁（Yammu）及其仆从洛坦（Lotan或Litan, *ltn*）的故事，不仅这些被战胜的海怪的名字同源且特征类似，[①] 且其表述与语言同样十分相近。[②] 又将本段所述内容与上文提及的两河创世神话的主题进行对比，与其说二者反映了对海或蛇的"毁灭"，不如说所谓杀蛇战斗的深层含义在于：击杀脱离控制而引起混乱的"蛇"或类似的生物，夺回对水的主宰。也正因如此，战斗的目的并不仅仅在于击败作为敌人的巨蛇或是狂暴的水流，而是在战斗后从多个方面入手对水进行控制，如建立平台或大坝、制造干地、规划水流等，这也与15节的内容相合。故在这个意义上13—14节所述的战斗内容与15—17节的创世内容得以统一起来，即共同描述了耶和华"创造秩序"的过程。

在《希伯来圣经》几乎所有出现击杀巨蛇的段落中，皆提及耶和华是如何规划水流的，且"杀蛇与治水"这一主题本身同样常与其他创世事件同时出现。如《诗篇》89:9-10即提及了另一海中怪物拉哈伯（*rāhab*）：[③]

> 你管辖海（*yām*）的狂傲，波浪翻腾，你就使他平静了。
> 你打碎了拉哈伯（*rāhab*），似乎是已杀的人，你用有能的膀臂打散了你的仇敌。

该段落出现在《诗篇》89中的耶和华赞美诗段落即第1—18节，且就

---

① 可参见Tate, *Word Biblical Commentary Vol. 20: Psalms 51-100*, 251,《希伯来圣经》中另一些文段有关于水中大鱼（*tannînîm*）或是鳄鱼（*liwyātān*）同样也有七个头的叙述；又可参Smith and Pitard, *The Ugaritic Baal Cycle. Vol. II*, 252,《希伯来圣经》中描述鳄鱼利维坦是快行的蛇（*bāriah nāhāš*）与曲行的蛇（*'ăqallātôn nāhāš*）（《以赛亚书》27:1；《约伯记》26:13），与乌加里特文献KTU 1.5 I 1-3中对洛坦这一海怪的描述完全吻合。

② 可特别参考Leliévre, "YHWH et la Mer dans les Psaumes," 255-256中所对比的乌加里特语的"巴力神话物语群"的段落。

③ 参见D.J.A. Clines, *Word Biblical Commentary Vol. 17: Job 1-20*, Nashville: Thomas Nelson Publishers, 1989, p. 233, 该海怪的名字*rāhab*或来自表"变得狂暴"的动词词根，可对比akk. *ra'abu*"掀起风浪"。

格律与内容而言9—10节与其接续的11—12节属一整体，皆描述耶和华在世界创造方面的成就。在语言修辞层面，该节同样重复使用第二人称单数代词（凡五次），似在呼应以同一语言特点著称的《诗篇》74:13-17。[1] 而内容方面同样类似的是，《诗篇》74与89皆将耶和华与大蛇或海怪的战斗与其设立天地与时令等的创世行动作为一个整体情节加以叙述。

与二者类似的段落另有《约伯记》（26:12-13）：

他以能力搅动大海（yām），[2] 他借知识打伤拉哈伯（rāḥaḇ）；
借他的灵使天有装饰，[3] 他的手刺杀快蛇（nāḥaš）。

在这一章的第11节及之前也是创世内容，而这两节或照应了该章第5节"在大水和水族以下的阴魂战兢"的语句。 而《约伯记》9:13"神必不收回他的怒气，扶助拉哈伯的屈身在他以下"的内容无疑明言该巨蛇拉哈伯（rāḥaḇ）同样还有许多辅助其战斗的帮手；两河的《埃努玛·埃利什》亦以相当的篇幅叙述协助的诸蛇是如何被击败（En. el. IV 107-118）。《约伯记》中所述耶和华的"怒气"不仅

---

[1] 可参考Hossfeld, Zenger, Baltzer, and Maloney, *Psalms 2: A Commentary on Psalms 51-100*, 406-407以及Tate, *Word Biblical Commentary Vol. 20: Psalms 51-100*, 413-414对于《诗篇》89一诗结构的分析，即全诗除去赞美诗段落（89:1-18）外，另由神谕（19-37）以及哀歌（38-51）所组成。

[2] 这半句的动词词根为rgʿ，而其常见的含义同时有"激发、搅动"以及不及物动词"变得平静"（见 Koehler and Baumgartner, *The Hebrew and Aramaic Lexicon of the Old Testament*, vol. 3, 1188），早期学者多将其释作"搅动"如和合本译文，如M.H. Pope, *Job, Volume 15: Introduction, Translation, and Notes*, New York: Doubleday & Company, 1965, 185，然该解读与一般理解的耶和华的创世行为不符；后之学者多从D.J.A. Clines, *Word Biblical Commentary Vol. 18A: Job 21-37*, Nashville: Thomas Nelson Publishers, 2006, 623-624，按其希腊文《七十士译本》之译法κατέπαυσεν "他（耶和华）止息了"，而取其第二种含义，将希伯来语的动词修订为其hif使役语干形式，即"使……平静"。

[3] 按，第13节具体词义参Clines, *Word Biblical Commentary Vol. 18A: Job 21-37*, 624；字面意思即耶和华凭借他的气息使得天清净。

限于"杀蛇战斗",亦统摄了其劈开山、撼动大地、封闭与创造星宿等创世行动(9:5-10),展现了耶和华对世界的掌控。更有甚者,这一所谓赞美诗(doxology)可复划分为5-7与8-10两个三联诗,[①] 分述其如何施行毁灭及再建,而体现了笔者所强调的"毁灭与创造"主题的统一。

此外,另有《诗篇》104涵盖相同的要点,其1—24节叙述了耶和华的创造行动及其怒气,而25—30节则突出其如何作为海的主宰,第26节特别提及海怪"鳄鱼(*liwyātān*)"的生灭取决于耶和华,且在遣词方面似乎暗喻耶和华与之作战而使其臣服。[②] 有趣的是,《诗篇》104:29甚至提到,耶和华令惊慌的怪物"归于尘土",这则令人联想到了两河流域创世文学中杀蛇战斗之后创造世界与人类的叙述,即通过混合泥土与被杀大蛇(金固)的血液而创造人类。换言之,此诗中虽未详述战斗场景,但其遵循了带有杀蛇战斗的创世诗的叙事框架,即以蛇喻指创世之初狂暴的水源,而此原始海在创世过程中当被控制。

由此,上述《希伯来圣经》文本的一众作者绝不是在耶和华"创世"叙述中生硬地插入了毫不相干的"杀蛇战斗"。相反,创世过程本身便包含与原始蛇的战斗,而唯有使之流血以作为创造世界的"奠基",世界创造才能最终完成。这一思想观念于两河流域以及希伯来文明在内的古代西亚传统的创世神话中皆有体现。

四、神话化的早期历史记忆:出埃及"历史"与杀蛇神话

从上节可见,《希伯来圣经》之中以创世神话中的杀蛇战斗象征规划水流这一点与两河流域创世神话的一致,然在《希伯来圣经》中提及杀蛇战斗的许多其他文段中却保留了不见于两河或其他西亚

---

① 参见如 Clines, *Word Biblical Commentary Vol. 18A: Job 21–37*, 229。

② 如,可参考 S.J.M. Dahood, *Psalms III: 101–150, Volume 17A: Introduction, Translation, and Notes*, New York: Doubleday & Company, 1970, p. 45, 即《诗篇》104:26中的表述类于《约伯记》40:29,其中短语 *leśaḥeq bō* 字面翻译即"将其(*liwyātān*)嬉耍"。

文学的、以色列民的专属记忆。在这一神话母题流传的层面，对于以色列民而言，上古的耶和华分开海、杀死大蛇的事迹，在其迁徙等过程中逐渐有了其他的意涵。

在以色列民的历史记忆中，对大海最为深刻的记忆当属其迁徙历史，即《出埃及记》中关于越过红海的记述（13:17—15:21），耶和华化身为云柱与火柱在昼夜分别指引迁徙的先民，且其以风等形式吹开水制作干地，[①] 令摩西引导以色列民渡过。《出埃及记》15:1-18 即歌颂，耶和华使 "水分开（*wayyibbāqə'û hammāyim*）"，海就成了 "干地（*ḥārāḇāh*）"，以便 "所赎的百姓过去"，并将埃及军队沉入红海。[②] 杀蛇战斗本身也常常被嵌于这种跨越红海的回忆中，如《以赛亚书》的这一段落（51:9-10）：

> 耶和华的膀臂啊，兴起，兴起！以能力为衣穿上，像古时的年日、上古的世代兴起一样。从前砍碎拉哈伯（*rāhaḇ*）、刺透大鱼（*tannîn*）的，不是你吗？
>
> 使海（*yām*）与深渊（*təhôm rabbāh*）的水干涸，使海的深处变为赎民经过之路的，不是你吗？

就体裁以及结构而言，这首诗与其他赞美诗微殊；这一文段却与前引《诗篇》74极为类似，是共同哀歌以祈请耶和华的干预，但较之将 "创造" 与 "救赎" 更紧密地联系起来。所谓 "古时的年日、上古的世代" 指代的便是原初造世的历史与以色列民族最初的历史，亦所谓 "混沌杀蛇战斗" 以及出埃及过红海的历史。[③] 不仅是第9节

---

① 按，这些场景与《创世记》1—2:4的世界创造以及洪水神话多有相似之处，甚至于段落中所述云柱与火柱与创世神话亦有颇多关联，本文从略。

② 按，被沉入海底的埃及军队，恰成了创世神话中被击败的海的一部分或海中生物本身。

③ 可参见J.D.W. Watts, *Word Biblical Commentary Vol. 25: Isaiah 34–66*, Nashville: Thomas Nelson Publishers, 2005, 770 以及 C. Westermann, *Isaiah 40–66. A Commentary*, Philadelphia: Westminster / John Knox Press, 1969, 240–243。

的拉哈伯（*rāḥaḇ*）与大鱼（*tannîn*）为杀蛇战斗中常见的被杀之蛇，第 10 节的"海"与"深渊"似有双重含义，既指创世神话中原初的混沌，又或暗指《出埃及记》14:21 中所跨越的海；[①] 而第 10 节所述则是将创世及创世阶段的混沌战斗与出埃及过红海的历史进行比附。笔者以为，这种联系一方面是由于杀蛇战斗的实际意义——治理原始海——与分开红海的神迹极为相似，故而第 10 节"使海干涸"这前半句便充当了连接点：其连接起一端切割蛇的上古"神话"叙事，与另一端分开红海的早期"历史"。另一将二者建立联系的重要原因则在于，《希伯来圣经》别处多有将埃及或法老比作拉哈伯（*rāḥaḇ*）或创世中的海怪，或是以海怪来代指埃及，[②] 因而得以将杀蛇战斗和出埃及自然地联系在一起。所谓追忆此种神话或早期历史的表述见诸《诗篇》77:5"我追想古时之日，上古之年"，而其 16—20 节亦"对创造者神的颂歌"：[③]

神啊，诸水见你，一见就都惊惶（*yāḥîlû*），深渊（*ṯəhōmôṯ*）也都战抖。

云中倒出水来，天空发出响声，你的箭也飞行四方。

你的雷声在旋风中，电光照亮世界，大地战抖震动。

你的道在海中，你的路在大水中，你的脚踪无人知道。

你曾借摩西和亚伦的手引导你的百姓，好像羊群一般。

---

① 并非所有学者都认同第 10 节的前半句所叙为"混沌杀蛇战斗"的创世神话叙事，如 J. N. Oswalt, *The Book of Isaiah. Chapters 40–66*, Michigan / Cambridge: William B. Eerdmans Publishing Company, 1997, 342–343 就以为本句提到的海"并非神话中所述的创世前物质世界中的混沌，而特指红海"；这一观点无疑过分强调了人为的"神话"与"历史"的二分，而未正确认识到两者界限的流动性，相反恰是由于此种流动性的存在而使得作者得以自然地将两个事件联系在一起。

② 如 J. Blenkinsopp, *Isaiah 40–55, Volume 19A: A New Translation with Introduction and Commentary*, New York: Doubleday & Company, 2002, 330。

③ de Declaissé-Walford, Jacobson, and Tanner, *The Book of Psalms*, 612.

值得注意的是，从格律角度分析《诗篇》77，其中唯16—19为"三节诗行（tricolon）"而非他节的"二节诗行（bicolon）"，这从侧面印证了该诗节或为插入到该首诗篇之中的独立的古代诗文片段。[①]该段的语义即在祈求神为以色列民实现"新的创造或是出埃及"[②]，虽本诗第20节以摩西和亚伦的手引导，不同于《出埃及记》13—15以摩西一人引导过红海的记述，但结合第19节的内容，即其提及海水中的道路，这一段描述所指为出埃及历史一点并无太大疑问。颂诗中16节所用的语汇却极类于创世时与混沌之水的战斗，然而耶和华与混沌的作战却被用以代指其救赎的行动而被历史化定位于出埃及的语境之中；[③]由此创世战斗中惊惶而奔逃的水流与颤抖的深渊，也就被附加进了《出埃及记》14—15中逃散的红海之水的内涵中。[④]唯《诗篇》77未详述与此海洋或深渊的战斗场景，仅仅有赖于上述的文本细读与对比，方得知此处引用了"混沌战斗"的"典故"，以此喻指分开红海之水。

简要回顾本节以及前一节讨论的《希伯来圣经》中的这些文段，这些赞美诗在内容层面，所赞颂的往往并非耶和华单一的事迹，而是耶和华的创世行为整体。换言之，在写作层面上并无一个激发诗人创作的直接动因，而赞美诗并非对于特定事件的"谢恩"。这一点同样适用于哀歌，哀歌往往哀叹上帝抛弃以色列人（《诗篇》74），又或是在遇难时追思上帝求取安慰（《诗篇》77），因而往往追思耶和华自上古以来庇护以色列民而为其进行了"杀蛇战斗"、创造世

---

① Dahood, *Psalms II: 51–100*, 224, 231.

② Tate, *Word Biblical Commentary Vol. 20: Psalms 51–100*, 271.

③ Tate, *Word Biblical Commentary Vol. 20: Psalms 51–100*, 275.

④ 同时可以对比《诗篇》104:7"你的斥责一发，水便奔逃""你的雷声一发，水便奔流"以及104:29描述海中鳄鱼（*liwyāṯān*）的段落"你掩面，它们便惊惶（*yibbāhēlûn*）；你收回它们的气，它们就死亡，归于尘土"。二者场景高度类似，皆指向创世神话中被击败溃散的海，故可知《诗篇》77所描绘场景实则暗指创世战斗。另可对比以"以色列出了埃及"开篇的《诗篇》114:3–4："沧海看见就奔逃，约旦河也倒流。大山踊跃如公羊，小山跳舞如羊羔。"这首诗实亦非完全关于出埃及、分裂红海之事，但同样引用了一系列创世的母题。

界；而部分诗歌追忆耶和华在赢得创世的"混沌战斗"之外，又将其与以色列出埃及的早期历史联系起来，即忆及耶和华为他们战胜了红海的史实。上述便是杀蛇神话的两个维度，即其最初来自创世层面，在此之外又被应用到早期历史层面而成了"杀蛇与分裂红海"事迹这一"古典"。在第五节中将会看到杀蛇神话还进入了当下和未来的时间框架，继而实现了其末世论层面的转义。

五、神话的转义：当下与未来的杀蛇神话

本文第三至四节已经通过文本分析初步勾画出同样的创世杀蛇母题在《希伯来圣经》文本中的流变。然而还有一部分提及杀蛇的文段，却是"引用"了杀蛇神话本身及分裂红海的"古典"，以喻指《希伯来圣经》作者所处的"今日"所面临的战斗。《希伯来圣经》的各个作者在面对他们所处时代的外敌时，由于记忆中这些故实与他们所经历的现实高度贴合，他们便极尽笔墨描写代指外敌的杀蛇神话之中的"蛇"，被击杀的"蛇"的形象逐渐丰满起来。《约伯记》40:11—41:34更是用极长的篇幅，直接以耶和华之口叙述他击败诸种海中巨怪，本文节引部分：

> [11]要发出你满溢的怒气，见一切骄傲的人，使他降卑，[12]见一切骄傲的人，将他制伏，把恶人践踏在本处。[13]将他们一同隐藏在尘土中，把他们的脸蒙蔽在隐密处。[14]我就认你右手能以救自己。[15]你且观看河马（*bəhēmôt*），我造你也造它，它吃草与牛一样。……[21]它伏在莲叶之下，卧在芦苇隐密处和水洼子里。[22]莲叶的阴凉遮蔽它，溪旁的柳树环绕它。[23]河水泛滥，它不发战，就是约旦河的水涨到它口边，也是安然。[24]在它防备的时候，谁能捉拿它？谁能牢笼它，穿它的鼻子呢？
>
> [1]你能用鱼钩钓上鳄鱼（*liwyātān*）吗？能用绳子压下它的舌头吗？[2]你能用绳索穿它的鼻子吗？能用钩穿它的腮骨

吗？……[12] 论到鳄鱼的肢体和其大力，并美好的骨骼，我不能缄默不言。……[31] 它使深渊开滚如锅，使洋海如锅中的膏油。[32] 它行的路随后发光，令人想深渊如同白发。[33] 在地上没有像它造的那样，无所惧怕。[34] 凡高大的，它无不藐视，它在骄傲的水族上做王。

　　这一文段中用大量的篇幅描述所谓河马（bəhēmôt）与鳄鱼（liwyāṯān）以及它们的强力，以彰显耶和华对万物的主宰与控制，本文对其语文学的讨论从略。而关于文段中提及的这两个生物究竟是为神话中的海怪还是各自具体特指自然界真实存在的动物、且若是后者其具体描述究竟与哪一种动物的生物学特性相一致，引发了学界经久不休的讨论。[①] 然这些讨论多半未认识到，文段作者在创作时未必仅仅以自然界生物或是神话生物二者取其一为原型，因其大可从创世神话中的海怪形象中汲取此处河马（bəhēmôt）与鳄鱼（liwyāṯān）的灵感，而文段中所述的降伏河马与鳄鱼的行动，[②] 很可能是以混沌杀蛇战斗以及打击埃及等外敌的战斗为原型。细究文本中对于河马与鳄鱼的细节描述，似可佐证这一观点，即其似乎具有某些"前创世"的宇宙力量，如鳄鱼可以使得深渊与洋海——创世神话中原初状态的水域——变得恶劣可怖，而且"它打喷嚏就发出光来，它眼睛好像早晨的光线"（41:18）。[③] 然而，这里亦展现出一

---

① 如可参见 D.J.A. Clines, *Word Biblical Commentary Vol. 18B: Job 38–42*, Nashville: Thomas Nelson Publishers, 2011, 1183–1186 以及 1190–1193 及其所引述的参考文献；Clines 自身即认为《约伯记》的 Behemoth 仅仅是一个生物"，"其中没有一个细节是有神话色彩的"（1186），且 Behemoth 特指的是河马这一生物，而 Leviathan 则特指鳄鱼。

② 如 J. D. Levenson, *Creation and the Persistence of Evil*, Princeton: Princeton University Press, 1994, pp. 16–17 讨论了关于《约伯记》中这一如何制服列维坦的段落，并以为其似乎暗示了《希伯来圣经》中并未明言的一个神话，即"耶和华如抓捕一条鱼一般迫使列维坦求饶并且臣服，而这个巨大的怪物则变成这个抓捕他的天神的玩物"。

③ 可对比 G.J. Botterweck, "Behemoth" in *Theological Dictionary of the Old Testament, Vol II*, ed. G.J. Botterweck and H. Ringgren, Grand Rapids: Eerdmans, 1980, pp. 17–20, 特别是第19页对于该文段所刻画的河马形象的分析。

个"后创世"的历史语境，海中怪物被称是耶和华所造（40:15）且令"人"恐惧。由此即出现了一个矛盾，这一世界创造前象征混沌的海怪如何仍然存在于今天的世界？一种值得借鉴的解释模式即为三分的解释体系，即以"自然"的角度将其理解为真实存在的动物，以"神话"的视角理解作创世战斗中的敌对海怪，以及将其作为敌对势力象征的"历史神话"角度。[①] 与其说本段中描述的河马、鳄鱼不过是实际的生物，不如说它们所象征的是有着创世海怪特点的、现实中所遭遇的诸敌人、恶人等。[②] 文本中处处将现实中的敌人与"神话"或"古典"中的大蛇进行比较，而这种现实也在比较的过程中变成了"今典"。其主旨并不是为了歌颂耶和华在创世中的壮举及创世战斗中的威严，而是《约伯记》的作者以耶和华之口宣扬骄傲之人与恶人可怖的破坏性力量，其不仅存在于创世之初或是遥远的过去，而是同样存在于《约伯记》的作者乃至于后人所处的现实世界中。河马、鳄鱼等也就成了约伯所见过的"一切骄傲之人""在骄傲的水族上做王"者，而成了应当被制伏的对象，使其如同创世的杀蛇战斗中被击败的海怪一样在尘土之中消逝。

除《约伯记》40:11—41以外，另有一些文段着重突出了"古典"与"今典"之间的对比，即展现出了极为直接的、指向现实和未来的诉求。联系以色列民所处的现实背景，这种诉求便是耶和华可再次进行"杀蛇战斗"并击败作恶的大蛇、实现对水的控制。《以西结书》中有一段落（32:2-8）在内容上极其类似于本文第三节所探讨的《诗篇》74:14，然关于如何击败如同海怪的法老的描述较之更为具体

---

① 参考 E. Ruprecht, "Das Nilpferd im Hiobbuch: Beobachtungen zu der sogenannten zweiten Gottesrede," *Vetus Testamentum* 21 (1971): 209-231, 特别是第227—231页。

② 这一点在对于"河马"的接受史中得到了很好的体现，即其往往在艺术史中被作为恶的代表，参 S.L. Terrien, *The Iconography of Job Through the Centuries: Artists as Biblical Interpreters*, Philadelphia: Pennsylvania State University Press, 1996, 41, 46, 215-216 等。又可参 C. Westermann, *Der Aufbau des Buches Hiob* (Tübingen: J.C.B. Mohr, 1956), 87及其注释1；Ruprecht, "Das Nilpferd im Hiobbuch," 227-228；以及 G.J. Botterweck, "Behemoth," 17-20。

形象：

> ²人子啊，你要为埃及王法老作哀歌，说：从前你在列国中如同少壮狮子，现在你却像海中的大鱼（*ṭannîm bayyammîm*）。你冲出江河，用爪搅动诸水，使江河浑浊。³主耶和华如此说：我必用多国的人民，将我的网撒在你身上，把你拉上来。⁴我必将你丢在地上，抛在田野，使空中的飞鸟都落在你身上，使遍地的野兽吃你得饱。⁵我必将你的肉丢在山间，用你高大的尸首填满山谷。⁶我又必用你的血浇灌你所游泳之地，漫过山顶，河道都必充满。⁷我将你扑灭的时候，要把天遮蔽，使众星昏暗，以密云遮掩太阳，月亮也不放光。⁸我必使天上的亮光都在你以上变为昏暗，使你的地上黑暗。这是主耶和华说的。

《以西结书》的埃及神谕部分两次将法老与*ṭannîm*作比，[1] 即除本文摘引的32:2外又另见于《以西结书》29:3："埃及王法老啊，我与你这卧在自己河中的大鱼（*haṭṭannîm haggādôl*）为敌。"而关于文段中用以作比埃及法老的"海中的大鱼"，对其同样有神话上作为原始混沌战斗中的"海怪"以及自然界中的生物"鳄鱼"或"鳄鱼神"这两种解释路径；[2] 然如前述，所谓引用神话与比附自然生物二者并

---

[1] 而关于该词的拼写，可参见 L. Lee, *Mapping Judah's Fate in Ezekiel's Oracles against the Nations* (Atlanta: SBL Press, 2016), 128-129，即其当为单数的*ṭannîn*"海怪"一词在拼写上的变体，缘此种 /n/ 与 /m/ 的混淆在《以西结书》中极为普遍，且将其读作*ṭannîn*又与其他古代译本相合。

[2] 如 M. Greenberg, *Ezekiel 21-37. A New Translation with Introduction and Commentary*, New York: Doubleday & Company, 1997, 651，其指出32:2中所用语汇显然大幅度化用了原始混沌战斗；而与之相对，另一些学者认为其描述具体确切地指向水生动物或鳄鱼，如 D.I. Block, *The Book of Ezekiel. Chapters 25-48*, Michigan / Cambridge: William B. Eerdmans Publishing Company, 1997, 137, 201-202。特别地，若从埃及学角度来思考对于"像海中的大鱼"的埃及法老的刻画，早有学者指出这一形象的塑造很可能受到了埃及的鳄鱼神 Sobek 崇拜的影响，如 Greenberg, *Ezekiel 21-37*, 612；S.A. Marzouk, *Egypt as a Monster in the Book of Ezekiel*, Tübingen: Mohr Siebeck, 2015, 159-160等。

非仅可取其一解，文段的要点仍旧落在其共通的象征含义上。① 以现实中埃及多见的凶猛的鳄鱼或是鳄鱼神作为参照而想象混沌战斗中的海怪，则赋予了这一"古典"的神话形象更多血肉。所谓埃及法老如"海中的大鱼"即指法老扰乱世界秩序，故耶和华将要像古时击败大蛇恢复水源的秩序那样，进行新的战斗。3—6节中耶和华即以审判的形式描述"当下"或是"未来"如何在战斗之中击败这一海怪，所述的战斗及陈尸场景多有与两河杀蛇战斗相似之处，如对于"网"的使用（*En. el.* IV 41, 95）等。②

而尤其值得关注的是这一文段的第7—8节的语意，这种世界灾难类的描述与《希伯来圣经》关于末日审判的图景叙述极为相似。③而当海怪被彻底击败，最终"我必从埃及多水旁除灭所有的走兽，人脚、兽蹄必不再搅浑这水。那时，我必使埃及河澄清，江河像油缓流"（32:13-14），此段描述尤之于毁灭后重新开启的新纪元。7—8节无疑展现出耶和华作为宇宙的创造者具有掌控宇宙的力量，如使众星昏暗等语句可令我们回想起创世神话《埃努玛·埃利什》中的描述，即马尔杜克创造群星复使之黯淡（*En. el.* IV 21-22）。而此种"毁灭/战斗与创造/重建"的主题非独见于创世语境，如古代西亚的洪水故事亦可被归纳为这一主题，即引发大洪水的目的意在毁灭这个被搅乱的世界，从而再兴创造。由此，《以西结书》这一文段同样与"毁灭与创造"这一创世神话多见的主题贴合，而其通过将法老刻画为创世混沌大蛇的形象，而赋予了战斗本身以普世性；现实中以色列民的外敌都将会如混沌巨蛇以及埃及那般被击败，而后世界得以重建。

"击败未来的海怪"这一诉求亦体现在末世论（eschatology）语境中。《以赛亚书》27:1同样出现了击败海怪的描述，此处出现的海

---

① 参见 Lee, *Mapping Judah's Fate in Ezekiel's Oracles against the Nations*, 129-132。
② 关于两河、乌加里特以及《希伯来圣经》相关段落的战斗中皆使用"网"抓捕海怪一点，已为 Block, *The Book of Ezekiel. Chapters 25-48*, 204 指出。
③ W. Eichrodt, *Ezekiel. A Commentary*, Philadelphia: Westminster Press, 1970, 433。

怪利维坦则被认为是在借喻推罗，^① 文段如下：

> 到那日，耶和华必用他刚硬有力的大刀刑罚鳄鱼（*liwyātān*），
> 就是那快行的蛇（*nāḥaš*），刑罚鳄鱼，就是那曲行的蛇，并杀海
> 中的大鱼（*tannîn 'ăšer bayyām*）。

这一《以赛亚书》的段落以"到那日"开篇呼应前文《以赛亚书》26:20-21所预言的末世审判。^② 然其却引用了此创世杀蛇神话的内容，而文中提及的蛇自然不纯然是历史层面的敌对大国的象征，又或是特指某个大国的君王。相较以蛇比附埃及的《以西结书》段落，《以赛亚书》这一段落将海怪这一意象的概念进一步外延，用以泛指以色列的全体敌人，亦即在末世应当最终被战胜的邪恶。^③ 若我们考察《希伯来圣经》特别是"以赛亚启示录（Isaiah Apocalypse，24-27）"中体现的末世论，则其很大程度上受到了琐罗亚斯德教末世论的影响，^④ 在主题上涵盖救赎者降临、击败海中怪物、复活、审

---

① 参看 J.D.W. Watts, *Word Biblical Commentary Vol. 24: Isaiah 1–33*, Nashville: Thomas Nelson Publishers, 2005, 409。另说为埃及，如 J. J. M. Roberts, *First Isaiah: A Commentary*, Minneapolis: Fortress Publishers, 2015, 337–338。

② 参 J. Blenkinsopp, *Isaiah 1–39, Volume 19: A New Translation with Introduction and Commentary*, New York: Doubleday & Company, 2000, 372。

③ 这一点已多为该文段的评注者指出，如 W. Brueggeman, *Isaiah 1–39*, Louisville: Westminster John Knox Press, 1989, pp. 210–211；Blenkinsopp, *Isaiah 1–39*, p. 372；J. N. Oswalt, *The Book of Isaiah. Chapters 1–39*, Michigan / Cambridge: William B. Eerdmans Publishing Company, 1986, 488–491。

④ 讨论古伊朗宗教对于犹太教影响的最早著述包括 S. Shaked, "Iranian Influence on Judaism: First Century B.C.E. to Second Century C.E," in *The Cambridge History of Judaism. Vol. 1: Introduction; The Persian Period*, ed. W.D. Davies and L. Finkelstein, Cambridge: Cambridge University Press, 1984；而集中引用阿维斯塔文本以及中古波斯语文本讨论二者末世论上相似性的主要论文可参见 A. Hintze, "The Saviour and the Dragon in Iranian and Jewish / Christian Eschatology," in S. Shaked and A. Netzer, eds., *Irano-Judaica IV. Studies Relating to Jewish Contacts with Persian Culture throughout the Ages*, Jerusalem: Ben-Zvi Institute, 1999, 72–90，以及 Hintze, "Defeating Death: Eschatology in Zoroastrianism, Judaism and Christianity," in *Irano-Judaica VII. Studies* （转下页）

判、开启新时代这四个密切相关的阶段；[1] 且关于各阶段的细节叙述极为类似。相较印度伊朗共通的英雄杀蛇神话，[2] 伊朗的阿维斯塔文献赋予了这一神话以宗教内涵，而化用至了宇宙末世论（universal eschatology）的时间层面，即由 Saōšiiaṇt "完善者" 击败 Aŋgra Mainiiu "恶灵" 及其所属阵营的扈从之后方能迎接一个极乐的新纪元，神话中被击杀的大蛇 Aži Dahāka 则成了这场对抗中同属邪恶势力的一个代表。而《希伯来圣经》的末世论中包含这一杀蛇段落无疑是受到了来自伊朗的影响；唯有巨蛇被击败重生才可进行；而在这意义上，神话中的蛇亦被赋予了新的"死亡"的意涵。

六、结　语

本文在前述几节分析了《希伯来圣经》中的杀蛇战斗，即不同章节的作者出于不同的写作目的以及不同的时代背景，对于这一相同的创世神话母题进行了极为多样的文学创作。我们在这些作品中能够区分出他们引用此"杀蛇战斗"的几个不同的层次，笔者将之概括为"古典"与"今典"。

如第三节所讨论的《诗篇》74; 104 等段落，其内容便是对耶和华创世壮举的追忆，即回顾了耶和华杀死控制了水域的巨蛇的战斗；而此创世战斗本是古代西亚乃至古代欧亚文化圈固有，意味着对于难以控制的水域的治理。对于宇宙创造过程的叙事而言，耶和华完成了这一英雄之举，便使得世界拥有秩序、创世得以发生；而在实际意义上，这一创世过程在年度的节庆中不断再演，每年皆重复此

（接上页）*Relating to Jewish Contacts with Persian Culture throughout the Ages* ed. J. Rubanovich and G. Herman, Jerusalem: Ben-Zvi Institute, 2019, 23–72。

[1] 参见 Hintze, "Defeating Death: Eschatology in Zoroastrianism, Judaism and Christianity," 50–63。

[2] 可参看王昶欢、林辰达《〈梨俱吠陀〉卷一第三十二歌〈因陀罗赞〉（RV I 32）小笺》，《中外论坛》2023年第1期，第21—56页。

种治理水源的过程，从而保证了雨量水量规律性的规模以及农业生产的进行；这种神话叙事与现实的高度结合使得神话母题被广泛传播开来。

本文第四节指出，对于以色列民族而言，长年的流亡与迁徙生活很大程度上重塑了他们的神话历史记忆，在流离过程中他们所希望驯服规划的水变成了流亡途中所经的河海，这也是这一神话母题得以间接地与出埃及分裂红海的史实结合的原因（《出埃及记》14—15），二者结合是为"古典"。创世的杀蛇神话中英雄展现出的"分裂蛇或原始海"的能力（《诗篇》74:13；参 En. el. IV 137-138）、管辖海的狂傲使之平静的能力（《诗篇》89:9）、兴建新的水域的能力等，恰与耶和华在"出埃及"的"历史"中被期待展现出的相同，因此，红海成了"神话"中当被分开之水，尼罗河成了曾被法老等巨蛇搅乱的原始的混沌海。

而第五节所分析的《希伯来圣经》文本在引用杀蛇战斗时却有其切实的现实关怀。如《以赛亚书》51 的段落虽为面向听众的讲演，但诗中几次呼告耶和华、求其兴起，以襄助现实之中的杀蛇战斗。对于这些文本的作者而言，他们插入对古典的引用，便是出于现实背景下的需要取用了这一杀蛇母题。由于其目的往往是乞求耶和华在当下或未来再现出其创世时的强大力量，故常常会将杀蛇战斗从创世语境中剥离开来，而隐去创世的杀蛇战斗及其治理水流的最初内涵。笔者以为，这种转义能够发生，乃是由于其独特的历史建立起了"神话"与"历史"的接合点：在创世神话中其面临的敌人"混沌海"与"巨蛇"，由于其符合以色列民出埃及历史中的"红海"以至于"埃及"的形象，故而《希伯来圣经》作者在述及这一段早期历史时直唤埃及作创世海怪；而这样一种关于"如巨蛇般的埃及"的历史记忆一直延续到文本所创作的"当下"，每当面临其他外敌与邪恶势力时作者都会忆及埃及以及创世神话中的巨蛇。唯当此时，作者们的诉求便在于，祈请耶和华重现救赎以色列民出埃及之举，并在"末世"重现创世时击杀巨蛇之举，击败邪恶与混乱，重建秩

序与国家。也是在这个意义上，"古典"最终完成了向"今典"的
转义。

从这个角度再检《创世纪》，杀蛇战斗的内容或是有意被从《创
世记》所继承的西亚宇宙创造的神话中删去，因为战斗中被杀的巨
蛇本质上为退位神与创造神，如大母神迪亚马特，而这与犹太教的
神学体系相悖，因而《希伯来圣经》的创世内容仅保留了控制水流
的象征意义。然而这些改动却使得文本中的杀蛇战斗不再作为"神
话"与"古典"存在，取而代之的是仅残存古典痕迹的"今典"，被
保留在以色列民族的历史记忆中。

《列王纪》玛拿西王的"污名化"
历史与原因考证

张鑫宇

（复旦大学外国语言文学学院）

一、导　言

　　玛拿西王（Manasseh，约前697—前643年在位）是整本《列王纪》在位时间最长的一位王，[①] 同时又是受到作者最严厉谴责的王，甚至被指控为犹大国人民大流亡（即巴比伦之囚，前597—前538年）的罪魁祸首。而在《历代志》中，玛拿西王又被塑造成了典型的赎罪者。这两者的反差在后世文学中也有所体现：比如，约瑟夫斯（Flavius Josephus，37—100年）的《犹太古史》接受了《历代志》的传统，但对《列王纪》中"流无辜人的血"的指控进行了新的阐释；拉比文献中可以看到拉比们对玛拿西王能否得救意见不一；基督教教父也利用《历代志》的传统，宣传"悔改便能得救"的教义。[②] 但是，除了对两种传统的不同接受之外，讨论"历史上的玛拿西王"的学者比较少。其中，大部分学者只是通过解析玛拿西王的叙事文本，用以佐证或更新"申典历史学

[①] 一般认为前697—前687年期间，玛拿西王与其父亲希西家王共治，而前687—前643年是玛拿西王单独统治的时期。

[②] F. Stavrakopoulou, *King Manasseh and Child Sacrifice: Biblical Distortions of Historical Realities*, Berlin: de Gruyter, 2004, 122–133.

说”；①另一些学者的关注点在《历代志》和《列王纪》的对比上；②当然，也有一些学者关注考古材料，用以重构历史上真实的玛拿西王；③还有一小部分学者结合了人类学理论，对玛拿西王在《列王纪》中呈现出的形象提出了新颖的、有启发性的解读。④

笔者认为，上述的研究都从不同角度对历史上的玛拿西王提供了极好的解读。笔者试图将各家的研究融会贯通，结合《列王纪》文本、亚述文献和考古发现——包括公元前8—前7世纪拉吉城（Lachish）的毁坏、犹大荒漠的开发以及出土文物对犹大国积极参与贸易的印证——同时又对前人的部分解读进行反思，从而尝试提出自己不同的见解。

首先，通过对《列王纪》的文本细读，⑤笔者试图指出，不仅仅在《列王纪》和《历代志》中有不同的玛拿西王形象，事实上，从《列王纪》本身，我们就可以看到玛拿西王“骂名”与“匿名”的两个形象，并且从中发现玛拿西王被“污名化”的线索；⑥其次，笔者

---

① P. S. F. van Keulen, *Manasseh through the Eyes of the Deuteronomists: The Manasseh Account (2 Kings 21:1-18) and the Final Chapters of the Deuteronomistic History*, Leiden: Brill, 2006.

② B. Halpern, "Why Manasseh Is Blamed for the Babylonian Exile: The Evolution of a Biblical Tradition," *Vetus Testamentum* 48 (1998): 473–514; W.M. Schniedewind, "The Source Citations of Manasseh: King Manasseh in History and Homily," *Vetus Testamentum* 41 (1991): 450–461.

③ I. Finkelstein, "The Archaeology of the Days of Manasseh," in *Scripture and Other Artifacts: Essays on the Bible and Archaeology in Honor of Philip J King*, ed. M. Coogan and C. Exum, Louisville: Westminster John Knox Press, 1994; I. Finkelstein, *The Bible Unearthed: Archaeology's New Vision of Ancient Israel and the Origin of its Sacred Texts*, ed. Neil Asher Silberman, New York: Simon and Schuster, 2002, 264–270.

④ S. Lasine, "Manasseh as Villain and Scapegoat," in *The New Literary Criticism and the Hebrew Bible*, ed. J.C. Exum and D.J.A. Clines, Sheffield: JSOT Press, 1993; Stavrakopoulou, *King Manasseh and Child Sacrifice*; W.G. Dever, "Recent Archaeological Confirmation of the Cult of Asherah in Ancient Israel," *Hebrew Studies* 23 (1982): 37–43.

⑤ 本文的《希伯来圣经》文本采用《中文和合本（双色大字版）》，南京：南京爱德印刷有限公司，2023年。

⑥ 为了便于读者明确本文的主题，笔者想先对“匿名”“骂名”与“污名”作一个清楚的定义。笔者所谓的“骂名”是指《列王纪》将巴比伦之囚的罪责归于玛拿西王；“匿名”（faceless）并不是说玛拿西王没有名字，而是意在指出《列王纪》（转下页）

试图通过文本批评和考古发现来复原历史上的玛拿西王形象，从而确信，《列王纪》中的玛拿西王受到了大流亡时期作者的"污名化"；最后，在上述的文本分析和考古发现的基础上，笔者考察了拉西尼（Stuart Lasine）和斯塔夫拉科普洛（Francesca Stavrakopoulou）对玛拿西王被污名化原因的创新性解释，并对之进行可能的补充。

二、《列王纪》玛拿西王的"骂名"与"匿名"

（一）背负"骂名"的玛拿西王

《列王纪》作者通过多种对比、对照，极尽所能地将玛拿西王刻画成了全书最穷凶极恶的形象。首先，通常情况下，作者会将新即位的王和他的某一位先祖作对比，但全书唯独将玛拿西王和他的祖父亚哈斯（Ahaz，前697—前642年在位）与被耶和华逐出的异族作对比。

> 《列王纪下》16:3:【亚哈斯】却效法以色列诸王所行的，又照着耶和华从以色列人面前赶出的外邦人所行可憎的事，使他的儿子经火。
> 《列王纪下》21:2:玛拿西行耶和华眼中看为恶的事，效法耶和华在以色列人面前赶出的外邦人所行可憎的事。

其次，作者刻意将玛拿西王类比为北国以色列的亚哈王（Ahab，前873年—前852年在位）。除了21:3直接提及"又为巴力筑坛，做亚舍拉像，相仿以色列王亚哈所行的"之外，施奈德温德（William M. Schniedewind）通过细致的文本阅读，发现了许多更微妙地将两

（接上页）中玛拿西王是一个除了"罪大恶极"之外，没有其他个性、特征的人物，他的形象与那些在位时间短且被一笔带过的王非常类似；"污名"（stigma）旨在强调作者对玛拿西的谴责与归罪是不公正的。

者相照应的段落：作者将亚哈王和玛拿西王与亚摩利人（Amorites）作对比，且这一对比在整部《列王纪》中只出现过这两次（《列王纪上》21:26；《列王纪下》21:11）；[1] 同时 גלולים（偶像）一词在《列王纪》中共出现过六次，其中有五次是用于谴责亚哈王和玛拿西王的罪；[2] 更有意思的是，《列王纪下》第17章集中列举了北国的罪，但这些罪却不是典型的北国开国君主"耶罗波安（Jeroboam I，前931—前909年在位）所犯的一切罪"，而更像是玛拿西王和亚哈王的罪：[3]

北国的罪 《列王纪下》17	玛拿西的罪 《列王纪下》21	亚哈王的罪 《列王纪上》
16 离弃耶和华他们神的一切诫命，为自己铸了两个牛犊的像，立了亚舍拉，敬拜天上的万象，事奉巴力。	3 重新建筑他父希西家所毁坏的丘坛，又为巴力筑坛，作亚舍拉，效法以色列王亚哈所行的，且敬拜事奉天上的万象。	16:32-33 在撒马利亚建造巴力的庙，在庙里为巴力筑坛。亚哈又做亚舍拉……
17 又使他们的儿女经火，用占卜，行法术卖了自己，行耶和华眼中看为恶的事，惹动他的怒气。	6 并使他的儿子经火，又观兆，用法术，立交鬼的和行巫术的，多行耶和华眼中看为恶的事，惹动他的怒火。	21:25 从来没有像亚哈的，因为他自卖，行耶和华看为恶的事，受了王后耶洗别的耸动。

通过对比，我们可以看出，北国所犯的罪与玛拿西王的罪高度吻合；而虽然与亚哈王的罪不完全吻合，但施奈德温德指出"卖了自己 / 自卖"这样的表述在《希伯来圣经》中，除了《列王纪下》17:17，总共还在《列王纪上》第21章出现过两次，用于谴责亚哈王（第20，25节）。[4] 因此，我们有充分理由可以相信，作者将这三者

---

[1] W.M. Schniedewind, "History and Interpretation: The Religion of Ahab and Manasseh in the Book of Kings," *The Catholic Biblical Quarterly* 55 (1993): 645-655.

[2] Schniedewind, "History and Interpretation," 655.

[3] Schniedewind, "History and Interpretation," 657.

[4] Schniedewind, "History and Interpretation," 658.

对照，从而将北国和南国的灭亡归罪于这几位王。

最后，除了《列王纪下》21:12-15以外，两处直接将大流亡归罪于玛拿西王的文本都与上下文不协调。根据洛厄里（Richard H. Lowery）的观察，《列王纪》中，在类似于"……其余的事，凡他所行的，都写在……上"的程式化的出处说明之前，作者往往从神学立场对这个王进行评估，或记述一段他统治期间的典型事件，或概括其典型特点。然而，《列王纪下》23:26-27和24:3-4却打破了这样的模式，在分别评述南国犹大约西亚王（Josiah，前640—前609年在位）与约雅敬王（Jehoiakim，前609—前598年在位）的统治时，插入了对玛拿西王的谴责与归罪。[1]

> 《列王纪下》23:26-27：然而耶和华向犹大所发猛烈的怒气，仍不止息，是因玛拿西诸事惹动他。
>
> 《列王纪下》24:3-4：这祸临到犹大人，诚然是耶和华所命的，要将他们从自己面前赶出，是因玛拿西所犯的一切罪。又因他流无辜人的血，充满了耶路撒冷。耶和华决不肯赦免。

更奇怪的是，在临近全书结尾时（《列王纪下》24:19-20），作者又将罪责归于南国犹大的末代君主西底家（Zedekiah，前597—前586年在位）。

> 《列王纪下》24:19-20：西底家行耶和华眼中看为恶的事，是照约雅敬一切所行的。因此耶和华的怒气在耶路撒冷和犹大发作，以致将人民从自己面前赶出。

因此，归罪于玛拿西王的段落应当是大流亡时期为了进一步丑

---

[1] R.H. Lowery, *The Reforming Kings: Cults and Society in First Temple Judah*, Sheffield: JSOT Press, 1991, 173-174.

化而被加入的。

（二）"匿名" 的玛拿西王

在作者给予的一系列 "骂名" 的背后，我们似乎还能分辨出一个 "匿名" 的玛拿西王。首先，尽管作者给了玛拿西王最严厉的指控，但玛拿西王在世时，却从未受到任何惩罚，并且是整部《列王纪》中在位时间最长的国王。相比之下，耶罗波安因为行恶而失去了他的儿子，而他的家也被耶和华剪除；亚哈在战争中被杀，他妻子的尸体被喂狗；犹大王约兰（Jehoram，前851—前843年在位）遭到以东人和立拿人的背叛；亚哈斯（Ahaz，前742—前726年在位）遭到亚兰王和以色列王的围困。[①] 这些作恶的国王都遭受过报应，唯独玛拿西王没有。

其次，《列王纪下》第21章没有提到任何与外邦，比如亚述，有关的内容。首先，这与公元前7世纪上半叶亚述帝国在迦南地区的主导地位不相符。其次，作者既然将玛拿西王与外邦作对比，何不像亚哈斯仿效亚述建坛，也加入玛拿西王具体仿效外邦的内容呢？

除此之外，作者在指控玛拿西王时，用了许多抽象的表述：比如 "耶和华借他的众先知说"（21:10），没有像先前的章节一样，点名是哪一位先知；"流许多无辜人的血" 没有点名无辜人的具体身份（21:16）。《列王纪》中有的，仅仅是一系列无休止的 "骂名"。

基于这些叙事特征，拉西尼认为，作者刻意不记述玛拿西王说过的话，又将他对人们、具体的先知以及外邦的举动隐去，由此，作者笔下的玛拿西王不是一个个体，而是所有行恶的王的集合体，又是所有行义的王的对立面。于是，他成了一个没有任何个性特征、近乎 "匿名"（faceless）的人物。[②] 这样的匿名使玛拿西王失去了人物的复杂性，剥夺了他为自己辩解的机会，好像他所有的罪都是因为自己堕落的本性，不像耶罗波安出于和耶路撒冷分庭抗礼的目的，

[①] Stavrakopoulou, *King Manasseh and Child Sacrifice*, 43–44.

[②] Lasine, "Manasseh as Villain and Scapegoat," 163–164.

也不像亚哈受到外邦妻子耶洗别（Jezebel）的蛊惑。

笔者认为拉西尼的观点十分有洞见，但笔者仍想作一点补充：作者给予玛拿西王的"匿名"未必只是为了彰显玛拿西王堕落的本性，因为作者明确地将玛拿西王与外邦人作比较，很难想象他在叙事中会不提及外邦人的活动。所以，我们有理由怀疑，这一"匿名"也部分因为玛拿西王在位期间国内较为太平，也没有外敌的侵扰。

总的来说，透过作者的刻画和文本的疑点，我们似乎能看到两个玛拿西王的形象：其一，背弃先祖、崇拜偶像、恶事做尽，背负"千古骂名"的玛拿西王；其二，在耶路撒冷作王五十五年、与外邦无争斗、寿终正寝，却又"匿名"的玛拿西王。因此，我们有理由怀疑，《列王纪下》第21章的文本经历了不同时期的编写：玛拿西王的"骂名"中有对流亡的预言，显然是大流亡时期的创作；而他的"匿名"可能是保留了一些原始记忆，在这些记忆中，他统治下的犹大国内外局势较为稳定。带着这样的怀疑，接下来，笔者试图通过考古发现和文本批评来复原历史上的玛拿西王。

三、考古和文献中的玛拿西王形象

（一）希西家王的失败

在考察历史上的玛拿西王前，我们需要先对犹大王希西家（Hezekiah，约前728—前697年在位）的形象进行祛魅。在《列王纪》中，希西家王被给予了极其崇高的评价。然而，根据学者的考证，希西家王或许在早年颇有建树，但他晚年反抗亚述的政策给犹大帝国带来了毁灭性的灾难。明确这一点，对我们复原历史上的玛拿西王有重要意义。

根据《列王纪下》第19章的记载，亚述王西拿基利（Sennacherib，约前705—前681年在位）第一次威胁犹大国时，希西家王赔偿了银子三百他连得、金子三十他连得。而第二次耶路撒冷遭受西拿基利王的围困时（前701年），希西家王向耶和华祷告后，耶和华派出神使杀死了十八万五千人，迫使西拿基利王退兵。亚述文献的记载与其有明显的出入：

> 至于犹太人希西家，他没有屈服于我的轭……我从他的国家掠夺了城镇，并将它们交给了亚实突（Ashdod）的米廷提（Mitinti）国王、以克伦（Ekron）的帕迪（Padi）国王和迦萨（Gaza）的西利比（Sillibel）国王。因此，我削弱了他的国家……希西家本人……后来派遣我的使者，将30他连得的黄金、800他连得的白银、宝石、锑、5块大的红石、镶嵌着象牙的沙发、镶嵌着象牙的尼米杜椅、大象皮、乌木、黄杨木和各种贵重的珍宝，以及他自己的女儿、妾、男女音乐家，共同送往我的尊贵城尼尼微。他派遣这些作为贡品，并作为奴隶表示尊敬，派遣了他个人的使者。[①]

可见，亚述文献没有提及西拿基利王因特殊原因而撤兵。其次，亚述文献中记载赔偿的白银多出五百两；还多出了其他的珠宝、姬妾、乐师等。

除了文献记载的差异外，考古发现表明，犹大国重要的粮食出产地士菲拉（the Shephelah）在西拿基利王的战役中早受到了毁灭性的打击。我们以《希伯来圣经》中提到的士菲拉的重要城镇——拉吉城为例（《列王纪下》18:14）。根据乌西什金（David Ussishkin）对拉吉城的考古，在公元前8世纪末，拉吉城遭受了严重的、持久性的毁灭：

> 亚述军队强行进入该城（三级城池），并将其烧毁到了地

[①] 中译自 A.L. Oppenheim, trans., "Sennacherib (704–681)," in *Ancient Near Eastern Texts Relating to the Old Testament*, 3rd ed., ed. J.B. Pritchard, Princeton: Princeton University Press, 1969, 288。

面……人口被驱逐和流放，拉吉什被遗弃了许多年。[1]

同时，从亚述浮雕对这场战役的渲染（见图1、2），也可以窥见亚述王对攻陷拉吉城的夸耀，侧面反映了拉吉城在当时的犹大国具有重要的战略和经济地位。[2] 事实上，在公元前8世纪，包括拉吉城在内的整个士菲拉地区，作为主要的粮食产地，是犹大国经济不可缺少的一部分。而士菲拉的沦陷，导致了巨大的供需矛盾，对犹大国经济的打击是毁灭性的。[3]

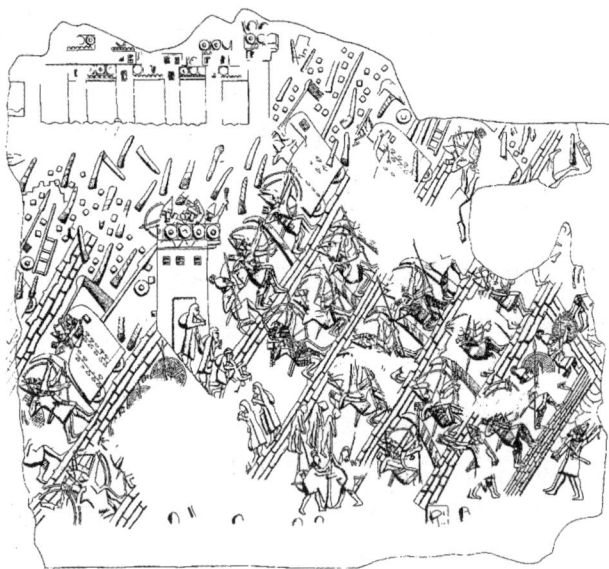

**图1　亚述浮雕中描绘拉吉城被攻陷的场景，
由朱迪·德凯尔（Judith Dekel）所画。**[4]

---

① 中译自 D. Ussishkin, "Sennacherib's Campaign to Philistia and Judah: Ekron, Lachish, and Jerusalem," in *Essays on Ancient Israel in its Near Eastern Context: A Tribute to Nadav Naaman*, ed. Y. Amit, E. Ben Zvi, I. Finkelstein, O. Lipschits, Winona Lake: Eisenbrauns, 2006, p. 345。另参 Finkelstein, *The Bible Unearthed*, 257–264。

② Ussishkin, "Sennacherib's Campaign to Philistia and Judah," 345–354.

③ Finkelstein, *The Bible Unearthed*, 266.

④ 图源：Ussishkin, "Sennacherib's Campaign to Philistia and Judah," 345。

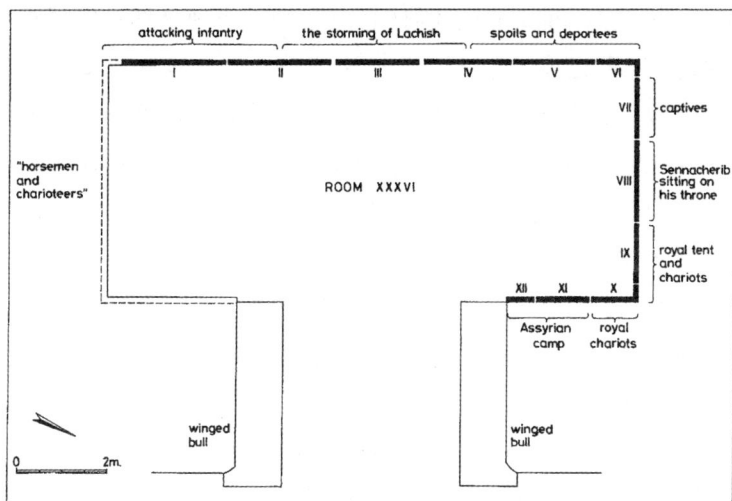

图2　西拿基利王宫殿中攻陷拉吉城的浮雕的布局。①

　　另一方面，北国和南国一样，同样遭到亚述帝国的攻击，撒马利亚被攻陷，而耶路撒冷幸存了下来，这一事实使得当时耶路撒冷的精英群体形成了一种封闭自守的意识形态：耶路撒冷的耶和华强于撒马利亚和亚述帝国的神。出土的文献也向我们证明了，撒马利亚与耶路撒冷有其各自崇拜的耶和华。② 这样的意识形态进一步强化了希西家王独尊耶和华、独尊耶路撒冷、禁止地方敬拜的宗教改革运动。这使得耶路撒冷与乡村地区产生了难以调和的矛盾，进一步阻碍了犹大国的经济发展。③

　　由此可见，希西家王时期的犹大或许有过繁荣，但希西家对局势的错误判断，使犹大在西拿基利的打击中跌入谷底；而接下来笔者将要证明，从考古材料可以看出，正是玛拿西王将犹大国从谷底复兴起来。

　　（二）历史上的玛拿西王

　　据考古发现，在公元前8世纪时，犹大荒漠并没有永久性的定

----

① 图源：Ussishkin, "Sennacherib's Campaign to Philistia and Judah," 347。

② P.K. McCarter, trans., "Kuntillet 'Ajrud," in *The Context of Scripture*, 3 vols., ed. W.W. Hallo and K.L. Younger, Leiden: Brill, 2003, vol. 2, 171–173.

③ Stavrakopoulou, *King Manasseh and Child Sacrifice*, pp. 88–99.

居点，一直到公元前7世纪或前6世纪早期才出现这样的定居点，且人口相比前8世纪增长了十倍。[①] 这使得犹大国能够开发死海附近的矿产资源，建造大型种植园。[②] 其实，对犹大荒漠开发很可能是为了应对失去士菲拉造成的粮食短缺问题。据芬克尔斯坦（Israel Finkelstein）估计，在良好的组织前提下，仅仅别士巴山谷（the Beersheba Vellay）的出产，就可以供应犹大国总的粮食需求量的四分之一。所以，犹大荒漠的开发确实能够解决粮食问题。并且，这样大规模的开发很可能是得到了国家的资助，因此可以推测犹大荒原的开发是该时期的玛拿西推动的。[③]

照着这样的逻辑，被作者猛烈抨击的崇拜异神行为可能并不是玛拿西王堕落的本性所致，而是其开发乡村的重要政策之一。如前文所述，希西家的宗教改革造成了中央与地方的离心，而恢复地方性的宗教崇拜有助于加强凝聚力，从而与地方的社群合作来开发乡村地区。[④]

并且，从考古证据来看，耶和华的崇拜并不像《希伯来圣经》中所描绘的占居主导地位；事实上，耶和华可能只是以色列所崇拜的多种神祇之一，而在大流亡时期，才成为独一崇拜的神。1968年出土于塔纳克丘（Tell Taanach）的一个公元前10世纪晚期的陶像上同时出现了耶和华和亚舍拉（见图3），根据泰勒（Taylor）的解读，耶和华在其中被同时呈现为太阳神和无形象的神；[⑤] 1975年在西奈半岛东北部一个叫坤提莱特·阿季鲁德（Kuntillet 'Ajrud）的神祠出土了两个陶罐，大致可以追溯到公元前9或前8世纪，其中一个上面写了"因撒玛利亚的耶和华和他的'亚舍拉'（Asherah）之名祝福你"（见图4），另

---

① Finkelstein, "The Archaeology of the Days of Manasseh," 175–176; Finkelstein, *The Bible Unearthed*, 226.

② L.E. Stager, "Farming in the Judean Desert during the Iron Age," *Bulletin of the American Schools of Oriental Research* 221 (1976): 145.

③ Finkelstein, *The Bible Unearthed*, 266–267.

④ Finkelstein, *The Bible Unearthed*, 265.

⑤ C. Meyers and J.G. Taylor, "Yahweh and the Sun: Biblical and Archaeological Evidence for Sun Worship in Ancient Israel," *Journal of the American Oriental Society* 115 (1995): 36.

一个提到了"忒曼（Teman）的耶和华和他的亚舍拉（Asherah）"[①]。

图3　塔纳克陶像
（The Taanach Cult Stand）[②]

图4　出土于Kuntillet 'Ajrud的陶罐图案与铭文[③]

除此之外，《希伯来圣经》中的某些段落也向我们表示多神崇拜在以色列的普遍性。例如，《耶利米书》2:28和11:13都提到了犹大的神的数目与其城的数目相等。再者，《希伯来圣经》中某些段落显示出了约西亚王（Josiah，前640—前609年在位）对于邱坛祭拜的前后矛盾的态度：

> 《列王纪下》23:9：但是邱坛的祭司不登耶路撒冷耶和华的坛，只在他们弟兄中间吃无酵饼。
> 《列王纪下》23:20：又将邱坛的祭祀都杀在坛上，并在坛上烧人的骨头，就回耶路撒冷去了。

---

① Dever, "Recent Archaeological Confirmation of the Cult of Asherah in Ancient Israel," 37–38.

② 图源：耶路撒冷以色列博物馆官网，https://www.imj.org.il/en/collections/362678-0。

③ 图源：Dever, "Recent Archaeological Confirmation of the Cult of Asherah in Ancient Israel," 42。

我们发现第9节似乎默许了邱坛祭司的存在，且仍承认他们为弟兄，只是不让他们登耶路撒冷耶和华的殿；而第20节却将他们全部杀死，认为他们罪大恶极。施奈德温德认为前者是大流亡前的创作，结合约西亚王改革的背景，当时很可能推行了一种耶路撒冷集中式的耶和华崇拜（centralized Yahwism）来取代传统的多神式的耶和华崇拜（polytheistic Yahwism），但邱坛祭司没有被视作非耶和华崇拜者（non-Yahwists），作者只是将其视作一种过时的、不再被推崇的耶和华崇拜方式；而后者创作于大流亡时期，此时独一的耶和华崇拜（monotheistic Yahwism）占居主导，这一些作家开始将传统的耶和华崇拜"污名化"，斥责其为"敬拜外邦神"（worship of foreign deities）。[1] 明白了这一发展过程，我们就可以为玛拿西王辩护：玛拿西王只是恢复了渊源悠久的宗教传统，以帮助振兴经济，而不是背弃先祖、效法外邦人的行径。

不只在国内经济开发，在国际关系与贸易方面，玛拿西王也取得了一定的成就。首先，玛拿西王取得了当时的亚述王以撒哈顿（Esarhaddon，前681—前669年在位）的信任：在一系列朝贡国的名单中，玛拿西王位列第二；[2] 一封大约公元前7世纪的亚述文献罗列了一些附庸国的贡赋，而犹大国的贡赋相比其两个邻国少一些。[3] 其次，有充足的考古证据表明，玛拿西王利用了亚述霸权下相对稳定的国际格局与阿拉伯、腓尼基、地中海各国开展广泛的贸易活动：在大卫之城中出土了大量公元前7世纪的鱼骨和贝壳，可以表明当时的犹大国与地中海和南部沿海平原有密切的贸易往来（见图5）；[4] 一

---

[1] Schniedewind, "History and Interpretation," 649–661.

[2] Oppenheim, trans., "Sennacherib (704–681)," 291.

[3] A.L. Oppenheim, trans., "Ashurbanipal (668–633)," in *Ancient Near Eastern Texts Relating to the Old Testament*, 3rd ed., ed. J.B. Pritchard, Princeton: Princeton University Press, 1969, 301; Finkelstein, *The Bible Unearthed*, 265.

[4] A. Faust and E. Weiss, "Judah, Philistia, and the Mediterranean World: Reconstructing the Economic System of the Seventh Century B.C.E.," *Bulletin of the American Schools of Oriental Research* 338 (2005): 75; D.T. Ariel and A. De Groot, "Excavations at （转下页）

些铭文可以表明与南阿拉伯甚至是希腊的贸易往来（见图6）；① 根据纳阿曼（Nadav Na'aman）和芬克尔斯坦的观点，犹大荒漠的开发也是促进贸易的举措之一，因为荒原附近的别士巴地区是阿拉伯贸易路线的重要中转站。②

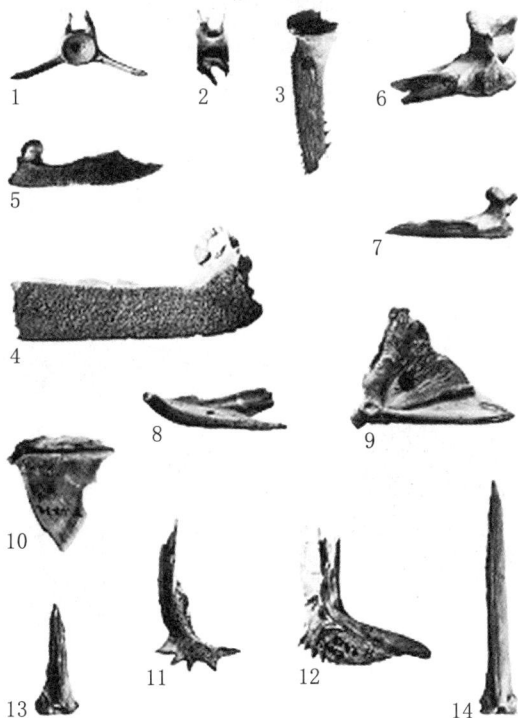

图5 大卫之城出土的前7世纪的鱼骨③

（接上页）the City of David 1978-1985: Directed by Yigal Shiloh: Volume III: Stratigraphical, Environmental, and Other Reports," *Qedem* 33 (1992): 136.

① B. Sass, "Arabs and Greeks in Late First Temple Jerusalem," *Palestine Exploration Quarterly* 122, no.1 (1990): 59-61.

② Y. Thareani, "The 'Archaeology of the Days of Manasseh' Reconsidered in the Light of Evidence from the Beersheba Valley," *Palestine Exploration Quarterly* 139, no. 2 (2007): 75; Finkelstein, *The Bible Unearthed*, 268.

③ 图源：A. De Groot, "Excavations at the City of David 1978-1985: Directed by Yigal Shiloh: Volume III: Stratigraphical, Environmental, and Other Reports," 146。

Fig. 1.   City of David Sherd 1, IAA 86–425

Fig. 2.   City of David
Sherd 2, IAA 86–424

Fig. 3.   City of David Sherd 3, IAA
86–422

图6　大卫之城出土的刻有希腊文或阿拉伯文的陶片[①]

　　综上所述，从考古发现可以看出，玛拿西王时期的犹大国逐渐开始从公元前701年的毁灭性打击中恢复过来，并且在地方经济开发、宗教改革、外交贸易等方面取得成果；而玛拿西王亲亚述、恢复地方崇拜的选择从当时来看是完全正确的，不能说是对以色列民族和宗教信仰的背叛。

---

① 图源：Sass, "Arabs and Greeks in Late First Temple Jerusalem," 60。

四、作者将玛拿西王塑造成罪魁祸首的原因

从上述的分析中，我们可以看到历史上的玛拿西王并不像圣经作者所描绘的那样不堪；恰恰相反，他是一位有作为的国王，为犹大国的复兴做出了巨大贡献。由此，我们必须追问：为什么作者要将这样一位明君塑造成罪魁祸首？

人类学家吉拉德（René Girard）在《祭祀与成神》（*Violence and the Sacred*）一书中提出了"替罪羊理论"，即当一个社群遭受政治和信仰危机时，他们往往倾向于选出一个替罪羊，使其成为罪魁祸首，从而使得社群免于指责，进而恢复稳定。[①] 拉西尼尝试用这一理论解释《列王纪下》对玛拿西王的塑造：大流亡时期的作家通过将玛拿西王描写为约西亚王的对立形象，从而使其担负犹大王国灭亡的所有罪责，这样一来，玛拿西王呈现出罪犯和替罪羊的两面性；而流亡时期的犹大社群便可以免于罪责。[②]

拉西尼充分考虑了《列王纪》读者的心理，认为将罪责归于包括国王在内的所有犹大人虽然是看似更合理的解释，但未必是处于流亡中的犹大人愿意接受的；而将所有罪责归于一人，看似不理性，但却十分符合读者的心理。就比如，在侦探小说中，读者愿意接受将罪责归于某一个特定的罪犯，而非犯罪背后的社会结构问题，因为读者也是这一结构的一部分，甚至受害者；所以虚构的罪犯就成了读者的替罪羊。为了证明这一假设，拉西尼考察了后世犹太作家笔下的玛拿西王形象。他发现，在拉比文献中，普遍对玛拿西王持负面评价：比如，将玛拿西王列为无法进入未来国度的三位国王之一；指责玛拿西王嘲笑摩西，与其姐姐通奸；以及通过曲解妥拉来

[①] R. Girard, *Violence and the Sacred*, trans. P. Gregory, Baltimore: Johns Hopkins University Press, 1977, 77-78, 96-99, 107-109, 302-306. 转自 Stavrakopoulou, *King Manasseh and Child Sacrifice: Biblical Distortions of Historical Realities*, 59。

[②] Lasine, "Manasseh as Villain and Scapegoat," 177-183.

误导智慧的人。[1] 同时，拉西尼指出《历代志》中玛拿西王被掳到巴比伦的情节，正如俄狄浦斯被当作城邦的罪人而流放，印证了后世的犹太人的确将玛拿西王视作犹大国的替罪羊。

然而，拉西尼仅仅解释了犹太人需要塑造一个替罪羊，但没有回答为什么选择玛拿西王作替罪羊。斯塔夫拉科普洛对此进行了有洞见的补充：玛拿西王是圣经中唯一一位以某一北方支派（玛拿西支派）命名的国王。[2] 而《列王纪》的作者从南国集中或独一的耶和华崇拜的意识形态出发，对北国持有强烈的谴责态度。例如，北国十九个国王没有一个得到正面评价，而南国二十个国王有八个得到正面评价；再如，在谴责南国国王时会用到"效法以色列诸王所行的"这样的语言（《列王纪下》8:18；16:3）。所以斯塔夫拉科普洛认为，玛拿西王的名字是其被选为替罪羊的重要原因。[3]

此外，笔者想在拉西尼和斯塔夫拉科普洛的基础上，作一些补充。首先，笔者认为，将玛拿西王刻画成"匿名"的形象可能也是塑造替罪羊的重要方法之一。根据认知学理论，人的认知与"潜在行为"有紧密联系。例如，当我们看到一个锤子时，并不会在大脑中呈现出这个锤子，而是呈现出使用这个锤子的画面；并且，当我们想象一个锤子时，我们的大脑反应与看到一个锤子类似：大脑内负责抓握和挥动的部分兴奋。因此，除了视觉，"回忆"也能激发运动感觉的共鸣。[4] 如果把这一理论运用到玛拿西王的叙事中，作者故意不去刻画玛拿西王的细节，而是给出了许多玛拿西王犯罪的"行为"，这些行为照应了先前许多作恶国王的行为。因此，当我们读到这一系列控告时，我们脑海中会"回忆"出先前读到的国王作恶的

---

[1] B.H. Amaru, "The Killing of the Prophets: Unraveling a Midrash," *Hebrew Union College Annual* 54 (1983): 172.

[2] Stavrakopoulou, *King Manasseh and Child Sacrifice*, 62.

[3] Stavrakopoulou, *King Manasseh and Child Sacrifice*, 67-68.

[4] Jonas Grethlein, *Ancient Greek Texts and Modern Narrative Theory: Towards a Critical Dialogue*, Cambridge: Cambridge University Press, 2023, 77.

画面，潜意识里将玛拿西王与这些王等同。从而，玛拿西王成了一切坏王的化身、理所应当的"替罪羊"。

其次，笔者认为，玛拿西王被选作替罪羊不仅仅是因为他的名字，还有其他一些因素：首先，很重要原因的是，玛拿西王作为一个回归传统的宗教改革者，又被夹在希西家和约西亚两个激进的改革者中间，正好形成鲜明反差，从而使其"脱颖而出"，成为申典作者的攻击对象。其次，有学者认为大流亡前的《列王纪》编撰结束于约西亚王叙事，而剩余的部分是大流亡时期编撰的。[1] 如果是这样的话，那么可以想象《列王纪》原本是一部以约西亚改革为圆满结局的历史著述，那么将其"崇拜外邦神"的祖父刻画得越坏，越能凸显约西亚的明君形象。而到了大流亡时期，很可能继承了流亡前的这一传统，继续将玛拿西王"污名化"，将大流亡也一并归罪于他。

五、总　结

综上所述，笔者认为《列王纪》作者所给予玛拿西王的"骂名"经过了大流亡时期作者的加工。而"骂名"与"匿名"的反差，以及考古发现的成果使我们有了怀疑文本的依据。借此，我们认为，历史上的玛拿西王并非是十恶不赦的暴君，甚至在希西家的失败后，他起到了复兴犹大国的重要作用，从这种意义上来看，玛拿西王统治的时期甚至可以被称为"玛拿西之治""玛拿西中兴"。因此，不论是"骂名"还是"匿名"都体现了不同时代的作者给予某种政治立场、意识形态的"污名化"。

本文结合了人类学、认知科学的一些理论，为历史研究提供了跨学科的思维路径。而仍有待完善的地方在于，这些跨学科的理论是否可行，还需要更多的案例加以支持；此外，由于笔者自身学识

[1] Keulen, *Manasseh through the Eyes of the Deuteronomists*, 22–30.

受限，对《列王纪》文本起源、"申典历史学说"等理论的考察较为浅显。最后，希望本文能尽微薄之力，为相关研究提供启发和进一步研究的方向。

敦煌希伯来语祷文研究[*]

季小妍

（复旦大学历史学系）

缩　略　表

f. = feminine = 阴性 imper. = imperative = 命令式 impf. = imperfect = 未完成时 inf. = infinitive = 不定式 m. = masculine = 阳性 p. = plural = 复数 part. = participle = 分词	1. (, 2., 3.) = 第 1 (, 2, 3) 人称 《祷文》= H1412 敦煌藏经洞希伯来语祷文 BDB= F. Brown, S.R. Driver, and C. Briggs. *Brown-Driver-Briggs Hebrew and English* *Lexicon*, Boston and New York: Houghton Mifflin Company, 1907.

　　1908年，伯希和（Paul Pelliot）在敦煌藏经洞发现一件希伯来文写本，现藏于法国国家图书馆，编号为H1412。文书长22.5厘米，宽15.5厘米，黑字深褐色纸。文书为诗体形式的赎罪祷文，首尾皆残，现余18行。第9行严重残损，系多次折叠后磨损腐烂所致，第18行下半部分亦残损。

　　1913年，贝格（Philippe Berger）与施瓦布（Moïse Schwab）率先对祷文进行释读，借助元音注音系统与古书体分析，将文书断代为公元8—9世纪。二者关注到祷文的韵律与结构性特征，并指出部

---

[*] 本文初稿完成于2022年5月，修订于2023年9月。本文写作和修改过程中，复旦大学的李思琪老师、胡晓丹老师、李辛榆同学及马尔堡大学的陈靖文同学为笔者提供了宝贵的建议与帮助，在此表达衷心感谢！

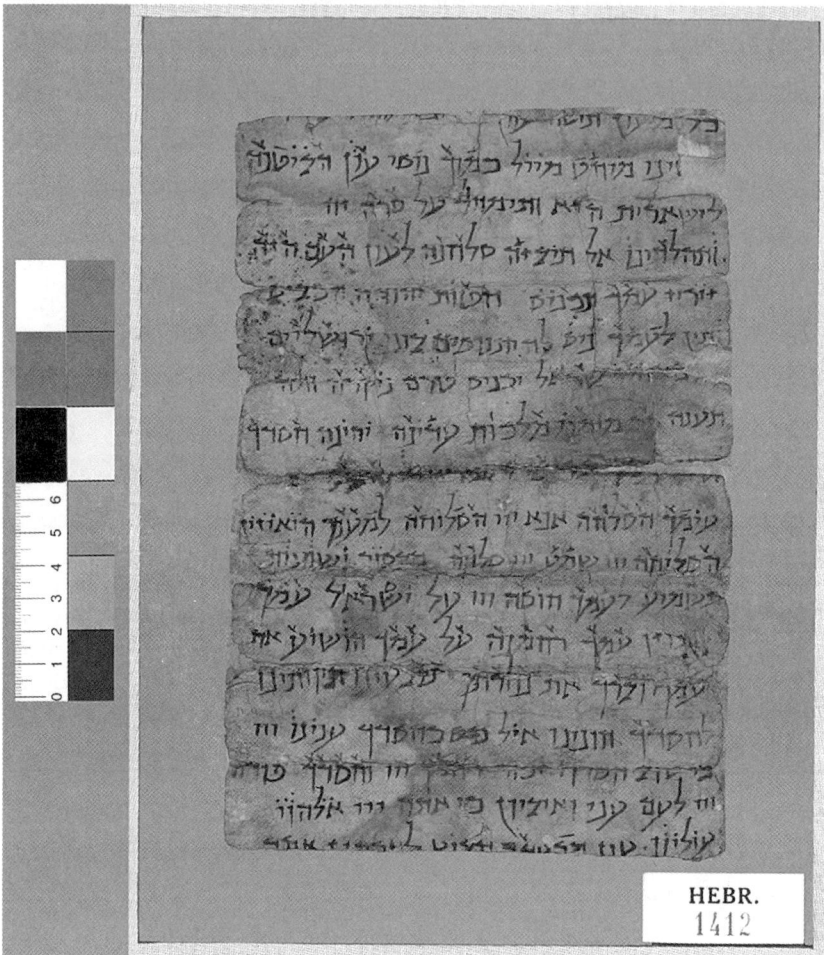

图1　H1412 敦煌藏经洞希伯来语祷文[①]

分语词与希伯来圣经存在关联。[②] 1996年，吴其昱（Wu Chiyu）对贝格的释读做出更正，进一步罗列出祷文与圣经的相似用词。吴氏

[①] 图源：Wu Chiyu, "Le manuscrit hébreu de Touen-Houang," in *De Dunhuang au Japon: Etudes chinoises et bouddhiques offertes à Michel Soymié*, ed. J.-P. Drège, Geneva: Librairie Droz, 1996, 258。

[②] P. Berger et M. Schwab, "Le plus ancien manuscrit hébreu," *Journal Asiatique* (Juillet-Août 1913): 139–175.

援引戴仁（Jean-Pierre Drège）的纸张断代研究，认为该文书接近敦
煌9—10世纪的纸张形制，综合元音系统及书体特征断代为公元9
世纪。[①]

　　这篇祷文具有重要意义。此前西域出土的犹太文书多为犹太波
斯语，作为目前已知唯一一件敦煌希伯来语文书，这件祷文有助于
揭示犹太人在丝绸之路东段的活动情况，也是中晚唐时期犹太人入
华的重要佐证。祷文对希伯来圣经的征引与改编则反映了中世纪犹
太社群的文本创作及信仰实践。前辈学者很早注意到这件珍贵史料，
潘光旦、龚方震基于中西交通史视角肯定了祷文的价值，然未有进
一步分析。[②] 随着丝绸之路研究的兴起，韩森（Valerie Hansen）借
助祷文与其他出土文献，勾勒出犹太商人在西域的生存贸易情况。[③]
然而，目前中文学界尚未对这件文书进行完整翻译，祷文的史料价
值亦有待更深入的专题分析。

　　有鉴于此，笔者将在吴其昱录文的基础上进行转写与汉译，并
对祷文做出文学和思想诠释。同时基于犹太文明延续性与犹太商路
视角，结合多语言材料探讨祷文的背景及价值，并试图还原祷文文
本形成的社会环境、读者群体及其信仰实践。

一、文 书 概 况

　　文书由121条词汇、470个辅音字母与146处元音标记组成，其
中使用了7种元音符号。希伯来圣经的早期抄本中并无元音与重
音符号，后世修订者为明晰文意、提示困难字词，约于公元500—

---

① Wu, "Le manuscrit hébreu de Touen-Houang," 258-270.
② 潘光旦：《开封的中国犹太人》，《潘光旦文集》，北京：北京大学出版社，2000年，
　第169页；龚方震：《丝绸之路上的犹太商人》，朱威烈、金应忠主编《'90中国犹太
　学研究总汇》，上海：三联书店，1992年，第247页。
③ 芮乐伟·韩森：《丝绸之路新史》，张湛译，北京：北京联合出版公司，2015年，第
　274—277页。

700年间发明了多种注记方式。将元音标注于辅音上方者，如巴比伦系统（Babylonian）与巴勒斯坦系统（Palestinian），下方者如提比里安系统（Tiberian），后者最终成为中世纪圣经注记的主流。[①]

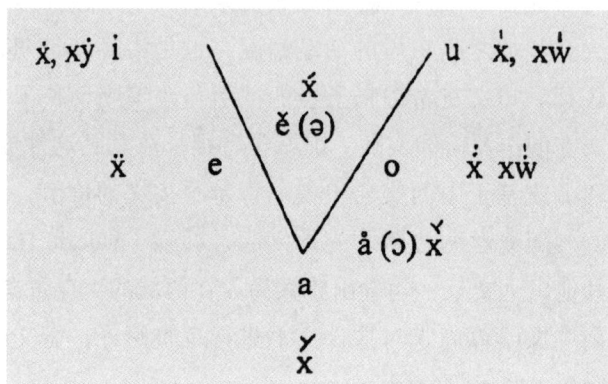

图2　写本元音符号[②]

　　写本的元音符号均位于辅音之上，体现了巴比伦学派的影响。卡勒（Paul Kahle）研究公元7—9世纪巴比伦圣经手稿，指出复杂的巴比伦式标点始于8世纪末，在9世纪得到发展。[③] 写本中更多辅音并无元音标记，或可反映注音系统的演变。巴姆伯格（Bernard Jacob Bamberger）指出，对《希伯来圣经》的评注与修订激发了中世纪早期人们的希伯来语创作热情，出现大量与《希伯来圣经·诗篇》形式相近的宗教诗。[④]

---

① E. Tov, *Textual Criticism of the Hebrew Bible*, 2nd rev. ed., Minneapolis: Fortress Press, 2001, 43-44.

② Wu, *Le manuscrit hébreu de Touen-Houang*, 261.

③ P. Kahle, "Die hebräischen Bibelhandschriften aus Babylonien," *Zeitschrift für die alttestamentliche Wissenschaft* 46 (1928): 113-137.

④ 伯纳德·J. 巴姆伯格：《犹太文明史话》，肖宪译，北京：商务印书馆，2013年，第150—151页。

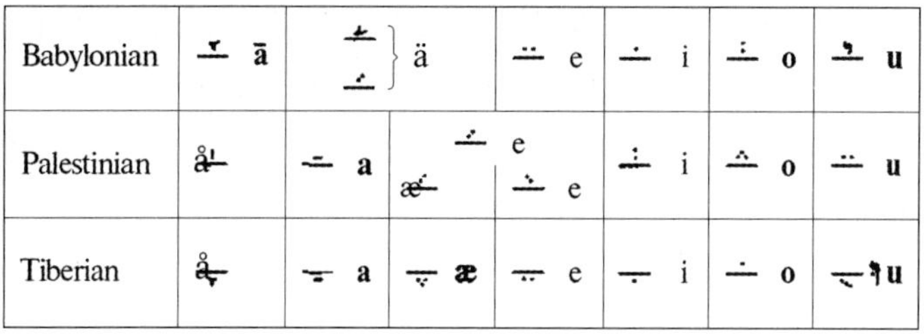

Babylonian	ā	} ä		e		i	o	u
Palestinian	å	a	e / e		i	o	u
Tiberian	å	a	æ	e	i	o	u

图3　3种元音注音体系[1]

通过对比提比利亚（Tiberias）出土书卷的元音注音体系，吴其昱指出敦煌书手混淆了a与ɔ、e与i、o与u，偶尔亦混淆ɔ、ɛ、ɪ与ə，祷文的元音系统较之巴比伦传统更为简略，或由于阿拉伯语元音标注的影响。通过与马索拉文本对比，文书拼读存在部分特殊之处。如省略Aleph（א）与词末的He（ה），频繁添加或省略Yod（י），Yod有时承担了部分元音功能。吴其昱指出，文书中咝音（ס[s]、שׁ[š]、שׂ[ś]、צ[ṣ]）经常混淆，相关语音变化未见于希伯来语或阿拉米语，或源于书手长期居于西域，受西伊朗语支某种方言影响。这一现象亦见于丹丹乌里特（Dandan-Uiliq）的犹太—波斯语（Judeo-Persian）信札。[2]

祷文另一值得注意之处是对耶和华神的多重指称，书手不仅使用《希伯来圣经》中常见的El（אל）、Yah（יה），更运用了新的神名代称YYY（יייי）。这是面对耶和华圣名禁令的权变策略。约瑟夫斯（Josephus）在《犹太古史》（Jewish Antiquities）ii.12.4中记载了犹太人的四字圣名（Tetragrammaton）禁令：

　　神向他（摩西）揭示了祂的名字，其圣名不得被人们听到，我（约瑟夫斯）亦不被允许说出。[3]

---

① E. Würthwein, *The Text of the Old Testament: An Introduction to the Biblia Hebraica*, trans. E.F. Rhodes, Rev. ed, Grand Rapids: William B. Eerdmans Publishing, 1988, 22.

② Wu, "Le manuscrit hébreu de Touen-Houang," 261–267.

③ F. Josephus, *Jewish Antiquities. Vol. IV*, ed. A.P. Wikgren, trans. H.St.J. Thackeray, R. Marcus, and L.H. Feldman, Cambridge: Harvard University Press, 1961, 284–285.

　　为避免在犹太会堂外完整书写或诵读耶和华（YHWH）之名，塔木德时期的犹太人发展出不同缩写，并赋予其相应的神学内涵。

　　1）אל El,（2,15）。El或源于动词אול（变强），在《希伯来圣经》中出现约230次，[1] 如《申命记》3:24，《诗篇》89:8。El强调神之超越性，可视为YHWH的同义词。[2]

　　2）יה YH,（8）。见于《出埃及记》15:2，《诗篇》68:19等。作为圣名的前两个辅音字母，Yah可被完整说出。12世纪伊本·以斯拉（Ibn Ezra）在《名字之书》（ספר השם Sefer ha-Shem）中称，世界通过名字的力量被创造，四字圣名（יהוה）的前两个字母Yod（י）与He（ה）用于创造上层世界，后两个字母Wav（ו）与He（ה）则用于下层世界，YH亦可指代无形而崇高的天使。[3] 祷文对YH的使用可能受到相关民俗解释之影响。

　　3）ייי YYY,（7,9,10,11,12,15,16,17）。[4] 目前已知YYY最早见于萨珊晚期（4—7世纪）两河流域阿拉米语魔法咒语碗（Aramaic Magical Incantation Bowl），以希伯来字母写就，混合阿拉米语及希伯来语，旨在通过唤起天体和各种超自然力量，保护持有人免受恶魔、恶灵、疾病和厄运的侵扰。这些咒语碗由受巴比伦及近东习俗影响的犹太人所制，其中巴比伦出土的MS 1927/9第11行：

...זה שמי לעלם וזה זכרי לדר דר יה יה יה יה יה יה ייי שמו מבורך...
...לעלם ואמרת א...ויתניך...

　　这是我的名，直到永远；这是我的纪念，直到万代。Yah Yah Yah Yah Yah Yah YYY是他的圣名，直到永远。说：[神赐福你并看顾

---

① K. van der Toorn, B. Becking, and P.W. van der Horst, *Dictionary of Deities and Demons in the Bible*, 2nd rev. ed., Leiden: Brill, 1999, 274.

② M.H. Segal, "El, Elohim, and YHWH in the Bible," *The Jewish Quarterly Review* 46.2 (1955), 89–115.

③ H. Ben-Sasson, *Understanding YHWH: The Name of God in Biblical, Rabbinic, and Medieval Jewish Thought*, Switzerland: Springer Nature, 2021, 136.

④ 感谢李思琪老师对这一部分的资料提示。

你。神使祂的脸光照你，]赐恩给你。[神向你仰脸，赐你平安。] [1]

又，希伯来大学考古所的1401号咒语碗出土于美索不达米亚，断代为4—6世纪，第6行：

תא דלטת בישום ביתיאל ויקותיאל ובישמיה דייי רבא מלאכה דיתליה
חדעסר שמין סססכבא

她所做的。以Betiel和Yequtiel之名，以伟大的YYY之名，有（以下）11个名字的天使：SSKB' [2]

图4　1401号阿拉米魔法咒语碗，现藏于希伯来大学考古所 [3]

YYY作为缩写之一，逐渐被纳入《希伯来圣经》抄本。1928

① S. Shaked, "Form and Purpose in Aramaic Spells: Some Jewish Themes [The Poetics of Magic Texts]," in *Officina Magica: Essays on the Practice of Magic in Antiquity*, Leiden, 2005, 1–30. 阿拉米文参考第27页，汉译参考第17页英译，该行引用《出埃及记》3:24，《民数记》6:24–26。

② J. Naveh and S. Shaked, *Amulets and Magic Bowls: Aramaic Incantations of Late Antiquity*, 3rd ed., Jerusalem: Magnes Press, Hebrew University, 1998, 134–135.

③ Naveh and Shaked, *Amulets and Magic Bowls*, 320.

年卡勒编目的7—9世纪巴比伦圣经抄本中，Ea. 4与Ea. 7均以YYY指代神。[1] 这类简单形式的元音注音（einfacher Punktation）体系于公元8世纪起逐渐为复杂形式取代，[2] 故劳特巴赫（Jacob Zallel Lauterbach）认为YYY是后塔木德时期最早使用的缩写之一，[3] 其通过犹太商路向各地传播。成书于公元1139—1140年的《可萨人之书》（*Kitab al Khazari* 或 *Kuzari*）译自阿拉伯语，记录了拉比通过辩论，使可萨汗国改宗犹太教一事，[4] 第3章多以YYY指代耶和华。如3.11：

ואמא אלשראיע אלנפסאניה כאנכי ייי אלהיך

伦理法则为：我是耶和华（ייי）你们的神。[5]

阿富汗古尔（Ghūr）地区出土12—13世纪中叶的犹太墓志亦出现YYY。[6]

YY与YYY及相关变体在后塔木德时期被广泛应用，11世纪后半叶开始，拉比亦赋予相关字符更多神学意义。YYY存在多种内涵，从希伯来字母的数字表达而言，圣名YHWH的4个字符本身代表

---

[1] 笔者在卡勒相关文章中暂未找到圣名缩写相关表述，转引自J.Z. Lauterbach, "Substitutes for the Tetragrammaton," *Proceedings of the American Academy for Jewish Research* 2 (1930): 52, 59。然对于抄本年代，劳特巴赫认为是公元8—10世纪，卡勒认为是公元7—9世纪。详参Kahle, "Die hebräischen Bibelhandschriften aus Babylonien," 117。

[2] Kahle, "Die hebräischen Bibelhandschriften aus Babylonien," 117–118.

[3] Lauterbach, "Substitutes for the Tetragrammaton," 52.

[4] 改宗一事约发生于公元8—9世纪，几乎与祷文同时。可萨汗国作为中世纪犹太人重要的庇护所，亦是犹太商路的重要站点，笔者将于后文具体分析。奇怪的是，暂未见其他篇章使用YYY（ייי），解释神名时作者亦使用Elohim（אלהים），究竟是翻译阿拉伯语所致还是另有原因，有待继续分析。

[5] 引文中的犹太阿拉伯文转自 https://www.sefaria.org/Kuzari.3?vhe=Kitab_al_Khazari_［Judeo-Arabic］&lang=bi；汉译参考 J. Ha-Levi, *Judah Hallevi's Kitab al Khazari*, trans. H. Hirschfeld, London: Routledge, 1905, 144.

[6] G. Gnoli, *Le iscrizioni giudeo-persiane del Ġūr (Afghanistan)*, Roma: Istituto italiano per il medio ed estremo Oriente, 1964. 碑铭n⁰⁵V1.6(1178), IX1.6 (1181), XII1.5, 7, 9, 10, 11 (2次), 12, 15, 16, 17均出现YYY，墓志断代参考 G. Gnoli, "Further Information Concerning the Judaeo-Persian Documents of Afghanistan," *East and West* 14.3/4 (1963): 209–210.

26，4+26即等于3个Yod所代表的30。从字母发音拼写而言，YHWH 可拼为"יוד הי ואו הי"，恰好含有3个Yod。上述解释更可能是后世附会，从实际书写而言，יייּ与יה形态相似，ה可能被讹写为יי。[①] 前述MS 1927/9咒语碗连续出现6次Yah与1次YYY，由于数字7在犹太教中具有神圣意味，不排除YYY为Yah讹写之可能。而祷文缩写水平排列，且间隔相近，故相关传统已然形成。较之劳特巴赫列出29种簇状排列或带有缩写符号的YYY变体，祷文形式或可视为相对原始的形态。

表1　YYY缩写形态

Lauterbach所列缩写举隅	祷文缩写（部分）
ꜰꜰꜰ（YYY标准型）	־ (10)，־ (11)，־ (12)
ꜰ̣（YYY+反向ב注记） ꜰꜰ（簇状YYY）	־ (15)，־ (16a)，־ (16b)，־(17)

以上3种神名或源自《希伯来圣经》文本，或源自后世传抄与创作，反映了犹太人面对圣名书写禁令时的多重实践。其中YYY或源于YH之讹写，最早见于巴比伦的魔法咒语，通过犹太商路向外传播。由于早期文本的开放性与出土文物的有限性，笔者无意亦无法清晰追溯相关传统的起源、发展脉络与实际流行程度，上述考察或可对祷文背景做出初步勾勒。

二、转字与汉译

由上文所述，祷文中出现较多字母混用，笔者将按照原文录文及转字（transliteration）、修订及转字、汉译的顺序依次翻译祷文。为尽可能还原写本原貌，原文录文中保留了元音符号，部分符号或类似提比里安系统的颂歌标记，但不具备相关内涵，修订文本不另

[①] Lauterbach, "Substitutes for the Tetragrammaton," 52–63.

附元音，录文、转字异于吴译处通过脚注标出，相关符号说明如下：

符号	录 文	转 字	翻 译
( )			为文意流畅而补充的部分
[ ]	残缺复原	残缺复原	文本内容解释
-		词汇结构拆分	

元音音值	写本举隅	转写举隅	元音音值	写本举隅	转写举隅
a		ל֮	o		i̇
e		ÿ	u		i̇
i		מ̇	ə		ō
à/ɔ		ṷ			

1.

原文	kl myʻwn tysr ʻwn	כל מיעון תיסר עון
修订	kl mʻwn①t-ysr ʻwn	כל מען תיסר עון

你会在所有居所惩罚罪恶……

2.

原文	[?q] ynw myḥtʼ myyʼl kmwk nwsy ʻwn hbyṭ nh	[ק?]ינו מיחﬡﬡ מייל כמוך נﬡסי עﬡן הﬡביﬡנה
修订	[nq] -nw②m-ḥṭ. my ʼl k-mw-k nśʼ ʻwn hbṭ nʼ	[נק] נו מחטא מי אל כמוך נשא עון הבט נא

请你宣告我们免于犯罪。何神像你带走罪恶？求你看顾

---

① מען (mʻwn) Wu: 神的居所。按，BDB：מָעוֹן n.[m.] 住所，未见 "神" 释义。

② נקנו (nqnw) Wu: Piel.imper.3ms。按，当作 Piel.imper.2ms +suff.1cp（词根נקה，"清除"）。הבט (hbṭ) Wu: Hithpael.imper.2ms。按，当作 Hiphil.imper.2ms，词根נבט "看顾" 为弱变化，ה-נבט*>הבט。

3.

原文	lyš'ryt hy' wtymḥl 'l srh zh	לישאלית הזא ותימחל על סרה זה
修订	l-š'r-yt h-z'[t] w-t-mḥl 'l srh zh.	לשארית הזא[ת] ותמחל על סרה זה

这余剩（的民），并宽恕这违逆。

4.

原文	wthltynw 'l tybzh slḥnh l'wn h'm hzh	ותהלתינו אל תיבזה סלחן הלעון העם הזה
修订	w-thlt-nw 'l t-bzh. slḥ n' l-'wn h-'m h-zh	ותהלתנו אל תבזה סלח נא לעון העם הזה

请你莫要轻视我们的赞美。请你宽恕这民的罪恶，

5.

原文	zyryz 'mk tknys ḥtwt yhwdh tkbys	זירייז עמך תכניס חטות יהודה תכביס
修订	zwrh① 'm-k t-knys. ḥṭ'-wt yhwdh t-kbs.	זורה עמך תכניס חטאות יהודה תכבס

你会聚集你分散的民，你会洗除犹大的诸罪孽。

6.

原文	nwtyn l'mk nys lhytnwsys bwny yrwšlyym	נותין לעמך ניס להיתנוסיס בוני ירושליים
修订	nwtn l-'m-k ns l-ht-nwss. bwnh yrwšlym	נותן לעמך נס להתנוסס בונה ירושלים

赐予你的民显扬的旌旗。（神）建造了耶路撒冷

7.

原文	ndḥy yśr'l yknys ṭrm nyqrh wth	נדחי ישראל יכניס טרם ניקרה ותה
修订	[yyy] ndḥy yśr'l y-kns. ṭrm nqr' w-'th	[יייי] נדחי ישראל יכנס טרם נקרא ואתה

耶和华神将聚集以色列的被赶散者。尚未被求告，你就

---

① זורה (zwrh)，直接录文为זירייז (zyryz)，Wu 与 Berger 均修订为זרייזי (zryzy)。按：本词字根זרה "分散"，此为 Qal. part.，修饰עמך（你的民）。希伯来语构词中，鲜见 zy 或 yz 后缀。זרייז 词末的 יז 或为ה之讹写。感谢李辛榆同学为笔者指出这一点。又，李思琪老师指出，若释为分词זורה，其修饰עמך，前缺定冠词。或源于不同的语法传统或抄写错误，祷文创作者可能未完全遵从语法规则。

8.

原文	t'nh yh myn'y mlkwt 'dynh yhynh ḥsdk	תענה זה מינעי מֹלכוֹת עדׄינׁה יהׄינׁה חֹסדך
修订	t'nh yh mn' mlkwt 'dynh. yhy n' ḥsd-k	תענה יה מנע מלכות עדינה יהי נא חסדך

已应允。耶和华，你会遏制专好宴乐的统治。愿你的慈爱，

9.

原文	[...] my y'md ky	מי יעמד כי
修订	[yyy 'lhy-nw 'ly-nw, k'šr yhl-nw lk.] my y'md ky	[ייי אלהינו עלינו כאשר יהלנו לך] מי יעמד כי

[耶和华神我们的神，（降临）在我们，因为我们等待你。] 谁能
承受？因为

10.

原文	'ymk hslyḥh 'n' yyy hṣlyḥh lm'nk hy' yzyn	עׄימׁך הֹסׁלׄיחה אנא ייׄ הֹסׄלׄיחה למׁעׄנך הׄיא יׄזׄן
修订	'm-k h-slyḥh. 'n' yyy hṣlyḥh l-m'n-k. hw' y-'zyn	עמך הסליחה אנא ייי הצליחה למענך הוא יזן

在你这宽恕中。啊！耶和华神你会使（以色列民）在你的旨意
下亨通。他（神）会垂听

11.

原文	hslyḥh yyy šm' yyy slḥh mbśyr yšw'wt	הֹסׁלׄיחה ייׄ שׁמׁע ייׄ סלׄחׁה מבסׄיׄר יׄשׄועׄות
修订	h-slyḥh yyy šm'h. yyy slḥh. m-bśr yšw'-wt	הסליחה ייי שמעה ייי סלחה מבשׄר ישועות

以赦免。耶和华神，请垂听！耶和华神，请宽恕！（神）带来
救赎的信息，

12.

原文	tšmy‘ l‘mk ḥwsh yyy ‘l yśr’l ‘mk	תשמיע לעמך חוסה ייי על ישׂראל ① עמך
修订	t-šmy‘ l-‘m-k ḥwsh yyy ‘l yśr’l ‘m-k	תשמיע לעמד חוסה ייי על ישראל עמד

请听见你的民！请顾惜，耶和华神，以色列！

13.

原文	nw zn ‘mk rḥmnh ‘l ‘mk hwšy‘‘t	נו זן עמך רחמנה על עמך הושיע את
修订	[n’m-n]w, zn ‘m-k, rḥm n’ ‘l ‘m-k. hwšy‘h ’t-	[נאמן] ו זן רחם נא על עמד הושיעה את

我们称说，（你）牧养你的民，请怜悯你的民！求你拯救

14.

原文	‘mk, wbrk ’t nḥltk śb‘ynw tyn hnynw	עמך ובׁרך את נחלתך סבעינו תין הנינו
修订	‘m-k, w-brk ’t nḥl-t-k. śb‘-nw, tn, hn-nw	עמד וברך את נחלתד שבענו תן הננו

你的民，并赐福你的产业。请让我们乐业，啊，请赐予我们

15.②

原文	lḥsdk ḥwnynw ’yl bḥsdk ‘nynw yyy	לחסׄדך חנינו אׄיל בחסדך עׄנׄינֹו ייי
修订	l-ḥsd-k ḥn-nw, ’l b-ḥsd-k ‘n-nw, yyy,③	לחסדד חננו אל בחסדך עננו ייי

你的慈爱。求你怜恤我们，神！按你的慈爱，应允我们，耶
和华！

---

① שׂ：写本作 ʃ, 在正确写出 ישראל（以色列）后，书手怀疑自己可能出现讹误，故在第二个字母 שׁ 上叠加了 ס。ס 和 שׁ 发音相似，易产生混淆。

② 第15行 איל 后有涂改，原似为 כס。

③ בחסדך (b-ḥsd-k) "在你的慈爱中"，或可释为 כַחסדך (k-ḥsd-k) "按照你的慈爱"，参《诗篇》51:3（和合本51:1）...... חנני אלהים כחסדך כרב רחמיך מחה כשעי "神啊，求你按你的慈爱怜恤我！按你丰盛的慈悲涂抹我的过犯！"

16.

原文	ky ṭwb ḥsdk zkwr rḥmk yyy wḥsdk pwdh	כי טוב חסדך זכור רחמך ייי וחֹסֹדֹך פודה
修订	ky ṭwb ḥsd-k. zkwr rḥmy-k, yyy, w-ḥsdy-k. pwdh,	כי טוב חסדך זכור רחמיך ייי וחסדיך פודה

因你的慈爱是善的。耶和华神，求你纪念你的怜悯，和你的慈爱。赎回

17.

原文	yyy l'm 'ny w'ybywn ky 'th yyy 'lhnw	ייי לעם עני ואי־ביון כי אתה ייי אֱלֹהֵנֹו
修订	yyy, l-'m 'ny w-'bywn, ky 'th yyy 'lhy-nw	ייי לעם עני ואביון כי עתה ייי אלהינו

穷困和渴求（你的）民，耶和华神，因为你是耶和华神，我们的神，

18.

原文	'ylywn ṣwn mr'tk ḥrwṣ l'bd z 'ḥd	עֽילֹיֹון צֹון מֹרֹעֹתֹך חרוֹץ לעברי ז אחד
修订	'lywn (?) ṣ'n m-r'yt-k ḥlṣh, l-'bd zh 'ḥd.	עליון צאן מרעיתך חלצה לעבד זה אחד

最高的神，求你拯救你牧养的羊群，这独一（神）的仆人。

三、文本分析

吴其昱认为祷文属离合诗（acrostic），应有22行，根据22个希伯来字母顺序排列，'、b、g、q、r、š、t起首的诗行缺失，d、g行残缺，部分诗行不可辨认。然笔者认为此说待考，第10、14、18行前无残缺，其首字母均为Ayin。

吴氏虽罗列出祷文用词与《希伯来圣经》的相似之处，但部分征引仍有待商榷。较之对《希伯来圣经》文本的连续字面引用

（citation），^① 祷文更多借助暗指（allusion），即在该文本中纳入与某一共时或较早文本相似的元素，如字词、句段或主题。并通过化用（implicit reuse），对《希伯来圣经》部分元素做出指示性重复。^② 祷文创作者对相关文本具有较好的习得程度，其目标读者也被预设为具有一定的阅读能力和《希伯来圣经》文本熟悉度。读者对被征引文本的联想有助于深化暗指的内涵复杂性。祷文对犯罪、流散、赎罪、回归、奖赏的叙述延续了圣经的流散观念，亦源于流散时期拉比们对这一诠释模式的不断强化。^③ 当然，祷文作者或征引了《希伯来圣经》正典之外的文本，但由于祷文仅有4个语词不见于《希伯来圣经》，基于被征引文本的影响力考虑，笔者仍选择与《希伯来圣经》原文对比。

在本节中，笔者将分析祷文的暗指文本（alluding text）与源文本（origin text），探究互文关系的内涵与修辞效果。

按：本文对《希伯来圣经》原文之引用与编号参考《斯图加特希伯来语圣经》（*Biblia Hebraica Stuttgartensia*，简称BHS）的学术校勘本，^④ 汉译根据《和合本》对应章节，部分编号出入者以BHS为准。对巴比伦塔木德之引用主要参考大卫森（W. Davidson）之英译。单行下划线者为语法功能、含义、顺序完全一致，双行下划线者为含义相似，语法功能或顺序等存在区别者。

---

① 材料所限，虽无法确定祷文成文时间与抄写时间是否一致，但可推断本作品创作晚于《希伯来圣经》正典。由于祷文符合敦煌9—10世纪纸张形制，且借助巴比伦元音系统注音，部分拼读受中亚伊朗语影响，可见并非为古代文本添加元音注音，甚至可能是中亚的犹太社群所作。

② 与化用（implicit reuse）相对，直接征引（explicit reuse）以特殊的引用形式或标记，区分被征引文本与前文后文。W.A. Tooman, *Gog of Magog: Reuse of Scripture and Compositional Technique in Ezekiel 38–39*, Tübingen: Mohr Siebeck, 2012, 1–37.allusion有"影射、隐喻、暗指、典故"等含义，笔者参考西文古典学的互文术语，译为"暗指"，以此强调这类修辞手法的间接指涉作用。张巍：《西方古典学研究入门》，北京：北京大学出版社，2022年，第236—237页。

③ 张灿：《塔木德及米德拉西中的"流散"观念》，硕士学位论文，山东大学，2008年。笔者参考了其对拉比流散观念的解释。

④ K. Elliger and W. Rudolph, *Biblia Hebraica Stuttgartensia*, 5th ed., Stuttgart: Deutsche Bibelgesellschaft, 1997.具体页数从略。

因第9行字迹不清，多为学者推测复原，故未纳入考察。

第1行

《祷文》1	כל מעון תיסר עון
	你会在所有居所惩罚罪恶，
《诗篇》39:12	בתוכחות על עון יסרת איש ותמס כעש חמודו אך הבל כל אדם סלה
	你因人的罪恶惩罚他的时候，叫他的笑容消灭，如衣被虫所咬。
	世人真实虚幻！（细拉）

吴其昱认为עון引用《出埃及记》34:7，然犯罪与救赎作为希伯来宗教核心概念之一，该形式亦见于《利未记》26:40、《民数记》5:15、《申命记》5:9、《耶利米书》50:20等，并非特殊用法。由动词搭配推断，祷文更可能参考了《诗篇》39:12。[1] 两处动词字根皆为יסר（惩罚），祷文使用piel动词impf.2ms.形式，《诗篇》则为qal动词perf.2ms，且动词与名词位置不同。祷文作者并非逐字照录《希伯来圣经》，或是相似主题之联想。《诗篇》39言及世事虚幻，盼求上帝赦免罪恶，与祷文赎罪主题相似。

本行מעון（居所）与עון（罪恶）构成句内押韵，旨意或与《巴比伦塔木德》Berakhot.3a.11相通：

אוי לי שבשעונותיהם חרבתי את ביתי ושרפתי את היכלי והגליתי את בני לבין
אומות העולם

……（神说：）我遭殃了，因为他们的罪恶，我摧毁了我的住所（בֵּיתִי），焚毁了我的圣殿，把我的子孙流散到世界各地的民族之中。[2]

---

[1] 感谢李思琪老师为笔者指出这一点。

[2] A.E.-I. Steinsaltz, T.H. Weinreb, J. Schreier, eds., *Koren Talmud Bavli, The Noé Edition. Vol. 1, Tractate Berakhot*, 2nd ed., Jerusalem: Koren Publishers, 2015, 14. 汉译参考张灿《塔木德及米德拉西中的"流散"观念》，第19页。

流散被认为是对所犯罪恶的惩罚，祷文第5行分散的民（זורה עמך）则为惩罚之结果。祷文与3a.11用词存在区别，或许更直接的征引来源仍是圣经文本。

第2、3行

《祷文》2—3	נ]ן מחטוא מי אל כמוך נשא עון הבט נא] 请你宣告我们免于犯罪。何神像你带走罪恶？求你看顾， לשארית הזא]ת] ותמחל על סרה זה 3.这余剩（的民），并宽恕这违逆。
《弥迦书》7:18	מי אל כמנך בשא עון ועבר על פשע לשארית נחלתו לא החזיק ליד אפו כי חפץ חסד הוא 何神像你，赦免罪孽，饶恕你产业之余民的罪过。不永远怀怒，喜爱施恩。

第2行 מי אל כמוך נשא עון 引用《弥迦书》7:18，祷文汉译异于和合本者，笔者从 נשא 本意译为带走。本行强调耶和华具有最高地位，其赦免罪恶，慈爱无与伦比，呼应祷文18行 זה אחד（The One，这独一神）。第3行言及 לשארית（对余民），亦见于《弥迦书》7:18。

第4行

《祷文》4	ותהלתנו אל תבזה סלח נא לעון העם הזה 请你莫要轻视我们的赞美。请宽恕这民的罪恶
《民数记》14:19	סלח נא לעון העם הזה כגדל חסדך וכאשר נשאתה לעם הזה ממצרים ועד הוה 求你照你的大慈爱赦免这百姓的罪孽，好像你从埃及到如今常赦免他们一样。

本行多个词汇与《民数记》14:19一致，该章为摩西求赦以色列民，赞美耶和华之慈爱与大能，祷文作者亦盼求上帝宽恕自身罪过，一如对先祖之赦免。本行以定冠词 ה 限定百姓（עם），是为征引《民数记》，而祷文5，6，12，13，14提及 עם 时，均带有人称代名词字尾 ך（你的），强调以色列民纵使离散仍是上帝选民。继承并强化《申命

记》7:6耶和华从万民中拣选以色列民成为自己的子民，亦暗示离散百姓仍应敬神爱神，方得耶和华之慈爱与赦免。

第5行

《祷文》5	זורה עמך תכניס חטאות יהודה תכבס 你会聚集你分散的民，你会洗除犹大的诸罪孽。
《耶利米书》50:20	בימים ההם ובעת ההיא נאם יהוה יבקש את עון ישראל ואיננו ואת חטאת יהודה ולא תמצאינה כי אסלח לאשר אשאיר 耶和华说，当那日子，那时候，虽寻以色列的罪孽，一无所有。虽寻犹大的罪恶，也无所见。因为我所留下的人，我必赦免。

本行 חטאות יהודה（犹大的罪孽）与《耶利米书》50:20相关语词大体相似，祷文 חטאות（罪孽）作阴性复数，《耶利米书》则为单数。《耶利米书》将以色列与犹大并举，回溯南北两国因罪相继灭国，相信神将赦免罪过，使分散之民回归。祷文作者或受此启发，于第7行言及以色列被赶散者。本行分散（זורה）的民即《耶利米书》50:17被赶散（פזורה）的羊，羊群重归草场之喻详见第18行。

第6行

《祷文》6	נותן לעמך נס להתנוסס בונה ירושלים 赐予你的民显扬的旌旗。（神）建造耶路撒冷。
《诗篇》60:6（和合本60:4）	נתתה ליראיך נס להתנוסס מפני קשט סלה 你把旌旗赐给敬畏你的人，可以为真理扬起来。（细拉）[1]

להתנוסס 为Hithpael动词的不定式附属形，字根为 נוס "逃跑"或 נסס "显扬"，类似用法仅见于《诗篇》60:6（和合本60:4）。且两处动词字根均为 נתן（赐予），《祷》为 qal.part.act. נותן，《诗篇》为 qal.

---

[1] 直译为："你把旌旗赐给敬畏你的人，可以躲避弓箭"或"在弓箭面前扬起来"。感谢李思琪老师为笔者指出该句的多种释读可能。

perf.2ms. נתתה，句型均为动词—间接宾语（人）—直接宾语（旌旗），间接宾语均为לְ־[ ]ד（给你的［]）形式，由字词的独特性推测，祷文此行或化用《诗篇》。

《诗篇》60被认为是大卫因遭破败向神哀诉，נס להתנוסס（旌旗）作为耶和华的赐予之物，似有扭转倾颓之功用。נס（旗帜）多为实指，意为用以毁灭某国的军事信号，如《耶利米书》4:6向锡安竖立大旗，耶和华将从北方降灾；又如《耶利米书》51:12，竖立大旗攻击巴比伦。本行中的抽象含义亦见于《以赛亚书》11:12（见下），作为召集以色列民回归之标志。较之《诗篇》间接宾语作יראיך（你［神］的敬畏者），祷文作עמך（你［神］的民），或暗示流散的以色列民唯有敬畏上帝，方可回归。

第6、7行

《祷文》6—7	נותן לעמך נס להתנוסס בונה יושלים 6. 赐予你的民显扬的旌旗。（神）建造耶路撒冷。 [ייי] נדהי ישראל יכנס טרם נקרא ואתה 7. 耶和华神聚集以色列中被赶散者。尚未被求告，你就
《以赛亚书》 11:12	ונשא נס לגוים ואסף נדחי ישראל ונפצות יהודה יקבץ מארבע כנפות הארץ 他必向列国竖立大旗，召回以色列被赶散的人，又从地的四方聚集分散的犹大人。
《以赛亚书》56:8	נאם אדני יהוה מקבץ נדחי ישראל עוד אקבץ עליו לנקבציו 主耶和华，就是招聚以色列被赶散的，说：在这被招聚的人以外，我还要招聚别人归并他们。
《诗篇》147:2	בונה ירושלם יהוה נדחי ישראל יכנס 耶和华建造耶路撒冷，聚集以色列中被赶散的人。

此两行多个语词见于《希伯来圣经》，נדהי（被赶散的）见于《以赛亚书》11:12、56:3，《诗篇》147:2，皆为分词附属形修饰ישראל（以色列）。较之《以赛亚书》使用动词ואסף（召回）或מקבץ（招聚……的），本行与《诗篇》均使用יכנס（聚集）。以动词qal形式

主动分词 בונה（建造）修饰 יושלים（耶路撒冷）之用法，则主要见于《诗篇》147。相似的组合顺序、时态结构暗示这并非巧合，而是祷文作者对《诗篇》147:2之化用。

艾森斯塔特（Shmuel N. Eisenstadt）探讨犹太文明连续性时，认为犹太人从祖先之地被驱散，以色列地不仅是实体的空间概念，更有特殊的政治与宗教意味。流亡被视作罪恶与暂时的生存状态，对于以色列的看法是对流散生活政治的、原生的和形而上学评价的一面镜像，是犹太人流散生活中形成的犹太集体意识的基本组成。①《诗篇》147赞美耶和华，颂美耶路撒冷之复兴，祷文作者征引相关语词，强化对回归之热望。该祷文出现在敦煌，或可推测当地犹太社群仍借助祖先记忆与圣地之思保持身份认同。

第7、8行

《祷文》7—8	[ייי] נדהי ישראל יכנס טרם נקרא ואתה 7. 耶和华将聚集以色列的被赶散者。<u>尚未被求告，你就</u> תענה יה מנע מלכות עדינה יהי נא חסדך 8. <u>应允</u>。耶和华，你会遏制专好宴乐的统治。愿你的慈爱，
《以赛亚书》65:24	והיה טרם יקראו ואני אענה עוד הם מדברים ואני אשמע <u>他们尚未求告，我就应允。</u>正说话的时候，我就垂听。
《以赛亚书》47:8	ועתה שמעי זאת עדינה היושבת לבטח האמרה בלבבה אני ואפסי עוד לא אשב אלמנה ולא אדע שכול 你这专好宴乐、安然居住的，现在当听这话：你心中说，未有我，除我以外再没有别的，我必不致寡居，也不遭丧子之事。

טרם נקרא ואתה תענה 与《以赛亚书》65:24内容相近，仅有部分语法形态之别。祷文第7行 קרא（求告）为niphal动词part.pass. נקרא，《以赛亚书》则为qal.impf.3mp. יקראו。祷文系祈祷者对神之乞求，故

---

① S.N.艾森斯塔特：《犹太文明：比较视野下的犹太历史》，胡浩、刘丽娟、张瑞译，北京：中信出版社，2019年，第39—40页。

用第2人称אתה（你），而《以赛亚书》为耶和华借先知之口赐福选民，故为第1人称אני（我）。ענה（应允）一词在祷文第8行为qal. impf.2ms形式תענה，《以赛亚书》则为1cs.אענה，可见祷文作者出于文体与实用需要，对《以赛亚书》相关章句进行人称改动。

第8行עדינה（专好宴乐）为עדן（奢侈）派生词，鲜见于《希伯来圣经》，《以赛亚书》47:8是为一例。希英词典释作奢侈淫逸，状感官享受，亦有性暗示，①联系《以赛亚书》47预言巴比伦败落，以处女裸露下体为喻。本行言耶和华遏制专好宴乐之统治，亦有回溯巴比伦君主骄奢淫逸，为神厌弃以至灭国。此处暗指一则希望神力改善离散百姓之生存处境，二则警示民众谨遵律法，勿违神意。

第10行

《祷文》10	עמך הסליהה אנא ייי הצליחה למענך הוא יזין 在你这宽恕中。啊！耶和华神你会使（以色列民）在你的旨意下亨通。他（神）将垂听
《诗篇》130:4	כי עמך הסליחה למען תורא 但在你有赦免之恩，要叫人敬畏你。

本行部分征引《诗篇》130:4，较之和合本将למען视为连词未译，由人称代名词字尾ך，笔者译为"在你的旨意下"。本行הסליהה（宽恕）与הצליחה（亨通）构成押韵，是为作者之文学性创造。צלח（繁荣）的Hiphil形式多见于《列王纪》《历代志》，以状贤王统治，如《列王纪上》22:11，大卫嘱咐所罗门谨行耶和华之命而得亨通（הצליחה）;《历代志下》32:30，希西家所行的事尽都亨通（יצלח）。祷文或期盼以色列回归本国伟大君主之统治，由申命史家观点，君主必谨守神命，方可被神赐予亨通，本行"在你（神）的旨意下（למענך）"与之形成呼应。

---

① Brown F., S. R. Driver, and C. Briggs, *Brown-Driver-Briggs Herew and English Lexicon*, Peabody MA: Hendrickson, 1996, 726.

第11行

《祷文》11	הסליחה ייי שמעה ייי סלחה מבשר ישועות 以赦免。耶和华神，请垂听！耶和华神，请宽恕！（神）带来救赎的信息，
《但以理书》9:19	אדני שמעה אדני סלחה אדני הקשיבה ועשה אל תאחר למענך אלהי כי שמך נקרא על עירך ועל עמך 求主垂听，求主赦免，求主应允而行，为你自己不要迟延。我的神啊，因这城和这民都是称为你名下的。
《历代志下》7:14	ויכנעו עמי אשר נקרא שמי עליהם ויתפללו ויבקשו פני וישבו מדרכיהם הרעים ואני אשמע מן השמים ואסלח לחטאתם וארפא את ארצם 这称为我名下的子民，若是自卑、祷告，寻求我的面，转离他们的恶行，我必从天上垂听，赦免他们的罪，医治他们的地。
《以赛亚书》52:7	מה נאוו על ההרים רגל מבשר משמיע שלום מבשר טוב משמיע ישועה אמר לציון מלך אלהיך 那报佳信，传平安，报好信，传救恩的，对锡安说：你的神作王了！

本行征引《但以理书》9:19，后者为耶利米得知耶路撒冷行将荒芜，向主自卑祷告，或可追溯《历代志下》7:14之传统：神的子民应时常忏悔祷告，主必垂听、赦免其过。מבשר ישועות（带来救赎之讯）则是对耶和华赦免罪过，赐福以色列民的具体表现，或使读者联想到《以赛亚书》52:7，一系列动词短语组成排比，强化对回归之热望。

第12行

חוסה 亦见于《约珥书》2:17，求耶和华顾惜（חוסה）自己的百姓，不要使自己的产业（נחלתך）受羞辱，祷文14行赐福你的产业（נחלתך）或受此影响。

第13、14行

《祷文》13–14	[נאמנ]ו זן רחם נא על עמך הושיעה את 我们称说，你牧养你的民，请怜悯你的民！啊！<u>求你拯救</u> עמך וברך את נחלתך שבענו תן הננו 14. <u>你的民，并赐福你的产业</u>。请让我们乐业，请赐予啊，我们，
《诗篇》28:9	הושיעה את עמך וברך את נחלתך ורעם ונשאם עד העולם <u>求你拯救你的百姓，并赐福给你的产业</u>，牧养他们，扶持他们，直到永远。

此2行直接征引《诗篇》28:9，该篇署名大卫，乞求耶和华垂听其呼唤。13行זון（喂养）或受《诗》רעה（牧养）启发。נחלה本意为持有物，以色列民为上帝之产业可追溯至《出埃及记》34:9，摩西求主赦免以色列民（原文为第1人称）的罪孽（עוננו）与罪恶（חטאתנו），以百姓（我们）为神（你）的产业（נחלתנו），后复做法板，再度立约。עון亦见于祷文第1、2、4行，חטא则见于第2、5行，赎罪祷文暗示下列过程：以色列民犯罪遭神惩罚，神赦免罪，选民谨守律法重获恩典，神赐福给自己的产业，其中遵守神约为安居乐业必要条件。

第15行

本行系同义平行（synonymous parallelism），以相同的语法形式或句法结构在连续的诗行中重复表达意思相同的内容：[1]

<u>לחסדך חננו אל 你的慈爱，怜恤我们，神！</u>
בחסדך עננו ייי 按你的慈爱，应允我们，耶和华神！

前后两句结构一致，חסדך（你的慈爱）两次出现，后接qal动词imper.2ms形式，以对神的呼唤作结。相似表述见于《诗篇》51:3；

---

[1] 利兰·莱肯，《圣经文学导论》，黄宗英译，北京：北京大学出版社，2007年，第173页。

60:14，然词句结构均存在差异，或为祷文作者出于文学性的再创造。

《诗篇》51:3	חנני אלהים כחסדך כרב רחמיך מחה פשעי 神啊，求你按你的慈爱怜悯我！按你丰盛的慈悲涂抹我的过犯……
《诗篇》69:14	ואני תפלתי לך יהוה עת רצון אלהים ברב חסדך ענני באמת ישעך 但我在悦纳的时候向你耶和华祈祷。神啊，求你按你丰盛的慈爱，凭你拯救的诚实应允我。

第16行

《祷文》16	כי טוב חסדך זכור רחמיך ייי וחסדיך פודה 因你的慈爱是善的。求你纪念你的怜悯，耶和华神，和你的慈爱。赎回
《诗篇》25:6	זכר רחמיך יהוה וחסדיך כי מעולם המה 耶和华啊，求你纪念你的怜悯和慈爱。因为这是亘古以来所常有的。

本行征引《诗篇》25:6，该篇署名大卫，求耶和华训导赦宥。זְכֹר（纪念）为qal动词imper.2ms.形式，祷文则为זכור，系不同注音习惯。

第17行

本行אלהינו（我们的神）最早见于《出埃及记》4:18，耶和华自言是希伯来人的神、以色列祖宗的神，将于埃及的困苦中拯救以色列人。אלהינו与18行עליון（最高的神），表明以色列民视耶和华为自己唯一的神，而祷文中多次出现עמך（你的民），人称代名词后缀彰示神将看顾自己的选民，此为十诫神人关系的传承与强化。

第18行

עליון צאן מרעיתך חלצה לעבד זה אחד

　　最高的神，求你拯救你牧养的羊群，最高神的仆人。

　　牧者与羊群的暗喻是古代以色列诠释神人关系的重要组成部分。《耶利米书》10:21中，以色列的君主与先知亦曾是牧者，因背离耶和华导致他们的羊群分散（מרעיתם נפוצה）。《耶利米书》23:1-4中耶和华斥责牧人赶散上帝的羊群（מרעיתי），《以西结书》34中主亦指责以色列的牧人不牧养上帝的羊（צאני）。从הם-（第3人称，"他们"，即众先知）到י-（第1人称，"我"，即耶和华）的人称变化反映出圣殿被毁后，以色列民的呼求对象直接转为上帝。祷文中多见ך后缀（第2人称单数，你的），亦表明祷告者与上帝的直接对话。被赶散的以色列民希望耶和华带领余剩者（שארית）返归本国，生养众多，免于惊惶（《耶利米书》23:3），一如祷文2—3行乞求耶和华看顾余剩的民（לשארית），先知的预言带来上帝的许诺，四散之群必复集旋返，耶和华必在以色列的美好草场牧养他们（《以西结书》34:13-14）。耶和华作为牧者的比喻亦见于《诗篇》23：

　　　　1耶和华是我的牧者。我必不至缺乏。

　　　　2他使我躺卧在青草地上，领我在可安歇的水边。

　　　　3他使我的灵魂苏醒，为自己的名引导我走义路。

　　　　4我虽然行过死荫的幽谷，也不怕遭害。因为你与我同在。你的杖，你的竿，都安慰我。

　　　　5在我敌人面前，你为我摆设筵席。你用油膏了我的头，使我的福杯满溢。

　　　　6我一生一世必有恩惠慈爱随着我。我且要住在耶和华的殿中，直到永远

　　牧者与羊暗喻了人对上帝的完全依赖，物质（青草地，水）与灵性（灵魂苏醒、安慰、慈爱）的赐予是祷文所渴求的拯救（חלצה ḥlṣh）之具体体现，亦是对前文所及离散者归乡、圣殿重建、蒙上帝

赐福安居乐业的重申，呼应第13行牧养（ךן zn）。耶和华的慈爱与看顾将引导人们走出黑暗，走上正途；牧者与羊群给予读者田园牧歌式的想象，承载了以色列民对回归和平富足生活之渴望。[①]

综合上述分析，可见祷文对《希伯来圣经》文本之征引以《诗篇》为最，其次是《以赛亚书》，亦涉及其他先知书与五经文本。或因《诗篇》相对短小独立，便于记诵与口头传播，且部分祷告涉及日常生活，实践性强。《以赛亚书》作为先知预言，强调耶和华之救恩，横跨较长时段，[②]离散时期的犹太人亦可找到相似处境与精神共鸣。

祷文通过引喻不断回溯《希伯来圣经》，以神人关系为核心，强调以色列民作为上帝的选民，应当尊奉耶和华，谨守诫命，方能获得上帝赦免。圣殿被毁、南北两国覆灭作为重要的历史记忆，是流散时期犹太人族群认同的重要体现，纵使身在敦煌，当地犹太社群或许仍怀有回归故土之渴望。

四、祷文历史背景与犹太商路

作为目前唯一一件敦煌出土的希伯来语文书，祷文并未使用丝绸之路东段更为常见的犹太波斯语，暗示了其携带者存在其他来源。前人讨论这件文书时，往往基于中华文明主体视角，将其视为犹太人入华之佐证，却未关注其与犹太文明的进一步联系。为深入挖掘祷文的历史背景与史料价值，笔者将基于犹太商路的视角，借助传世文献与其他出土文书，探讨祷文携带者的可能来源，西域的犹太社群规模、其知识与信仰。

对于中古时期犹太商人的大致活动路线，9世纪波斯人伊本·胡

---

① 利兰·莱肯：《圣经文学导论》，第160—168页。
② 杜姆（B. Duhm）提出"三个以赛亚"理论，将《以赛亚书》分为三个部分，认为其创作于不同时间。B. Duhm, *Das Buch Jesaia übersetzt und erklärt*, Göttingen: Vandenhoeck und Ruprecht, 1902.

尔达兹比赫（Ibn Khordadbeh，一译霍达特贝）《道里邦国志》（*Kitāb al-Masālik wa-l-Mamālik*，或译《省道记》）记载了经敦煌通往汉地的陆路：

> （商人）或者选择罗马国后面的斯拉夫国而行，再至海姆利杰，即可萨突厥城（或译哈扎利亚），再经过久尔疆，再至巴尔赫与河外地，再至乌鲁特土胡兹胡尔（Wurut Tughuzghur），再至中国。
>
> ——《商人们的陆路行程》①

犹太商路的通行不仅出于经济利益，亦需要相对稳定的政治宗教环境作为保障，这与可萨汗国的改宗息息相关。可萨汗国（Khazar）即汉文史料中的突厥可萨部，② 又称哈扎利亚，作为中世纪丝绸之路唯一信仰犹太教的国家，为犹太社群在中亚的稳定发展奠定了基础。布鲁克（Kevin Alan Brook）比对可萨汗国的希伯来文书、阿拉伯与波斯史家记载、犹太教记录等，认为可萨汗国于公元864—870年第一次正式皈依犹太教。③ 龚方震则主要依据阿拉伯人之记录，认为可萨于公元786—809年开始信仰犹太教。④ 学界对具体年份虽存在争议，但不可否认，公元8—9世纪可萨汗国成为犹太人的避难所。贾森转述托尔斯托夫的观点，认为可萨汗国于751年联合花拉子模，建立阿弗里帝国，于公元753年、755年、762年三度遣使赴唐，以期

---

① 伊本·胡尔达兹比赫：《道里邦国志》，宋岘译注，北京：华文出版社，2017年，第143页。宋注：河外地即阿姆河以外的地方，当时为昭武九姓胡、葛逻禄、突骑施所在地。乌鲁特……此处可解为"九姓乌古斯旷野"。Wurut Tughuzghur即九姓乌古斯，或言九姓古斯。
② "波斯国，在京师西一万五千三百里，东与吐火罗、康国接，北邻突厥之可萨部，西北拒拂菻，正西及南俱临大海。"《旧唐书》卷198《西戎》，北京：中华书局，1975年标点本，第5311页。
③ K.A. Brook, *The Jews of Khazaria*, 3rd ed., Lanham: Rowman & Littlefield, 2018, 87.
④ 龚方震：《中亚古国可萨史迹钩沉》，王元化主编《学术集林（卷六）》，上海：上海远东出版社，1995年，第258页。

在与阿拉伯帝国对抗中获得有力外援。① 出使的政治目的亦促进犹太人向东经商，甚至于敦煌长期生活，本件祷文即反映了敦煌犹太人的宗教实践。

虽然犹太商人活跃于丝绸之路东段各个贸易节点，但8—10世纪的西域犹太社群规模相对有限。目前所在仅有6件文书出土，② 除敦煌希伯来祷文外，均为犹太波斯语。最早为752年的唐-伊·阿佐（Tang-i Azao）铭文，出土于阿富汗中部赫里-鲁德（Heri-Rūd）附近，③ 巴米扬地区出土的《耶利米书》可视为当地犹太社群的信仰实践，④ 丹丹乌里特（Dandan-Uiliq）出土的2封信札反映了西域及中亚犹太人的商贸情况，⑤ 印度马拉巴尔（Malabar）的奎隆（Kollam）铜盘刻有多种语言铭文。出土文书或可佐证胡尔达兹比赫记载中犹太社群活跃于前往中国、印度的商路，然而从文书数量观之，相关社群规模有限。

敦煌与西域可能尚存未被发现的希伯来文献，然较之汉文、藏文与于阗文，犹太写本的绝对数量极少，亦多为以希伯来字母拼写的其他语言文书，反映了丝绸之路犹太社群的多样性。后者或定居西域已久，习得当地通用语进行经济与宗教活动。敦煌的希伯来语祷文表明其拥有者仍将希伯来语视作重要的宗教仪式用语，在商贸过程中受到伊朗语影响，反映在祷文部分拼写的字母混用。其可能来自更远的地区，或与可萨汗国的犹太社群亦存在联系，且在敦煌居住时间相对较短。学界虽认为可萨汗国的建立者是突厥的一

① 贾森：《可萨汗国的商贸地位研究》，硕士学位论文，郑州大学，2016年，第51页。

② 犹太波斯语写本统计参照 L. Kahn and A.D. Rubin, eds., *Handbook of Jewish Languages, Brill's Handbooks in Linguistics*, Leiden: Brill, 2015, 234–244。

③ W.B. Henning, "The Inscriptions of Tang-i Azao," *Bulletin of the School of Oriental and African Studies* 20, no. 1 (1957), 335–342.

④ S. Shaked, "A Fragment of the Book of Jeremiah in Early Judaeo-Persian," *Irano-Judaica; 7: Irano-Yudaiḳah*, 2019, 545–578.

⑤ 张湛、时光：《一件新发现犹太波斯语信札的断代与释读》，《敦煌吐鲁番研究》第11卷，2008年，第71—99页。B. Utas, "The Jewish-Persian Fragment from Dandān-Uiliq," *Orientalia suecana* 17 (1968), 123–136.

支，但游牧族群往往成分复杂，亦无法排除其治下有西伊朗语支的使用者。

希伯来语写本稀少，结合政治宗教环境推测如下：一者在可萨汗国改宗犹太教前，或有少量阿拉伯或中亚犹太人入华贸易，然因保存环境所限，或相关族群已失去希伯来语的读写能力，故未见文献或考古遗存。二者安史之乱后，唐军在西域、中亚影响力迅速减弱，难以成为可萨汗国的求援对象。8世纪末期回鹘与吐蕃对西域的争夺加剧，政治环境的恶化亦不利于商业贸易。三者由于商路的转移与地缘政治局势的变化，可萨汗国在罗斯、佩切涅格人（Pecheneg）与拜占庭的军事冲击下，于9世纪后期逐渐衰落。[1] 公元965年，随着都城伊提尔被攻陷，可萨汗国难以继续为犹太人提供政治宗教庇护，更无法保护犹太人在丝绸之路的商贸据点。11世纪中叶，随着阿拉伯帝国排犹政策的加剧，中亚犹太族群的生存状况更为艰难。[2] 此后可能仍有部分中亚的犹太社群入华，未有文书留存的原因或与第一点类同。宋元以来，海上丝绸之路的兴盛使犹太人的入华渠道以海路为主，具体可参见潘光旦对开封犹太人的论述。[3]

对于西域犹太社群的信仰与知识来源，通过前文对神名YYY（ יייᵕ ）之考释，可见阿拉米语塔古姆对敦煌犹太社群之影响。如第一部分所述，祷文使用巴比伦注音系统，将元音标注于辅音之上，这一实践亦见于巴米扬出土的耶利米书。据沃特温（Wurthwein）研究，巴比伦注音系统最迟于公元7世纪出现，经8—9世纪卡拉伊派（Karaites）运动逐渐复杂化、规范化。巴比伦作为流散时期重要的犹太宗教中心，相关知识通过犹太商路向东传播，可萨汗国的兴起于宗教实践更促进了相关进程。犹太族群对于回归的渴望与积极参与商路贸易并不冲突，前者作为以色列文明延续性的重要组成，在宗

---

① Brook, *The Jews of Khazaria*, 133.
② 陈凯：《阿拉伯帝国犹太人社会地位探究（632—1258）》，硕士学位论文，天津师范大学，2020年，第28—32页。
③ 潘光旦：《开封的中国犹太人》，第188页。

教实践中得到传承。后者经过拉比的诠释，流散亦成为对世界的救赎。一如成书于450—550年的巴比伦塔木德Taanit 3b所言：

דבדרתינכו בארבע רוחי דעלמא אי הכי כארבע בארבע מיבעי ליה אלא הכי
קאמר כשם שאי אפשר לעולם בלא רוחות כך א"א לעולם בלא ישראל

我把你们分散到世界四方的风中；如果是这样，为什么祂说"像四方的风"？祂应该说去到四方的风。其实，这就是神的意思。就像世界不能没有风一样，世界也不能没有以色列。[1]

五、余　论

敦煌希伯来语赎罪祷文是目前唯一一件出土于丝绸之路东段的希伯来语文书。其主要以YYY代替圣名，或为YH讹写，或源于巴比伦魔法咒语传统，于公元8世纪进入圣经抄本系统，并随犹太商路向外传播。祷文借助暗指（allusion）不断回溯《希伯来圣经》，以神人关系为核心，强调以色列民作为上帝的选民，应当尊奉耶和华，谨守诫命，方能获得上帝赦免。祷文的创作可能也受到巴比伦塔木德及当时区域文学形式影响，犯罪、流散、赎罪、回归、奖赏的叙述经过拉比的强化，成为犹太文明延续性的重要组成部分。

8—9世纪可萨汗国的犹太教信仰保障了犹太商路在中亚与西域的发展，亦促进巴比伦的宗教知识向东传播。可萨汗国一度与唐朝建立外交联系，由于东西政治局势的改变，9世纪敦煌又为吐蕃所占，双方仅有短暂的交往。祷文的携带者可能来自丝绸之路的更西端，吐蕃的宗教政策或许对犹太教徒并不友好，加之战乱与动荡的政治局势，故其只在敦煌匆匆停留。中亚与西域虽有犹太商人的活动轨迹，但犹太社群规模相对有限，犹太商路后转为以海路为主。

---

[1] A.E.-I. Steinsaltz, T.H. Weinreb, J. Schreier, eds., *Koren Talmud Bavli, The Noé Edition. Vol. 12, Tractate Ta'anit · Tractate Megilla*, Jerusalem: Koren Publishers, 2014, 16.

敦煌希伯来语祷文揭示了丝绸之路族群交往的一个侧面，我们仍需更多的碎片，以拼合出更为完整的历史画卷，同时综合考古发现与文献记载，对中亚与西域犹太群体进行更全面的考察，并用我们的诠释挖掘其更深层的意义。

红妆与白刃

——析文艺复兴到象征主义时期犹滴的画中形象

阿 慧

（中国社会科学院历史理论研究所）

对于生活在中文语境下的部分读者而言，犹滴（Judith）或许并不是一个令人熟悉的名字。这位在犹太历史传奇中背负着伯夙利亚（Bethulia）一城的犹太人的性命，仅携一名仆从孤身进入敌营，凭借自己外表的美貌与内心的机智成功地迷惑了敌军，最终砍下敌军元帅头颅全身而退，引领伯夙利亚的犹太人战胜敌人的女智将，虽然在亚洲世界中并不算家喻户晓，却早已在欧美世界中化为了一个经典的文化符号，在千百年间不断得到流传与再演绎。

本文在梳理学界对犹滴形象的关注及探讨现状的基础上，重点聚焦14世纪至19世纪末、20世纪初，不同绘画流派在发展过程中的部分代表作所呈现的犹滴，从艺术史的视角出发，以犹滴的形象发展作为切入点，解读从文艺复兴时期到象征主义时期，绘画艺术发展过程中有关的具象化表达及其缘由。

一、多面的"女主角"：学术语境中的犹滴

记载犹滴故事的《犹滴传》，在希伯来《圣经》的传统中属于

"次经"（Apocrypha）的范畴，[①] 从内容上看，则可被归类为历史传奇（Historical Fiction）。[②] 它描绘了在以荷罗孚尼（Holofernes）为首的敌军进攻犹太城镇伯夙利亚的危急时刻，孀居在此城中的犹滴挺身而出，同觊觎其美貌的荷罗孚尼巧妙周璇，设法将后者灌醉后割断其头颅，使群龙无首的敌军在战场上大败而归的故事。[③]

《新牛津注释本〈圣经〉》（*The New Oxford Annotated Bible: New Revised Standard Version with The Apocrypha*）的编纂者指出，犹滴的传奇"以多样且各异的方式启发了数个世纪的犹太人与基督徒的想象力"[④]。也有中国学者相信，"犹滴的形象在后世启迪了多种艺术形式如雕塑、绘画、戏剧、诗歌和音乐创作，作为近乎完美的犹太女性化身，其感染力一直延续至今"[⑤]。从这个意义上而言，现今的犹滴已不仅是一位传奇故事中的"女主角"，更在文化与价值观的层面上

---

① 在犹太及基督教学界的一般认知中，所谓的"次经"是相对于包括在希伯来《圣经》中的"正典"文本而言的概念，主要指大致成书于犹太第二圣殿时期（即公元前300年至公元70年间）的、被收录于希腊语七十士译本的《圣经》之中，却并未出现在希伯来语《圣经》中的文本。意指"虽然不是神启，但对于信仰和道德仍然是有益的，仍然属于'经'的范畴，但在神圣性上'次'于正典"的篇章。德席尔瓦（deSilva）曾指出，《次经》在帮助学者了解犹太教发展历史、基督教《圣经》的编纂，以及《次经》文本写作时期的社会生活方面，均有重要价值。参见游斌《希伯来圣经导论》，上海：上海三联书店，2015年，第13—15页；大卫·德席尔瓦《〈次经〉的价值》，梁工译，载梁工主编《圣经文学研究》（第四辑），北京：人民文学出版社，2010年，第353—391页。

② 在格鲁恩（Gruen）看来，历史传奇可以被理解为"具有一定可信度的历史背景，且涉及既有的人物及事件，而作者依据个人意图加以修饰，创造角色、对事实进行调整或演绎，以杜撰故事来取悦读者并达成自身目的"的，在"令人熟悉的历史框架下，并未对创造力与想象力加以限制"的文学类型。参见 E. S. Gruen, *Diaspora: Jews amidst Greeks and Romans*, Cambridge: Harvard University Press, 2002, 137。

③ 本文所参考的《犹滴传》内容，主要为《新牛津注释本〈圣经〉》的英译。参见 M.D. Coogan, M.Z. Brettler, C.A. Newsom, and, P. Perkins, eds., *The New Oxford Annotated Bible: New Revised Standard Version with The Apocrypha*, 4th ed., Oxford: Oxford University Press, 2010, 1389–1409。

④ Coogan, Brettler, Newsom, and, Perkins, eds., *The New Oxford Annotated Bible: New Revised Standard Version with The Apocrypha*, 1389.

⑤ 王立新、屈闻名：《历史真实与文献虚构——〈犹滴传〉的叙事结构与意义》，《外国文学研究》2018年第4期，第96页。

化作了一个典型符号，不断吸引着后世受众的解读与探索。

当今学界对于犹滴形象的多样化关注，同样体现出了对这位"女主角"的理解面向在后世发展的过程中所收获的持续丰富。[①] 出版于2010年的学术文集《犹滴之刃：跨学科犹滴研究》(*The Sword of Judith: Judith Studies across the Disciplines*) 便在一定程度上呈现了现当代犹滴研究的大致趋向：文本研究与演绎研究齐头并进，前者在延续犹太传统与基督教传统这两大研究路径的基础上，在一定程度上对神话学、社会生活史、女性主义史学、文本传播与接受史等新兴的史学领域予以关注；[②] 后者则从包括绘画、雕塑在内的有形的可视化艺术，以及无形的音乐与戏剧两大方面，关注到后世的艺术领域所塑造的犹滴。[③]

① 在布瑞恩（Brine）看来，现当代犹滴研究的丰富性得以拓展的主要原因包括：后现代思潮推动下女性主义的兴起及人文领域的再复兴，相关新抄本与手稿的发现，以及犹太教和基督教研究中普世主义趋势的出现。参见 K.R. Brine, "The Judith Project," in *The Sword of Judith: Judith Studies across the Disciplines*, ed. K.R. Brine, E. Ciletti and H. Lähnemann, Cambridges: Open Book Publishers, 2010, 3–21。

② D. L. Gera, "Shorter Medieval Hebrew Tales of Judith," in *The Sword of Judith: Judith Studies across the Disciplines*, ed. K.R. Brine, E. Ciletti and H. Lähnemann, Cambridges: Open Book Publishers, 2010, 81–96; S. Weingarten, "Food, Sex, and Redemption in *Megillat Yehudit* (the 'Scroll of Judith')," in *The Sword of Judith: Judith Studies across the Disciplines*, ed. K.R. Brine, E. Ciletti and H. Lähnemann, Cambridges: Open Book Publishers, 2010, 97–126; J. Bartholomew, "The Role of Judith in Margaret Fell's *Womens Speaking Justified*," in *The Sword of Judith: Judith Studies across the Disciplines*, ed. K.R. Brine, E. Ciletti and H. Lähnemann, Cambridges: Open Book Publishers, 2010, 259–273; T. Copper, "Judith in Late Anglo-Saxon England," in *The Sword of Judith: Judith Studies across the Disciplines*, 169–196; F. M. Plays, "The Prayer of Judith in Two Late-Fifteenth-Century," in *The Sword of Judith: Judith Studies across the Disciplines*, 197–212; K.M. Llewellyn, "The Example of Judith in Early Modern French Literature," in *The Sword of Judith: Judith Studies across the Disciplines*, 213–226; H. Lähenemann, "The Cunning of Judith in Late Medieval German Texts," in *The Sword of Judith: Judith Studies across the Disciplines*, 239–258.

③ D. Apostolos-Cappadona, "Costuming Judith in Italian Art of the Sixteenth Century," in *The Sword of Judith: Judith Studies across the Disciplines*, ed. K.R. Brine, E. Ciletti and H. Lähnemann, Cambridges: Open Book Publishers, 2010, 325–344; S. B. McHam, "Donatello's *Judith* as the Emblem of God's Chosen People," in *The Sword of Judith:* （转下页）

　　值得关注的是，近年来也有一部分国内学者逐渐关注并尝试参与到国际学界对于犹滴形象的解读与讨论中。王立新在梳理近年来国际学界对于《犹滴传》文本分析状况的基础上，从文学叙事的角度出发，对拣选了历史元素作为背景的犹滴故事的文学虚构特质进行了解析，[①] 他也从性别政治的角度出发，对包括犹滴在内的、希伯来经典中的女性书写有所关注；[②] 邱永旭则关注到了《犹滴传》中的象征与隐喻要素，着眼于希腊化时期的历史境况与文化信仰对犹太文学创作的影响展开讨论。[③]

　　就此来看，现阶段的犹滴研究概况，或许愈发符合21世纪初克瑞文（T. Craven）对当时犹滴研究境况的评价，即"越来越具有性别包容感、国际感和不拘一格感"[④]。在现当代学界，学术语境中的犹滴形象，正在众多学者的努力下持续得到"再发现"与"新阐发"。

　　不过，犹滴的故事与形象，毕竟是依托于《犹滴传》这一传世文献而得以流传的，而包括图像志、艺术史在内的可视化史学又

（接上页）*Judith Studies across the Disciplines*, ed. K.R. Brine, E. Ciletti and H. Lähnemann, Cambridges: Open Book Publishers, 2010, 307–324; E. Ciletti, "Judith Imagery as Catholic Orthodoxy in Counter-Reformation Italy," in *The Sword of Judith: Judith Studies across the Disciplines*, ed. K.R. Brine, E. Ciletti and H. Lähnemann, Cambridges: Open Book Publishers, 2010, 345–370; K. Harness, "Judith, Music, and Female Patrons in Early Modem Italy," in *The Sword of Judith: Judith Studies across the Disciplines*, ed. K.R. Brine, E. Ciletti and H. Lähnemann, Cambridges: Open Book Publishers, 2010, 371–384. D. Marsh, "Judith in Baroque Oratorio," in *The Sword of Judith: Judith Studies across the Disciplines*, 385–397; J. Pasler, "Politics, Biblical Debates, and French Dramatic Music on Judith after 1870," in *The Sword of Judith: Judith Studies across the Disciplines*, 431–452.

① 王立新、屈闻名：《历史真实与文献虚构——〈犹滴传〉的叙事结构与意义》，《外国文学研究》2018年第4期，第95—106页。

② 王立新：《性别政治与"上升的修辞"——希伯来经典关于女性书写的双重叙事》，《社会科学战线》2023年第5期，第163—176页。

③ 邱永旭：《历史与信仰：〈犹滴传〉中的象征与隐喻》，《云南社会科学》2020年第6期，第163—167页。

④ T. Craven, "The Book of Judith in the Context of Twentieth Century Studies of the Apocryphal / Deuterocanonical Books," *Currents in Biblical Research*, 1.2 (2003), 187–229.

是一处新兴方起的探索领域，因而，尽管犹滴的形象在西方艺术领域及具有犹太或基督教文化背景的普罗大众中的知名度与传播力颇高，[①] 但相比于具有深厚研究积淀的文本研究，学界围绕犹滴的艺术形象展开探讨的相关研究数量仍相对不足，且多集中在个体创作者、特定地域或艺术时期的聚焦性研究，以艺术史的发展脉络为线索展开的纵览式研究较少。国内学者任东升虽依托西方美术作品，对犹滴形象的流变进行了一定的探索，[②] 却重于分析不同作画者的用工技法，而较少解析犹滴形象在艺术史上何以呈现出相关变化。

由此，本文尝试以文艺复兴到象征主义时期的绘画作为切入点，在对不同时期代表性艺术创作者所塑造的犹滴形象加以关注的基础上，引入艺术史发展的纵向视野，以关注到犹滴的画中形象在这数百年间的嬗变，并探讨其缘由，期望为现当代的多面向犹滴研究，增添更多的可能性。

二、不只是"画中人"：绘画演进中的犹滴

（一）14—16世纪的犹滴绘画

《犹滴传》的故事虽诞生于希腊化时代，但真正使得犹滴的绘画形象得以丰满，乃至真正奠定她作为西方艺术中经典的"画中人"身份的阶段，当属数百年之后，即14—16世纪的文艺复兴时期。从一定程度上而言，这一时期的文化与艺术发展，恰如薄伽丘（Giovanni Boccaccio，1313—1375年）在其名作《十日谈》（*Decameron*）中的隐喻，"悲惨的开头无非是旅行者面前的一座巉险荒凉的大山，山那边就是鸟语花香的平原"[③] 所呈现出的一派欣欣向荣的面貌。

---

① K.M. Llewellyn, *Representing Judith in Early Modern French Literature*, Farnham: Ashgate Publishing Company, 2014.

② 任东升、段杨杨：《女杰到妖妇——西方美术中犹滴形象的流变》，《世界文化》2018年第9期，第18—21页。

③ 薄伽丘：《十日谈》，王永年译，北京：人民文学出版社，2003年，第1页。

具体到绘画艺术而言，文艺复兴时期的画家，对中世纪的艺术传统既有承袭也有突破，他们将现实与人文的内涵融会在自身的用笔之中，逐渐开始尝试以生动写实、大胆开放的方式来描绘宗教题材的场景，在技法层面更加注重理性、平衡，强调绘画的规则与均衡性，同时也开始注意在画作中隐晦地表达个人的艺术与审美思考。

以文艺复兴的发源地意大利地区为例，此时的意大利绘画艺术界逐渐发展出了三个代表画派：佛罗伦萨画派（Florence School）、威尼斯画派（Venetian School），以及帕多瓦画派（Paduan School），这三大画派的代表性画家，都对犹滴的形象进行了描绘。

在上述三大画派之中，佛罗伦萨画派以注重细节描绘、讲究画面布局的空间感而著称，[①] 其早期的代表人物波提切利（Sandro Botticelli，约1445—1510年）更是其中的翘楚。描绘女性的典雅之

美是波提切利的专长，有学者在解读其名作《维纳斯诞生》（*The Birth of Venus*）时认为，"这幅作品从描绘的裸体形象到优美的线性表现形式再到蕴含理想美的艺术理念，都具有优雅的审美特质，而且所传达出的画面气息有种让人陶醉的优美感和含蓄的优雅美"[②]。

波提切利所绘的犹滴同样体现了类似的古典与优雅的风格。在《犹滴的胜利归来》（*The Return of Judith to Bethulia*）中，波提切利没有选择为后世的诸多艺术家所反复

图1　波提切利，《犹滴的胜利归来》，意大利乌菲齐美术馆藏[③]

---

① 陈姝：《佛罗伦萨画派研究综述》，《艺术研究》2017年第3期，第102—103页。

② 田亮：《优雅之美——对波提切利画中女性形象的美学感知》，《美术教育研究》2015年第9期，第15页。

③ 图源：https://www.nbfox.com/the-return-of-judith-to-bethulia/。

描摹的，犹滴直面荷罗孚尼时的情景，而是有意避开了最为紧张激烈的时刻，转而勾勒了犹滴与女仆成功得手后返回城中的场景：女仆顶着荷罗孚尼的头，脚步轻盈地跟在犹滴的身后；而如维纳斯一样纤秀妩媚的犹滴一手拿刀，一手拿着代表胜利的橄榄枝，行走在画面正中。整幅画作的氛围颇显轻快，画面整体描绘细腻，色彩的处理亦相对柔和。波提切利对女性形象的这一独特的描绘方式，也被后世的学者认为，"具象的呈现大概代表的并不是一个人，而是一种哲学"①。而就其所绘的犹滴而言，或许确有优雅战胜粗蛮、理性战胜蒙昧的哲思蕴含其间。

　　相比于线条细致典雅、用色舒朗柔和的佛罗伦萨画派，威尼斯画派更加关注色彩对作品的塑造，即便在描绘本应存在激烈冲突的暴力场景时，也会营造出一种田园牧歌式的闲适氛围，在去除繁杂的线条细节并淡化场景实感的基础上，仅以丰富的色彩来描绘人物生动的姿态。②而这些特点，在"第一位真正意义上的威尼斯画派画家"③乔尔乔内（Giorgione，约1477—1510年）所创作的《犹滴与荷罗孚尼》（*Judith and Holofernes*）之中，便有颇为明显的体现。④

---

① 赵玫茹、陈玮：《佛罗伦萨画派的代表画家及特点与其意义》，《大众文艺》2019年第23期，第88页。

② 潘诺夫斯基（E. Panofsky，1892—1968年）认为，佛罗伦萨画派与威尼斯画派的区别在于，"佛罗伦萨美术依赖于素描、造型的坚实性和由此构成的结构，而威尼斯美术却基于色彩、气氛以及图绘般的丰润与音乐性的和谐"。杨迪也曾以提香与米开朗基罗作为比较对象，对两大画派的差异进行了分析。参见欧文·潘诺夫斯基《图像学研究：文艺复兴时期艺术的人文主题》，戚印平、范景中译，上海：上海三联书店，2011年，第151页；杨迪《浅析威尼斯画派与佛罗伦萨画派之争——以提香与米开朗基罗为例》，《艺术教育》2017年第8期，第118—119页。

③ 邓艳平：《浅析威尼斯画派的开创者乔尔乔内》，《艺术科技》2017年第30期，第219页。

④ 值得一提的是，这幅作品在后世虽多署名为乔尔乔内，但由于威尼斯画派的另一位代表人物提香（Tiziano Vecellio，约1488—1576年）与乔尔乔内师出同门，早期还曾作为乔尔乔内的助手作画，随后亦多有合作，再加上提香"仿效乔尔乔内的作品，可以乱真，以致被人误认为是乔尔乔内之作"。因此后世也有人认为此作品为二人合作绘制。参见杨迪《浅析威尼斯画派与佛罗伦萨画派之争——以提香与米开朗基罗为例》，《艺术教育》2017年第8期；李奇睿《提香艺术创作的三个阶段（转下页）

在这幅作品中，居于画面中心位置的犹滴单手提着长刃，赤脚踩在刚刚砍下的荷罗孚尼头颅之上，神情中丝毫不见手刃仇敌后的激动与快意，抑或是杀人后的后怕与恐慌，反而如胜利女神般端庄、美丽、圣洁，画面的背景则以近处的树木及远处的城镇及山野作为映衬，呈现出一种简约自然的和谐。而这种独特的处理方式，被后世认为开创了一种"绘画叙事诗"式的表现方式，即"内容完全由画法和色彩所表现，尽管其作品是绘制出的诗歌，但它们属于一种不用讲述清晰故事的诗……向我们表达了一种意味深长的意义和栩栩如生的片刻"[2]。

帕多瓦画派是三大画派中对多视角构图与透视法的运用最为娴熟精深的一派，其特点是能够准确地把握画面的比例与均衡，从而赋予作品充分的纵深感与立体

图2　乔尔乔内,《犹滴与荷罗孚尼》,俄罗斯艾尔米塔什博物馆藏[1]

感。其代表画家曼特尼亚（Andrea Mantegna，约1431—1506年）更是文艺复兴时期少数能够熟练运用短缩透视法，即通过表现画面上布局、比例的变化，结合明暗色调，使作品能够呈现出"栩栩如生的特殊延伸的幻象"[3]式的效果，从平面跃为立体的大师。

（接上页）及其对色彩和题材的探索》,《艺术教育》2019年第12期，第274—275页；卡明斯基《提香》，朱橙译，北京：北京美术摄影出版社，2015年，第6—12页；乔治·瓦萨里《著名画家、雕塑家、建筑家传》，刘名毅译，北京：中国人民大学出版社，第409—430页。

① 图源：https://www.nbfox.com/judith-7/。
② 沃尔特·佩特：《文艺复兴：艺术与诗的研究》，张岩冰译，桂林：广西师范大学出版社，2000年，第161—162页。
③ 谢黎莹：《文艺复兴的晨曦——曼特尼亚》,《青春岁月》2012年第20期，第208页。

图3 曼特尼亚,《犹滴与荷罗孚尼》,美国国家艺术画廊藏①

在曼特尼亚所绘的、以犹滴为主题的作品中,能够使人明显地感受到画面中空间感的存在:站在画面正前方、所受光照也最清晰的是手持荷罗孚尼头颅的犹滴,画面侧后方的女佣则神态紧张、表情畏缩,还有小半个身影落在画面内侧的灰调之中,至于荷罗孚尼的躯干更是完全隐没在了黑暗的背景里,只有一只脚隐约地出现在昏暗的光照之处。后世的艺术评论家对这幅画中所运用的明暗技法颇为称道,点明"他在纸上留白来表现亮部,而不用白铅,极为精细,根根头发和其他细部毕露无遗,绝不逊于用笔细细描绘"②。相关技法发展至后世,还多为巴洛克时期的艺术家所沿用。③

而在意大利的三大画派之外,德意志地区的艺术家则凭借其画作中强烈的地方风格,在文艺复兴中独树一帜。相关的德意志画家并不试图进行全然的、意大利文艺复兴式的创作,而是尝试借鉴哥特(Goth)艺术风格,在绘画中加入阿尔卑斯山以北的传统要素。④身为宗教改革家路德(Martin Luther,1483—1546年)密友的老克拉纳赫(Lucas Cranach the Elder,1472—1553年)正是其中的一位代

① 图源:https://www.nbfox.com/judith-9/。
② 乔治·瓦萨里:《著名画家、雕塑家、建筑家传》,第182页。
③ 谢黎莹:《文艺复兴的晨曦——曼特尼亚》,《青春岁月》2012年第20期,第207页。
④ 海因茨·拉登多夫:《克拉纳赫和人文主义》,陈钢译,《世界美术》1987年第3期,第28—34页。

图4 克拉纳赫,《犹滴的胜利》,
德国古纳森林猎宫藏①

图5 克拉纳赫,《犹滴》,美国
荣誉军团纪念馆藏②

表人物。

　　克拉纳赫的画风古朴疏朗,除了在早期的画作中体现出较为明显的意大利艺术倾向外,其他作品更多地是在自然主义影响下对写实性的强调,体现出强烈的德意志低地风格。③擅长肖像画绘制的克拉纳赫对犹滴的形象刻画可谓是情有独钟。他以手持荷罗孚尼首级的犹滴为主题,绘制了一系列的女性肖像,在这些作品中,画面的构图布局与人物的姿态神情虽总体趋同,但画中犹滴的衣饰造型却是各异的:犹滴所穿的礼裙花边或繁复或简约,其配色或明艳或沉稳;就连犹滴的发型、发饰,及其肩背颈项上的佩饰也都富于变化,给人留下其笔下的犹滴仿佛是"一人千面"的印象。不过,克拉纳赫所绘的所有的犹滴肖像画,几乎都充满了"将基督教的传统世俗

————————————

① 图源:https://www.nbfox.com/judith-victorious。
② 图源:https://www.nbfox.com/judith 11/。
③ 李莉:《克拉纳赫:跨越写实与矫饰的艺术家》,《艺术探索》2011年第25期,第135页。

化的特征"①，在一定程度上又颇具进步感与时代性。

（二）16—19世纪末、20世纪初的犹滴绘画

在文艺复兴之后，16—19世纪末、20世纪初的西方艺术依次经历了矫饰主义（Mannerism）、巴洛克（Baroque）、洛可可（Rococo）、新古典主义（Neoclassicism）、浪漫主义（Romanticism）、现实主义（Realism）与象征主义（Symbolism）等发展阶段。这些阶段的绘画所呈现出的艺术理念与画风特点各不相同。但在画家对画作的表现层面，不同艺术家所独有的自身经历与个人思考，都愈发地与其创作时的主题选择及形象塑造紧密关联，且这些关联的体现方式也更加明晰，乃至激进。

在艺术史领域，曾在16世纪短暂地盛行一时的矫饰主义，一般被视为文艺复兴与巴洛克时期的过渡阶段。这一艺术取向在一定程度上是对文艺复兴理念的挑战与反思，它反对理性对绘画的指导作用，更为强调艺术家的内心体验与个人表现；其绘画风格精细，表现效果华丽，多戏剧性场面，意在利用不对称和动荡，取代文艺复兴后期的均衡稳定的风格。②

不过，尽管矫饰主义时常被理解为"盛期文艺复兴渐趋衰落后出现的追求造作形式的保守倾向"③，以致多被赋予反古典的、质疑文艺复兴的标签，然而实际上，"其传承还是来自于文艺复兴艺术，因而在其反古典的外表之下，仍包含些许古典风格的特质"④。

以矫饰主义晚期的画家阿罗里（Cristofano Allori，1577—1621年）为例，他的代表作《砍下荷罗孚尼头颅的犹滴和侍女》（*Judith Beheading Holofernes*）也是其成名作。从阿罗里所绘的犹滴能够看

---

① 海因茨·拉登多夫：《克拉纳赫和人文主义》，陈钢译，《世界美术》1987年第3期，第32页。
② 杨永葳：《浅谈对矫饰主义的理解》，《文艺争鸣》2008年第10期，第175—177页；程亚鹏：《浅析意大利矫饰主义风格》，《美术向导》2010年第2期，第74—77页。
③ 杨永葳：《浅谈对矫饰主义的理解》，《文艺争鸣》2008年第10期，第175页。
④ 杨永葳：《浅谈对矫饰主义的理解》，《文艺争鸣》2008年第10期，第176页。

出，他的作品结合了佛罗伦萨画派对轮廓与细节的精致描绘，以及威尼斯画派丰富生动的色彩勾勒，同时还具有帕多瓦画派注重空间比例和透视技法的一面，并且贴近自然，又初具巴洛克风格，颇有承前启后的意味。值得注意的是，在这幅画中，犹滴的原型是阿罗里的旧情人马萨莫拉（Massamora），仆从的塑造则参考了马萨莫拉的母亲，而犹滴手中的荷罗孚尼的头颅是阿罗里依据自

图6　阿罗里，《砍下荷罗孚尼头颅的犹滴和侍女》，瑞士列支敦士登皇家美术馆藏①

己的形象绘制的。有学者认为，通过这种方式，一方面，阿罗里在画中实现了其个人印记的标注；另一方面，则在绘画创作所能表现的直观的主题之外，添加了"揭示自身"（revealing himself）这一更深层次的主题内涵。②

阿罗里并非在动笔勾勒犹滴的故事时，使自己化身其中的唯一画家。在矫饰主义风行过后，巴洛克风格在16世纪的下半叶兴起，并在西方艺术界持续流行至18世纪。巴洛克美术没有严格的技法要求，重在强调豪华和气派，在画作中常常表现出热情奔放的情感与激昂强烈的氛围，并且主张将宗教的信仰同世俗的享乐相结合。③ 卡拉瓦乔（Michelangelo Merisi da Caravaggio，1571—1610年）与真蒂

---

① 图源：https://www.budarts.com/art/bed0a521-a8c1-11e6-9b13-00163e005d08。
② Pagliano Éric, "Cristofano Allori dans son dessin: Le sujet dans le procédé d'étude," *Zeitschrift für Kunstgeschichte*, 86.2 (2023): 212-223.
③ 王宇谖：《浅析巴洛克美术对广告创意的影响——以保罗鲁本斯为例进行分析》，《公关世界》2020年第11期，第65—66页。

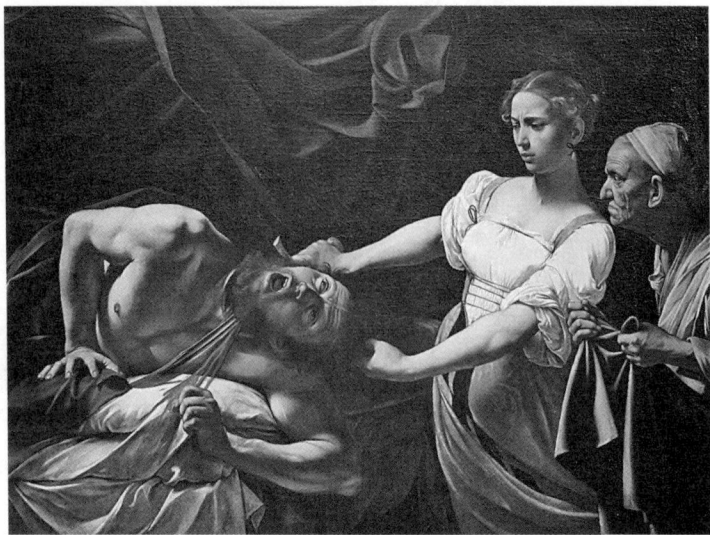

图7　卡拉瓦乔，《砍下荷罗孚尼头颅的犹滴》，意大利国立古代艺术美术馆藏①

莱斯基（Artemisia Gentileschi，1593—1656年）这对师徒都是巴洛克风格的代表画家，而在他们所创作的犹滴主题绘画中，同样能够看到二人各自的身影。

　　卡拉瓦乔是典型的写实派画家，坚信"一个人如果能很好地绘画，很好地模仿模特儿，那么他就是一个杰出的画家"②的他，因其放浪形骸的人生轨迹与匠心独具的艺术成就，被后世的艺术评论家视为"被魔鬼控制的天才画家"③。他的作品往往会将充满张力的明暗对照运用到极致，由此大多呈现出一种颇具颠覆意味的激进的自然主义，并兼具现实物理层面的精确性与戏剧表演层面的生动性。

　　这一特点在他所画的《砍下荷罗孚尼头颅的犹滴》（*Judith Beheading Holofernes*）中，也有较为突出的体现：卡拉瓦乔是首个以

---

① 图源：https://www.nbfox.com/judith-beheading-holofernes/。
② 卡拉瓦乔：《论"写实"之趣味》，少峰译，《美术译丛》1982年第4期，第18页。
③ 达里奥・福：《达里奥・福聊绘画大师：卡拉瓦乔》，孙迎辉译，杭州：浙江摄影出版社，2019年，第1页。

图8 真蒂莱斯基,《犹滴斩杀荷罗孚尼》,意大利乌菲齐美术馆藏[①]

几乎完全写实的方式表现犹滴砍下荷罗孚尼头颅瞬间的画家,他所运用的一系列创作要素,包括在画面背景中肆意铺陈的暗沉色调、荷罗孚尼垂死时的惊惧与挣扎、四散飞溅的鲜血与神色复杂悲哀的犹滴,等等,都表达出一种"前所未见的明亮过度曝光和无限的黑暗"[②] 所构成的激烈对比,从而引发了受众无限的想象。而画家自己也没有在这场画布上的舞台剧中缺席,这幅作品中犹滴的原型是常作为卡拉瓦乔模特的妓女梅娜德罗妮(Felidi Menadroni),至于卡拉瓦乔自己,正是被斩首的荷罗孚尼的原型。实际上,斩首是卡拉瓦乔格外

[①] 图源:https://www.nbfox.com/judith-beheading-holofernes-2/。
[②] 卡洛斯·维达尔:《作为事件的卡拉瓦乔:巴迪欧视域下的绘画研究》,艾士薇、高妍译,《马克思主义美学研究》2021年第24期,第95页。

钟爱的创作主题，而他所绘的被斩首对象的原型几乎都是自己。①
有学者认为，这种在作品中反复描绘"自我斩首"的艺术表达，既
是其自恋情节与赎罪心态的体现，②也成了"其现代性品质的最明显
呈现"③。

师从卡拉瓦乔的真蒂莱斯基几乎完全继承了卡拉瓦乔自然写实
的画风，这位女画家同样乐于选择斩首主题展开绘画创作，犹滴更
可谓是其一生中最为热衷表现的女性形象。④然而，与卡拉瓦乔不同
的是，真蒂莱斯基对这一题材的钟爱，源自其幼时被性侵、羞辱后
的影响。⑤因此，不同于大部分男性画家笔下描绘出的柔美的犹滴形
象，真蒂莱斯基笔下包括犹滴在内的女性，大多以一种打破男性思
维的"反抗者"的姿态出现：她画中的犹滴并不具备男性审美主导
之下时常出现的"娇艳可爱""楚楚动人"等传统要素，而是一位神
色坚毅、行动果敢的女战士，充分体现出富有力量的强大与健康之
美。由此，真蒂莱斯基便成功地实现了"站在女性的角度表现女性。
突出女性的主体性位置，……把自己的情感融入到画中"⑥。

在巴洛克风格逐渐为洛可可、新古典主义、浪漫主义及现实主
义所取代的18—19世纪，绘画作品中很少能够见到犹滴的形象。这
在一定程度上与上述三种艺术风格的特点有关：从巴洛克艺术中演

---

① 陈璐璐、童永生：《解析卡拉瓦乔绘画中的自恋情结》，《艺术研究》2020年第2期，
　第18—20页。
② 陈璐璐、童永生：《解析卡拉瓦乔绘画中的自恋情结》，《艺术研究》2020年第2期，
　第18—20页。
③ 刘烁：《油画创作的多可能性：卡拉瓦乔的颠覆与创造——试论卡拉瓦乔绘画的现代
　性》，《大众文艺》2020年第16期，第117页。
④ 据后世统计，在真蒂莱斯基所有以英雄传说为主题进行创作的画作中，与犹滴相关
　的作品数量颇为可观，仅留存至今的便至少有五幅。参见李柯臻《阿特米西亚绘画
　中的女性意象——〈朱迪斯与荷洛芬尼斯〉图像分析》，《美术大观》2016年第9期，
　第51页。
⑤ 李敏：《对抗与认同——阿特米西亚与维吉·勒布朗绘画中的女性意象研究》，《西北
　美术》2014年第2期，第92—95页。
⑥ 武燕：《男性画家与女性画家画笔下的苏撒拿比较分析——以丁拖内拖和真蒂莱斯基
　的画为例》，《艺术研究》2014年第4期，第69页。

化而来的洛可可风格尽管同样注重写实，却更加强调描绘轻快、精致、细腻的场面，[①] 这与犹滴故事相对严肃、沉重的主题并不相符；而新古典主义则更多地倾向于借鉴古代希腊罗马传统风格以表现现实题材，[②] 古代犹太传统下的犹滴并不在大多数艺术家的关注范畴之内；至于在要求进步、在作品中密切结合时事，或是充分反映现实的浪漫主义与现实主义画家的眼中，[③] 犹滴这一题材则更显陈旧遥远。以致在18—19世纪的这二百余年内，几乎没有以犹滴的故事作为主题的知名画作问世。

不过，及至象征主义开始盛行的19世纪末、20世纪初，犹滴的形象便得到了新的发掘与演绎。象征主义绘画放弃了写实的画风，不

图9 克里姆特，《犹滴与荷罗孚尼》，奥地利美景宫博物馆藏[④]

再将理智或客观的观察作为绘画的基础，而是强调直觉与感性，相关画作多描绘抽象与虚幻的事物。[⑤] 其中，维也纳分离派（Vienna

① 李晓：《弗拉戈纳尔〈秋千〉与洛可可绘画艺术》，《上海视觉》2019年第1期，第73—79页。
② 余凤高：《〈马拉之死〉：同一题材的不同表述》，《世界文化》2021年第1期，第23—26页；雷磊：《政治家眼中的艺术——雅克·路易·大卫与〈马拉之死〉》，《美与时代》2019年第12期，第57—58页。
③ 孙霁：《艺术表现自由——重读浪漫主义巨匠德拉克罗瓦绘画》，《延安大学学报》2011年第33期，第98—100页；丁杰：《浅析欧仁·德拉克罗瓦绘画艺术的主要特征》，《大众文艺》2010年第12期，第72页。
④ 图源：https://www.nbfox.com/judith-and-the-head-of-holofernes/。
⑤ 朱梦云：《古典向华丽的转型——探究克里姆特装饰性语言的转变与发展》，《爱尚美术》2023年第2期，第27—32页。

Secession）大师克里姆特（Gustav Klimt）对犹滴形象的再描绘便是其中的经典之作。

克里姆特是维也纳分离派的创始人，他主张现代绘画要与"传统"分离，创新出属于当代的作品。受到以金匠为职的父亲的影响，克里姆特常常在绘画时使用真金白银，以营造出唯美动人的效果。[1]他画中的犹滴是唯美主义与象征主义的结合，[2]克里姆特在画面的背景与犹滴的衣饰中运用了大量的金色作为装饰性的主色调，营造出一种令人目眩神迷的华丽氛围，从而烘托出神色从容、姿态纤雅地手捧荷罗孚尼头颅的犹滴的动人美貌，既给人留下如梦似幻的旖旎印象，也赋予了引发人无限遐思的想象空间。

从上文提及的诸多画家围绕犹滴的形象所展开的创作中能够看出，自文艺复兴以来的西方文艺界，犹滴作为一个经典的艺术题材，一直在为众多艺术家所反复描绘与再演绎。在这个过程中，犹滴已不再仅仅是一位单纯的"画中人"，她的形象在不同艺术家的描绘中或刚或柔，在不同的历史时期内或隐或显，却一直在被扩展与丰富，体现着创作者的技法取向、审美旨趣、个人经历乃至思想理念，几乎成了一段艺术史的缩影。

三、纸笔外的"言说者"：时代流变中的犹滴

当犹滴随着时代的发展在不同艺术家的笔下实现跃迁，从而凝练为艺术史发展中的经典意象，便有必要在归纳不同画家所演绎的犹滴的形象特征的基础上，尝试进一步深入分析，不同时期的时代语境对创作者描绘犹滴形象时的影响。换言之，即是需要思考，对犹滴加以塑造、赋予其不同特征的艺术风格，何以在与之对应的特

---

[1] 丁建国：《古斯塔夫·克里姆特的艺术创作观》，《新美术》2021年第42期，第252—256页。

[2] 王烨灿：《研究古斯塔夫·克里姆特画中的女性与蛇元素》，《艺术与设计》2020年第2期，第127—128页。

定时期形成。从而将犹滴自纸笔中提取出来，使其能够置身于时代流变之中，以"言说者"的身份去见证历史的变迁。

不同时期绘画作品中所呈现的犹滴形象，植根于特定艺术家的演绎与创作，而个体艺术家的创作思路，又受到其所处的时代风潮的塑造。从这个意义上而言，犹滴在不同时期画作中的现身与隐身，不只是基于作画者个人的取舍，在一定程度上更体现出了时代本身的选择。倘若以不同的时代阶段为分界，对相应的艺术发展时期所形成的犹滴形象进行概览，便能够在同时期艺术家们各异的绘画创作中，发现在那一时代对犹滴的形象塑造所共有的时代印记。

通过上文的考察，已经能够发现，自14世纪的文艺复兴以来，至19世纪末、20世纪初的象征主义时期，画家们对于犹滴形象的勾勒，体现出了从着意表现绘画技法、隐晦表达艺术旨趣与美学思考，到明确地以自身入画、展现独到的情感认知和创造性思索的变化。而出现这种变化的缘由，恰与这些画家所处的时代环境息息相关。

在被黑格尔视为改变了"兴趣沉溺在那无生气的内容中，思考迷失于无穷的细枝末节中"的沉闷状况，[1]"使得人们对于人，也就是对于作为有意义的东西的人，发生了兴趣"的文艺复兴时期，[2] 如黑格尔所言的对人本身的关注，即人文主义思潮的兴起是时代的主流。就思想层面而言，人文主义精神促使人们尝试以自身作为尺度去思考并理解事物，进而以"复兴"（renaissance）的方式，承前启后，"使自己的时代和一个可尊敬的古代调和起来，并使后者在前者的文化当中成为一个主要成分"[3]。而当这一思想趋势发展至艺术界，并在众多受此影响的画家笔下外化为具体的画作及画中的形象时，一幅幅文艺复兴时期的典型代表作便应时而生。

---

[1] 黑格尔：《哲学史演讲录》（第三卷），贺麟、王太庆译，北京：商务印书馆，1983年，第336页。
[2] 黑格尔：《哲学史演讲录》（第三卷），第336页。
[3] 雅各布·布克哈特：《意大利文艺复兴时期的文化》，何新译，北京：商务印书馆，1983年，第199页。

具体到文艺复兴时期犹滴的形象呈现而言，如上文所提及的，在文艺复兴以前，犹滴的传奇故事并不是一个在文化艺术领域获得充分关注与发掘的题材。但相比于更具古代典范的雕塑、建筑等艺术形式，文艺复兴时期的绘画虽在一定程度上倾向于"独立自主地发展,却并未因此而忽视利用其他领域的研究成果"①。在这样的情况下，源于古代传统但又具备更多演绎与创新的可能性的《犹滴传》，自然更容易获得画家们的青睐：一方面，对照神为圣徒赐福的传统宗教故事，犹滴的成功更多地依靠了自己作为人的机智勇敢，较为符合人文主义的价值导向；另一方面，犹滴在故事中所守护的故乡伯夙利亚是一座独立的小城，而文艺复兴时期的社会文化发展也多以城市为核心单位，② 作为小城居民的犹滴，也易于唤起具有同样身份的创作者们的归属感与亲切感。这或许正是波提切利、乔尔乔内与曼特尼亚这三位分属文艺复兴三大画派、技法风格也迥异的艺术家，都不约而同地勾勒过犹滴形象的缘由之一。

而活跃于文艺复兴末期，又在密友马丁·路德（Martin Luther）的影响下，③ 深受宗教改革思想浸染的克拉纳赫对于犹滴的描绘，所体现出的时代印痕则更加鲜明。人文主义精神的盛行与民族国家意识的初现，使得他笔下的犹滴系列作品充满了德意志风情，而对世俗与现实的关注，又使得这些画作不仅保证了"德国中部和北部的当代史得到了表现"④，更将"普通的人也理解为认识到他们真实存在

① 雅克·德比奇等：《西方艺术史》（修订本），徐庆平译，海口：海南出版社，2014年，第133页。
② H. W. 詹森：《詹森艺术史》（第7版），艺术史联合翻译实验小组译，北京：世界图书出版公司，2012年，第437页。
③ 关于克拉纳赫与马丁·路德的交往，及后者对前者艺术创作的影响，可参见热尔曼·巴赞《卢卡斯·克拉纳赫》，薇君译，《世界美术》1987年第3期，第36—39页；周施廷《克拉纳赫与马丁·路德肖像画》，载樊波主编《美术学研究》（第4辑），南京：东南大学出版社，2015年，第342—349页。
④ 海因茨·拉登多夫：《克拉纳赫和人文主义》，陈钢译，《世界美术》1987年第3期，第30页。

的实质"①。

在随后的时代发展驱使下，无论是绘画艺术的演进抑或犹滴形象的呈现都未止步于文艺复兴。有学者曾以透视法的发现与发展作为线索，将艺术史上从文艺复兴到矫饰主义，再到巴洛克的三个阶段性发展，抽象化地理解为人类观察视域的首次敞开、然后断裂，继而又再度衔接延续的思想过程。② 这在一定程度上为理解文艺复兴之后的绘画艺术之中犹滴形象所受到的时代影响提供了启发。

矫饰主义的诞生源于时代的混乱与动荡，就现实层面而言，经历过宗教改革后的欧洲世界"表面统一，实则变得四分五裂。法国、西班牙与德国的强大势力在意大利半岛上相互开战"③，随之而来的便是时人精神领域的动荡，"文艺复兴本是在乐观主义的氛围里，在对人类天才能力的坚信中诞生的，然而它在历史进程中的演变不久竟与这一理想环境截然相反……倒像是落入一个该时代的人测不到底的深渊"④。

由此，倘若将文艺复兴中人文主义的理念，理解为在尊重人性的基础上挣脱传统桎梏的努力，那么矫饰主义所挑战乃至质疑的对象，便并非文艺复兴思潮本身，而是在其打破了既往规则后，却暂未建立起新秩序的无序现状。也正因此，后世的受众才能够在阿罗里创作于这一时期的犹滴绘画之中，发现一种既承袭了文艺复兴时期的技法，却又更加激进地通过以身入画的方式表现自我的独特倾向。

及至启蒙运动初步兴起，理性主义逐渐为西方的文化及思想界建立起新的秩序，源起于矫饰主义的上述倾向，就在几乎与启蒙运

---

① 海因茨·拉登多夫：《克拉纳赫和人文主义》，陈钢译，《世界美术》1987年第3期，第30页。

② 耿幼壮：《视界的敞开：对文艺复兴—矫饰主义—巴洛克时期视觉建构本质的再认识》，《文艺研究》2015年第8期，第117—127页。

③ H. W. 詹森：《詹森艺术史》（第7版），艺术史联合翻译实验小组译，第587页。

④ 雅克·德比奇等：《西方艺术史》（修订本），徐庆平译，第152页。

动相伴而生的巴洛克时期，进一步发展为在理性的引导下，充分释放情感的强烈期待。而随着近现代民族国家势力的逐步稳固，稳定的社会环境也为物质的丰富与财富的积累创造了条件，从而催生了更多的享乐与审美需求。在这种情况下，"处在理性和激情之间"①的巴洛克绘画，便在一定程度上实现了二者的调和：犹滴可以是卡拉瓦乔笔下踌躇地割下画家本人头颅的妓女，也可以是愤怒而坚定地手刃仇雠的真蒂莱斯基，更可能是其他画家笔下千变万化的意象，但其终归可以被理性地解读为某种可被认知的情感。

只不过，巴洛克艺术所实现的理智与情感之间的共存，在启蒙运动渐趋成熟并走向高潮的过程中，最终消解在了理性主义的高歌猛进之中。倘若洛可可风格尚可谓巴洛克艺术的余韵与延伸，能够勉强容许相对轻缓柔和的情感存在，那么秉持"将道德和理性作为一切创造的基础"②的新古典主义与浪漫主义艺术，则为了创造"能独立于以先决条件为基础的伟大理论"③，而对几乎所有的非理性情感加以拒斥。这或许是《马拉之死》（*The Death of Marat*）的时代，也或许是《自由指引人民》（*Liberty Enlightening the World*）的时代，又或许是《三等车厢》（*Third-Class Carriage*）的时代，却未必是犹滴的时代。

然而，"战争敲响了西方美好时代的丧钟，它的衰败和没落已露端倪"④。酝酿着战争的阴影不仅催生了一系列社会动荡，更彻底打破了启蒙运动所勾勒出的理性主义的理想图景。由此，19世纪末成了"古典精神与现代新思维的决裂线"⑤，在对这一时期进行回顾和反思时，福柯甚至悲观地认为，"我们所经历的许多事情使我们确信，'启

---

① 雅克·德比奇等：《西方艺术史》（修订本），徐庆平译，第170页。
② 雅克·德比奇等：《西方艺术史》（修订本），徐庆平译，第220页。
③ 雅克·德比奇等：《西方艺术史》（修订本），徐庆平译，第234页。
④ 弗朗索瓦·多斯：《碎片化的历史学：从〈年鉴〉到"新史学"》，马胜利译，北京：北京大学出版社，2008年，第11页。
⑤ 雅克·德比奇等：《西方艺术史》（修订本），徐庆平译，第262页。

蒙'这一历史事件并没有使我们变成成年,而且,我们现在仍未成年"①。自此,人类在思想领域进入了充满矛盾与困惑的后启蒙时代。而当后启蒙的矛盾与困惑通过包括绘画在内的各种艺术形式,在艺术界得以具象化时,便构成了以象征主义作为代表之一的投映。犹滴的形象,也因此在被理性主义绘画所排除、忽视许久过后,通过与理性"分离"的方式,再度回归到了时代的画布之上。

　　总而言之,若是将西方艺术史的演进与时代思潮的迁替结合在一起纵览,便能够发现,当犹滴的画中形象依次经历着文艺复兴、矫饰主义、巴洛克、洛可可、新古典主义、浪漫主义及象征主义等不同艺术时期各具特色的处理演绎时,真正决定其形象呈现特征的,乃是与这些艺术史发展时期相对应的,包括文艺复兴、宗教改革、启蒙运动、后启蒙观念在内的,不同的时代思想发展阶段所形成的文化思潮。从这个意义上而言,只要时代还在流变,思想还在演进,围绕犹滴的再创作便可能在历史发展的思想需求中不断延续,从而成就一个又一个融会于当下脉动中的鲜活而流动的"言说者"犹滴。

---

① 福柯:《何为启蒙》,载杜小真编选《福柯集》,上海:上海远东出版社,1998年,第542页。

处境化圣经诠释*

黄 薇

（上海大学文学院）

在我求学和工作的经历中，无论在国内还是国外，无论遇到学术界的人还是非学术界的人，当对方知道我的专业之后，往往都会发出这样的疑问："你为什么要研究圣经？"我在回答这个问题的时候，不禁对圣经研究本身和我的个人职业追求作出一个反思。此处将概述我对希伯来圣经诠释的一些理解与体会。

一、现代人文学科背景下的圣经研究

对于圣经文本而言，显而易见的传统就是：基督教传统、犹太教传统。这两个传统在诠释圣经文本上具有权威性，其诠释的合法性也具有悠久的历史。那么，接下来的一个问题是，如果不在这两个传统中，要如何研究圣经？

当下针对圣经的研究已然成为一门现代意义上的学科了。以研究圣经为目的接受学术训练的学生都会从学习圣经希伯来文开始，学习圣经文本之生发地，即东地中海的历史，古代西亚的历史与文化。应当说，现代研究者更关心这个圣经文本本身，譬如，它是何

---

*　主编按：本文内容最初整理自2022年5月10日由复旦大学历史学系主办的线上讲座"处境化圣经诠释"。该讲座纪要的整理人为中国社会科学院历史理论研究所博士后阿慧。现稿经由讲员本人扩充、修改以及审定。

时、何地、何人写成的？因此，现代研究者编纂了希伯来圣经的学术版本，即《希伯来圣经斯图加特版》(*Biblia Hebraica Stuttgartensia*，简称*BHS*)，① 其编纂主要依据的是《列宁格勒抄本》(*Leningrad Codex*)。② 除了这部中世纪抄本，《希伯来圣经》还有丰富的古代译本，包括其中影响最大的希腊文七十士译本。③ 不同的古抄本、各类古抄本残片、不同语言的译本，加上各种不同版本的流传，所有这些材料共同构成了圣经版本学研究的对象。

受益于语文学的研究方法，包括19世纪开始的历史比较语言学，现代学者通过学习掌握古代语言，能够展开对不同语言文献版本的深入研究，去考察不同版本之间的相似和差异，分析这些相似和差异产生的原因，以此讨论文本的形成和流传过程。此种方法，不仅对古代文本进行分析和阐释，还结合出土碑文、古文字学、训诂等批评方法，来理解古代文本的文化复杂性和思想性。事实上，在这一整套圣经研究方法的背后存在一个更大的学术史背景。

2021年上海古籍出版社出了一本书：《何谓语文学：现代人文科学的方法和实践》④。这本书集合了十九篇当代学者的文章，探讨了以语文学为基本学术方法的人文学科。这些研究始于对古典文献的研究，就是希腊、罗马经典的研究。在文艺复兴之后，相关研究的范围开始拓展，就此形成了以语文学为主导的欧洲现代人文科学学术。值得一提的是，这本书存在一个东西对照的编写视角，一边是西方的古典语文学，另一边是包括了汉学、印度学、藏学、突厥学、亚述学、埃及学、佛教学等东方文本语文学的研究。学者通过学习这

---

① K. Elliger and W. Rudolph, eds., *Biblia Hebraica Stuttgartensia*, Stuttgart: Deutsche Bibelgesellschaft, 1997.

② D.N. Freedman, A.B. Beck, and J.A. Sanders, eds. *The Leningrad Codex: A Facsimile Edition*, Grand Rapids: Eerdmans, 1996.

③ L.C.L. Brenton, *The Septuagint with Apocrypha: Greek and English*, London: Bagster, 1851 (recent anastatic reprints: Hendrickson, 1986).

④ 沈卫荣、姚霜编：《何谓语文学：现代人文科学的方法和实践》，上海：上海古籍出版社，2021年。

些地区/民族/国家/宗教的语言文字开始，对其所遗留下来的文本进行收集、整理、翻译、解读，从而对其历史、社会、宗教和文化作出研究和构建。圣经学自然也不例外，也在现代人文学科发展的范畴中。所有这些学问就构成了文艺复兴以后，欧洲现代人文学科的全部。因此在这个意义上，如果没有语文学的方法，也就没有现代人文学科的诞生。

不过，以语文学为主导所建立起的研究体系在20世纪之后开始面临衰落的危机。《何谓语文学》对此现象展开反思。这一衰落背后的原因十分复杂，较为重要的几点因素包括：二战之后北美学界区域研究的兴起，就学科建制而言，文学、历史、哲学、宗教、政治等各种新型的学科划分开始出现，由此，原本最为传统的、囊括一切的、基础的语文学的方法便被排除在新的学科建制之外；同时，新的区域研究划分意味着世界上各个文明的区域研究可以不再局限于传统的经典文本之中，研究侧重的变化也影响了语文学的发展；此外，后现代等新型理论范式的出现挑战了语文学的地位，语文学被批评为机械的、守旧的，乃至存在好古主义和精英主义的偏见。

在这种情况下，学者开始重新思考和讨论未来语文学研究的发展方向。其中，《何谓语文学》收录了波洛克（Sheldon Pollock）《语文学的三个维度》一文。他提出重建"未来语文学"的计划，希望将语文学从全球性的衰亡当中拯救出来，对这门古老的学术传统进行一定的革命性的改造。具体而言，波洛克将语文学视为一种解读和诠释文本的学问，是"一门让文本产生意义的学科"。因此，他提出的核心观点是，文本所产生的意义需要在三个层面展现出来：第一个层面是"历史的层面"，即文本的创生；第二个层面是"传统的层面"，即文本的接受传统；第三个层面是"当下的层面"，即文本对于语文学家自身的意义。所以，对于未来的语文学家而言，若要发展未来的语文学，真正读懂文本、说明文本的意义，就必须同时兼顾文本在这三个不同层面上所产生的意义，如此才能构成一个完整的语文学。

在现代人文学科的大背景下看圣经研究，圣经文本自有其特殊性。一方面，若按照东西文本的分类来说，圣经文本既是西方的也是东方的，它诞生于东方世界，但亦是西方文明的基石；另一方面，对于圣经文本的诠释是在文艺复兴之前就存在的，具有极长的历史传统。对世界史研究领域而言，16 世纪文艺复兴是一个很重要的分水岭，18 世纪启蒙运动与理性主义，是区分历史时期的标志，人类社会就此走入现代。按照这个框架去理解对圣经文本的诠释，可以得到这样的划分：前现代的圣经诠释，将圣经视为神圣的经典，主要依托基督教与犹太教的信仰群体，对圣经文本进行传承与解释；现代圣经研究，则是以语文学方法开启的现代意义上的学科研究；以及后现代圣经研究。[①]

　　前现代的圣经诠释与现代的圣经研究两者之间最大的区别在于，如何看待作为研究对象的圣经文本。前现代的圣经诠释从信仰群体的视角出发，在解读圣经这一神圣经典时具有一个重要任务，即发掘文本真义，以维护信仰群体。现代圣经研究虽同样以诠释文本为己任，但更希望去发掘文本的原义，因此便会涉及一些颇具历史性的问题，例如文本的作者是谁、文本写作于何时、文本写作所面对的对象是谁、文本写作时参考了哪些资料，等等。因此，现代圣经研究的重要任务就是去追溯文本最原始的作者及其创作的本意。在此研究过程中，由于要探讨圣经文本中所传达的历史、宗教、文化等各个层面的思想性与复杂性，便需要众多的学科参与其中，成为以语文学为主导的，吸纳了历史学、亚述学、考古学等各方面资源的综合性研究，其重心不再是文本本身，而需要找寻更多文本之外的证据，以探讨、还原文本深层的历史原意。

　　但就如古典语文学所面临的衰亡危机一样，20 世纪之后，现代

---

① 有关希伯来圣经诠释史的一部较新的三卷本作品，可参见：M. Sæbø, ed., *Hebrew Bible, Old Testament: The History of its Interpretation*, 3 vols., Göttingen: Vandenhoeck & Ruprecht, 1996-2015。此书以时间顺序编排：第一卷涵盖从古代到中世纪（1300 年）的圣经诠释史；第二卷自文艺复兴起到启蒙运动止；第三卷从现代到后现代，涵盖 19—20 世纪。

圣经研究也开始受到挑战。特别是后现代圣经研究方法的出现，使得圣经研究又有了新的转向。其关键的变化在于，后现代圣经研究开始怀疑，现代圣经研究是否真的能够还原出文本的原意。换言之，即便现代圣经研究真的能够追寻到圣经文本最原初的版本，那么这一版本是否就切实地代表了圣经的原意？这成了现代圣经研究所面临的最大质疑。而在这种情况下，后现代圣经诠释便出现了转向，从追问作者是谁、关注文本生成的历史背景，转换到去反思读者是谁，即认为文本的意义并非文本本身所表现出的客观存在，而是取决于读者、由读者所赋予。具体到方法而言，也出现了从历史学的方法到文学的方法的范式转移，学者开始利用各种文学理论的批评方法来考察圣经文本。①

从这个角度再谈圣经研究，在经历了从文本到读者的关注点变化后，作为一位读者，个体研究者所展开的圣经研究便具备了新的重要性。从成长于中华文化圈中的学者自身出发，我们身边有许多中文的圣经译本，这些圣经中译本也是对圣经的一种诠释，而这些诠释的背后实际上暗藏着整个中华文化的底色。换言之，当我们在阅读特定的圣经文本的时候，我们不仅在面对眼前的圣经文本，实际上背后还有我们自身所具有的经学传统参与到对于圣经文本的理解之中。②当我们带着中华文明的传统底色去理解圣经文本时，我们就会受其影响，生发出新的文本意义。

二、案例：李炽昌的跨文本研究

在从相对宏观的学术背景上梳理过圣经诠释方法的流变，以及

---

① 国内学者研究圣经批评方法与文学理论的作品，可参见梁工《当代文学理论与圣经批评》，北京：人民出版社，2014年。

② 李天纲：《跨文化诠释：经学与神学的相遇》，北京：新星出版社，2007年；《明末天主教三柱石文笺注——徐光启、李之藻、杨廷筠论教文集》，徐光启、李之藻、杨廷筠著，李天纲编注，香港：道风书社，2007年，第1—59页。

圣经研究整体学术发展的变化之后，值得关注的便是现当代的学者如何去回应圣经研究的转向。首先介绍李炽昌的研究。

从学术发展的脉络而言，李炽昌的研究属于后现代圣经诠释的范畴，他倾向于关注读者的身份，十分重视自身所处的中华文化传统下的解读立场，希望能利用这种视角去理解圣经、找寻圣经文本中更多的意义。李炽昌多使用跨文本的研究方法，提倡以包括中华文明在内的亚洲视野关心圣经诠释对于亚洲的现实意义。[①] 他指出，亚洲具有极为多元化的宗教现实，至今仍留存有很多宗教的传统与经典，因而，作为一个具有亚洲背景的圣经文本的批评学者，李炽昌在研究中关注圣经文本传播到亚洲的过程。作为基督教经典的圣经文本与基督教传统一同来到亚洲，亚洲学者只有将其与自身所处的亚洲处境相关联，去理解圣经文本，才能构成与文本的真正对话。

由此，为了便于理解圣经文本如何在亚洲获得诠释的过程，李炽昌提出两个文本（A文本与B文本）的概念，并且，这里的文本并不仅仅局限于书写文献。其中，A文本代表亚洲的文化宗教遗产，B文本则是圣经文本。对于亚洲圣经学者而言，展开研究时一定会有一个潜在的、其自身所具有的A文本，在这种情况下，当学者去解读、理解B文本时，便会不可避免地将自己的A文本代入到对B文本的理解之中，开启一种跨文本诠释。这种跨文本诠释若是想要达成相互理解，不可能是一个文本"统领"或"压倒"另一个文本，而是需要形成一种平等的、良性的对话，具有亚洲文本痕迹的诠释才能够为人理解并接纳。反之，文本之间便无法达成相互理解。[②]

以圣经文本中神名的翻译为例，希伯来文（Elohim）、希腊文（Theos）、拉丁文（Deus）都有各自不同的称呼，那么在亚洲或者说中华文化的传统中，又要如何去翻译神的名字？是"上帝""神"，

---

① 李炽昌主编：《亚洲处境与圣经注释》，香港：香港基督徒学会，1996年。

② 李炽昌：《导言——跨文本诠释及其在圣经研究中的意义》，李哲译，《跨文本阅读——〈希伯来圣经〉诠释》，李炽昌著，上海：上海三联书店，2015年，第1—10页。

抑或是"天主"？关于译名的问题，许多学者已有讨论。[①]这实际上正是一个十分现实的、跨文本问题。除了以儒家为代表的中华文化传统外，还有许多其他传统，如马来西亚沙巴人的传统等，在这些地区又要以什么样的名字去翻译？[②]这不仅是一个翻译的问题，而且是使用一个本地概念去诠释一个新概念的尝试，在这个翻译过程中达成一种跨文本的诠释。

另一个值得关注的例子是从中国的创世神话角度去理解圣经中《创世记》第1章的创世神话的尝试。圣经和合本2010版的中译将神创造天地时的情景描述为"空虚混沌"，对应希伯来圣经及英文圣经中较为模糊的"无形""空"的意义。"空虚混沌"这一中文表述背后便包含了中国的创世观念。因而，从这一翻译能看出，译者实际上是在用一个来自中文世界的"创世之初"的观念去描摹与理解一个希伯来世界的创世观念。当然，若以历史视角出发，希伯来圣经创世叙述的底色是浓厚的古代西亚宇宙观及其文化背景。

饶宗颐作为以汉语编译古代巴比伦创世神话的第一位学者，[③]尝试以中国传统文本出发，理解巴比伦的创世神话。他在前言中提到，中国古代的正统经学或史学的记言记事，在文学上存在省略的特征，较为缺乏对神话人物的故事性描写。尤其是史学传统，多尚简用晦，叙述都较简略，不会去记叙一个较为复杂的故事，因而虽形成了以《诗经》为代表的、可以传唱的诗歌，但都并非史诗；反观两河流域的开辟史诗，虽然同样可传唱，但其中是存在叙事的。由此观之，在汉民族所流传下来的经典之中，似乎较少存在叙事性的内容。但是，在少数民族的口传传统中是有史诗存在的。饶宗颐推测汉民族

---

① 相关研究可参见程小娟《God的汉译史——争论、接受与启示》，北京：社会科学文献出版社，2013年。

② A.C.C. Lee, "Naming God in Asia: Cross-Textual Reading in Multi-Cultural Context," *Quest: An Interdisciplinary Journal for Asian Christian Scholars* 3.1 (2004): 21–42. 此文中译参见李炽昌《在亚洲命名God——多种文化处境中的跨文本阅读》，孟振华译，《跨文本阅读——〈希伯来圣经〉诠释》，李炽昌著，第107—127页。

③ 饶宗颐编译：《近东开辟史诗》，沈阳：辽宁教育出版社，1998年。

在古代可能是存在史诗的，只不过这些内容没有被写下来，因为中国的主流文学传统是不擅长写或记录史诗的，所以相关的汉民族史诗材料便没有流传下来。书面史诗可以从中国少数民族的口传史诗中去找寻追溯。[①] 于是，饶宗颐对照了少数民族的创世神话与《淮南子》中的宇宙论，提出这一套宇宙生成论之间可能存在复杂的溯源关系。

开辟神话是饶宗颐最感兴趣的讨论之一。在解读巴比伦创世神话时他提到天地本无名，也就是尚不存在天地，只有濬虚（Apsû）与彻墨（Tiamat）二神，前者代表淡水，即"水之清者"，后者代表海水，即"水之浊者"。这与《淮南子》描述未有天地之时的情形如出一辙，只有清浊二气。[②] 巴比伦的一清一浊相互争斗，在此过程中展开了诸神之战，当这场规模庞大的战争结束后，才出现了世界、形成了创造，诞生了世间的万事万物。

李炽昌与饶宗颐一样采用《淮南子》，却分别用来诠释希伯来圣经和巴比伦的创世叙述。李炽昌提出，中译圣经"空虚混沌"一词背后包涵了中国神话的创世观念，涉及世界初始时无形的状态，即当天地开始被创造的时候，"有像无形""天地未形"，而"二神混生"，有清浊二气，分别为阴阳，而阴阳运转，则生就了万事万物。[③]

可以说，李炽昌与饶宗颐两位学者都不约而同地从中华文化传统中的创世观念去解读其他文化生成的创世观念。希伯来圣经与巴比伦神话共享古代西亚的文化背景，也就是同一个巴比伦的宇宙观。

---

① 见《近东开辟史诗》前言，第93—98页。

② 《淮南子·天文训》载："天地未形，冯冯翼翼，洞洞灟灟，故曰太昭。道始于虚廓，虚廓生宇宙，宇宙生气，气有涯垠，清阳者薄靡而为天，重浊者凝滞而为地，清妙之合专易，重浊之凝竭难，故天先成而地后定。"

③ A.C.C. Lee, "Genesis 1 from the Perspective of a Chinese Creation Myth," *Understanding Poets and Prophets: Essays in Honour of Professor George Anderson*, A. Graeme Auld ed., Sheffield: Sheffield Academic, 1993. 此文中译参见李炽昌《从中国创世神话的视野阅读〈创世记〉1章》，林艳译，《跨文本阅读——〈希伯来圣经〉诠释》，李炽昌著，第3—12页。

因此，在《创世记》1:1所描写的天地状态，也是混沌的。而基督教对于创世的解释与解读，在很大程度上侧重于创世是从无到有（ex nihilo）的过程，是一种希腊式的哲学理解。可以看出，任何一种解读都是处境化的。

另一个帮助我们去理解处境化圣经诠释的例子，是李炽昌对《诗篇》78的研究。[①]《诗篇》78是一首篇幅较长的诗，主要内容是对以色列历史的回顾与重述，其中提到了耶和华弃掉了约瑟的帐篷，不拣选以法莲支派却拣选犹大支派，以及他喜爱锡安山，在山上建造圣所后拣选仆人大卫。换言之，这首诗歌中表达了神拣选犹大支派、拣选大卫的观念。我们要如何去理解诗歌中的这一描写？上帝耶和华，为什么要在这段以色列的发展历史中做出这样的选择呢？

李炽昌指出，如果我们代入中国古典文本《诗经》中的《大雅·文王》一篇，去关注其中所讲的商朝与周朝的权力转移，即以周代商的现象，便会发现，《诗经》在解释周人为何能够取代商人时，引入了一个十分重要的"天命"的观念："上帝既命，侯于周服"，即上帝命令商人臣服于周人，上天参与到了人类历史的进程中，将"天命"转移给周人。因为商人做了不符"天命"之事，已经丧失了"天命"，所以周人就可以取代商人，得到"天命"。如果以《诗经》对于"天命"的这一认识为背景，那么便更易理解《诗篇》78为何建构出耶和华弃绝以法莲支派、拣选犹大支派这样的历史观念。

三、案例：布伦纳的当代女性主义研究

介绍过李炽昌从读者视角所带出的圣经诠释之后，还有一位犹

---

① A. C. C. Lee, "The Recitation of the Past: A Cross-textual Reading of Ps. 78 and the Odes," *Ching Feng*, 38.3 (1996): 173–200. 此文中译参见李炽昌《重述过去——〈诗篇〉78篇与〈诗经〉的跨文本阅读》，徐雪梅译，《跨文本阅读——〈希伯来圣经〉诠释》，李炽昌著，第54—73页。

太学者的处境化圣经诠释能够为圣经研究带来很大的启发，她就是女性主义学者布伦纳（Athalya Brenner）。布伦纳从关注当代社会出发，对《路得记》进行了处境化诠释，其论文是一篇非常有新意的研究。①

《路得记》的故事梗概是：住在犹大伯利恒的以利米勒因饥荒逃难，带着妻子拿俄米和两个儿子来到摩押地，两个儿子分别娶了两个摩押女子为妻，其中一个名叫路得。这一家六口的生活十分穷苦，三位男性相继去世，最后只留下三个女子相依为命，日子艰难。婆婆拿俄米便决定离开摩押地，回到故乡生活。两个儿媳之中，路得决定跟随婆婆同去。回到伯利恒，为了生计路得去地里拾麦穗。波阿斯是拿俄米丈夫在伯利恒的亲族，是个大财主。路得在拾麦穗的时候碰巧遇到了波阿斯，波阿斯了解路得的情况，感动于路得对婆婆的照顾，赞赏路得，给了路得许多食物。路得回家将这一切告诉婆婆，拿俄米于是吩咐路得夜晚去打谷场与波阿斯同寝。最后波阿斯找到城中的长老为见证，买下拿俄米丈夫的田地，娶了路得，为拿俄米的丈夫存留名分。故事的最后路得生了一个儿子俄备得，而俄备得的孙子就是大卫。

传统观点在对《路得记》进行诠释时，往往将路得视为外邦女子的楷模。她对婆婆十分忠心、侍奉周到。且十分重要的是，在故事的最后，这位外邦女子所生的孩子，是在大卫王的谱系之中。由此来看，这个故事对路得充满赞赏与推崇。这是一个对路得的描写十分正面的故事，故事当中反复出现并强调的一个核心观念便是恩慈。这种恩慈不仅是路得对她婆婆所施加的，也是耶和华对这位外邦女子所施加的。而波阿斯是一位救赎者，通过他，路得得到了拯救，继而拿俄米也得到了拯救，此后，他们的家族还得到了延续，

---

① A. Brenner, "Ruth as a Foreign Worker and the Politics of Exogamy," *Ruth and Esther: A Feminist Companion to the Bible*, ed. A. Brenner, Sheffield: Sheffield Academic, 1999, 158–162.

实现了生下子嗣的完美结局。

与传统的解读完全不同，布伦纳从当代读者视角出发，对《路得记》进行了新的诠释。她将路得视为一位外来劳工，并将当代全球普遍存在的、从次发达地区向较发达地区输入劳工的现象，纳入到《路得记》的故事背景当中。外来劳工出于各种原因选择跨出国境、承担风险，往往从事处于社会底层的低报酬工作，以改善他们的生活。当代犹太人占多数的以色列社会，在文化上是高度封闭的，外来劳工融入当地社会，面临宗教、语言等一系列文化因素带来的障碍。

正是受到以色列现实社会处境的启发，布伦纳重新解读了《路得记》。因为与现代以色列社会中的单亲女性外来劳工类似，路得是从其他语言文化区（摩押）来到古代以色列社会的一位女性。倘若接纳了布伦纳所提出的读者视角，再去关注《路得记》的故事，便能够发现，这个故事不像传统诠释所理解的那般温馨而美满，在某种程度上反而颇为可怕和压抑。在《路得记》的故事中，路得在丈夫死后向她的婆婆拿俄米表示效忠，她到田间辛勤劳动，听从拿俄米关于投靠波阿斯的计划。因为她们都明白，外来女性若想要融入当地社会，只能通过婚姻并生养子嗣来实现。当波阿斯表明将迎娶路得的时候，经文（《路得记》4:11-12）将路得与另外三位族长故事中的外邦女子相提并论，即拉结、利亚和他玛，这意味着路得最终融入"以色列家"。

然而，布伦纳进一步指出，拉结、利亚和他玛三人都称不上楷模，拉结与利亚因嫉妒争吵斗争，导致她们的儿子也是如此，至于他玛，最后犹大也并未与之结婚。这说明外邦女子即便积极接受当地文化，恐怕仍然很难被完全接受。并且，路得在故事最后一个叙事场景中，即在给儿子取名的场景中彻底消失（《路得记》4:14-17）。因此，路得的故事是一个来自社会底层、没有财产的外邦女子的故事。与其说路得最终融入了当地社会，不如说当地社会吞并了路得。她的困境，与今天以色列和其他地方的外来女工的困境是可以类比的。

在介绍这几个有关处境化圣经诠释的案例之后，最后需要说明的是，处境（context）一词在考古学中是一个很常见的术语，一般会被翻译为"地层单位"或"情景"，即通过发掘、记录、调查，将考古发现的时空位置进行确定，而这种确定后的位置便是相关的"地层单位"或"情境"。通过追溯"地层单位"，学者得以鉴定考古发现的意义和作用。那么，相对于考古学对于处境这一概念的使用，文本的处境化诠释所关注的同样是文本所处的时间和空间上的位置。

再由此去关注之前提及的重建未来语文学的计划，能够发现圣经诠释本身也是一门要让圣经文本产生意义的学科，同样存在未来的圣经学。正如波洛克所言的三个层面，对圣经文本的诠释同样需要澄清"历史的层面""传统的层面""当下的层面"的意义。总而言之，一切诠释实际上都是处境化的，而我们需要对文本所处的时间和空间做出澄清，诠释的意义才能够呈现。换言之，若想将问题说明清楚，澄清前提便是必须的。

图书在版编目（CIP）数据

希伯来经典：语言、文本、历史 / 李思琪主编.
上海：中西书局，2025. --（世界史论丛）. -- ISBN
978-7-5475-2392-6

Ⅰ．B985

中国国家版本馆 CIP 数据核字第 2025YM1683 号

世界史论丛　第四辑

希伯来经典：语言、文本、历史

李思琪　主编

责任编辑　李碧妍
装帧设计　王轶颀
责任印制　朱人杰

出版发行　上海世纪出版集团
　　　　　中西书局（www.zxpress.com.cn）
地　　址　上海市闵行区号景路159弄B座（邮政编码：201101）
印　　刷　上海肖华印务有限公司
开　　本　700毫米×1000毫米　1/16
印　　张　22.5
字　　数　303 000
版　　次　2025年3月第1版　2025年3月第1次印刷
书　　号　ISBN 978-7-5475-2392-6/B·149
定　　价　98.00元

本书如有质量问题，请与承印厂联系。电话：021-66012351